MORGANE MONCOMBLE
Count On You

Die Romane von Morgane Moncomble bei LYX:

On-You-Reihe:
1. Bet On You
2. Count On You

Never-Reihe:
1. Never Too Close
2. Never Too Late

Bad At Love
Back To Us
Still With You

Weitere Romane der Autorin sind bei LYX in Vorbereitung.

MORGANE MONCOMBLE

COUNT ON YOU

ROMAN

Ins Deutsche übertragen
von Ulrike Werner-Richter

LYX in der Bastei Lübbe AG
Dieser Titel ist auch als E-Book und als Hörbuch erschienen.

Die Bastei Lübbe AG verfolgt eine nachhaltige Buchproduktion. Wir
verwenden Papiere aus nachhaltiger Forstwirtschaft und verzichten darauf,
Bücher einzeln in Folie zu verpacken. Wir stellen unsere Bücher in Deutschland
und Europa (EU) her und arbeiten mit den Druckereien kontinuierlich
an einer positiven Ökobilanz.

Die Originalausgabe erschien 2022 unter dem Titel
»L'As de pique« bei Hugo New Romance.

Für die deutschsprachige Ausgabe:
Copyright © 2023 by Bastei Lübbe AG, Köln
Textredaktion: Hannah Brosch
Umschlaggestaltung: © Zero Werbeagentur, München,
unter Verwendung von einem Motiv von
© Aleksandr Stennikov/Shutterstock
Satz: Greiner & Reichel, Köln
Gesetzt aus der Adobe Caslon
Druck und Einband: GGP Media GmbH, Pößneck

Printed in Germany
ISBN 978-3-7363-1881-6

3   5   7   6   4   2

Sie finden uns im Internet unter lyx-verlag.de
Bitte beachten Sie auch: luebbe.de und lesejury.de

Liebe Leser:innen,

dieses Buch enthält potenziell triggernde Inhalte.
Deshalb findet ihr auf der letzten Seite eine Triggerwarnung.

Achtung:
Diese enthält Spoiler für das gesamte Buch!

Wir wünschen uns für euch alle
das bestmögliche Leseerlebnis.

Euer LYX-Verlag

Playlist

ROSÉ – *On The Ground*
Olivia Rodrigo – *Jealousy, Jealousy*
Shawn Mendes – *In My Blood*
BTS – *Interlude: Shadow*
Bea Miller – *S. L. U. T.*
Selena Gomez – *The Heart Wants What It Wants*
EMELINE – *This Is How I Learned To Say No*
Panic! at the Disco – *Hey Look Ma, I Made It*
Conan Gray – *People Watching*
Eric Nam – *Any Other Way*
Dua Lipa – *Boys Will Be Boys*
Ed Sheeran – *The Joker And The Queen*
Joshua Bassett – *Crisis*
The Neighbourhood – *Sweater Weather*
Halsey – *I Am Not A Woman, I'm A God*
Ariana Grande – *Pov*
Hwa Sa – *I'm A B*
Taylor Swift – *The Man*
Charlie Puth – *The Way I Am*
Taylor Swift – *Wildest Dreams*
Alec Benjamin – *If We Have Each Other*
LALISA – *MONEY*
Jeremy Zucker – *This Is How You Fall In Love*
Skylar Grey – *I Know You*
BTS – *Born Singer*

Dieses Buch ist den Menschen gewidmet,
die sich verändern wollten,
um der breiten Öffentlichkeit zu gefallen,
und die sich dabei verloren haben.

Auszug aus der Biografie:
Hollywood's Wildflower von
Kaylee Walters über Daisy Coleman.
Kapitel 2: »Erste Liebe«

Als ich Daisy Coleman vorschlug, ihre Geschichte aufzuschreiben, rechnete ich mit einer Ablehnung. Wer hätte ihr das verübeln können, nachdem ihre Privatsphäre so oft verletzt worden war? Aber sie stimmte mit einem dankbaren Lächeln zu. »Um der Wahrheit willen«, sagte sie. »Es ist Zeit, dass die Öffentlichkeit mich wirklich kennenlernt.«

Das war vor zwei Jahren. Mit diesem Buch öffne ich heute eine verborgene Tür zum Leben dieser ikonischen und so beliebten Frau.

Nachdem sie ihr Privatleben zehn Jahre lang mit allen Mitteln geschützt hat, nach einem Jahrzehnt, in dem die ChannelD-Musikerin zu weltweitem Ruhm kam, blickt Daisy Coleman auf ihre Anfänge und ihre Liebesgeschichten zurück … und auf den Zwischenfall mit Frank, ein Ereignis, das durch alle Medien ging und sie fast das Leben gekostet hätte.

Dies ist die Abschrift eines privaten Interviews, das ich mit Daisy und ihrem älteren Bruder Hakeem Coleman geführt habe.

Kaylee Walters, Journalistin und Autorin: Du bist die Jüngste in deiner Familie. Wie nah stehst du deinen Geschwistern? Erzähl mir ein wenig über deine Kindheit.

Daisy Coleman, Sängerin, Schauspielerin und Model: Wir stehen uns alle sehr nahe, so wurden wir erzogen. Weißt du … Mir ist natürlich klar, dass man eigentlich keines seiner Geschwister bevorzugen sollte. Aber mein Lieblingsbruder ist Hakeem. Tut mir leid für Calvin und Brianna. (lacht) Nicht, dass ich sie weniger liebe, aber sie leben eben in ihrer eigenen Welt … Bei Zwillingen ist das ganz normal. Mich hat das allerdings traurig gemacht, und Hakeem hatte Verständnis dafür.

Hakeem Coleman, älterer Bruder von Daisy Coleman: Daisy folgte mir auf Schritt und Tritt, aber das störte mich nicht. Im Gegenteil, ich mochte es. Mir war klar, dass sie sich einsam fühlte.

Daisy: An meinem zwölften Geburtstag lernte ich Thomas kennen. Hakeem nahm mich mit zum Basketballplatz in der Nähe von Venice Beach. Wir wohnten in Culver City, nicht weit von Hotcakes Bakes entfernt, aber wir nahmen die U-Bahn.

Hakeem: Sie war ein sehr fröhliches Mädchen. Immer lächelte sie, und sie redete viel, manchmal zu viel. Wir fanden nie den Ausschalt-Knopf.

Daisy: Damals hatte ich meine »Altes-Ägypten«-Phase. Ich liebte das Fach Geschichte. Ehrlich gesagt war ich immer leicht zu begeistern. Schweigen mochte ich nicht. Wir gingen also zum Basketballplatz und redeten dabei über Mumien und Geister, das gefiel mir. Das Wetter war schön.

Hakeem: Wir haben ein bisschen gespielt, nur wir zwei. Das Wetter war toll. Und dann kam Austin.

Daisy: Er war ein ziemlicher Arsch. Ich glaube, er hat Hakeem in der Schule ziemlich fertiggemacht. Mein Bruder hat nie wirklich darüber gesprochen … Er hat es immer abgestritten, aber mich konnte er nicht täuschen. Er wollte nur niemanden beunruhigen.

Hakeem: Er kam mit seiner Gang. Austin trat nach dem Ball, den Daisy in der Hand hielt, und schnappte ihn sich. Sofort sorgte ich für Deckung für meine Schwester. Mir war klar, dass die Situation eskalieren würde.

Daisy: »Gib den Ball zurück«, forderte Hakeem mutig. Austin weigerte sich und wollte wissen, ob mein Bruder ein Problem damit hätte. Er war auf Streit aus, das war klar. Ich hatte Angst – vor allem um Hakeem. Weil ich dabei war. Wenn sie mir auch nur ein Haar krümmten, würde er sich prügeln.

Hakeem: Wir wissen alle, was passiert, wenn der verwöhnte Sohn reicher Eltern in seine Villa in Beverly Hills heimkehrt und sich darüber beschwert, dass ein schwarzer Junge ihm ins Gesicht geschlagen hat. Solchen Problemen wollte ich aus dem Weg gehen.

Ich erklärte Daisy, wir würden verschwinden, und nahm ihre Hand. Aber Austin warf mir den Ball so hart in den Rücken, dass ich stolperte. Ich habe … (seufzt) Ich habe mich vor meiner kleinen Schwester geschämt.

Daisy: Ich hätte den Kerl umbringen können. Austin wollte Hakeem ganz klar demütigen. Immer und immer wieder warf er ihm den Ball an die Stirn.

»Schau zu Boden«, befahl er arrogant. Seine Freunde hinter ihm lachten. Diese Ungerechtigkeit ließ mich explodieren. Ich schrie: »Lass ihn in Ruhe!«, und trat ihm mit aller Kraft zwischen die Beine.

Hakeem: (lacht) Ich war komplett überrascht. Sie hat echt gut gezielt.

Daisy: Das hatte er verdient. Dieses Schwein! Ups … Sorry. Durfte ich das sagen? Zu meiner Rechtfertigung: Er war wirklich eines. Danach ging alles sehr schnell. Austin wurde wütend, brüllte mich an und streckte die Hand aus, um nach meinen Haaren zu greifen.

Hakeem: Ich habe viel zu langsam reagiert.

Daisy: Aber plötzlich schloss sich eine starke Hand um Austins Handgelenk und hielt ihn fest. Ich drehte mich um … (lächelt). So lernte ich Thomas kennen.

Hakeem: Der Typ war ungefähr in meinem Alter. Er war sehr groß und breitschultrig. Ich erinnere mich vor allem an seine hellen, eisblauen Augen … Ich muss zugeben, dass er mich eingeschüchtert hat. Es war, als stünde man dem Tod höchstpersönlich gegenüber.

Daisy: Ich fand ihn schön. Von einer eher beängstigenden Schönheit.

Ohne ihn loszulassen, schaute er Austin direkt in die Augen und sagte: »Rühr sie nicht an.« Seine Stimme war tief und rau, als hätte er seit Wochen nicht gesprochen. Wenn ich so darüber nachdenke, halte ich das tatsächlich für möglich. Thomas ist nicht sehr gesprächig.

Hakeem: »Und wenn doch? Was machst du dann?«, gab Austin zurück. Dem Idioten blieb nicht einmal Zeit, seinen Satz zu beenden. Thomas brach ihm das Handgelenk. Als er meinen verblüfften Gesichtsausdruck sah, zuckte er mit den Schultern und meinte, er hasse es, sich zu wiederholen.

Daraufhin machten sie die Fliege. Austin heulte und jammerte, er müsse sofort ins Krankenhaus. Es war cool von ihm; von Thomas, meine ich. Trotzdem war ich der Meinung, dass er das nicht hätte tun sollen. Er zuckte nur gelangweilt mit den Schultern und sagte: »Ich hatte ihn gewarnt.« Komischer Kerl.

Daisy: Mich hat er dann gefragt, ob alles in Ordnung wäre. Es klingt vielleicht blöd, aber … Himmel, ich war wie hypnotisiert. Zum ersten Mal in meinem Leben fehlten mir die Worte.

Hakeem: Ich schlug ihm ein gemeinsames Match vor. Er zuckte mit den Schultern. Sein Gesicht war immer ausdruckslos; es war schwer zu erkennen, was er dachte. Er war sehr sportlich, viel besser als ich. Das führte sehr schnell zu gegenseitiger Sympathie.

Daisy: Ich habe den Nachmittag damit verbracht, ihm einen Haufen Fragen zu stellen. Er hat jede einzelne beantwortet. Nicht immer ausführlich, aber immer geduldig. Er sagte nie, ich soll still sein oder ihn in Ruhe lassen, wie manche Erwachsene in der Schule.

Das war das Erste, was mir an ihm gefiel. Er hieß Thomas, aber sein Vater nannte ihn meist Tommy. Er war achtzehn und stammte aus Schweden, einem Land in Europa, wo man den Samstag als »Bonbon-Tag« feiert. Kurz und gut: Ich war sofort verliebt. Sogar sein harter Akzent brachte mich zum Lächeln. Manchmal fiel ihm nicht das richtige Wort ein. Das ärgerte ihn, und schließlich sagte er es auf Schwedisch. Ich verstand dann zwar nichts, aber es machte mir Spaß.

Hakeem: Daisy hat wirklich viel geredet. Eine richtige Quasselstrippe. Aber Thomas beschwerte sich nie, obwohl er nicht der Typ zu sein schien, der gerne plauderte. Daisy fragte ihn, ob er Gespenster mochte, und blickte ziemlich empört, als er antwortete: »Nicht wirklich.«

Daisy: Er mochte keine Gespenster, der Depp. Seine Begründung? »Ganz einfach: weil es keine gibt.« Natürlich fragte ich ihn nach Beweisen für ihre Nicht-Existenz. Ich glaube, er war ein bisschen genervt, denn er antwortete: »Man braucht Beweise, um die Existenz von etwas zu belegen, nicht umgekehrt. Ich glaube nur, was ich sehe.«

Ich hielt das für Schwachsinn. Wie sähe es denn dann mit dem Glauben aus? Meine Eltern hatten uns immer erklärt, dass man manchmal an das Unsichtbare glauben müsse. Dadurch wären Dinge nicht weniger real, denn sie existieren in unseren Herzen.

Hakeem: Ich musste über Thomas' Antwort lachen: »Ich glaube nicht an Gott. Ich bemühe mich, an mich selbst zu glauben, und schon das ist nicht einfach.«

Daisy war schon immer sehr extrovertiert und findet überall sofort Freunde. Trotzdem war ich ziemlich überrascht, wie schnell sie sich an Thomas anschloss. Ich fand es süß. Thomas wirkte immer eher gleichgültig, aber bei Daisy … war er ganz anders. Er hatte sie gern, auch wenn er es sich nicht eingestehen wollte. Ich glaube, an jenem ersten Tag hatte er sich in den Kopf gesetzt, sie zu beschützen.

Wie eine kleine Schwester.

Daisy: Er hat mich oft geärgert. Er liebte es, wenn ich mich aufregte, und er wusste, wie er es anstellen musste. Es reichte schon, wenn er mich auf meine Größe ansprach.

Als ich das erste Mal wütend wurde, sagte er, ich solle nicht so ein Gesicht machen, weil ich sonst wie Gollum aussähe, und fragte mich, ob ich wüsste, wer das ist. Als er mir das Bild auf seinem Handy zeigte, schlug ich ihm auf die Schulter. Es war das erste Mal, dass ich ihn lächeln sah.

Hakeem: In seinem Leben lief es nicht wirklich rund. Er hatte Schweden aus einer Laune heraus verlassen und suchte nicht nur verzweifelt nach Arbeit, sondern vor allem nach Antworten auf seine Fragen. Er brauchte Geld, keine neuen Freunde. Wir drängten uns ihm auf.

Daisy: In diesem Sommer wurde Thomas Kalberg zum festen Bestandteil meines Lebens. Er und Hakeem waren unzertrennlich. Sie machten nichts Besonderes. Sie hingen zusammen ab, spielten Basketball im Garten oder PlayStation im Wohnzimmer. Und ich wich ihnen nicht von der Seite. Ich brachte Thomas eine seltsame Verehrung entgegen. Peinlich, oder? (Daisy verbirgt ihr Gesicht in den Händen.) Er war immer sehr nett zu mir. Er trug mich auf dem Rücken, wenn ich zu müde zum Laufen war, oder auf seinen Schultern, wenn meine Körpergröße nicht ausreichte, um etwas zu sehen. Ich redete auf ihn ein, und er hörte mir zu, ohne mich zu unterbrechen. Er war wie ein dritter großer Bruder – nur besser. Denn im Gegensatz zu Calvin und Hakeem hatte ich bei ihm immer Schmetterlinge im Bauch, wenn ich ihn sah.

Hakeem: Eine kindliche Verliebtheit, nichts weiter. Thomas achtete zum Glück nicht weiter darauf. Sie war noch ein Kind, das im Naruto-Pyjama schlief und davon träumte, berühmt zu werden. Den lieben langen Tag lag sie uns in den Ohren: »Ich will Sängerin werden! Ich werde die neue Beyoncé!«

Daisy: Hakeem wollte mich nicht immer dabeihaben. Bei der dritten Ablehnung rastete ich aus. Ich fragte, warum ich nicht mitdürfte, und mein Bruder antwortete mit strengem Blick: »Wir treffen uns mit Mädchen, kapiert?«
Ich verstand, oh ja … Ein bisschen zu viel sogar. Ich empfand es als Verrat. Ich war jung, schwer verknallt, und zum allerersten Mal tat es weh. Thomas hielt sich im Hintergrund, er mischte sich nie ein. Die Hemden der beiden rochen stark nach Parfum. In dieser Nacht kamen sie nicht nach Hause.

Hakeem: Daisy schmollte zwei Wochen lang. Thomas versuchte gar nicht erst, sie zu verstehen, und es war ihm ziemlich egal. Als Daisy sich wieder beruhigt hatte, behandelte er sie, als wäre nichts geschehen. Sie spielte ihm etwas auf der Gitarre vor. Zu dieser Zeit schrieb sie bereits eigene Lieder.

Daisy: Er kam, um sich meine Sommeraufführung anzusehen, ein Musical über den Zauberer von Oz. Zum Dank schenkte er mir ein Plektrum für meine Gitarre, in das mein Vorname eingraviert war.

Es war das schönste Geschenk, das ich je bekommen hatte. Ich glaube, ich habe es mindestens ein Jahr lang mit mir herumgetragen, ohne es auch nur ein einziges Mal zu benutzen (lacht). Es hatte mich ordentlich erwischt.

Hakeem: Am Ende des Sommers ging ich zur Uni, an die UCLA, und alle halfen mir beim Packen. Thomas hatte inzwischen einen Job in einem Sportzentrum in der Nähe von Beverly Hills gefunden, mit dem er seinen Lebensunterhalt verdienen konnte.

Daisy: Wir trafen uns weiterhin fast jedes Wochenende. Selbst als er eine Freundin hatte, dann eine zweite, später eine dritte … Es waren viele, aber für mich fand er immer Zeit.

1

House Of Memories

»Thank you for everything,
for every birthday I spent waiting for you«

Thomas

Schon mit zehn Jahren verschließe ich mein Herz endgültig gegen die Außenwelt.

Meine Mutter telefoniert in der Küche. Die Tür ist zu. Sie denkt, dass ich zu weit weg bin, um sie zu hören. Ich liebe sie so sehr, meine Mutter. Sie ist schön, sie ist sanft, und jeden Sonntag backt sie Kanelbullar, weil sie weiß, wie gern ich sie esse. Aber alles hat sich verändert, seit wir nicht mehr allein sind.

»Er macht mir Angst, Elvira«, flüstert sie. »Ich wage es nicht einmal, ihn mit Agnes allein zu lassen … Was, wenn er meinem Baby etwas antut?«

»Meinem Baby.« Agnes, meine zwei Monate alte Schwester, schläft ruhig in ihrer Wiege. Ich kann sie nicht leiden. Sie ist ganz zerknittert, und sie hat mir meine Mutter weggenommen. Jetzt liebt sie Agnes mehr als mich. Ich wünschte, es gäbe das Baby nicht.

»Die Psychologin sagt, dass er …«

Pause. Ich rühre mich nicht und warte darauf, dass das Urteil fällt. Die Psychologin mag ich auch nicht. Und so, wie sie mich angestarrt hat, beruht das wohl auf Gegenseitigkeit.

»… ein Soziopath ist«, endet meine Mutter schluchzend.

Ich habe keine Ahnung, was das bedeutet, aber das Wort prägt sich mir wie ein Urteil ein. Lebenslänglich. Ich verstehe durchaus, dass ich als Persönlichkeit unbefriedigend bin. Nicht mehr lang, und sie wird mich ebenfalls entsorgen. Denn die Welt ist ein Ort voller Egoisten, die einen erst ausnutzen und dann im Stich lassen.

Sie behaupten, einen zu lieben, aber sie sind samt und sonders Lügner. Sie lassen einen kaltlächelnd im Stich, sobald sie keinen Sinn mehr darin sehen, einen zu behalten. Ich bin austauschbar. Nicht wert, geliebt zu werden. Ein Spielzeug, das von Hand zu Hand weitergegeben wird, bis es abgenutzt ist.

Niemand will ein kaputtes Spielzeug. Einmal defekt, taugt es nichts mehr. Aber ich will nicht wieder weggeworfen werden. Deshalb muss ich klüger sein als sie … Ohne Mama habe ich niemanden mehr.

Um zu überleben, muss ich zu einem Menschen werden, den meine Mutter lieben kann. Ich werde alles tun, damit die Leute mich mögen, auch wenn ich selbst keinen von ihnen leiden kann. Auch wenn ich mich dafür verstellen muss. Oder lügen.

Ich hasse sie alle, aber ich will trotzdem geliebt werden. Denn wen man liebt, den verlässt man nicht.

»Ist Papa weggegangen, weil er uns nicht genug geliebt hat?«, frage ich meine Mutter am selben Abend.

Nie werde ich vergessen, wie schnell sich ihr Gesicht verdüsterte.

»Nein, mein Schatz. Er ist gegangen, weil er ein Feigling ist. Du hast keinen Papa mehr, du hast nie einen gehabt. Vergiss ihn.«

Du hast keinen Papa mehr.

Du hast keinen Papa mehr.

Du hast keinen …

»Thomas!«

Erschrocken öffne ich die Augen, alle Sinne in Alarmbereitschaft. Meine Hand zuckt reflexartig zur Hüfte, um nach meiner Waffe zu tasten, ehe mir einfällt, dass ich nicht im Dienst bin.

Lucky und Li Mei schauen mich amüsiert an.

»Nicht gleich die Waffe ziehen, mein Schöner«, sagt Li Mei. »Wir haben die Adresse erreicht, die du uns genannt hast.«

Scheiße. Nachdem sie mich vom Flughafen abgeholt hatten, bin ich sofort im Auto eingenickt. Ich reibe mir die Augen und hoffe, damit auch die Spuren meines Albtraums zu beseitigen. Zu meiner Verteidigung sei gesagt, dass mein Schlafdefizit kaum mehr aufzuholen ist.

Aber wer braucht schon Schlaf, nicht wahr?

»Du siehst ganz schön fertig aus«, stellt Lucky fest, während er mir hilft, meine Sachen aus dem Kofferraum auszuladen. »Weißt du, was du jetzt brauchst? Ein schönes, heißes Bad mit viel Schaum, Kerzen mit Zimtduft und eine Playlist mit Wellenrauschen.«

Ich starre ihn an. Manchmal frage ich mich, ob er mich wirklich kennt, dass er sich traut, solche Dinge zu äußern.

»Kannst du dir *mich*, Thomas Kalberg, auch nur eine Sekunde lang in deinem kleinen Szenario vorstellen?«

Er überlegt kurz und verzieht dann das Gesicht.

»Nein, du hast recht, es wäre zu abwegig. Es verursacht mir Gänsehaut.«

»Danke.«

Manchmal frage ich mich echt, wie Lucky und ich Freunde werden konnten. Ehrlich gesagt habe ich vor allem das Gefühl, dass er mit mir befreundet ist – nicht umgekehrt. Ganz einfach, weil wir totale Gegensätze sind. Lucky, Architekt und ehemaliger Escortboy, ist begeisterter Fan von romantischen Komödien, und ich vermute, dass er heimlich in Hugh Grant verliebt ist. Natürlich fällt es mir als sportsüchtigem Bodyguard mit emotionaler Beeinträchtigung schwer, seine Nähe zu ertragen.

Lucky lebt schon seit Ewigkeiten in Los Angeles und holt mich deswegen heute ab, geht aber demnächst mit seiner Freundin Li Mei auf Reisen.

»Ganz okay«, kommentiert Li Mei, als wir die Wohnung betreten, die ich in Santa Monica gemietet habe.

Ich schaue mich um. Die Wohnung ist klein, aber sie genügt mir vollkommen. Ich muss an die schäbige Absteige vor zehn Jahren denken, nachdem ich Stockholm fluchtartig verlassen hatte und nach L. A. gekommen war. In dem Jahr lernte ich meinen Freund Hakeem kennen. Er ist einer der wenigen Menschen, deren Gesellschaft mich nicht stört.

Schnell schreibe ich ihm, dass ich angekommen bin.

»Ich verstehe immer noch nicht, wie du all dein Geld verschenken konntest«, murmelt Li Mei kopfschüttelnd. »Du warst Millionär, und jetzt lebst du … so.«

Stumm zucke ich mit den Schultern. Es ist bereits anderthalb Jahre her, dass wir unserem Freund (und damaligem Arbeitgeber) Levi geholfen haben, das World Poker Tournament in Las Vegas zu gewinnen. Heute ist er Millionär und lebt mit Rose, seiner inzwischen echten Scheinverlobten, in St. Petersburg … es ist kompliziert.

Levi legte großen Wert darauf, seinen Gewinn durch fünf zu teilen. Ich bekam einen ordentlichen Batzen Geld … Aber ich bin nicht an Reichtum interessiert, schon gar nicht an geschenktem. Ich hatte das Geld ohnehin nicht verdient. Also gab ich einen Teil davon meiner Mutter, der Rest ging an eine Hilfsorganisation für Teenagermütter, um mein schlechtes Gewissen zu beruhigen.

»Hast du deinen letzten Auftrag erledigt?«, fragt Lucky und setzt sich auf das meergrüne Stoffsofa.

Ich schenke mir ein Glas Wasser ein und lehne mich an den Tresen der offenen Küche.

»Ja. Der Typ war ein stinkreicher Vollidiot, aber ich habe ihm trotzdem ein paar Mal den Arsch gerettet.«

Li Mei lacht und bestätigt, dass es oft so ist. Da ich kein Millionär mehr war, musste ich schnell wieder einen Job annehmen und rief die Personenschutzfirma an, bei der ich angestellt bin. Sofort wurde ich zum Schutz eines arroganten Innenministers abgestellt, der seine Leibwächter wie Dreck behandelte. Ich habe gekündigt, sonst hätte ich ihm die Fresse poliert.

Schon seit einigen Jahren arbeite ich als Bodyguard, und eigentlich liebe ich meinen Job. Aber ich muss zugeben, dass die meisten meiner Kunden miese Typen sind. Nur Levi war wirklich toll.

»Dann machst du jetzt also ein bisschen Urlaub?«

Mein Handy vibriert in der Tasche meiner Jogginghose. Hakeem hat auf meine Nachricht geantwortet:

Treffen am üblichen Ort. 15 Minuten.

»Kann man so sagen, ja. Tut mir leid, aber ich bin echt fertig … Ich würde gern ein Nickerchen machen.«

»Sag ruhig, dass wir dich nerven.«

»Okay. Ihr nervt mich, und ich möchte allein sein. Geht jetzt.«

Trotz Luckys entrüsteter Miene werfe ich sie hinaus, dusche schnell und verlasse die Wohnung.

Los Angeles hat mir gefehlt. Mir ist, als wäre ich wieder zu Hause. Ich gehe die teilweise von Palmen beschattete Strandpromenade entlang. Skater flitzen dicht an mir vorbei. Erinnerungen werden wach. Von meinem achtzehnten Lebensjahr an verbrachte ich hier zwei lange Jahre, surfte, spielte Beachvolleyball und flirtete ältere Mädchen an, um mir zu beweisen, dass ich es konnte.

Hakeems Familie nahm mich mit offenen Armen auf, und zum ersten Mal in meinem Leben hatte ich das Gefühl, dass ich irgendwo dazugehörte.

Mit zwanzig ging ich zur schwedischen Armee, blieb aber immer mit meinen Freunden in Kontakt. Ich besuchte sie, sooft ich konnte … Trotzdem ist es inzwischen vier Jahre her, dass ich zum letzten Mal in L. A. war.

Als ich an dem Basketballplatz vorbeikomme, den ich als Jugendlicher sehr liebte, bleibe ich stehen und schaue einer Gruppe von Teenagern zu, die sich den Ball zuspielen.

»Tommy?«

Ich drehe mich um und sehe eine Reihe perfekter weißer Zähne.

Verdammt. Hakeem Coleman hat sich nicht verändert. Er ist immer noch derselbe: nicht besonders groß, dunkle, makellose Haut und natürlich dieses verfluchte ansteckende Coleman-Lächeln.

»Wahnsinn«, haucht er ungläubig. »Endlich bist du wieder da. Weißt du, wie lange ich auf dich gewartet habe, du Sack?«

Ich grinse, und er nimmt mich in die Arme. Ich erstarre, stoße ihn aber nicht weg und klopfe ihm mit einer männlichen Geste auf die Schulter. Hakeem und Levi sind die einzigen Typen, für die ich mich erschießen ließe – nicht etwa aus Liebe, denn dieses Gefühl ist mir weiß Gott fremd, sondern aus blinder, bedingungsloser Loyalität. Ich stehe tief in ihrer Schuld.

»Ich habe mir Zeit gelassen«, seufze ich und reibe mir den Nacken. »Die letzten Jahre waren turbulent.«

Plötzlich ist es, als wären wir wieder achtzehn. Diese Leichtigkeit der Unterhaltung, die ich von niemandem sonst kenne, und diese Vertrautheit, wie mit einem nicht existierenden, aber sehnlichst gewünschten Bruder.

»Du hast meine Verlobung verpasst«, beschwert er sich und droht mir mit dem Finger. »Ich wollte es dir nicht am Telefon sagen.«

»Wow. Ernsthaft? Herzlichen Glückwunsch.«

Es gehört sich, zu gratulieren, auch wenn ich die Idee einer Hochzeit total bescheuert finde. Hakeem grinst breit, er nimmt es mir überhaupt nicht übel. Erst jetzt wird mir bewusst, dass er nicht allein ist.

Ich betrachte die Frau, die neben ihm steht und ihn unterhakt. Als Erstes fällt mir der Ring an ihrer linken Hand auf. Dann entdecke ich ihren leicht gewölbten Bauch. Verdammt, habe ich so viel verpasst?

»Darf ich dir meine Verlobte Emily vorstellen? Schatz, das ist Thomas«, sagt er, als hätte sie schon tausend Dinge über mich gehört.

»Endlich lernen wir uns kennen! Freut mich sehr, Thomas.«

Ich nicke höflich und weiß nicht, wie ich reagieren soll. Mit Unbekannten kann ich nicht gut umgehen. Ich mag keine Fremden.

»Du hast ja richtig Muskeln bekommen!«

Überrascht betastet Hakeem meine Arme.

»Ich mache ziemlich viel Sport.«

»Und du lässt dir einen Bart wachsen, was?«, scherzt er. »Ich beneide dich. Am liebsten würde ich nach Tunesien reisen und mir einen Bart transplantieren lassen.«

»Das stimmt«, bestätigt Emily lachend. »Dieses Gen werden wir wohl an unser Baby weitergeben …«

Abwesend streiche ich über meine blonde Gesichtsbehaarung. Ich verrate nicht, dass ich Bärte eigentlich hasse. Meinen trage ich nur, um die hässliche Narbe quer über meinem Mund zu verbergen.

Ein schwerer Motorradunfall bei einer Verfolgungsjagd.

Ich ziehe es vor, das Thema zu wechseln, und frage Hakeem nach seiner Familie. Vier Jahre sind eine lange Zeit. Ich habe nur noch Kontakt zu Daisy, die mir immer noch bis zu dreißigminütige Sprachnachrichten schickt, um mir von ihrem Tag zu berichten – ich gebe zu, dass ich nicht alles abhöre. Schließlich sind es Sprachnachrichten, keine Podcasts!

Aber ihren Geburtstag vergesse ich nie.

»Ach, weißt du … Allen geht es gut. Dad wurde vor drei Jahren gefeuert. Es war schwierig, aber inzwischen hat er wieder etwas gefunden. Die Zwillinge gehen ihren Weg.«

Ein Teil meines Herzens wird warm bei dem Gedanken, dass es ihnen allen seit unserem letzten Kontakt offenbar gut geht.

»Und Daisy? Sie scheint beschäftigt zu sein. Ich habe seit Wochen nichts mehr von ihr gehört, was ziemlich ungewöhnlich ist. Nicht, dass ich es vermisse.«

Daisy ist die Jüngste der Geschwister. Ich hatte sie sehr gern, und das wusste sie auch. Inzwischen ist sie eine berühmte Sängerin und Schauspielerin, wie sie es sich schon als Kind gewünscht hat. Ich verfolge ihre Entwicklung nur am Rande, aber ich bin stolz auf sie. Sie hat erreicht, was sie wollte.

»Es geht ihr gut«, beruhigt Hakeem mich. »Du solltest ihr schreiben, dass du wieder da bist. Das freut sie bestimmt.«

Ich verspreche es. Es kommt mir vor, als hätten Hakeem und ich uns nie getrennt. Am Abend lädt er mich auf ein Bier ein, nur unter Männern, und wir unterhalten uns über alles Mögliche. Ich erzähle ihm von Levi, dem Pokerturnier in Las Vegas und meinen zahlreichen Reisen …

»Deine neuen Freunde scheinen ziemlich cool zu sein«, meint er und stützt das Kinn in die Hand. »Und ganz schön verrückt.«

»Das sind sie wirklich. Verrückt, meine ich. Was den Rest angeht – kommt drauf an.«

Er lächelt nur, und ich weiß, dass er mir meine gleichgültige Miene keine Sekunde lang abnimmt. Der weitere Abend verläuft entspannt. Nach einigen Flaschen ist er betrunken genug, um mich zu bitten: »Tommy … du musst mir einen Gefallen tun.«

Er weiß, dass ich ihm ohnehin nichts abschlagen könnte. So bin ich nun mal. Ich mag ein Mistkerl sein und unfähig zu lieben, aber ich bin immer loyal. Ich helfe Menschen, die mir irgendwann einmal die Hand gereicht haben, grundsätzlich.

Es ist das erste Mal, dass Hakeem mich um einen Gefallen bittet. Also muss es etwas Ernstes sein.

Er unterdrückt einen Schluckauf und blickt mich unfokussiert an.

»Suchst du zufällig gerade Arbeit?«

2

She Talks Too Much

»Gorgeous, gorgeous face.
Too bad she talks too much.«

Daisy

»Ich mache Schluss.«

Zach, mein Schauspieler-Kollege und heimlicher Freund, verkündet mir seine Entscheidung, während ich nur mit einem BH bekleidet auf seinem Viertausend-Dollar-Ledersofa auf ihm reite.

Bisher dachte ich, per Kurznachricht abserviert zu werden sei das Stilloseste überhaupt, aber offenbar lag ich falsch. Ich halte inne, weil ich nicht sicher bin, ob ich richtig gehört habe.

»Wie bitte?«

Das ist doch hoffentlich nur ein Witz? Ich schaue ihm direkt in die Augen und begreife, dass er es ernst meint. Ich weiß es sofort, denn Zach mag viele gute Eigenschaften haben, aber er ist leider ein miserabler Schauspieler – ziemlich blöd, wenn man bedenkt, dass das sein Job ist.

»Tut mir leid, Baby. Es liegt nicht an dir, es liegt an mir«, beruhigt er mich und greift fester nach meinen Hüften.

Oh, wow, das wird ja immer schlimmer. Erschrocken öffne ich den Mund. Ihn in mir zu spüren verursacht mir plötzlich Übelkeit; am liebsten würde ich ihn vollkotzen.

Zach runzelt die Stirn und fragt, warum ich aufgehört habe. »Ich war so nah dran!«

Im buchstäblich letzten Moment halte ich mich davon ab, ihn zu ohrfeigen, und ziehe mich zurück. Habe ich das gerade geträumt, oder wirft er mir tatsächlich vor, ihm keinen Orgasmus zu gönnen, obwohl er mich soeben wie ein Stück Scheiße abserviert hat? Ich finde meinen Slip am Boden neben seinen Füßen und ziehe ihn wütend an.

Es gelingt mir sogar, den Reißverschluss meines Kleides alleine zu schließen, während Zach seufzend nach meinem Arm greift.

»Komm schon, sei nicht sauer … Ich meine es ernst, weißt du. Nicht du bist das Problem. Du musst dir wirklich keine Vorwürfe machen, du bist ein ganz außergewöhnlicher Mensch. Nicht weinen, okay?«

Fassungslos bekomme ich einen Lachflash, was ihn anscheinend völlig überrumpelt. Wisst ihr, was ich am meisten hasse, abgesehen von Leuten, die Crocs mit Socken tragen? Typen, die sich so maßlos überschätzen, dass sie glauben, sie könnten mit einem einzigen Satz dein Selbstvertrauen brechen.

Zach sieht gut aus, aber er ist und bleibt ein Idiot!

»Keine Sorge, das weiß ich doch. Ich werde ganz bestimmt nicht weinen. Du allerdings bist ein Riesenarschloch.«

Was dachte ich mir eigentlich dabei, etwas mit ihm anzufangen? Meine Freunde hatten mich gewarnt. Nicht zu fassen, dass ich einem Typen wie ihm mein erstes Mal geopfert habe. Noch dazu für gerade mal fünf Minuten »Oh« und »Ah ja, gleich«.

Zach presst entrüstet die Lippen zusammen. Ich wünschte, er würde sich endlich anziehen. Der Anblick seines erigierten Penis widert mich plötzlich an. *Was zum Teufel mache ich hier?*

»Ich wollte doch nur nett zu dir sein, weißt du«, zischt er anklagend.

»Bitte erspar mir in Zukunft deine billige Freundlichkeit. Dachtest du, ich würde dir dankbar sein, dass ich noch ein letztes Mal auf deinem magischen Schwanz reiten durfte? Oder dass ich dich anflehe, mich nicht zu verlassen? Du hast eine viel zu hohe Meinung von dir selbst, Zach«, sage ich lachend und greife nach meiner Lederjacke.

»Was soll das heißen?«

Ich seufze. Es mag kleinlich sein, aber es muss raus.

»Hast du schon mal was von einer Klitoris gehört? Du beachtest sie nie, du gehst daran vorbei, ohne sie je zu bemerken!«

Mit roten Wangen springt er auf und zieht sich endlich an. Das männliche Ego ist riesig, aber seltsamerweise auch sehr zerbrechlich. Man muss ihnen nur sagen, dass sie schlecht im Bett sind, und schon sind sie weg!

»Siehst du, genau das meine ich! Du bist nicht das Mädchen, für das ich dich gehalten habe.«

Jetzt kapiere ich es. Mit den Schuhen in der Hand starre ich ihn wortlos an. Obwohl er selbst als Schauspieler arbeitet, ist Zach auf ein Fake hereingefallen. Er hat sich in Callie verliebt, meine Rolle in der ChannelD-Serie, die wir seit fast zwei Jahren drehen. Unsere Figuren haben sich auf dem Bildschirm ineinander verliebt, und ich fand es zwar klischeehaft, aber sehr süß, als er mich zum ersten Mal ohne die Kameras küsste.

Zwar war er nicht gerade überwältigend; trotzdem ließ ich mich darauf ein. Ich wollte das Gesicht von jemand anderem auslöschen und endlich wieder vorwärtskommen.

Nur dass Zach Callie wollte, nicht Daisy. Und jetzt, wo er mit der Zweiten statt der Ersten vorliebnehmen muss, ist der Herr enttäuscht. Typisch.

Ich zeige ihm den Mittelfinger, drehe mich um und rufe über meine Schulter:

»Tu mir einen Gefallen und lösch meine Nummer.«

»Hast du ihm wirklich gesagt, dass er mies im Bett ist?«, lacht Hayley zwei Stunden später, während sie eine Tüte Doritos auf ihren Knien balanciert. »Bitte, bitte, zeig mir das Gesicht, das er gemacht hat. Ich wünschte, ich wäre dabei gewesen!«

Ich vergewissere mich zum dritten Mal, dass sie nicht live auf Twitch ist, und tue ihr den Gefallen. Sie krümmt sich vor Lachen. Man kann nicht vorsichtig genug sein. Hayley ist eine berühmte Cat-Girl-Darstellerin, das heißt, sie sitzt den ganzen Tag in ihrem Gaming-Stuhl vor dem Computer und filmt sich als Katze verkleidet. Merkwürdig, aber cool!

»Genau aus diesem Grund bleibe ich Single«, seufzt sie und nimmt ihren Kopfhörer mit den Katzenohren ab. »Und, ja, ich habe mich dafür entschieden. Es ist komisch, aber … Männer reizen mich nicht. Dabei bin ich mir zu 99 % sicher, dass ich hetero bin, ich schwöre. Ansonsten hätte ich dich schon vor langer Zeit vernascht, und das weißt du auch, Baby.«

Ich lächle belustigt. Es stimmt, dass ich Hayley, seit ich sie kenne, noch nie mit einem Mann oder einer Frau erlebt habe. Dabei ist sie auf ihre Art wirklich toll. Sie ist lustig, einzigartig und loyal, außerdem sieht sie absolut umwerfend aus. Ihr langes, gewelltes Haar ist auf der einen Seite braun und auf der anderen Seite weiß, ihr Pony verdeckt fast ihre blaugrauen Augen.

Ich glaube, es ist vor allem ihr unkonventioneller Kleidungsstil, der die Leute dazu bringt, sich über sie lustig zu machen, sobald sie einen Fuß vor die Tür setzt. Zum Glück ist ihr das völlig egal, und sie malt sich weiterhin mit Eyeliner ein Herz als Schnäuzchen auf die Nase.

»Ich glaube«, fährt sie fort und blickt ins Leere, »ich mag die Vorstellung von Männlichkeit mehr als die Männer selbst. Ich schaue mir einen romantischen Film an und denke: ›Wow, ich will einen Mann‹, aber wenn ich dann rauskomme, ekeln sie mich alle an.«

Ich lache laut auf, denn das ist ziemlich nah an dem, was auch ich denke.

»Das ist ein bekanntes Syndrom. Du magst keine Männer, sondern du magst ›Männercharaktere, die von Frauen geschrieben wurden‹. Willkommen im Club.«

Hayley schaut mich mit offenem Mund an.

»Aha. So ergibt alles einen Sinn.«

Die Tür der WG geht auf, und Micah tritt ein. Er trägt bis zu den Knöcheln hochgekrempelte Jeans und einen bauchfreien gelben Pullover, der den Blick auf die wie gemeißelten Muskeln seiner schwarzen pailettenbedeckten Arme freigibt.

Er strahlt, als er mich auf der Couch sieht.

»Da bist du ja!«

Sein kurz geschorenes Haar ist weiß gefärbt, und mitten auf dem Kopf prangt ein Regenbogen, eine Verrücktheit, die er einem nächtlichen Besäufnis verdankt. Sein Freund Javier folgt ihm mit müden Schritten.

»Wieso überrascht dich das? Ich bin doch die ganze Zeit hier. Ich habe sogar eine Zahnbürste und einen eigenen Pyjama im Bad.«

Das stimmt. Zwar besitze ich ein riesiges Haus ganz für mich allein, aber ich kann keine Einsamkeit ertragen – ich arbeite daran, ehrlich.

»Schon, aber unten vor dem Haus steht kein Bodyguard. Machst du ihm wieder Schwierigkeiten?«

Ich verdrehe die Augen. Finn ist wirklich süß, und wir kennen uns jetzt schon einige Jahre. Aber Kate hat ihn beauftragt, mir auf Schritt und Tritt zu folgen – der Lebenssinn eines Leibwächters, werdet ihr sagen –, aber das hasse ich. Deshalb hänge ich ihn ab, wann immer es mir möglich ist, und der Ärmste verbringt seine Zeit damit, mich zu suchen.

»Irgendwann wird er gefeuert, und du bist schuld«, grummelt Micah und drückt mir einen Kuss auf die Stirn.

Darauf weiß ich nichts zu erwidern, denn daran hatte ich tatsächlich nicht gedacht. Wow, ich benehme mich wie ein verwöhnter Star. Aber wie könnte ich sonst Geheimnisse haben?

»Heute hatte ich keine Wahl. Ich wollte eigentlich den Abend mit Zach verbringen …«

Schweigend begrüßt mich nun auch Javier, ehe er seine geliebten Pflanzen gießen geht. Seine Katze, Katy Purry (die Jungs fanden das damals lustig), schmiegt sich an meine Beine. Ich nehme sie hoch und streichele ihren Schwanz. Micah lässt sich neben mir auf die Couch fallen und legt seinen Kopf auf meinen Schoß.

»Warum bist du dann hier? Probleme im Paradies? Sag bloß nicht, dass er beim Orgasmus wieder ›Daddy‹ genannt werden wollte?«

Hayley verzieht das Gesicht und macht ihm ein Zeichen, dass er den Mund halten soll. Himmel, diese dämliche Anekdote hatte ich fast vergessen.

»Dazu müsste man erstmal einen Orgasmus haben«, spotte ich. Alle lachen.

Wenn ich so darüber nachdenke, hätte ich Zach schon an diesem Abend abservieren sollen, anstatt ihm freundlich zu erklären, dass mich so was absolut nicht erregt.

Noch tagelang danach hatte ich Albträume, in denen in den unpassendsten Momenten das Gesicht meines Vaters auftauchte. Bei der Erinnerung kann ich ein Frösteln kaum unterdrücken. Das müsste mal therapiert werden.

»Er hat Schluss gemacht«, erkläre ich schließlich seufzend.

»Oh nein, Liebes …«

»Während wir Sex hatten.«

»Er hat *was*?!«, ruft Micah und richtet sich entrüstet auf.

Javier runzelt die Stirn und hält eine Hand über seine Pflanzen, als könne er sie so vor der akustischen Aggression schützen.

»Bitte schrei nicht so, Baby. Wir sind direkt neben dir und hören dich sehr gut.«

Micah gehorcht, obwohl ich ihm ansehen kann, dass er am liebsten Zachs gesamten Stammbaum beleidigen würde. Micah ist exzentrisch, gesellig und laut, spricht alles aus, was er denkt, und sticht aus jeder Menschenmenge hervor. Javier hingegen gießt lieber seine Pflanzen und verschläft ganze Tage; Kontakte mit Menschen sind nicht sein Ding.

Auf eine Art und Weise, die ich nicht erklären kann, ergänzen sie sich perfekt.

»Die ›Nenn mich Daddy‹-Sache hätte dich aufhorchen lassen müssen«, fügt Javier hinzu. »Das ist abartig.«

Meine beiden Freunde legen ihre Köpfe auf meinen Schoß, und ihre Nähe beruhigt mich. Gegenseitige Berührungen sind uns allen wichtig. Es ist unsere Art, einander zu zeigen, dass wir uns gern haben.

»Aber dich macht das doch an«, wirft Micah stirnrunzelnd ein.

»Richtig, aber ich bin nicht stolz darauf.«

Hayley und ich wechseln einen Blick. Sie lächelt.

»Dabei stellen die Medien Zach als geradezu perfekten Mann dar. Da sieht man mal wieder, wie der Schein trügen kann.«

Ich nicke stumm. Dasselbe könnte man vermutlich auch über mich sagen. Das schüchterne, nette, unauffällige Mädchen ist nur eine Rolle, die mir von Kate gegeben wurde, als ich fünfzehn war.

Ich habe damals nicht allein angefangen. Wir waren zu dritt, und jeder von uns war eine bestimmte Rolle zugedacht. Destiny war die Lolita, Dakota glänzte als die Lustige, und ich gab die Unschuldige und wurde so zum Liebling der Journalisten. Ein Mädchen, das nur redet, wenn es dazu aufgefordert wird, das nie Nein sagt und keinen Ärger macht.

Ich nehme an, dass genau dieser Umstand mich nach dem Skandal, der unsere Gruppe zerstörte, gerettet hat …

»War es nicht anstrengend, eure Beziehung geheim halten zu müssen? Sogar vor Kate?«

»Doch … und es hat sich nicht einmal gelohnt.«

Ich wünschte, ich könnte Zach blocken und ihn nie wieder sehen, aber die Dreharbeiten zu unserer Serie sind noch nicht abgeschlossen. Ich werde also in seiner Nähe sein müssen … ihn küssen … ihn anlächeln … immer und immer wieder.

Die traurigen und besorgten Gesichter meiner Freunde verursachen mir Unbehagen. Ich versuche, die Situation mit einem lockeren Spruch zu entspannen:

»Zumindest weiß ich, dass ein Mann mich ganz sicher nie verlassen wird …«

»Also bitte, ich hoffe, du redest nicht von …«

»Frank!«

Alle drei stöhnen angewidert auf, was mich zum Lachen bringt. Frank ist ein Hardcore-Fan, der mir schon lange folgt. Ich habe keine Ahnung, wie alt er ist oder wie er aussieht, aber jeder in meiner Fanbase kennt ihn, weil ich dazu neige, auf seine Tweets zu antworten. Ich folge ihm sogar.

Er ist sehr freundlich … nur ein bisschen zu leidenschaftlich.

»Dein Stalker Nummer eins. Muss ich dich daran erinnern, dass er jedem erzählt, dass du ihn datest?«

»Er macht nur Spaß! Es ist einfach Teil seines Charakters.«
Obwohl ich zugeben muss, dass die Grenze ziemlich dünn
ist, was ihn angeht. Frank betreibt ein Fan-Konto auf Twitter,
auf dem er alle meine öffentlichen Auftritte verlinkt, unver-
öffentlichte Fotos von mir postet und seine obsessive Bewunderung für mich verbreitet. Außerdem schickt er mir Briefe
und Gedichte, und zum Geburtstag Geschenke, die ein Ver-
mögen wert sind.

Auch wenn sich meine Eltern Sorgen machen, lache ich lieber darüber.

»Hier, Liebes«, sagt Javier und hält mir sein Kartenspiel vor
die Nase. »Denk über deine Frage nach und zieh eine Karte,
das wird dich aufmuntern.«

Javier legt gern Karten, und ich glaube, er ist sehr gut darin.
Ich beobachte, wie er die Karten mischt, und wähle dann eine
aus.

Er dreht sie um und zeigt … ein Pik-Ass. Die Karte ist wunderschön, mit Blumen und Dornen, die das herzförmige Sym-
bol in der Mitte durchbohren. Neugierig betrachte ich Javier,
der plötzlich blass geworden ist.

»Was ist?«, scherze ich und versetze ihm einen Stoß mit dem
Ellbogen. »Verkündet sie meinen Tod?«

Sein Blick genügt, um mir einen Schauder über den Rücken
zu jagen. *Oh.* Mein Lächeln erlischt, ebenso wie das von Hayley und Micah. Javier zögert verwirrt.

»Es ist … diese Karte ist ein ziemlich schlechtes Omen. Das
Pik-Ass kündigt in der Regel eine Zeit großer Not oder sogar
eine Phase tiefer Depression an. In der Liebe kann man von
einer hässlichen Trennung ausgehen.«

»Dafür ist es jetzt ein bisschen spät«, murmelt Micah.

»In ganz extremen Fällen verkündet es große Gefahr – oder
sogar den Tod.«

Die Stille ist bedrückend. Ich schlucke betroffen. Weil ich aber nicht wirklich an solche Dinge glaube, vertreibe ich das unangenehme Gefühl mit einem Lachen.

»Danke für die Warnung. Ich werde darauf achten, brav nach links und rechts zu schauen, ehe ich die Straße überquere.«

»Ich meine es ernst, Daisy … Sei bitte vorsichtig.«

»Versprochen. So, ich würde zwar gerne bleiben, aber ich muss morgen früh aufstehen. Radiointerview um sieben …«

»Du hast recht«, beruhigt mich Micah. »Und bitte ruf Finn an und sag ihm, dass du noch lebst, okay? Der Typ ist zu heiß, um deine Starallüren zu verdienen.«

Ich ziehe die Augenbrauen hoch und werfe einen fragenden Blick zu Javier, der die Worte seines Liebsten bestätigt, ohne mit der Wimper zu zucken.

»Was denn? Micah hat recht, Finn ist heiß *und* nett. Sein einziger Fehler besteht darin, hetero zu sein.«

»Sollte er jemals das Ufer wechseln«, fügt Micah mit einem charmanten Lächeln hinzu, »gib ihm unsere Nummern. Wir sind offen für alles.«

Nur widerwillig verlasse ich meine Freunde und fahre mit dem Auto nach Hause. Hinter mir liegt ein langer, anstrengender Tag, aber ich will mich auf keinen Fall entmutigen lassen. Ich brauche Zach nicht. Ich habe meine Familie und einen absolut einmaligen Freundeskreis.

Ich sage es nur ungern, aber dann und wann habe ich mich durchaus gefragt, ob die Leute in meiner Umgebung mich nicht ausnutzen … wegen Geld oder Ruhm, was auch immer. Einige ehemalige Mitschüler haben ihre – meist erfundene – Geschichte an Journalisten verkauft und behauptet, in der Schule mit mir befreundet gewesen zu sein. Andere versuchten Jahre später, wieder Kontakt aufzunehmen, als sie feststellten, wie bekannt ich war.

Es waren genau die Leute, die sich damals über mich lustig machten, als ich sagte, ich wolle Sängerin werden … und die mir heute vorwerfen, ich hätte meine Herkunft vergessen.

Aber die Auswahl ist mir gelungen. Inzwischen sind wir eine kleine Clique: Javier, trans und Schauspieler mit einer Leidenschaft für Tarotkarten, der immer, wenn er traurig ist, Ukulele spielt. Micah, professioneller Stylist und Make-up-Artist, der sein Geld in den Secondhand-Läden von Los Angeles ausgibt. Hayley, die grundsätzlich auf rosa Rollschuhen unterwegs ist und behauptet, in einem früheren Leben eine Katze gewesen zu sein.

Und schließlich ich … Daisy, Sängerin und Schauspielerin, die die ganze Welt darüber belügt, wer sie wirklich ist.

3

Heart Like Ice

»Heart like ice,
Yet I still tried, hoping for a miracle.«

Thomas

Von den wenigen Leuten, die sich als meine Freunde bezeichnen, hätte ich nie gedacht, dass ausgerechnet Rose Alfieri mich über Videochat anrufen würde.

Es gab eine Zeit, in der ich sie aus tiefstem Herzen hasste. Heute gehört sie zu den Menschen, denen ich am meisten vertraue. Manchmal geht das Leben eben seltsame Wege.

Versteht mich nicht falsch: Ich finde sie immer noch so nervig, egoistisch und bestechlich wie früher. Aber ich habe nicht mehr das Bedürfnis, sie lebendig zu begraben, und das nenne ich durchaus einen Fortschritt.

»Was ist das für ein neuer Job?«

Ich erkenne die Wohnungseinrichtung hinter ihr sofort, und zwar aus gutem Grund: Ich bin schon oft dort gewesen. Sie sitzt in Russland auf Levis Ledersofa und knabbert Chips.

»Ich weiß es noch nicht. Die Frau ist ein Hollywoodstar.«

Hakeem wollte nicht mehr preisgeben, aber ich bin schließlich nicht dumm. Ich glaube zu wissen, um wen es sich handelt, und genau das macht mir Angst. Wahrscheinlich ist das auch der Grund, weshalb ich Daisy noch nicht geschrieben habe, dass ich zurück in L.A. bin.

»Und du? Wie findest du St. Petersburg?«

»Kalt. Zum Glück habe ich etwas, das mich warm hält …«

Ich weiß nicht, ob sie über Levi oder ihre Liebe zum Wein spricht, und möchte es auch lieber nicht wissen.

»Und deine Schwiegermutter? Liebt sie dich endlich oder macht sie es wie ich und erträgt dich, weil sie keine andere Wahl hat?«

Sie schaut mich erst an, dann senkt sie den Blick. Ich weiß nicht, was sie zu ihren Füßen entdeckt hat, aber ihre Lippen verziehen sich zu einem Grinsen.

»Ich arbeite daran. Du weißt ja, jemanden wie mich lernt man erst nach und nach zu schätzen.«

Schon klar. Levi jedoch schien dieses Problem nicht zu haben. Ich frage Rose nach ihrem Liebsten; kaum eine Sekunde später erscheint Levis Kopf am unteren Bildschirmrand. Er wischt sich mit dem Daumen über den Mund und grinst frech.

»Hi. Wie geht's?«

Sofort wird mir klar, dass er die ganze Zeit da war, aber dass sein Mund sich mit etwas ganz anderem beschäftigte. Rose knabbert unbeeindruckt weiter ihre Chips. Das hat sie also gemeint mit: »Ich habe etwas, das mich warm hält.« Die beiden kennen echt kein Schamgefühl.

»Bitte sag mir jetzt nicht, dass du die ganze Zeit das getan hast, was ich vermute.«

»Kommt drauf an. Was vermutest du denn, was ich gemacht habe?«

»Ekelhaft. Ich lege jetzt auf.«

Das Letzte, was ich höre, ist das helle Lachen von Rose, während Levi sich auf sie stürzt. Mir wird fast übel, aber ich muss zugeben, dass die beiden sich gut ergänzen.

Für das erste Treffen mit meiner Klientin habe ich mich für Anzug und Krawatte entschieden. Manche Kunden ziehen es vor, mich gut gekleidet zu sehen, anderen ist es lieber, wenn ich in der Masse untergehe. Beim ersten Treffen jedoch gebe ich mir immer Mühe. Der erste Eindruck ist der wichtigste.

Ich schwinge mich auf mein Motorrad, das Hakeem all die Jahre hindurch für mich untergestellt hat. Ich will gerade meinen Helm aufsetzen, als meine Hosentasche vibriert.

Mama: Wann kommst du heim?

Ein verschüttetes Gefühl zerrt an dem Faden, der sie mit meinem Herzen verbindet. Ohne Skrupel begrabe ich es noch tiefer.

Ich: Keine Ahnung.
Mama: Wir vermissen dich.

Solche Sätze lassen mich kalt, was sie mittlerweile wissen sollte. Ich mache mir nicht einmal die Mühe zu antworten, aber sie hakt nach:

Mama: Willst du mit deiner Schwester sprechen?
Ich: Nein.

Sonst noch was?

Mama: Warum gibst du dir keine Mühe, Thomas?
Ich: Und warum gibst du vor, mich zu lieben, obwohl wir beide wissen, dass du es nicht tust?

Danach kommt keine Antwort mehr, genau wie ich erwartet habe. Ich kenne meine Mutter in- und auswendig: Ihr ist es egal, ob ich weit weg bin; sie spielt etwas vor, um gut dazustehen. Sie ist die manipulativste Person, die mir je begegnet ist, und das sagt ein echter Soziopath. Ich, der geliebte, vermisste und schließlich verhasste Sohn.

»Kalt«, »herzlos«, »grausam«, »unberechenbar«, »unmenschlich«.

Das waren die Worte, die sie benutzt hat, als sie dachte, ich könne sie nicht hören. Ich bin ihr nicht böse, dass sie so denkt, sie hat ja recht. Und nach so vielen Jahren trifft es mich auch nicht mehr.

Meine Mutter kann meinetwegen weiterhin denken, dass ich kein Herz habe.

Schließlich war sie die Erste, die es gebrochen hat.

Nachdem ich in Downtown Los Angeles zwischen den Wolkenkratzern geparkt habe, merke ich, dass ich zu früh dran bin. Zu Fuß schlendere ich zum Treffpunkt und lande vor einem riesigen Gebäude. Vor dem Schild *ChannelD Media & Partner* bleibe ich stehen.

Genau das habe ich erwartet! Hakeem kennt außer seiner geliebten Schwester sicher nicht viele ChannelD-Stars, es sei denn, er hat in der Zwischenzeit in Zac Efron einen Freund fürs Leben gefunden – dank Li Mei und ihren Zeitschriften kenne ich mich ein bisschen aus.

Gerade habe ich vor, Hakeem anzurufen, als mein Handy in der Hand vibriert. Ich erkenne die Nummer von Kate, meiner Kontaktperson, die mir mein bester Freund weitergegeben hat:

Hallo Mr Kalberg, es tut mir sehr leid, aber ich bin verhindert und muss unsere Verabredung um einige Stunden verschieben. Bitte kommen Sie um achtzehn Uhr zur angegebenen Adresse. Vielen Dank.

Genervt beiße ich die Zähne zusammen. Das wird ja immer besser. Wenn es so ist, wie ich vermute, kann ich da auf keinen Fall hingehen. Nur ist Hakeem leider nicht erreichbar … Ich bin mir ziemlich sicher, dass er meine Anrufe absichtlich unterdrückt, der Mistkerl. Er muss doch wissen, wie sehr ich es hasse, wenn man mich ignoriert.

Plötzlich stolpere ich in meinen Kontakten über Gollums Namen und rufe sie beinahe an, ehe ich doch kneife. Vielleicht bilde ich mir das alles auch nur ein. Hakeem hätte mich sicher vorgewarnt, wenn die Person, die ich schützen sollte, Daisy wäre. Oder etwa nicht?

Jetzt muss ich also noch ein paar Stunden totschlagen. Ich beschließe, in einem Café zu Mittag zu essen und mich um meine ungelesenen E-Mails zu kümmern. Nach einer gefühlten Ewigkeit muss ich so dringend pinkeln, dass ich es nicht mehr aushalte.

Ich gehe in den hinteren Teil des Ladens und treffe auf drei Fotografen, die vor dem Damenklo warten.

»Sie hat sich bestimmt noch nicht verdrückt, ihre Instagram-Story wurde erst vor drei Minuten gepostet«, meint einer von ihnen frustriert.

Paparazzi erkenne ich überall. Widerliche Typen, die ich noch mehr hasse als die Prominenten selbst. Ich nehme an, die Gegend hier ist ein echtes Promi-Nest, daher überrascht mich die Szene nicht im Geringsten.

Ich beachte die Reporter nicht weiter und stoße die Tür zur Herrentoilette auf, bleibe aber abrupt stehen. Der Raum ist leer … bis auf ein Paar Beine, die in dem kleinen Lüftungs-fenster strampeln.

Alles, was ich sehen kann, ist ein Hinterteil in einem Paar schwarzer Jeans. Der Oberkörper befindet sich außerhalb des Gebäudes und genießt die frische Luft.

Ich gebe mich unbeeindruckt – ich habe schon Seltsameres gesehen – und trete ans Pissoir. Beim Geräusch meiner Schritte und des Reißverschlusses hören die Beine plötzlich auf zu zappeln.

»Psst.«

Ich höre nicht hin und starre die Wand an. Für so etwas habe ich keine Zeit. Aber das »Psst« wiederholt sich. Schließ-lich seufze ich.

»Ist da jemand?«

»Nein.«

»Oh, Gott sei Dank! Kannst du mir bitte helfen?«

»Immer noch nein.«

»Bitte. Ich hänge fest.«

Ich schüttele den Kopf und schließe den Reißverschluss meiner Hose.

»Das ist nicht mein Problem.«

»Ich spüre meine Beine nicht mehr, und das Blut steigt mir in den Kopf. Das ist kein gutes Zeichen, nicht wahr? Was, wenn ich ein Hirnödem bekomme? Ich fange schon an zu zit-tern … Ach nein, das ist mein Handy in der Tasche. Kannst du mir wenigstens helfen, dranzugehen? Es ist wahrscheinlich dringend.«

Gleichgültig runzle ich die Stirn. Warum passieren solche Dinge immer mir?

»Ernsthaft, mir ist schwindelig!«, meldet sich der gesichts-lose Körper wieder. »Kannst du etwa mit der Schuld an mei-nem Tod leben?«

»Ich denke schon.«

»Oh … Okay. Wenn das so ist, würdest du dann wenigstens jemanden benachrichtigen? Jeden, außer diesen Geiern vor der Tür. Vielen Dank! Ach ja, ich empfehle dir die Karamell-Cruffins, die sind göttlich.«

Ich wasche mir wortlos die Hände und wende mich ab. *Nichts als Verrückte auf dieser Welt.* Als ich die Tür öffne, stehe ich wieder vor den drei Paparazzi. Sie warten immer noch mit frustrierten Gesichtern vor der Damentoilette.

Jetzt begreife ich und kehre seufzend um.

Ich gehe zum Fenster und ziehe mit einem Ruck an den Beinen. Mit einem überraschten Schrei fällt ein winziger, aber kompletter Körper auf den Boden. Ich sehe mich einer zierlichen Gestalt gegenüber, die ein viel zu großes Sweatshirt mit der Aufschrift »Fuck off« trägt, sich eine Kappe tief in die Stirn gedrückt und sich mit einem Schnurrbart und einer runden Brille unkenntlich gemacht hat.

Es ist die schauderhafteste Verkleidung, die ich je gesehen habe. Jeder kann sofort erkennen, dass es sich um ein Mädchen handelt, trotz aller Bemühungen, ihre lange Mähne unter der Mütze zu verstecken.

»Danke, Mann«, sagt sie mit tief verstellter Stimme.

Endlich schaut sie mich an. Ihre Augen weiten sich leicht, und sie schwankt. Im letzten Moment halte ich sie mit der Hand unter ihrem Ellbogen fest. Sie erbebt unter meinen Fingern. Sofort lasse ich sie los und sage: »Nur zur Info: Das hier ist das Herrenklo.«

Auszug aus der Biografie:
Hollywood's Wildflower von
Kaylee Walters über Daisy Coleman.
Kapitel 1: »Kindheit und Anfänge«

Daisy Amahle Coleman, geboren am 26. Juni 2000 in Los Angeles, ist eine US-amerikanische Schauspielerin, Model und Singer-Songwriterin.

Schon im Alter von zehn Jahren beginnt die Tochter des Tischlers Isaiah Coleman und der Lehrerin Sharon Stenberg mit Castings. Nachdem sie in mehreren Werbespots mitgespielt hat, wird Daisy mit fünfzehn als Darstellerin für die ChannelD-Serie *Rock My Life* entdeckt, in der sie eine der Hauptrollen spielt.

Daisy Amahle, deren zweiter Vorname auf Zulu »die Schöne« bedeutet, ist berühmt für ihre außergewöhnliche Schönheit. Ihre Eltern erklären, dass sie bereits als Kind auffiel. Tatsächlich waren es ihre großen, goldbraunen Augen mit den endlos langen Wimpern, ihre makellose, schwarze Haut und ihre vollen Lippen mit dem vollendeten Amorbogen, die die besten Agenten der Stadt auf den Plan riefen.

Dass sie heute ein Teenager-Idol, das Gesicht von Weltmarken und ein It-Girl ist, um das sich jeder reißt, hat sie einer Castingshow zu verdanken, die ihr Leben veränderte.

Hier ist die Abschrift eines Interviews, das ich mit Daisy in ihrer Anfangszeit geführt habe.

Kaylee Walters: Warst du zuversichtlich?

Daisy Coleman: Ganz und gar nicht! Ich war erst vierzehn und hatte entsetzliche Angst. Als ich auf dem Flur warten musste, umgeben von wunderschönen Mädchen, die wahrscheinlich alle besser waren als ich, bin ich total ausgeflippt. Ich habe mich auf der Toilette eingeschlossen und mir die Seele aus dem Leib gekotzt. Fünf Minuten, bevor ich an die Reihe kam, war ich unauffindbar. Am liebsten hätte ich die ganze Sache abgeblasen und wäre abgehauen, aber ich schämte mich zu sehr, meinem Vater und meinem Bruder – sie begleiteten mich – mein Versagen zu gestehen. Habe ich erwähnt, dass es mein Geburtstag war?

K. W.: Netter Zufall! Was hat dich dann doch dazu bewogen, dich dem Casting zu stellen?

D. C.: Ich heulte gerade Rotz und Wasser, als ich hörte, wie jemand die Tür zur Toilette öffnete. Ich verhielt mich ganz still in meiner Kabine, aber die Schritte näherten sich. Und plötzlich hörte ich: »Daisy?« Es war die Stimme von Thomas, dem besten Freund meines Bruders, der sich vergewissern wollte, ob alles in Ordnung war. Ich versuchte, ihn zu beschwichtigen, aber er ging einfach nicht weg. Also … (Lachen) sagte ich das Erste, was mir einfiel: »Ich habe meine Tage.«

K. W.: Hat er dir geglaubt?

D. C.: Keinen Augenblick. Thomas lässt sich nicht täuschen. Er sagte: »Daisy, hier ist das Herrenklo«, und bat mich dann freundlich, die Tür zu öffnen. Er wollte den Schaden begutachten. Der arme Kerl … Er war eigentlich mit seiner damaligen Freundin verabredet gewesen, hatte ihr aber abgesagt, weil ich darauf bestanden hatte, dass er mich begleitet. Ich fühlte mich schuldig, also trocknete ich meine Tränen und ging hinaus. Ich weiß noch, dass er mich lange schweigend betrachtete und mich dann fragte, was los wäre. Schließ-

47

lich meinte er, dass man an seinem Geburtstag nicht weinen sollte. Ich gestand ihm die Wahrheit, nämlich dass ich Angst hatte.

K. W.: Das Casting zu verpassen?

D. C.: Nein … es zu bestehen. Ich weiß, was du denkst (Lächeln). Thomas sagte genau das zu mir. »Das ist bescheuert.« Das war es auch. Aber ich hatte Angst davor, angenommen zu werden. Davor, dass die ganze Welt über mich lachen könnte, weil ich nicht schön genug war, oder nicht weiß genug, nicht lustig genug, nicht talentiert genug … oder weil ich ein bisschen seltsam bin. Weißt du, was er mir geantwortet hat?

»Das kann alles sein, ja. Es wird immer Menschen geben, die solche Dinge denken, auch wenn sie nicht stimmen.« Ich erinnere mich, dass ich daraufhin erst recht weinte. Er hockte sich vor mich und wischte mit seinem Daumen meine Tränen fort. Thomas zeigt niemals Gefühle, aber seine Gesten waren so sanft, dass sie mich sofort beruhigten.

Er sagte: »Daisy, hör mir gut zu. Menschen sind gemein, egoistisch und eifersüchtig. Die Leute werden dich auslachen, ganz gleich, was du tust … Also kannst du auch gleich das tun, was dir Spaß macht, oder?« Bei diesem Satz machte es klick.

K. W.: Ein wirklich weiser Satz. Wie ging es dann weiter?

D. C.: Ich habe es immerhin versucht. Ihm mag es einfach erschienen sein, weil ihm nichts etwas anhaben konnte. Für mich war es komplizierter. Trotzdem hatte ich begriffen, dass ich, wenn ich Erfolg hätte, nie würde verhindern können, dass die Leute über mich reden. Ich würde mich distanzieren müssen und dafür sorgen, dass mich nichts treffen konnte. Solange mir klar wäre, was ich wert war, würden Anfeindungen keine Rolle spielen.

Schließlich lächelte ich. Ich hatte mich wieder unter Kontrolle. Ich glaube, das hat ihn gefreut, denn er fing wieder an, mich zu necken – das war seine Lieblingsbeschäftigung.

K.W.: Standet ihr euch nah?

D.C.: Sehr. Zumindest … rede ich mir das gern ein. Es war vor allem ein einseitiges Gefühl. Ich klebte an ihm. Meine Augen folgten jeder seiner Bewegungen. Sein Name war ständig auf meinen Lippen. Er war der Held aller Träume, die ich mir abends vor dem Schlafengehen ausdachte. Ich vergötterte ihn, aber er würdigte mich keines Blickes. Nicht wirklich … jedenfalls nicht so, wie ich es mir gewünscht hätte.

Aber meinen Geburtstag vergaß er nie und versuchte, mich um jeden Preis zu beschützen. Ich erinnere mich noch gut an das Gespräch an jenem Tag, als wir die Toilette verließen. Er nannte mich »Kleine«, was ich hasste. Zugegeben, angesichts seiner Größe von 1,88 m wirkte ich winzig. Aber ich schrie ihn trotzdem an: »Ich bin nicht klein! Ich werde heute vierzehn! Ich habe schon einen Jungen mit Zunge geküsst, und ich rasiere mir die Beine.« (Lachen)

Ihm konnte ich solche Dinge sagen, meinen Bruder hätte der Schlag getroffen. Vor allem aber wollte ich ihn auf kindliche Weise eifersüchtig machen … Natürlich war ihm das völlig egal. Trotzdem verzog er angewidert das Gesicht, was ich sofort als Sieg wertete.

»So genau wollte ich es gar nicht wissen, Gollum!«

K.W.: Gollum? Wie in *Der Herr der Ringe*?

D.C.: Ja, so hat er mich immer genannt, weil er wusste, dass mich das ärgerte. Wenn ich ihn aufforderte, damit aufzuhören, tätschelte er mir nur den Kopf und meinte: »Verleugne deine Wurzeln nicht, Daisy. Denk daran, wo du herkommst.«

An diesem Tag erfand ich aus Rache einen eigenen Spitznamen für ihn: Ich nannte ihn Thor. (Lachen) Mit seinem neuen Bart und seinen blonden, halblangen Haaren sah er ein bisschen aus wie Chris Hemsworth.

Daraufhin drohte er mir, dass er Hakeem alles erzählen würde. »Wer ist dieser Junge? Sag ihm, dass ich einen Baseballschläger habe. Wenn ihm seine Beine wichtig sind, sollte er seine Hose lieber zulassen.« Ich schämte mich zu Tode.

K.W.: Und weiter?

D.C.: Wir kehrten in den Flur zurück, wo ich von einer Frau mit Brille aufgerufen wurde. Ich war an der Reihe. Aus dem Augenwinkel nahm ich gerade noch wahr, wie mein Bruder ermutigend den Daumen hob, dann betrat ich den Raum, wo das Vorsprechen stattfinden sollte. Ich hatte keine Angst mehr. Ich gab alles und wusste sofort, dass ich einen Volltreffer gelandet hatte. Es war noch ein anderes Mädchen da, das mir die Stichworte gab. Damals wusste ich es noch nicht, aber es handelte sich um Destiny … meine zukünftige Kollegin in der Serie.

K.W.: Das war wahrscheinlich der schönste Tag deines Lebens, oder? Jedenfalls der beste Geburtstag.

D.C.: Merkwürdigerweise nicht. Als ich vom Vorsprechen zurückkam, war der Flur leer. Mein Vater war auf der Toilette, und die Jungs hatten sich verdrückt. Ich ging hinaus, um sie zu suchen … und hörte zufällig einen Gesprächsfetzen, der nicht für meine Ohren bestimmt war.

Hakeem rauchte, Thomas lehnte an der Wand. Mein Bruder fragte ihn, ob Jess ihm immer noch böse wäre. Die bloße Erwähnung von Thomas' Freundin genügte, um mich traurig zu machen. Aber er antwortete, es wäre aus. Dass er Schluss machen, oder besser gesagt, dass er sie ghosten würde. Er wollte sich nicht weiter damit beschäftigen.

Als Hakeem ihm auf den Kopf zusagte, dass er sie offenbar trotzdem noch mochte, antwortete Thomas etwas, das alle meine Hoffnungen zerstörte: »Ich glaube, ich habe es nicht so mit Gefühlen. Mit Gefühlen im Allgemeinen.«

K.W.: Was meinte er damit?

D.C.: In diesem Moment habe ich es noch nicht wirklich verstanden. Die Wahrheit erfuhr ich erst später, an meinem sechzehnten Geburtstag. Zunächst wollte ich nachfragen, aber was Hakeem Thomas antwortete, ließ mich erstarren: »Tommy ... Ich finde, wir sollten reden.« Er wirkte, als hätte er Angst. Thomas fuhr ihn an, er solle den Mund halten, aber Hakeem sprach weiter, die Sache sei »ernst« und dass er nicht so tun könne, als wüsste er nichts.

Thomas verschloss sich wie eine Auster. Ich dachte, er würde nie wieder sprechen. Als Hakeem vorschlug, mit ihm zur Polizei zu gehen, drehte Thomas durch. Er packte meinen Bruder am Kragen und drückte ihn mit aller Kraft gegen die Wand. Sie standen Stirn an Stirn. Ich hatte eine Heidenangst und machte mir große Sorgen. »Wag es ja nicht, der Polizei auch nur einen Ton davon zu erzählen!«, fauchte Thomas, und in seinem Gesicht stand eine Mischung aus Wut und Panik. Noch nie hatte ich ihn so gesehen.

K.W.: Weißt du, wovon er sprach?

D.C.: Damals noch nicht, nein ... Ich hatte keine Ahnung, was Thomas so Schlimmes getan haben könnte, aber Hakeem beruhigte sich bald und versprach ihm, nichts zu unternehmen. Er entschuldigte sich mehrmals, bis Thomas ihn losließ. »Ich brauche deine Hilfe nicht«, fauchte er, als Hakeem sich rechtfertigen wollte. Sie beschlossen, es dabei zu belassen und die Sache zu vergessen.

Als wir sie beim Auto trafen, benahmen sie sich, als wäre

nichts geschehen. Aber ihr Gespräch verfolgte mich noch jahrelang, ohne dass ich es wagte, darüber zu sprechen … Wenige Tage später beschloss Thomas, nach Schweden zurückzukehren und in die Armee einzutreten.

4

Fake Friends

»Will they still care,
when the fame fades?«

Daisy

Ich glaube, Thomas Kalberg hat die schlechte Angewohnheit, mir auf Herrentoiletten in Los Angeles über den Weg zu laufen.

Verdammt, er ist es wirklich. Kein Zweifel. Die letzten vier Jahre haben ihn zwar verändert, aber ich würde ihn überall wiedererkennen … Seine Haare sind länger und dunkler, und auch sein Bart ist nachgedunkelt. Er hat Muskeln zugelegt, aber für seine imposante Größe ist er immer noch dünn.

Ich weiß nicht, was mit ihm passiert ist, aber sein Blick hat sich verfinstert. Er war immer schon ein Einzelgänger, einschüchternd und bereit, jeden zu verprügeln, der ihn schief anschaute, aber sein Lächeln war wie tausend Sonnen.

Verdammt, was macht er hier? Als er mich festhält, um meinen Sturz zu verhindern, erbebe ich. Vermutlich hält er es für unangebracht, denn er zieht seine Hand sofort zurück. Ich kann immer noch nicht glauben, dass er nach vier Jahren Abwesenheit tatsächlich leibhaftig vor mir steht.

Dieser Egoist hat sich nicht einmal die Mühe gemacht, mir eine Nachricht zu schicken, dass er wieder in der Stadt ist!

»Nur zur Info: Das hier ist die Herrentoilette«, sagt er kühl. Ich muss lachen, weil die Szene so abwegig ist. Fast wie ein Déjà-vu. Er würde sich über mich lustig machen, wenn er wüsste, dass ich es bin, die unter dieser Verkleidung steckt. Ich erinnere mich nämlich plötzlich, dass ich mich als Mann verkleidet habe, und zwar ziemlich schlecht. Aber er hat keine Ahnung, wer ich bin. Und er verdient nicht, es zu erfahren, nachdem er vergessen hat, mich vorzuwarnen!

Schließlich fällt meine Erstarrung von mir ab, ich straffe meinen Oberkörper und antworte:

»Na und? Ich bin ein Mann.«

»Schwer zu glauben.«

»Bist du blind? Schau, ich trage einen Schnurrbart!«

Ich zeige auf den falschen Flaum und trete nah genug an ihn heran, um seinen Duft wahrzunehmen. *Oh, wow, er riecht noch immer so gut. Sauvage* von Dior? Ich erkenne es, denn ich bin das weibliche Gesicht der Marke.

Thomas bleibt unbeeindruckt und vergrößert den Abstand zwischen uns. Ich muss mir ein Lachen verkneifen, denn mein Spielchen amüsiert mich.

»Das beweist gar nichts. Ich kenne auch Frauen mit Schnurrbart.«

Ah. Ich hoffe, er meint nicht mich, der Mistkerl!

Plötzlich wird die Toilettentür geöffnet. Die Paparazzi fallen mir wieder ein, und ich stürme, ohne nachzudenken, zum nächsten Pissoir. Als die beiden Fotografen an der Tür erscheinen und sich umschauen, tue ich mit gesenktem Kopf so, als würde ich pinkeln, während ich *I Want To Break Free* pfeife.

Ich hasse diese Leute. Ich kann nicht einmal mehr in Ruhe einen Kaffee trinken. Blöde Idee, ein Foto aus dem Laden zu posten. Ein echter Anfängerfehler.

Verärgert wenden sie sich ab, und einer sagt:

»Sie hat sich verdrückt. Lass uns gehen.«

Ich seufze erleichtert und schaue Thomas aus meinen haselnussbraunen Augen an. Ungewollte, aber immer präsente Erinnerungen melden sich …

Was bin ich doch für ein Weichei! Ich dachte, ich wäre reifer geworden, aber kaum steht er wieder vor mir, trifft mich meine riesengroße Schwäche für ihn wieder mit voller Wucht. Und wie!

Verdammt, er sieht noch besser aus als früher. Er ist kein großer Junge mehr, sondern ein Mann.

Ich bin sauer, dass er mich nicht über seine Rückkehr informiert hat. Aber zum Glück weiß ich noch, wie ich ihn aus der Reserve locken kann.

Ich kneife die Augen zusammen und mustere ihn von Kopf bis Fuß. Thomas zieht eine Augenbraue hoch, als ob er ahnt, was ich sagen will.

»Du siehst aus wie …«

»Chris Hemsworth«, vollendet er mit einem genervten Seufzer. »Ich weiß.«

Beinahe lache ich auf bei dem Gedanken, dass außer mir schon andere auf die Idee kamen.

»Eigentlich wollte ich sagen ›mein Zahnarzt‹, aber okay, wenn du meinst.«

Ich genieße die Befriedigung, Thomas Kalberg vor meinen Augen erröten zu sehen. Ich beobachte ihn fasziniert; es ist das erste Mal seit zehn Jahren, dass ich ihn verlegen erlebe.

»Viele Leute finden das«, rechtfertigt er sich.

»Ja, ja, schon klar.«

»Es stimmt aber.«

»Ich glaube dir.«

Natürlich ist das nicht der Fall. Verärgert beißt er die Zähne zusammen.

»Kannst du mir eigentlich erklären, was du da oben gemacht hast?«, fragt er.

»Ich wollte durchs Fenster verschwinden. Spoiler: Das war eine ziemlich blöde Idee.«

»Was du nicht sagst. Und deine ein Meter zwanzig passten da nicht durch?«

Mein triumphierendes Lächeln verblasst sofort. Arschloch! Meine geringe Körpergröße ist ein heikles Thema. Außerdem bin ich seit dem letzten Mal, als er mich gesehen hat, einen ganzen Zentimeter gewachsen ... Ich bin jetzt 1,53 Meter groß.

»Passt der da?«, kontere ich und zeige ihm den Mittelfinger.

Er hat keine Gelegenheit, mir zu antworten, und scheint von meiner vulgären Antwort auch nicht sonderlich beeindruckt zu sein. Mein Telefon klingelt. Es ist Kate, meine Managerin. Ich kehre Thomas den Rücken zu und antworte leise:

»Hey.«

»Wo bist du? Ich suche dich seit einer Stunde! Sallie hat mir gesagt, dass du längst weg bist.«

Sallie ist meine Choreographin, mit der ich einen guten Teil des Tages verbracht habe.

»Ich war noch im Café ...«

Sie seufzt. Sie mag es nicht, dass ich so häufig Pausen mache. Wenn es nach ihr ginge, würde ich auch noch im Schlaf proben. Ich bin mir sicher, sie bedauert, dass ich nicht schlafwandele oder schlaflos bin. Manchmal macht sie mir Angst.

»Komm nach Hause, ich muss mit dir reden«, sagt sie und legt auf.

Als ich mich umdrehe, ist Thomas verschwunden.

Ich bin todmüde, als Finn in meiner Einfahrt parkt. Ich habe das Glück, ein vom Stadtzentrum einigermaßen abgelegenes

Haus gefunden zu haben, das von Bäumen und Bambus umgeben ist. Ich liebe es, auch wenn ich mich dort einsam fühle.

»Finn.«

»Ja, Daisy?«

»Weißt du zufällig, was Kate von mir will? Falls sie mir die Leviten liest, möchte ich ausreichend vorbereitet sein: kugelsichere Weste, Captain-America-Schild und dieser ganze Kram. Oder sollte ich lieber gleich die Fliege machen? Meinen Namen ändern? Ich habe das Gefühl, dass ich in einem anderen Leben eine ... Natasha sein könnte. Klingt irgendwie stilvoll ... geheimnisvoll ... nach russischer Spionin. Wie Black Widow.«

Kate war schon immer streng, aber in letzter Zeit ist sie besonders gereizt. Mein zweites Soloalbum kommt in drei Monaten heraus, und sie erklärt mir jeden Tag, dass die Öffentlichkeit mich auf dem Schirm hat. Ich verbringe also meine Tage im Studio oder im Tanzsaal, um sicherzugehen, dass alles perfekt ist.

Immerhin konnte ich Kate davon überzeugen, dass ich für das neue Album meine eigenen Lieder schreiben durfte. Das erste war zwar ganz nett, passte aber überhaupt nicht zu mir. Mein Genre ist Rock, und ich bin ein Riesenfan von Panic! at the Disco und Måneskin. Leider wurde ich damals gezwungen, bunten Kleinmädchen-Pop zu einer sexy Choreografie zu machen.

Dieses Mal mache ich, was ich will. Kate hat zugestimmt, unter der Bedingung, dass ich meine Tänzerinnen behalte; ich habe nachgegeben.

»Keine Sorge«, beruhigt mich Finn und schaut in den Rückspiegel. »Ich glaube, es geht um eine Änderung bei der Security.«

Na gut, umso besser. Finn öffnet mir höflich die Autotür, und ich lächele ihm zu. Micah und Javier haben recht, mein

Bodyguard ist auf seine Art wirklich knackig. Aber er hat eine Freundin.

»Da bist du ja!«, begrüßt mich Kate, als ich durch die Glastüren eintrete. »Mein Gott, was sind denn das für Augenringe? Schläfst du genug? Du solltest nicht ungeschminkt aus dem Haus gehen.«

Ich weiß zwar nicht, wie ich bei meinem überfüllten Terminkalender ausreichend Schlaf bekommen soll, aber ich nicke, um sie zu beruhigen.

»Zieh die Klamotten aus, geh duschen und komm dann ins Wohnzimmer.«

Eine halbe Stunde später sitze ich in einer Leggings und einem schwarzen Clash-Pullover mit Kate auf meinem Vintage-Sofa.

»Gott sei Dank, jetzt siehst du wenigstens wieder wie ein Mädchen aus«, seufzt Kate missmutig. »Zumindest beinahe.«

Ich tue ihr nicht den Gefallen, darauf zu reagieren. Mir ist klar, wie sehr sie meine kleinen Fluchten hasst, aber das ist mir egal. Mir sind sie wichtig.

Finn hält sich in unserer Nähe auf und schaut aus dem Fenster. Wie die anderen vor ihm hat er gelernt, sich unsichtbar zu machen. Manchmal schneide ich ihm Grimassen, um zu sehen, ob ich ihn aus der Reserve locken kann.

Meist dreht er mir dann den Rücken zu, gerade wenn ich den Anflug eines Lächelns erkennen kann.

»Was ist das?«, frage ich, als meine Managerin ein paar Umschläge aus ihrer Tasche holt.

»Fanpost. Hier, lies mal einen der Briefe.«

Sie hält mir das Päckchen hin. Neugierig öffne ich einen Brief und beginne laut zu lesen. Sofort fällt mir der Name Frank auf. Ich grinse. Was er wohl dieses Mal von mir will?

Ich lese weiter, und mir gefriert fast das Blut in den Adern.

Bis heute ist Frank trotz seiner (zu) großen Leidenschaft immer höflich geblieben, aber hier rastet er völlig aus.

Wortreich verkündet er seine Liebe, oder besser gesagt, seine Besessenheit. Er schreibt, er wolle mein Haar spüren, den Duft meiner Haut riechen und seine Initialen in meine Brust ritzen, um mir seine ewige Liebe zu beweisen.

Das ist … verstörend. Hannibal-Lecter-verstörend.

Ein Schauder des Entsetzens rinnt mir über den Rücken.

»Und das ist nur einer von vielen«, sagte Kate. »Ich möchte dich nicht beunruhigen, du hast genug Stress, aber ich kann kein Risiko eingehen.«

»Okay … Verständigen wir also die Polizei?«

»Die Polizei? Wozu das denn? Nein, nein, das bleibt unter uns. Auf keinen Fall dürfen Journalisten davon erfahren und darüber berichten, bevor dein Album herauskommt. Aber wir erhöhen die Anzahl deiner Bodyguards.«

Ich erstarre und will sofort ablehnen. Finn hinter mir äußert sich nicht, aber ich ahne, wie unangenehm ihm die Vorstellung sein muss, nicht gut genug in seinem Job zu sein. Was mich betrifft, so würde das bedeuten, keine andere Wahl zu haben, als mich zu benehmen.

»Der Neue und Finn werden hier bei dir einziehen und dich rund um die Uhr abwechselnd überallhin begleiten. Keine Sorge, ich habe den Besten ausgesucht und seine Referenzen überprüft …«

»Wow. Was war das gerade? Langsam Kate, nicht so hastig!«

Zwar verstehe ich ihre Sorge, aber dieses Stückchen Privatsphäre, das ich hier zu Hause noch habe, ist alles, was mir bleibt. Sobald ich einen Fuß vor die Tür setze, beobachtet die ganze Welt jeden meiner Schritte.

Wenigstens hier gehöre ich ausschließlich mir selbst. Mein Haus ist mein Zufluchtsort, mein Heiligtum. Ich weigere mich, das aufzugeben. Umso mehr, als Finn und ich einige Zeit gebraucht haben, um zwischen uns ein Gleichgewicht und ein gewisses Vertrauen zu entwickeln, das ich zugegebenermaßen manchmal enttäuscht habe.

Und jetzt soll ich mit einem Fremden ganz von vorn anfangen?

»Ich glaube wirklich nicht, dass das nötig ist …«

»Dein Bruder ist auch meiner Meinung. Er ist sogar derjenige, der mir den Kandidaten empfohlen hat.«

Seit wann diskutiert Kate mit Hakeem über mein Leben? Denn nur um Hakeem kann es sich handeln. Calvin ist zu sehr mit seinem eigenen Leben beschäftigt, als dass er sich um meines kümmern würde. Unser Ältester hingegen mischt sich in alles ein, was mich angeht.

Dieser blöde, bartlose Verräter!

»Mir wäre es lieber, eine einstweilige Verfügung zu beantragen«, beharre ich verzweifelt. »Ich fühle mich schon genug beobachtet, Kate. Ich bekomme kaum noch Luft und habe Angst, zusammenzubrechen …«

»Das war keine Frage, Daisy. Tut mir leid, aber die Entscheidung ist bereits getroffen.«

Verstehe. Vermutlich hatte ich von vorneherein keine Wahl. Ich frage mich allerdings, warum ich überrascht bin. Seit mittlerweile acht Jahren verzichte ich auf das Privileg, Entscheidungen über mein eigenes Leben treffen zu dürfen.

Ich verschränke die Arme und tippe nervös mit der Fußspitze auf meinen Azteken-Teppich. Hat Kate überhaupt eine Ahnung, wie merkwürdig und beängstigend es ist, umgeben von zwei erwachsenen Männern zu leben, die mich zu jeder Tages- und Nachtzeit beobachten? Schon einer hat ausgereicht, dass ich die Krise bekam, so süß Finn auch sein mag.

»Für wie lange?«

»Ich weiß es noch nicht. Erst einmal auf unbestimmte Zeit. Wir werden sehen, wie sich die Sache weiterentwickelt …«

Ich muss mich wohl damit abfinden. Ich stehe auf und hole mir in der Küche ein Glas Wasser. Meine limonengrünen Schränke trösten mich.

»Da ist er ja«, ruft Kate, als in meiner gepflasterten Einfahrt ein Motorrad zu hören ist. »Pünktlich auf die Minute.«

»Jetzt schon?«

Sie begrüßt den Neuen, während ich in der Ecke sitze und vor mich hin schimpfe. Hakeem wird von mir hören, nur dass das klar ist! Im Wohnzimmer werden Stimmen laut. Ich nutze die Gelegenheit, um ein paar Nachrichten zu verschicken.

An Hayley, Micah und Javier: SOS. Neues Kindermädchen!

An Hakeem: Ich bring dich um! und füge eine ganze Reihe von Messer- und Totenkopf-Emojis hinzu, um zu illustrieren, was mir durch den Kopf geht – ich bin ein eher visueller Typ. Versehentlich füge ich noch ein Wal-Emoji hinzu, schreibe aber sofort: Ups, sorry, nicht Moby Dick!

»Daisy?«, meldet sich Finn mit einem schüchternen Lächeln am Eingang zur Küche. »Du wirst erwartet.«

Ich atme tief durch, um für alle Eventualitäten gewappnet zu sein, und folge ihm ins Wohnzimmer. Kate und der Neue stehen mit dem Rücken zu mir.

»Ah, da ist sie ja!«, lächelt Kate und dreht sich um. »Daisy, das ist Thomas Kalberg, dein neuer Bodyguard.«

Heilige Scheiße.

5

I Miss You, I'm Sorry

»When you're in bed at night,
your hand traveling south,
Do I ever cross your mind?«

Thomas

Verdammt, ich wusste es.

Daisy Coleman. Besser bekannt als Gollum.

Ein Name, der mich seit zehn Jahren begleitet. Der eines zwölfjährigen Mädchens mit Afro-Frisur und Babywangen, die ich so gern zwickte.

Heute hat sie unendlich lange Wimpern, ihre braunen Zöpfe reichen ihr bis ins Kreuz, und ihre sinnlichen Lippen strafen die Erinnerung an die Vergangenheit Lügen. Vor mir steht eine veränderte Daisy, die zur Frau geworden ist.

Endlich verstehe ich, was in den Magazinen ständig behauptet wird: Sie ist wirklich außergewöhnlich schön.

»Das Mädchen mit dem Schnurrbart«, entfährt es mir unwillkürlich.

Wieso habe ich sie nicht erkannt?

Kate verzieht das Gesicht und wendet sich langsam zu Daisy um. Sie versucht, diskret zu sein, aber ich höre, wie sie flüstert: »Gleich morgen rufe ich die Kosmetikerin an …«

Das wirst du mir büßen, Hakeem. Er wusste, ich hätte abgelehnt, wenn er mir gesagt hätte, dass es um Daisy geht. Weil sie nicht irgendwer ist. Sie gehört zur Familie.

Normalerweise fällt sie mir mit einem breiten Lächeln um den Hals. Dieses Mal jedoch ernte ich nur finstere Blicke, und ich weiß auch genau, warum: Ich habe ihr nicht Bescheid gesagt.

»Ich nehme an, Hakeem hat Sie bereits über alles informiert«, beginnt Kate. »Daisy ist Sängerin, Schauspielerin und Model …«

»Du brauchst ihm nicht meine Wikipedia-Seite aufzusagen«, murmelt Daisy mit verlegenem Grinsen. »Mr Kalberg ist bestimmt schon längst ein richtig großer Fan. Wollen Sie ein Autogramm? Allerdings ohne Foto.«

Die Tortur beginnt.

»… weshalb sie einen sehr vollen Terminkalender hat«, fährt Kate fort, ohne sie zu beachten. »Und als ob das nicht schon genug wäre, macht Miss ihren Bodyguards die Arbeit manchmal etwas schwer.«

Daisy wird rot, ebenso wie der Mann hinter ihr, der plötzlich fasziniert den Boden anstarrt. Warum überrascht mich das nicht? Schon als Kind war Daisy nicht der Typ, der irgendwem gehorchte oder sich ruhig verhielt.

»Finn, lassen Sie sich von ihr doch nicht mehr an der Nase herumführen«, fügt Kate mit einer gewissen Verzweiflung hinzu. »Aber vielleicht hört sie bei jemand Erfahrenerem ja damit auf, ohne Vorwarnung zu verschwinden.«

Ich werfe Daisy einen tadelnden Blick zu; als Antwort formt sie mit den Fingern ein Herz.

Plötzlich fällt mir wieder ein, warum ich hier bin. Ich habe den Job angenommen, ohne zu wissen, worauf ich mich einlasse, weil Hakeem mich so inständig gebeten hat. Allerdings verlangt meine eigene goldene Regel, dass ich Privatleben und

Beruf niemals vermische. In einem Job wie meinem haben Gefühle keinen Platz. Wenn ich mich eng an meine Klienten binde, nehme ich mir ihre Angelegenheiten zu sehr zu Herzen. Und das kann leicht zu Fehlern führen.

Bisher war das kein Problem für mich, da ich mich nie gefühlsmäßig binde. Aber jetzt ... Ich werde ablehnen müssen.

»Ich brauche keinen neuen Bodyguard«, erklärt Daisy und verdreht die Augen. »Finn genügt mir völlig.«

Dieser kann ein kleines, geschmeicheltes Lächeln nicht verbergen.

»Das interessiert mich absolut nicht«, entgegnet Kate mit scheinheiligem Lächeln. »Wenn dir etwas passiert und sich die Veröffentlichung deines Albums verschiebt, sitze ich in der Scheiße. Das würdest du mir doch nicht antun wollen, oder?«

Wie nett. Ich sehe, dass Daisy von Menschen umgeben ist, die an ihr hängen ... Sehr beruhigend.

»Mist«, schimpft Kate, als ihr Telefon sich meldet. »Daisy, das Gespräch ist beendet. Zeig Mr Kalberg das Haus. Ich bin mal draußen.«

Ohne auf eine Antwort zu warten, geht sie hinaus, um den Anruf entgegenzunehmen. Ich entschuldige mich und verschwinde mit dem Handy in der Küche.

Hakeem nimmt sofort beim ersten Klingeln ab, als ob er auf meinen Anruf gewartet hätte.

»Hey, wie ist ...«

»Die Antwort lautet Nein.«

Er seufzt. Offenbar hat er damit gerechnet.

»Entschuldige, vielleicht hätte ich dir sagen sollen ...«

»Hakeem, ich kann das nicht. Ich darf keine Freunde als Klienten annehmen, das wird zu kompliziert ...«

»Aber du warst doch auch Levis Bodyguard.«

Schon, aber Levi ist nicht Daisy. Levi ist ein erwachsener und verantwortungsbewusster Mann, der auf sich selbst aufpassen kann.

»Deine Schwester hat bereits einen Bodyguard.«

»Ja, einen Bodyguard, dem sie nicht gehorcht«, murrt er. »Sie macht, was sie will, und hängt den armen Finn ab, ohne ihm zu sagen, wo sie hingeht. Manchmal stundenlang. Und seien wir ehrlich: Er ist zwar nett, aber nicht gerade eine Leuchte.«

»Das ist sein Problem. Hör zu, Daisy ist keine Kronprinzessin und auch nicht die Tochter eines Mafioso und wird nicht mit dem Tod bedroht. Also braucht sie mich nicht …«

»Oh doch.«

Erschrocken frage ich Hakeem, was er damit meint. Zunächst zögert er, besinnt sich dann aber.

»Es gibt da einen Kerl, der von ihr besessen ist … Er schickt ihr Geschenke und Briefe, die von Mal zu Mal gruseliger werden. Das macht mir Angst.«

Ein Stalker? Heilige Scheiße. Allein bei der Vorstellung läuft mir ein eiskalter Schauder über den Rücken. Kate hat dieses kleine, aber immens wichtige Detail mit keinem Wort erwähnt. Warum hat man mich nicht informiert? Seit wann läuft die Sache? Wer ist der Typ?

»Tommy … bitte!«, fleht Hakeem. »Ich habe Angst um sie. Bei dir wäre sie in guten Händen.«

Ich habe Angst um sie. Er hat das Einzige gesagt, was mich zum Nachgeben bringen könnte, und dafür hasse ich ihn.

»Und wenn ich versage? Was, wenn sie verletzt wird, während sie unter meinem Schutz steht?«

»Ich kenne dich. Ich weiß, dass das nicht passieren wird. Thomas, ich vertraue dir das Leben des Menschen an, den ich am meisten auf der Welt liebe … Weil ich weiß, dass du der Beste bist. Weil du mein Bruder bist.«

Mist. Wie kann ich jetzt noch Nein sagen?

»Okay. Ich mache es.«

»Danke …«

»Aber ich warne dich, sie wird mitspielen müssen. So wie mit Finn wird es bei mir nicht laufen, das kann ich dir sagen.« Ich höre ihn am anderen Ende der Leitung leise lachen.

»Genau darauf will ich ja hinaus.«

Verärgert, dass ich mich so schnell habe überreden lassen, lege ich auf und will gerade ins Wohnzimmer zurückkehren, als ich erstarre. Daisy steht mit hochgezogenen Augenbrauen und zusammengekniffenem Mund an der Tür.

Sie ist … Verdammt, sie ist wunderschön. Jede Wette, dass die Männer bei ihr Schlange stehen. Frauen vermutlich auch.

»Hallo, Gollum«, sage ich leise mit einem müden Lächeln, versuche aber sofort, sie zu beschwichtigen: »Kann es sein, dass du ein bisschen gewachsen bist? Du bist doch mindestens drei Zentimeter größer.«

Das stimmt natürlich nicht, und wir wissen es beide, aber ich kenne sie gut genug, um zu wissen, dass das bei ihr immer zieht. Ich mag es nicht, wenn sie wütend ist … weil sie sich dann nämlich rächt und ich es am Ende immer bereue.

Daisy scheint einen Moment zu zögern. Als sie sich jedoch entschließt, mir zu glauben, strahlt sie. Sie stürmt auf mich zu, schlingt die Arme um meinen Hals und drückt mich mit einer vertrauten Umarmung fest an sich.

Seht ihr, Daisy ist so eine Person. Eigentlich hasse ich Berührungen, aber ich glaube, bei ihr habe ich mich daran gewöhnt. Ich umarme sie ebenfalls, ziehe mich aber schnell zurück.

»Du hast mich nicht mal informiert, dass du wieder da bist!«, schimpft sie und rümpft die Nase.

»Ich bin doch gerade erst gekommen. Dein großer Bruder

hat mich geschickt. Er will, dass ich dein neuer Bodyguard werde.«

»Ich brauche zwar keinen, aber okay«, sagt sie fröhlich. »Jetzt können wir endlich die verlorene Zeit nachholen. Ich will alles über die letzten vier Jahre wissen! Außerdem habe ich diesen neuen Laden entdeckt, in dem sie Kaffee und schwedisches Gebäck servieren, du wirst sehen, es ist …«

»Daisy, nein.«

Überrascht bricht sie ab. Ich seufze, denn ich weiß jetzt schon, dass sie mich dafür hassen wird. Aber von nun an muss Daisy eine Kundin wie jede andere sein. Und ich werde sie entsprechend behandeln.

»Ich bin als dein Bodyguard bei dir, das heißt, alles spielt sich ganz professionell ab, und wir müssen eine gewisse Distanz zwischen uns wahren«, sage ich. Ihr Gesicht verrät, dass sie langsam begreift. »Ich bin ein Angestellter, genau wie Finn. Unsere Freundschaft darf für eine Weile keine Rolle spielen, okay?«

Schweigen. Ihre Züge verdüstern sich. Als sie endlich verstanden hat, schüttelt sie den Kopf.

»Wenn das so ist, lehne den Auftrag ab.«

»Das kann ich nicht.«

Sie klimpert mit den Wimpern und faltet flehend die Hände, aber ich gebe nicht nach. Als ihr klar wird, dass meine Haltung nicht verhandelbar ist, weicht sie mit verletzter Miene zurück.

»Oh … Dann ist das also dein Ernst?«

»Mein voller Ernst.«

Sie nickt und schluckt ihre Enttäuschung hinunter. Die Flamme in ihren Augen verrät mir, wie sehr sie mich gerade hasst.

»Ich verstehe. Dann folgen Sie mir doch bitte, *Mister Kalberg*«, sagt sie trocken und wendet mir den Rücken zu.

Ich gehorche ihr ohne Widerrede. Ihre Wut wird vorübergehen, wie immer. Finn gesellt sich im Wohnzimmer zu uns. Das Haus ist geräumig, lichtdurchflutet und von viel Grün umgeben. Kaum zu glauben, dass wir uns in L. A. befinden. Alles ist Vintage und aus Holz, bordeauxrotem Samt und cremefarbenen Stoffen.

In den Räumen stehen viele Pflanzen. Diverse Vinylplatten hängen an den Wänden, und in jedem Zimmer finden sich Gitarren in allen Größen und Farben. Ein echtes Hollywood-Promi-Haus.

»Leider haben wir hier so gut wie nie warmes Wasser«, erklärt mir Daisy, was Finn zu überraschen scheint. »Auch die Heizung funktioniert nicht, deshalb ist es im Winter nicht gerade angenehm. Letztes Jahr habe ich einen halben Zeh verloren. Ich könnte es Ihnen zeigen, aber den Anblick erspare ich Ihnen lieber. Seither kann ich auf der Bühne keine offenen Schuhe mehr tragen.«

Ich tappe nicht in die Falle. An Finns Reaktion, der sie anschaut, als hätte sie drei Köpfe, erkenne ich klar, dass sie mir einen Bären aufbinden will. Sie hält sich für clever, aber ich bin viel gewitzter als sie.

Sie versucht, mich zu vergraulen.

Danach zeigt mir Daisy das Badezimmer mit einer riesigen begehbaren Dusche und einer freistehenden Badewanne. Es hat einen Zugang zum Schlafzimmer, in dem ein elfenbeinfarbenes Himmelbett steht.

»In diesem Zimmer ist in den 1970er Jahren jemand ermordet worden«, fügt sie hinzu und stemmt eine Hand in die Hüfte. »Der Mörder hatte es ausschließlich auf weiße, heterosexuelle Männer abgesehen. Hartnäckig hält sich ein Gerücht, dass er immer noch auf der Suche nach seinem nächsten Opfer durch die Räume spukt …«

Sie wirft mir einen bedeutsamen Blick zu, der mich fast dazu bringt, die Augen zu verdrehen. Finn überspielt sein Lachen mit einem Hustenanfall.

»Manchmal höre ich abends Flüsterstimmen …«, raunt sie vertraulich. »Habe ich schon erwähnt, dass ich schlafwandle? Erst letzte Nacht hat Finn mich dabei erwischt, wie ich imaginäre Karotten im Garten gepflanzt habe. Sie brauchen nicht unbedingt acht Stunden Schlaf, oder etwa doch?«

Ich gehe noch immer nicht auf sie ein, weil mich ihr Theater wenig beeindruckt. Das scheint sie aus der Fassung zu bringen, denn sie stößt einen Seufzer aus, der die krausen Härchen in ihrer Stirn aufwirbelt.

Im Schnelldurchgang besichtigen wir weitere Räume, von denen einer als Tanzsaal, ein anderer als Tonstudio dient. Eines der Zimmer dürfte wohl mein Schlafzimmer werden, auch wenn Daisy es im Augenblick noch als Kino nutzt.

Der Pool draußen im Garten gefällt mir, ich lasse mir aber nichts anmerken. Auf einem der Liegestühle schläft eine kleine weiße Katze. Ich weiß bereits, dass es sich um ihr Haustier Tornado handelt, weil sie mir etwa fünfmal in der Woche wahre Fotofluten schickt: »Tornado kaut an einem Blatt«, »Tornado leckt sich den Schwanz«, »Tornado beim Schlafen«, »Tornado starrt ins Leere« … Kein Wunder, dass ich seinen Namen kenne.

Daisy bleibt stehen und drückt einen Kuss auf seine rosa Schnauze.

»Ich hoffe, Sie sind nicht allergisch«, wendet sie sich an mich und grinst mich boshaft an.

Kleiner Quälgeist. Sie weiß ganz genau, dass ich es bin. Katzen sind Ausgeburten des Teufels. Am liebsten sind sie mir auf Fotos, möglichst weit weg von mir.

»Das war's«, sagt Daisy, als wir wieder im Wohnzimmer sind.

Wie eine Diva lässt sie sich aufs Sofa fallen, ignoriert mich, tippt auf ihrem Handy herum und zeigt Finn irgendetwas Lustiges, das ihm jedoch nur ein verkrampftes Lächeln entlockt.

Ist das der erste Job dieses Kerls? Ich frage mich, was ihm seine Agentur beigebracht hat, dass er sich von einem Mädchen von der Größe eines Hobbits derart auf der Nase herumtanzen lässt.

Aber egal. Jetzt bin ich ja hier. Ich richte mich zu meiner vollen Größe auf und verkünde: »Von meiner Seite aus ist alles in Ordnung.«

Die Enttäuschung und der Frust auf Daisys Gesicht machen mich euphorisch. Endlich wendet sie ihren Blick vom Handy ab und sieht mich an.

»Sehr gut«, sagt Finn, nachdem er sich geräuspert hat. »Ich werde mich um Ihren Einzug kümmern.«

»Ich habe noch nicht meine Zustimmung gegeben«, mischt sich Daisy plötzlich ein. »Sie gefallen mir nicht besonders. Wer versichert mir, dass Sie kein Perverser sind, ein Fan, der sich als Bodyguard einschleicht, um meine gebrauchten Schlüpfer zu stehlen und daran zu schnüffeln, wenn niemand zusieht?«

Dabei starrt sie mir direkt in die Augen. Ihr Gesichtsausdruck ist verschlossen, als wolle sie mich herausfordern.

»Erstens: Wenn ich je gebrauchte Slips an mich nähme, dann allenfalls, um sie in die Waschmaschine zu stecken, und ganz bestimmt nicht, um daran zu schnüffeln. Das ist eklig. Zweitens: Dass du mich nicht magst, ist mir ziemlich egal«, erwidere ich und ziehe mein Handy aus der Tasche. »Finn?«

Ich sehe ihn an und ignoriere Daisys mörderischen Blick. Der Arme wirkt etwas überfordert.

»Ich ziehe gleich heute Abend ein. Ich müsste noch einmal das gesamte Anwesen abgehen, um die bereits vorhandenen

Sicherheitsvorkehrungen zu überprüfen. Einiges scheint mir etwas spärlich zu sein.«

»Sehr gut.«

»Außerdem brauche ich eine Liste mit den Namen all deiner Freunde«, sage ich zu Daisy.

Mit einem fragenden Ausdruck auf ihrem hübschen Gesicht richtet sie sich auf.

»Wozu?«

»Um Nachforschungen anzustellen. Ich muss wissen, wer die Leute sind, mit denen du dich umgibst, um sicherzugehen, dass sie nicht gefährlich sind.« Ich wende mich an Finn. »Ich nehme an, Sie haben bereits eine Akte für jeden von ihnen?«

»Ich … nein«, antwortet Finn kläglich.

Ich seufze. *Anfänger.*

»Gut, dann kümmere ich mich darum. Ich muss noch einmal kurz nach Hause. In der Zwischenzeit kümmert ihr euch um die Liste. Darüber hinaus brauche ich auch Daisys Zeitplan für das laufende und das kommende Jahr.«

Finn nickt aufmerksam. Man sieht ihm an, wie erleichtert er ist, dass ich jetzt die Zügel in die Hand nehme. Er macht den Eindruck, als wüsste er nicht wirklich, was zu tun ist, und vermutlich ist genau das der Fall.

Meine Stimme klingt kühler als beabsichtigt, als ich verkünde: »Ich will grundsätzlich wissen, wann Daisy das Haus verlässt, und ich möchte über jeden öffentlichen Auftritt informiert werden. Außerdem ist jede Person zu registrieren, die einen Fuß in dieses Haus setzt.«

»Alles so gut wie erledigt, Sir.«

»Und was diesen Stalker angeht … Ich will alles über ihn erfahren. Ich will jeden seiner Briefe lesen und jede Info kennen, die wir über diese Person haben. Ich hoffe, du hast seine Geschenke immer sofort weggeworfen.«

Schweigen antwortet mir. Ich schüttele verärgert den Kopf.

»Dann tu es jetzt.«

Ich schaue Daisy gerade in die Augen. Ich will sicher sein, dass sie genau versteht, was ich sage. »Von nun an übernehme ich hier die Führung. Mein Job ist es, dich am Leben zu halten, und wie mir allgemein bescheinigt wird, bin ich sehr gut darin. Wenn du ein Problem mit meinen Methoden hast, ist das dein Pech. Du kannst mich hassen, so viel du willst, das juckt mich nicht; immerhin bedeutet es, dass du noch lebst, um es zu tun.«

Ich lasse ihr keine Zeit, etwas darauf zu erwidern, und verlasse das Haus.

Das wäre erledigt.

Zu Hause packe ich meine Tasche. Ich habe ohnehin nicht viel dabei. Ich suche in meinen Kontakten nach Daisys Nummer und schreibe ihr in eine Nachricht.

Ich: Speichere meine Nummer als Notfallkontakt.

Als Antwort erhalte ich ein Mittelfinger-Emoji und … einen Wal.

6

First Love

»I was just a kid
but you smelled like love.
No one's fault but Cupid's«

Daisy

In der Nacht nach Thomas' Einzug wache ich gegen drei Uhr morgens auf. Das ist ungewöhnlich für mich, aber ich nehme an, dass bereits seine Anwesenheit mich zutiefst aufwühlt. Im Haus ist es ruhig. Ich wälze mich im Bett hin und her und kann nicht wieder einschlafen.

Nur mit einem Nachthemd und meinem Seidenturban bekleidet beschließe ich, aufs Klo zu gehen. Im Flur mache ich kein Licht an; ich würde mich auch mit geschlossenen Augen zurechtfinden. Anschließend gehe ich nach unten, um mir ein Glas Wasser zu holen.

Plötzlich fällt mir etwas auf. Die Hintertür zum Garten steht einen Spalt breit offen. Verwirrt bleibe ich stehen. Das ist nicht normal. Ich habe sie vor dem Schlafengehen abgeschlossen.

Da bin ich mir ganz sicher, denn in dieser Hinsicht bin ich geradezu zwanghaft.

Als ich die Tür schließen will, sträuben sich die Härchen auf meinen Armen. Darauf bin ich keineswegs stolz, denn es gibt keinen Grund zur Paranoia. Wahrscheinlich ist Thomas nach mir noch einmal hinausgegangen und hat vergessen, die Tür hinter sich abzuschließen.

Ich sperre also wieder ab und kehre in mein Zimmer zurück. Es dauert einige Zeit, bis ich in den Schlaf finde. Die beunruhigende Stille auf dem Grundstück verstört mich.

Am nächsten Tag erzähle ich Thomas, der in der Küche seinen Kaffee trinkt, von meiner nächtlichen Entdeckung.

»Sag mal, hast du gestern die Tür zum Garten offen gelassen?«

Er zieht eine Augenbraue hoch.

»Nein.«

»Vielleicht aus Versehen …«

»Ich sage doch, ich war es nicht.«

Ich seufze genervt. Nur er kann es gewesen sein. Finn weiß genau, dass er die Tür abzuschließen hat, aber er benutzt sie sowieso nicht.

»Wenn du das sagst. Aber sei nächstes Mal vorsichtiger, ich habe sie letzte Nacht weit geöffnet vorgefunden.«

Er antwortet nicht, aber ich spüre seine Frustration. Seine Hände verkrampfen sich auf seinen Oberschenkeln.

»Wir müssen uns ein Codewort überlegen«, wechselt er das Thema.

Ich hasse die kühle Art, mit der er sich an mich wendet. Als wäre ich seine Kundin und nichts weiter. Als hätten wir nicht zehn Jahre einer ganz besonderen Beziehung hinter uns.

Die Situation geht mir immer noch gegen den Strich, auch nachdem ich Hakeem fast vierzig Minuten lang am Telefon angeschnauzt habe. Das alles ist seine Schuld.

Natürlich freue ich mich, Thomas wiederzusehen. Aber wenn wir uns wie Fremde behandeln, hat das keinen Sinn. Und wie immer darf ich nichts dazu sagen.

Das Einzige, was ich tun kann, ist ziemlich kindisch. Ich schmolle und hoffe, dass er klein beigibt.

»Ein Codewort?«

»Ein Wort, das nur du und ich kennen, damit wir in einer Gefahrensituation kommunizieren können.«

»Kann ich nicht einfach schreien? Das ist doch ziemlich kommunikativ, oder?«

Er wirft mir einen ungeduldigen Blick zu. Ich habe nicht vor, es ihm leicht zu machen, und das weiß er ganz genau.

»Das reicht nicht. Es gibt viele Situationen, in denen du schreien könntest, ohne dass Gefahr im Verzug ist ...«

»Ach ja? Nenn mir eine.«

Mehrere Sekunden lang schaut er mir stumm in die Augen.

»Willst du wirklich, dass ich es ausspreche? Es wäre peinlich, für dich und für mich.«

Ich brauche einige Zeit, ehe ich verstehe. Ich erstarre und erröte unter der Intensität seines Blicks. *Oh.*

»Ich bin nicht der Typ, der dabei schreit.«

Es ist raus, bevor ich nachdenken konnte. Für eine Sekunde hatte ich vergessen, mit wem ich spreche. Was ist nur in mich gefahren? Thomas betrachtet mich überrascht und gleichzeitig gelangweilt.

»Wähle einfach ein Wort«, sagt er.

Ich denke nach, während er aufsteht und seine Kaffeetasse in die Spüle stellt.

»Odin.«

Thomas bleibt stehen, dreht sich um und zieht eine Augenbraue hoch.

»Ernsthaft? Wie alt bist du? Sechs?«

»Was denn, so hieß doch dein lieber Vater, oder?«, scherze ich. »Auf diese Weise vergisst du ihn nicht ...«

»Sprich nicht über meinen Vater.«

Sein Tonfall ist plötzlich kalt und kurz angebunden und macht mir eine Antwort unmöglich. Seine Augen sind ernst geworden. Ich verstehe, dass ihm nicht nach Scherzen zumute ist. Ich habe einen wunden Punkt getroffen.

Dabei wusste ich es. Niemand darf Thomas' Vater erwähnen. Er ist ein Tabuthema, auch wenn niemand genau weiß, warum. Ich schäme mich ein wenig und zucke mit den Schultern.

»Dann eben Asgard.«

Ich weiß nicht, ob er mich bestrafen will, aber Thomas stellt nach und nach alle meine Gewohnheiten auf den Kopf. Er lässt Überwachungskameras außerhalb des Hauses anbringen; er führt idiotische Sicherheitsregeln ein und folgt mir auf Schritt und Tritt.

Ich finde nur Ruhe, wenn ich meine Schlafzimmertür hinter mir schließe. Nicht einmal am Pool kann ich mich friedlich sonnen, da er jeden Morgen den Garten belegt, um mit Finn seine Kraftübungen zu machen.

Mit nacktem Oberkörper. *Verschwitzt.*

Die beiden Männer teilen die Nachtwachen untereinander auf. Es ist lächerlich, aber Thomas scheint seine Rolle sehr ernst zu nehmen. Offenbar hat er ausgezeichnet recherchiert, denn er kennt nicht nur meinen Terminkalender in- und auswendig, sondern auch die Leute, mit denen ich mich treffe. Ich hasse es. Ich habe kein Privatleben mehr.

Natürlich kann man dieses Spiel auch zu zweit spielen.

Wenn Kate sich weigert, ihn zu feuern, werde ich ihn dazu bringen, von sich aus zu kündigen. Ich weiß genau, dass er das Geld nicht braucht und dass er gehen würde, wenn er könnte. Aber er fühlt sich meinem Bruder verpflichtet.

Ich will meinen Freund wiederhaben. Deshalb sorge ich dafür, dass ich in seiner Gegenwart die schlimmste Landplage bin, die man sich vorstellen kann. Meine knapp bemessene Freizeit verbringe ich mit Shopping auf dem Rodeo Drive und gönne mir Massagen, während ich ihn stundenlang warten lasse. Ich spiele die Diva. Wenn er zu schlafen versucht, höre ich laute Rockmusik, benutze das komplette heiße Wasser, wenn er nach dem Sport duschen will, und verbünde mich mit Finn, indem ich Thomas absichtlich ignoriere.

Ganz einfach: Ich mache ihm das Leben zur Hölle. Allerdings muss ich zugeben, dass er sich tapfer hält. In der ersten Zeit erträgt und erduldet er alles mit einem ungerührten Gesichtsausdruck, der mich wahnsinnig macht. Also schalte ich einen Gang höher.

Ich verwende unser Codewort zu den unmöglichsten Gelegenheiten. Beim ersten Mal bin ich in einer Umkleidekabine. Ich schreie »Asgard«. Keine Sekunde später reißt Thomas den Vorhang auf. Jeder seiner Muskeln ist in Alarmbereitschaft. Plötzlich liegen seine Hände fest und kühl auf meinen Schultern, während sein Blick meinen Körper absucht und sich vergewissert, dass mir nichts fehlt.

Trotz meiner Schuldgefühle, weil ich ihn erschreckt habe, lächle ich ihn an und reiche ihm den Kleiderbügel mit dem Kleid, das ich gerade anprobiert habe.

»Kannst du mir das bitte eine Nummer größer besorgen? Es ist zu eng.«

Er starrt mich mit offenem Mund an. Sein Gesicht verfinstert sich. *Oh je, er ist wirklich wütend.*

»Soll das ein Witz sein?!«

Ich spiele das Unschuldslamm, bis er schließlich den Vorhang zuzieht, ohne den Bügel mitzunehmen. Später im Auto macht er mich zur Schnecke.

Beim zweiten Mal befinde ich mich in meinem Tanzsaal, als ich aus vollem Hals »Asgard« schreie. Ich höre hastige Schritte auf der Treppe. Thomas reißt die Tür auf und stürmt mit gezückter Schusswaffe herein.

»Oh, wow«, sage ich erschrocken. »Immer mit der Ruhe, Kevin Costner! Ich brauche nur eine Flasche Wasser.«

»Willst du mich verarschen?«, erwidert er barsch. Er ist außer sich. »Das Codewort dient dazu, vor einer Gefahrensituation zu warnen, Dee!«

Ich muss innerlich grinsen, weil ihm mein Spitzname so natürlich über die Lippen kommt, wenn er sich aufregt. Er mag mich, trotz der Kälte seines Blickes.

»Genau!«, verteidige ich mich und schaue ihn empört an. »Ich habe gerade sechs Stunden lang getanzt. Wenn ich so weitermache, sterbe ich an Dehydration. Das ist doch eine Gefahr, oder?«

Er öffnet den Mund, um etwas zu sagen – wahrscheinlich eine Beleidigung –, besinnt sich dann aber. Mit zusammengebissenen Zähnen atmet er tief ein und fixiert mich mit seinen kobaltblauen Augen.

»Weißt du, was mit dem Kind passierte, das immer schrie, es hätte einen Wolf gesehen, Daisy?«

Seine tiefe, bedrohliche Stimme jagt mir herrliche Schauder über den Rücken. Ich sehe ihn an, während er mit raubtierhaftem Gang näher kommt.

»Man glaubt ihm nicht mehr …?«

Thomas bleibt vor mir stehen und geht dann in die Hocke, um sein Gesicht auf meine Höhe zu bringen. Ich lächle nicht mehr. Er schaut mir direkt in die Augen. Sein Atem streift mein Kinn.

»Es wurde fast vom Wolf gefressen«, flüstert er mit düsterer Stimme.

Mist. Ich bin mir nicht sicher, ob ich ihm gewachsen bin. Ich räuspere mich, um etwas zu sagen, irgendetwas, aber er richtet sich auf und versetzt mir einen schmerzhaften Klaps auf die Stirn.

»Autsch!«

»Hör auf, mich zu verarschen, sonst werde ich wirklich böse«, sagt er, dreht sich um und knallt die Tür hinter sich zu.

Trotz seiner Versuche, mir Angst einzujagen, missbrauche ich den Code noch zwei weitere Male, denn ich bin überzeugt, dass Thomas irgendwann aufgibt. Mein Ziel ist es, ihn an seine Grenzen zu bringen, und ich werde es schaffen! Obwohl er längst begriffen hat, was ich vorhabe, weiß ich ganz genau, dass er sofort auftaucht, sobald ich das Codewort rufe.

Weil er auf keinen Fall ein Risiko eingehen wird.

»Ich werde dir ein paar Selbstverteidigungstechniken beibringen«, sagt er eines Morgens, nachdem er mich in aller Frühe geweckt hat.

Im Yoga-Outfit stehe ich ihm im Garten gegenüber. Er trägt nur eine Jogginghose und ein weißes T-Shirt, das seine Armmuskeln perfekt zur Geltung bringt.

»Angenommen, jemand versucht, dich von hinten mit dem Unterarm zu erwürgen«, sagt er und stellt sich hinter mich. »Dann musst du schnell reagieren.«

Ich nicke und versuche, mich trotz der leichten Berührung seines Oberkörpers an meinem Rücken zu konzentrieren.

»Sobald du seinen Unterarm siehst, drehst du dein Kinn in Richtung Schulter, um die Luftröhre zu schützen und zu verhindern, dass der Druck dich am Atmen hindert.«

Ich höre aufmerksam zu, während er seine Hand auf meine Wange legt und mein Kinn sanft nach rechts dreht. Dann nimmt er meine Hände und legt sie auf seinen Arm.

Seine Stimme ist ganz nah, tief und verwirrend, als er an meinem Ohr flüstert: »Gleichzeitig krallst du dich mit allen Fingern in seinen Unterarm und ziehst ihn nach unten.«

Unwillkürlich erbebe ich, als seine Lippen mein Ohrläppchen streifen. Ich höre seinen Erklärungen kaum zu. Meine Sinne schlagen Alarm, mein Puls wird schneller. Ich bin mir seiner Nähe und seiner Hand auf meiner nackten Taille intensiv bewusst.

So hat Thomas mich noch nie berührt. Zwar weiß ich, dass es ihm nichts bedeutet, trotzdem bin ich kurz davor, Feuer zu fangen.

»Wenn du das geschafft hast«, fügt er leise hinzu und greift nach meinem Handgelenk, »dann lässt du mit der rechten Hand los, hebst den Ellbogen und versetzt ihm einen Schlag in die Eier.«

Mein Puls hämmert gegen meine Schläfen, und einen Moment glaube ich, dass er meine Hand auf sich legen will. Doch er hält wenige Zentimeter zuvor inne und vergewissert sich, dass ich verstanden habe.

»Du schlägst so hart wie möglich zu. Dann stellst du ein Bein hinter ihn und duckst dich unter seiner Achsel durch. Los, versuch es.«

Es fällt mir schwer, richtig zu funktionieren, weil ich angestrengt damit beschäftigt bin, trotz meiner brennenden Wangen einen neutralen Gesichtsausdruck zu wahren. Thomas' Arm umschließt meinen Hals, und seine Wange streift meine. Unmöglich zu ignorieren.

Trotzdem gehorche ich ihm, und sofort lässt der Druck nach. Ich kann endlich wieder frei atmen, auch wenn ich ein wenig enttäuscht bin.

»Und jetzt?«

»Jetzt schlägst du mir gegen das Knie und rennst weg. Danach rufst du mich, und ich kille das Schwein, das es gewagt hat, dich anzufassen.«

Ich nicke und schlucke, wobei ich so gut es geht verberge,

was seine Worte für eine Wirkung haben. Wir versuchen es noch ein paarmal, um zu sehen, ob ich es verstanden habe. Er zeigt mir verschiedene Techniken, und jede Sekunde ist eine Qual.

Seine Stimme liebkost mein Ohr, sein Atem streicht durch meine Nackenhaare, seine Finger liegen auf meinem nackten Rücken … nach einer guten Stunde ertrage ich die Tortur nicht länger. Noch viel weniger, als ich mich plötzlich quer über seinen Hüften im Gras sitzend wiederfinde. Meine Gedanken schweifen ab, und ich bin mir ganz sicher, dass er die wenig dezenten Dinge hören kann, die mir durch den Kopf gehen.

»Hast du verstanden?«, fragt er und legt seine Hand lässig auf meinen Knöchel.

»Ich denke schon. Danke.«

Die Stille zieht sich hin. Er liegt immer noch unter mir ausgestreckt.

»Okay. Darf ich jetzt bitte aufstehen?«

»Verdammt, der ist ja noch heißer als Finn«, ruft Micah, als wir zwei Wochen später zusammen zu Mittag essen. »Er sieht aus wie einer dieser sexy Wikinger … mit ihren Muskeln und … ihrem Hammer …«

Ich knurre vor mich hin und bin froh, dass Thomas weit genug weg ist, um uns nicht zu hören. Er wartet vor dem Restaurant, aber ich kann ihn durch die Glasfront sehen. Sein Blick ist fest auf mich gerichtet, als hätte er Angst, ich könnte entwischen, sobald er blinzelt.

»Du weißt schon, Typen wie Khal Drogo«, fügt Micah hinzu. »Ihre Ausstrahlung ist ein bisschen schmuddelig. Man bekommt Lust, sich mit ihnen im Schlamm zu wälzen und lauter schöne Schweinereien anzustellen.«

Ich schüttle den Kopf und schlage die Hände vors Gesicht.

»Allerdings sehe ich keine Ähnlichkeit mit Chris Hemsworth«, fügt mein Freund nachdenklich hinzu. »Ich würde ihn eher mit Charlie Hunnam vergleichen.«

»Micah, wir müssen uns konzentrieren! Darum geht es jetzt nicht. Der Mann nervt. Weißt du, dass er bei jedem von euch einen Backgroundcheck durchgeführt hat? Ich hoffe, du hast in deinem Garten keine Leichen vergraben, denn er würde sie finden. Thomas weiß immer alles. Ich wette, wenn ich ihn frage, was ich vorgestern um fünfzehn Uhr sechzehn gegessen habe, weiß er es.«

Micah lacht und stützt das Kinn auf.

»Ein Backgroundcheck, echt? Na ja, bei mir lohnt sich das bestimmt.«

»Was meinst du? Die Fan-Fictions, die du anonym über deinen Schauspieler-Freund schreibst, oder den TikTok-Account, auf dem du sexy Dinge über dich selbst postest?«

»Oh, das ist nicht das Schlimmste … Ich würde viel darum geben, sein Gesicht zu sehen, wenn er entdeckt, was ich so im Darknet bestelle.«

Ich lache laut, denn den Gesichtsausdruck würde auch ich gerne sehen. Thomas hat einen Stock im Arsch, wenn es um solche Themen geht!

Micah will wissen, warum ich meinen neuen Bodyguard nicht leiden kann. Die Wahrheit ist, dass ich Thomas nie im Leben hassen könnte, selbst wenn ich es wollte.

»Eigentlich ist genau das Gegenteil der Fall«, seufze ich und wage es nicht, Micah anzusehen. »Thomas und ich, wir kennen uns … sehr gut. Und ich habe lange Zeit intensiv für ihn geschwärmt.«

Micahs Grinsen wird breiter. Ich ärgere mich und werfe ihm

ein Brotkügelchen ins Gesicht, was ihn zum Lachen bringt. Ich weiß genau, was er denkt.

»Klar, jetzt verstehe ich. Du bist sexuell frustriert, Süße.«

Unangenehm berührt weiche ich seinem Blick aus. Es wäre gelogen zu behaupten, dass ich, was Thomas angeht, noch nie Hintergedanken gehabt hätte. Ich war sehr jung, als ich ihn kennenlernte, und damals liebte ich ihn so, wie man den gut aussehenden Freund seines älteren Bruders eben liebt: rein, unschuldig und voller Bewunderung. Ich wünschte mir seine ungeteilte Aufmerksamkeit und seine ganze Zuneigung. Ich liebte es, seine Favoritin zu sein.

Und dann wurde ich sechzehn. Ich stellte fest, dass er wirklich ein attraktiver Mann war. Dass mein Herz raste, wenn ich ihn sah, und dass ich den Blick senkte, wenn unsere Hände sich berührten. Aber in diesem Jahr wurde mir auch klar, dass zwischen uns nie etwas möglich sein würde. Thomas war nicht dazu bestimmt, der Märchenprinz zu werden, auf den ich so sehnsüchtig wartete. Er hatte nie Liebe erfahren, und vielleicht konnte er deshalb keine geben.

Als ich achtzehn wurde, erwachte in mir ein Monster. Thomas wurde zum Objekt meiner Fantasien, zu dem Gesicht, das meine Gedanken beschäftigte, wenn ich allein in der Dusche masturbierte. Ich war wirklich scharf auf ihn …

Aber ich wurde erwachsen und musste diese aussichtslose Schwärmerei vergessen. Ihn vier Jahre lang nicht zu sehen half mir, mein Herz zu heilen. Zach war mir dabei eine große Unterstützung, das muss ich zugeben.

Jetzt ist er allerdings wieder da. Und obwohl wir Distanz halten, ist es schwieriger, als ich dachte. Im Haus riecht es nach ihm. Seine Kleider liegen in der Waschmaschine. Sein Motorrad steht schwarz und glänzend in meiner Einfahrt. Und natürlich ist er immer in meiner Nähe. Ob ich mir im Wohnzimmer einen Film anschaue, ob ich nur mit einem Handtuch bekleidet aus der Dusche steige oder ob ich am Pool meine Katze streichle …

Ich kann ihm nicht entkommen.

»Ich würde nur gern … unsere alte Komplizenschaft wieder-haben«, sagte ich leise. »Deshalb versuche ich, ihn zum Aufgeben zu bewegen. Aber dieser blonde, bärtige Riese lässt sich nicht abwimmeln.«

Micah denkt nach, ohne mich zu verurteilen, obwohl wir beide wissen, dass es sich nur um eine Laune handelt. Er kennt mich gut genug, um zu wissen, wann er nachhaken kann und wann er es lassen muss.

Schließlich grinst er schelmisch und meint:

»Warum halten wir uns nicht einfach an die guten alten Klassiker?«

Beim Wiedersehen mit Zach einen neutralen Gesichtsaus-druck zu bewahren erweist sich als schwieriger als erwartet. Zum Glück ist heute nicht Thomas, sondern Finn mit mir am Set.

»Bist du immer noch sauer?«, fragt Zach, als wir uns in der Garderobe treffen.

Als ich sehe, wie die Stylistinnen neugierig die Ohren spit-zen, weil sie wissen wollen, was zwischen uns los ist, beiße ich die Zähne zusammen.

»Aber nein«, sage ich und lächle falsch.

»Prima. Ich mag es nicht, wenn du schmollst.«

Ehe ich reagieren kann, drückt Zach mir einen Kuss auf die Wange. Die Geste ist intim und unmöglich zu ignorieren. Ich zucke zusammen und halte mir verdutzt die Hand vors Ge-sicht. Was soll das?

Unsere Stylistinnen wechseln im Spiegel überraschte Blicke.

Verärgert stehe ich auf und gehe nach draußen, um frische Luft zu schnappen. Finn folgt mir auf dem Fuß.

»Oh, du bist ja schon da!«, sagt Kate, die ich fast über den Haufen renne. »Du hast also mit Zach gesprochen?«

»Wovon redest du?«, murmle ich, obwohl ich es mir schon denken kann.

»Du weißt doch, was ein Werbepaar ist, oder?«

Bitte lass das einen Albtraum sein.

»Die Öffentlichkeit bettelt schon seit zwei Jahren darum, dass ihr eine Beziehung anfangt. Also dachten wir, wir tun so, um eure Karrieren anzukurbeln. Alle machen das, und jeder weiß es.«

»Aber ich hasse Zach«, wende ich flehentlich ein.

»Du bist doch Schauspielerin, oder? Dann tu eben so, als ob. Es wird dir nicht schaden, glaub mir«, sagt sie und zwinkert mir zu.

7

Dear Patriarchy

»Yes I'm angry,
I'll smile when men stop
trying to silence me.«

Thomas

»Kannst du uns etwas über deine Ernährung erzählen?«

Ich erstarre, während Daisy sich bemüht, nicht die Augen zu verdrehen. Sie brennt darauf, das weiß ich, denn ich kenne sie in- und auswendig. Himmel, sie hat wirklich recht. Es ist jetzt das dritte Mal, dass dieser angebliche Journalist versucht, ihr Informationen darüber zu entlocken, was sie isst oder welche Art von Sport sie treibt, um schlank zu bleiben.

Sollte er sie nicht zu ihrem neuen Album befragen?

»Idiot«, murmelt Kate neben mir.

Nachdem sie bei den ersten beiden Versuchen höflich den Fragen ausgewichen ist, gibt Daisy jetzt nach und lacht hinterhältig. Ein Lachen, das ausdrückt: »Oh, den nehme ich mir vor.« Es ist mein Lieblingslachen, abgesehen von dem, das ihr immer bei *The Office* entfährt.

»Ich esse die Herzen von kleinen Kindern. Das hilft mir, jung und schön zu bleiben.«

In Wahrheit besteht Daisy zu fünfundsechzig Prozent aus Wasser, der Rest sind Süßigkeiten aller Art. Sie versteckt sie vor Kate, aber ich finde sie immer wieder in allen Ecken des Hauses, von den Ritzen der Sofas bis hin zur Mikrowelle.

Der Reporter lacht gekünstelt und hakt nach:

»Was ist denn wirklich dein Geheimnis? Es muss doch schwierig sein, das alles unter einen Hut zu bringen, oder?«

»Was soll daran schwierig sein? Brauchst du einen guten Rat zum Abnehmen, James?«, fragt Daisy mit gespielter Sorge. »Du kannst es mir ruhig sagen, ich verurteile dich nicht.«

»Nicht wirklich, aber danke. Ich möchte nur ...«

»Du solltest dich so akzeptieren, wie du bist, weißt du? Ich finde dich wirklich okay!«

Schließlich gibt er auf, weil er sich unbehaglich fühlt. Daisy lächelt weiter, aber ihr Blick ist entschlossen. Ich kann nicht anders, ich bin stolz auf sie. Kate bemerkt mein verhaltenes Lächeln und schaut mich finster an. Offenbar hätte Daisy sich zurückhalten und die Frage beantworten sollen.

»Kannst du uns etwas über dein neues Album erzählen? Nach dem Erfolg deiner ersten Veröffentlichung wird dein Comeback mit Spannung erwartet!«

»Ja, es ist sehr aufregend. Bei dieser Gelegenheit werde ich mich dem Publikum so zeigen, wie ich wirklich bin. Die Öffentlichkeit kennt mich, seit ich ein Teenager war, und man hat zugesehen, wie ich erwachsen wurde. Dabei habe ich mich zwangsläufig verändert. Ich wollte vor allem ...«

»Genau«, unterbricht er sie. Daisy horcht auf. »Wie fühlt es sich an, die Bühne nicht mehr mit zwei anderen Bandmitgliedern zu teilen? Hast du nach dem Skandal in der Gruppe vor zwei Jahren noch Kontakt zu deinen ehemaligen Kolleginnen Dakota und Destiny?«

Daisy wird blass, und ich kann sehen, wie sie unter dem Tisch ihre Hände knetet. *Dieses Ekel!*

Daisy fühlt sich unwohl, und genau das hat er beabsichtigt.

Ich erinnere mich noch gut an den Abend, als ich sie anrief, nachdem ich sie im Fernsehen gesehen hatte, während ich in Russland war. Ich wollte ihr zu ihrem Preis gratulieren, ihr sagen, dass sie sehr hübsch sei, dass sie die Auszeichnung verdient habe und dass ich stolz auf sie wäre.

Aber ich hatte eine weinende Daisy an der Strippe, die sich gedemütigt fühlte, weil sie vor dem gesamten Publikum geohrfeigt worden war. Ich wäre beinahe nach L.A. geflogen, um die Angreiferin zu besuchen und es ihr heimzuzahlen. Daisy hat sich als wirklich stark erwiesen.

James lächelt, als er ihr Unbehagen bemerkt.

»Es ist ein neues Abenteuer, keine Frage«, antwortet Daisy diplomatisch, »aber vor allem eine neue Herausforderung. Ich hoffe, ich werde der langen Wartezeit und dem entgegengebrachten Vertrauen gerecht. Zum Beispiel habe ich viele Texte selbst geschrieben! Dabei habe ich mit einer Person zusammengearbeitet, die ich sehr bewundere, obwohl sie noch nicht allzu bekannt ist: Azalée Green. Von ihr stammt unter anderem der Titel *Dear Patriarchy*. Über diese Zusammenarbeit bin ich sehr glücklich.«

Auf den Rest der Frage antwortet sie nicht, und das ist auch gut so. James stellt weitere Fragen. Einige sind noch unangemessener, und ich kann fast spüren, wie Daisys beginnt, innerlich zu kochen. Genau wie ich. Es ist der eine Tropfen zu viel, als er süffisant fragt: »Du stehst mit einigen der derzeit meistbewunderten Männer in engem Kontakt, darunter mit deinem Kollegen Zach McRae. Unter uns … Wer hat in der Musikindustrie den Größten?«

Totenstille. Nicht zu fassen, dass James tatsächlich so etwas gefragt hat. Ich will nur noch eines: das Interview abbrechen und Daisy zwingen, zu gehen. Wie kann sie diese Farce ertragen, die sie einfach nur lächerlich macht?

Daisy lächelt nicht mehr. Sie setzt einen süffisanten Gesichtsausdruck auf und antwortet, ohne zu zögern:

»Ich.«

Ich kann mein amüsiertes Grinsen nicht unterdrücken. Daisys rebellischer Mund ist ebenso hassens- wie liebenswert. Kate grummelt unzufrieden vor sich hin und kneift sich in den Nasenrücken.

James lacht, ohne etwas hinzuzufügen. Daisy schüttelt ihm die Hand, ehe sie geht, bedankt sich jedoch nicht. Wir alle wissen, dass das mit voller Absicht geschieht. Am Ausgang warten einige Paparazzi. Ich bleibe in der Nähe und passe auf, während Daisy sie freundlich anlächelt.

Plötzlich fällt ihr Blick auf einen von ihnen, und ihr Gesicht hellt sich auf. Der Mann, dessen Augen von einer Sonnenbrille verdeckt sind, lächelt zurück.

»Wer ist das?«, flüstere ich und biete ihr meine Hand, um ihr die Treppe hinunterzuhelfen.

»Colin. Mein Lieblingspaparazzo.«

Ich finde das seltsam, frage aber in diesem Moment nicht weiter. Im Auto halte ich die Augen auf die Straße gerichtet, während Kate Daisy ausschimpft.

»Was hast du dir dabei gedacht? Du weißt doch ganz genau, dass man sich nie auf ihre Spielchen einlassen darf!«

Daisy antwortet nicht, sondern starrt verschlossen aus dem Fenster.

»Du kannst es dir nicht leisten, einen auf clever zu machen! Das gefällt niemandem, Daisy.«

»Ich habe nicht ›einen auf clever‹ gemacht! Der Kerl ist nur so unsäglich dumm, dass es so aussieht«, antwortet Daisy schließlich. »Er hat mich bewusst geärgert. Findest du das normal? Ich bin hier, um für meine Arbeit zu werben, sonst nichts! Drake oder Travis Scott hätte er sicher nicht solche Dinge gefragt, und man fragt sich, warum. Ach ja, richtig: Sie haben einen Schw…«

»Bitte bleib höflich«, seufzt Kate. »Wenn du das nicht aushältst, hast du den falschen Beruf, Schätzchen. Willst du enden wie Miley Cyrus?«

»Warum nicht? Sie scheint ganz gut zurechtzukommen … trotz des Kuchens in Penisform. Gefällt dir ›Penis‹ besser als ›Schwanz‹? Ist das höflich genug für dich? Oder sollte ich ›Glied‹ sagen? ›Phallus‹? ›Männliches Geschlecht‹? ›Zauberstab‹?«

»Du ermüdest mich, Daisy.«

»Du hast Glück, ich hätte ihm sagen können, dass Zachs Schwanz längst nicht so groß ist, wie alle denken …«

Als ich verstehe, was sie damit andeutet, erstarre ich. Genau in diesem Moment begegne ich Daisys Blick im Rückspiegel. Es dauert nur eine Nanosekunde, aber genug, um mir einen Schauder über den Rücken zu jagen. Wir wenden beide sofort den Blick ab.

»Außerdem habe ich mir die Sache mit dem Werbepaar gut überlegt, und ich glaube nicht, dass ich das schaffe. Tut mir leid.«

»Du hast keine andere Wahl«, beendet Kate die Diskussion. »Die Gerüchteküche brodelt schon, also spiel bitte ein paar Wochen lang mit.«

Daisy ignoriert sie einfach und lehnt ihren Kopf gegen die Scheibe. Es ist einer der wenigen Augenblicke in letzter Zeit, in denen sie mir nicht auf die Nerven geht. Einer jener Momente, in denen ich mich daran erinnere, wie jung und unschuldig, wertvoll und verletzlich sie ist. Ich muss sie beschützen.

Auch wenn sie mir das Leben zur Hölle macht, ist Daisy Coleman die liebenswerteste Person, die ich kenne. Es ist mir buchstäblich unmöglich, sie zu hassen. Vor allem, wenn sie mit ihrer Katze auf dem Sofa kuschelt und unverständliche Dinge miaut, in der Hoffnung, dass das Tier sie versteht, oder wenn sie um drei Uhr morgens auf dem Boden ihres Tanzsaals einschläft, noch verschwitzt von ihrer harten Arbeit; wenn sie am Pool ihre Gitarre zupft und denkt, dass alle anderen schlafen, während sich ihre kristallklare Stimme in meine Schlaflosigkeit schmeichelt.

Sie ignoriert mich, um mich zu bestrafen. Sie schleppt mich wie einen kleinen Hund überall hin, besonders an Orte, die ich verabscheue. Sie benutzt unser Codewort, wann immer es ihr einfällt. Fast jeden Abend lädt sie ihre Freunde ein. Sie duscht fünfundvierzig Minuten lang, und ich bin überzeugt, dass sie zulässt, dass Beelzebub – ja, so nenne ich ihre Katze – sich in meiner Bettwäsche wälzt. Jedenfalls finde ich jeden Abend Katzenhaare auf dem Kissen.

Sie ist nicht mehr das Mädchen, das ich kannte. Mir ist klar geworden, dass ich sie wiederentdecken muss, um sie verstehen zu lernen. Also schloss ich mich in meinem Zimmer ein und tat etwas, was ich noch nie getan hatte: Ich gab ihren Namen in die Suchmaschine ein. Ich las alles, absolut alles. Wikipedia, Zeitungsartikel … Ich weiß, dass die meisten dieser Informationen Fakes sind, aber ich brauchte eine Grundlage, um das Bild zu verstehen, das die Öffentlichkeit von ihr hat. Bisher hat mich so etwas nicht wirklich interessiert.

»Wie ist sie außerhalb der Kameras?«, fragte ich Finn eines Tages, als wir allein in der Küche zu Mittag aßen.

Er schien überrascht, brauchte aber nicht einmal zwei Sekunden nachzudenken.

»Freundlich ist das erste Wort, das mir in den Sinn kommt. Es stimmt zwar, dass sie rebellisch ist, aber sie versucht damit nur, ihre Privatsphäre zu schützen, was ich gut verstehen kann.«

»Findest du sie nicht ziemlich launisch?«

»Eigentlich nicht. Weißt du ... Eigentlich tut sie mir leid. In ihrem Leben hat sie kaum etwas unter Kontrolle. Ich glaube, sie klammert sich verzweifelt an das, was sie selbst in der Hand hat, und sie wird es nicht loslassen. Und weil es das Einzige ist, lasse ich es ihr.«

Finn ist zwar nicht der Hellste, aber das, was er gesagt hat, ergibt Sinn. Auch mir ist aufgefallen, dass Daisy bei Dingen, die sie direkt betreffen, nie ein Mitspracherecht hat. Alles entscheidet Kate. Sie ist Daisys Vormund, nicht weniger als das. Wenn ihre Eltern das wüssten! Wie kann Hakeem sie bei solchen Leuten lassen?

»Außerdem ist sie sehr fleißig«, fügt Finn nachdenklich hinzu. »Sie ist die ausdauerndste und zielstrebigste Person, die ich kenne. Leidenschaftlich und ehrgeizig. Sie will ihre Fans nicht enttäuschen ... Ihre größte Schwäche ist wohl das, was andere von ihr denken. Manchmal fürchte ich, dass sie sich verschlingen lässt.«

Irgendwie ärgert es mich, dass er sie so gut kennt.

»Sie ist bewundernswert. Ach ja, und sie bringt mich zum Lachen«, erklärt Finn, während er sich eine Gabel voll Nudeln in den Mund schiebt. »Du solltest sie sehen, wenn sie Leute imitiert. Sie lächelt eigentlich immer. Sie schickt meinen Eltern jedes Jahr eine Weihnachtskarte und macht mir zum Geburtstag immer ein kleines Geschenk. Eigentlich ist sie ... ganz anders, als die Leute glauben.«

An diesem Abend finde ich Daisy wieder einmal schlafend auf dem Boden ihres Tanzsaals. Sie hat sich nicht einmal die Zeit genommen, die Musik auszuschalten, und ist vor Müdigkeit zusammengebrochen. Ein Anflug unterdrückter Zärtlichkeit ergreift mein Herz. Die kostbare Erinnerung an die dreizehnjährige Daisy, die vor *One Piece* auf dem Wohnzimmerboden eingeschlafen war und an deren Kinn noch die Spuren der geknabberten Cheetos zu sehen waren, kommt mir wieder in den Sinn. Damals überlegte ich nicht lange, hob sie hoch und trug sie, leicht, wie sie war, in ihr Bett.

Ich habe es ihr nicht übel genommen, dass sie mir das Leben zur Hölle macht. Zumindest so lange nicht, bis die kleine Nervensäge anfing, mit mir wie mit Finn umzugehen: Sie versuchte, mich abzuschütteln. Die ersten Male gelang ihr das sogar. Ich klopfte morgens an ihre Tür und fand das Zimmer leer vor; nach einem Fernsehinterview flüchtete sie durch einen Notausgang; nach einer Tanzprobe mit ihrer Choreografin gab sie vor, aufs Klo zu müssen …

Sie schaltete ihr Handy aus, und ich bedrängte ihre Freunde und bedrohte sie sogar, damit sie mir sagten, wo sie sich versteckt hatte. Meistens fand ich sie innerhalb von zwei Stunden; ihre Freunde halten meine Einschüchterungen nicht lang aus. Besonders Micah. Es genügt, ihm zu sagen, dass ich sein geheimes TikTok-Konto verrate, dann kapituliert er. Ich brülle Daisy an, und wir streiten uns heftig.

Trotzdem trage ich sie auch jetzt mitten in der Nacht in ihr Bett, damit sie nicht auf dem Boden schlafen muss, aber das ist wirklich das einzige Mal, dass ich ihr gegenüber einen Hauch von Schwäche zeige.

In einer dieser Nächte finde ich die Tür zum Garten einen Spalt breit geöffnet. Daisy hat mich schon einmal darauf aufmerksam gemacht … obwohl sie mir nicht geglaubt hat, dass ich nicht daran schuld war. *Seltsam.* Misstrauisch schließe ich die Tür ab und gehe vorsichtshalber um das Haus herum.

Am nächsten Tag bringe ich Glöckchen an der Türklinke an.

»Was machst du da?«, will sie wissen.

»Nur für alle Fälle.«

Zum Glück fragt sie nicht weiter.

An Halloween ist Daisy zu einer Party bei ihren Freunden Hayley, Micah und Javier eingeladen. Ich habe Halloween noch nie gemocht, aber Daisy liebt diese Tradition. Sie verbringt das ganze Jahr damit, über ihre Kostüme nachzudenken – tatsächlich besitzt sie sieben Stück, eines für jeden Tag der Woche.

Ich bereue meine Berufswahl aus tiefstem Herzen, als Daisy eine Stunde vor der Party im Kostüm des Tages schimpfend aus dem Badezimmer kommt:

»Ich bin so enttäuscht. Ich hatte Süßigkeiten für die Kinder gekauft, die an meiner Tür klingeln, aber kein einziges ist gekommen. Ich glaube, Kate verscheucht sie. Das darf doch nicht wahr sein! Oh, ich wüsste ein tolles Kostüm für sie: *der Grinch!*«, sagt sie und imitiert Jim Carrey dabei beängstigend gut.

Ich höre ihr kaum zu, weil der Anblick, der sich mir bietet, mich verwirrt. Wie ein Verhungernder verschlinge ich sie mit den Augen. Sie ist … *Mist*. Ich ziehe es vor, diesen Satz nicht zu beenden.

»Wen stellst du dar?«, frage ich entschieden, um nicht mehr daran zu denken.

»Cruella De Vil. Schau mal, ich habe Tornado sogar als Dalmatiner verkleidet.«

Ich werfe einen Blick auf das winzige Tier, das schnurrend auf einem Sessel sitzt und dessen weißes Fell unter einem schwarz gepunkteten Stück Stoff verborgen ist. Mir fehlen die Worte.

»Ich hätte ihn eher für Zerberus gehalten.«

Sie wirft mir einen bitterbösen Blick zu und hält ihrer Katze die kleinen Ohren zu. Ich bemühe mich, mich von ihrer Aufmachung abzuwenden, während sie sich von ihrem Kater verabschiedet, aber es ist unmöglich. Daisy trägt eine halblange Perücke, die auf einer Seite schwarz und auf der anderen weiß ist. Ihr Make-up ist düster und smokey, mit knallgrünem Lidschatten und einem blutroten Mund.

Mein indiskreter Blick gleitet über ihr tief ausgeschnittenes Kleid aus schwarzer Seide, dessen enge Korsage die Rundung ihrer Brüste betont. Ihre Arme stecken in langen roten Handschuhen, sie hält eine Zigarettenspitze zwischen den Fingern, und eine zerrissene Netzstrumpfhose schmiegt sich um ihre Schenkel.

Während ich sie betrachte, geht mir nur ein einziger Gedanke durch den Kopf: Wann wurde Daisy zu dieser sexy Göttin, die ihre Seele an den Teufel verkauft? Wann hat sie aufgehört, zwölf Jahre alt zu sein? Warum hat niemand daran gedacht, mir das mitzuteilen?

Ich versuche, mich abzulenken, und drapiere den weißen Kunstpelzschal um ihre Schultern, aber es ist zwecklos. Mein kleiner Finger streift ihren Nacken, und ich muss einen heftigen Schauder unterdrücken. Sie duftet so gut.

»Du wirst dich erkälten.«

»Danke«, sagt sie und lässt den Blick an mir heruntergleiten. »Und du, als was hast du dich verkleidet? Lass mich raten. Als … du?«

»Bingo. Gefunden in der Abteilung ›DIY-Kostüme für den kleinen Geldbeutel‹.«

Daisy beißt sich auf die Lippe, um sich ein Lachen zu verkneifen, und wirkt überrascht, weil ich mit ihr scherze. Da sieht man mal wieder, was alles möglich ist. Ich muss zugeben, dass mir die alte Vertrautheit guttut. Vielleicht habe ich sie mehr vermisst, als ich dachte.

Während der Autofahrt bleibt sie brav und lächelt ihr Handy an. Ich würde sie gern fragen, was sie so glücklich macht, aber ich lasse es bleiben. Ich wünsche mir nur, dass der Abend schnell vorbeigeht, damit ich schlafen gehen kann.

Am Zielort finde ich keinen Parkplatz. Ich fahre immer wieder um den Block, bis Daisy seufzt und mich bittet, anzuhalten.

»Ich steige schon einmal aus. Du brauchst nur nachzukommen.«

»Ganz sicher nicht. Ich kenne dich, Coleman. Du willst dich wieder vom Acker machen.«

Mit der Hand am Türgriff verdreht sie die Augen.

»Meine Freunde veranstalten eine Party. Warum sollte ich woanders hingehen? Das ist doch albern.«

»Ganz egal, ich darf dich keine Sekunde allein lassen.«

»Thomas … entspann dich. Ich muss nur die Straße überqueren.«

Punkt für sie. Ich zögere lange, ehe ich sie gehen lasse.

Sie wird mir nicht entkommen.

»Okay. Aber Daisy?«, sage ich und werfe ihr über die Schulter einen drohenden Blick zu. »Denk immer daran: Ganz gleich, wo du hingehst, ich finde dich.«

Sie mustert mich intensiv und herausfordernd. Schließlich umspielt ein halbes Lächeln ihre roten Lippen. Sie nähert sich und flüstert dicht vor meinem Gesicht: »Viel Glück!«

Ihr Duft verwirrt mir alle Sinne.

Mir bleibt keine Zeit zu reagieren. Schon steigt sie aus und knallt die Autotür hinter sich zu. Erst nach einigen Minuten, in denen ich weiter um den Block fahre und mein Gehirn noch von ihrem Erdbeerduft umnebelt ist, fällt mir auf, dass die kleine Nervensäge an den Füßen Turnschuhe und ihre High Heels in der Hand hatte.

8

Dee For Daisy

»My heart like a daisy,
why so empty?
To you, I'm only Dee.«

Daisy

»Du übertreibst«, wirft Hayley mir vor, als wir eine halbe Stunde nach meiner Flucht miteinander anstoßen.

Tatsächlich fühle ich mich schuldig. Zumindest ein bisschen. Ich habe Thomas vor dem leeren Haus meiner Freunde stehen lassen und bin in eine Bar mitten in L. A. gegangen, wo Conan Gray eine private Halloween-Party veranstaltet.

»Oh, das geht schon in Ordnung. Höchstwahrscheinlich wird er in einer Viertelstunde rot vor Zorn hier eintrudeln. Und du«, ich zeige mit dem Finger auf Micah, »schaltest dein Handy aus! Du bist zu anfällig.«

Dramatisch aufseufzend gehorcht er.

»Ich gebe zu, er macht mich schwach … Hast du seine Arme gesehen?«

»Also wirklich«, wirft Javier beleidigt ein, »ich sitze neben dir. Wenn ich dich so höre, kommt es mir vor, als wäre ich unsichtbar. Ich nehme an, angesichts der Unermesslichkeit des Universums und der Vergänglichkeit unserer Existenz bin ich das auch in gewisser Weise …«

Micah küsst ihn, um sich zu entschuldigen, aber auch, um ihn zum Schweigen zu bringen, was fast sofort funktioniert. Die beiden sind als Morticia und Gomez Addams verkleidet. Hayley hat sich entschieden, den Joker zum Leben zu erwecken – allerdings in der Version von Joaquin Phoenix. Alle sehen toll aus.

»Hat Thomas immer noch nicht gekündigt?«

»Nein … Allmählich glaube ich, dass es eine dumme Idee war. Ich denke, ich werde mich einfach in Geduld üben müssen. Offenbar prallt alles an ihm ab.«

»Weißt du was? Heute Abend denkst du mal nicht daran!«, meint Hayley, umfasst meine Schultern und schiebt mich zur Tanzfläche.

Wir tanzen, und zum ersten Mal seit Langem lasse ich mich richtig gehen. Ich trinke Champagner, posiere für lustige und sexy Selfies, die wir auf Instagram posten, und tanze dann eng umschlungen mit Javier zu Musik von Lil Nas X.

Auf dem Heimweg sind wir ziemlich betrunken. Ich sitze mit Hayley und Micah auf der Rückbank, während Javier mit zwanzig Stundenkilometern fährt. Ich lache so sehr, dass mir die Tränen kommen und ich meinen Freunden gestehen muss, dass ich mir ein bisschen in die Hose gemacht habe.

»Hör auf, mich abzulenken!«, schimpft Javier hinter dem Steuer. »Warum muss eigentlich ich fahren?«

»Weil du der Einzige bist, der nichts getrunken hat.«

»Ich dachte, weil er der Einzige ist, der einen Führerschein hat«, überlegt Hayley stirnrunzelnd.

»Du hast auch einen Führerschein, Hayley.«

Schweigen. Dann folgt ein Lachen.

»Ach ja, stimmt. Ich glaube, nach dem vierten Versuch hatte ich einen kompletten Blackout. Posttraumatische Belastungsstörung oder so.«

»Von wegen Trauma«, lacht Javier. »Muss ich euch daran erinnern, was passiert, wenn ich fahre? Sogar völlig nüchtern?«

Es ist schwierig, weil ich Hunger habe, mir heiß ist und ich aufs Klo muss, aber ich kann mich erinnern. Javier und Micah hatten letztes Jahr einen Autounfall. Der Wagen überschlug sich, und sie steckten kopfüber fest, bis die Sanitäter kamen.

»Das muss euch ganz schön Angst gemacht haben«, sagt Hayley mit traurigem Gesicht.

»Angst?«, lacht Micah zurück. »Es war eher peinlich! Niemand sagt dir, dass bei einem Unfall, während das Auto auf dem Kopf steht und du in deinem Sicherheitsgurt gefangen bist und wie ein Depp darauf wartest, dass dich jemand rettet … das Radio weiterläuft.«

Hayleys bekümmertes Gesicht verwandelt sich in ein Grinsen. Wie ich beißt sie sich auf die Lippen, um nicht zu lachen, aber es ist unmöglich.

Javier auf dem Fahrersitz murmelt etwas, konzentriert sich allerdings weiter auf die Straße. An einem Stoppschild bleibt er acht Sekunden lang stehen. Ich habe fast genügend Zeit, um eine winzige Siesta zu machen.

»Ich bin kurz vor dem Abnibbeln«, erzählt Micah weiter, »aber aus dem Radio kommt Ariana Grandes Stimme: ›*Just keep breathin*‹, und Javier schreit: ›Genau das versuche ich ja, du blöde Kuh!‹«

Jetzt lache ich aus vollem Hals. Mein Bauch schmerzt, und dicke Tränen laufen mir über die Wangen.

»Ich glaube, in diesem Moment wurde mir klar, dass das mit ihm etwas für immer sein würde«, fügt Micah verträumt hinzu.

Javier runzelt die Stirn.

»Da waren wir schon sechs Jahre zusammen.«

»Aber davor war ich mir noch nicht so sicher«, grinst Micah.

Javier schafft es irgendwie, mich nach Hause zu bringen.

Kichernd stolpere ich meine Einfahrt hinauf und frage mich, ob Thomas schon da ist. Oder sucht er immer noch nach mir? Ich sollte ihm eine Nachricht schicken, um ihn zu beruhigen.

Es dauert eine gute Minute, bis ich die Haustür aufbekomme, was hauptsächlich daran liegt, dass ich drei Mal den falschen Schlüssel verwende. Dunkelheit und Stille empfangen mich. Ich gehe davon aus, dass Thomas noch unterwegs ist. *Der Ärmste.* Morgen kaufe ich ihm *Saffransbullar*, um mich zu entschuldigen! Ich versuche, mein Handy aus der Tasche zu ziehen, und lasse dabei meine High Heels mit lautem Klappern auf den Boden fallen.

Plötzlich läuft mir ein Schauder über den Rücken. Etwas beunruhigt mich. Ich weiß nicht, was es ist, aber ich spüre es. Es ist da. Wie eine unangenehme Vorahnung.

Das Gefühl, nicht allein zu sein.

Schlimmer noch, das Gefühl, beobachtet zu werden.

Ich blicke von meinem Handy auf, aber der Raum schwankt, und alles tanzt vor meinen Augen. Ich habe zu viel getrunken. Sicher bilde ich mir etwas ein. Ich sollte mich lieber bald hinlegen.

Ich gehe in mein Zimmer, während ich versuche, den Reißverschluss meines Kleides zu öffnen. Erfolglos pfeife ich nach Tornado. Erst einige Sekunden später höre ich ein ersticktes Miauen.

Ich erstarre. Das Gefühl drohender Gefahr überfällt mich mit voller Wucht. Ich halte mein Handy fest in den Händen und starre auf die Fensterfront. Unter mir liegt der Pool. Nichts als Schwärze. Ich sehe nur die tanzenden Schatten der Bäume und höre das Rascheln der Blätter im Wind. Das muss der Halloween-Effekt sein, nichts weiter.

Plötzlich taucht Tornado auf und rennt zwischen meinen Füßen hindurch, als wäre ihm der Teufel auf den Fersen. Ich nehme ihn auf den Arm, aber er wehrt sich und sieht verängstigt aus.

»Ganz ruhig … ich bin's doch.«

Als ich ihn streichle, beruhigt er sich. Gerade will ich Thomas schreiben, als im Garten ein Schatten auftaucht. Mein Herz setzt einen Schlag aus.

Ich habe mir nichts eingebildet, da war jemand! Bestimmt Thomas, der nach Hause kommt … Aber durch den Garten? Ich ignoriere die zehn verpassten Anrufe und schicke ihm hastig eine Nachricht: Bist du zu Hause?

Er antwortet mir wie aus der Pistole geschossen.

Thomas: Du hast vielleicht Nerven, Dee! Wo bist du?
Ich: Daheim. Und du?

Das Warten ist unerträglich. Innerhalb von zwei Sekunden bin ich völlig nüchtern geworden.

Ich presse mich gegen die Wand, umhüllt von Dunkelheit, und lausche mit riesiger Angst in die Stille.

Mein Handy vibriert. Ich werde fast ohnmächtig.

Thomas: Unterwegs. Bin gleich da.

In diesem Moment höre ich ein Geräusch aus dem Erdgeschoss. Ich erkenne es sofort, und es lässt mir das Blut in den Adern gefrieren.

Es ist das Klingeln von Glöckchen. Der Glöckchen, die Thomas an der Klinke der Hintertür befestigt hat.

Scheiße, Scheiße, Scheiße. Ich bin vor Schreck wie gelähmt. Was soll ich tun? Unmöglich, dass wirklich jemand eingebrochen ist, vor allem angesichts der vielen Sicherheitsvorkehrungen, die Thomas getroffen hat.

Möglicherweise ist es Finn, oder Hakeem, der nach einem Streit mit Emily bei mir Zuflucht sucht – das kommt dann und wann vor. Deshalb beschließe ich, mich selbst zu vergewissern. Misstrauisch schleiche ich auf Zehenspitzen die Treppe hinunter.

»Finn?«, flüstere ich in die Stille hinein. »Bist du das?«

Niemand antwortet. Tornado zappelt in meinen Armen, aber ich halte ihn fest an mich gedrückt. Ich habe Angst, Licht zu machen. Auf der letzten Stufe bleibe ich stehen und werfe einen Blick auf die Überwachungsbildschirme. Die Einfahrt ist leer.

Als ich jedoch zur Gartentür hinüberschaue, zucke ich panisch zusammen. Eine vermummte Gestalt steht im Schatten und hat die Hand auf der Klinke. *Oh mein Gott.* Die Person steht mit dem Rücken zu mir, aber eines ist sicher: Das ist nicht Finn! Endlich reagiere ich und eile mit Tornado in den Armen hinauf in mein Zimmer, ehe der Eindringling sich umdreht. Ich schließe die Tür ab und ignoriere das dumpfe, hastige Pochen meines Herzens in meinen Ohren.

Was, wenn es Frank ist? Was, wenn er käme, um mich zu töten? Mich zu vergewaltigen? Mich zu entführen? Ich male mir alle möglichen Szenarien aus und überlege mir schon jetzt, wie ich fliehen könnte, falls er mich erwischt.

Meine Hände zittern so sehr, dass ich nicht in der Lage bin, mein Handy mit Fingerabdruck zu entsperren. Erst nach vier Versuchen gelingt es mir, Thomas anzurufen.

»Weißt du, wie lange ich schon nach dir suche?«, fährt er mich statt einer Begrüßung an. »Dafür bekomme ich zu wenig Gehalt, Daisy. Allmählich habe ich die Nase voll …«

Ich breche in Tränen aus. Thomas verstummt. Ich versuche, mich zu beruhigen, und halte mir die Hand vor den Mund, weil ich Angst habe, zu laut zu werden.

»Was ist?«, fragt er plötzlich sehr ernst.

Ich unterdrücke meinen Schluckauf mit zitternden Lippen und atme tief durch, bevor ich schluchzend flüstere:

»Asgard.«

Ich habe dieses Wort bestimmt schon ein Dutzend Mal benutzt. Und doch klingt es jetzt anders. Ich weiß, dass er es merkt, dass er versteht, dass es dieses Mal ernst ist, dass ich nicht ohne Grund um Hilfe rufe, denn er fragt mit kühler, ruhiger Stimme:

»Kannst du reden?«

Ich gebe einen unbestimmten Ton von mir und hauche:

»Jemand ist im Haus.«

Er flucht leise vor sich hin. Ich weiß, dass er Gas gibt, und bete, dass er unfallfrei ankommt.

»Daisy, was ich dir jetzt sage, ist sehr wichtig, hörst du? Versteck dich. Sprich nicht, antworte mir nicht mehr. Hör mir einfach zu. Versteck dich in einem Zimmer und schließ hinter dir ab. Wenn in dem Zimmer ein begehbarer Kleiderschrank, ein Schrank oder etwas Ähnliches ist, kriech hinein. Und vor allem: Was auch immer passiert, leg nicht auf. Selbst wenn das Schlimmste eintrifft: Bleib in Kontakt.«

Dass er mir Befehle erteilt, beruhigt mich. Ich öffne die Tür meines Kleiderschranks, räume ihn um und bemühe mich, hineinzuklettern. Ich realisiere kaum, was da gerade passiert. Ich kauere mich hin und schließe die Tür. Sofort wird es völlig dunkel.

»Wenn du dich versteckt hast, schreib es mir.«

Ich schicke ihm ein »Okay«. Ich bemühe mich, nicht zu weinen, denn mein lauter Atem könnte mich jederzeit verraten.

»Ich bin schon ganz in der Nähe. Du schaffst das, Dee. Alles wird gut, solange du bleibst, wo du bist. Okay? Komm auf keinen Fall raus. Nicht, bis ich dich selbst heraushole. Ich finde dich. Das habe ich dir doch gesagt, nicht wahr? Egal, wo du bist, ich werde dich immer finden, Daisy.«

Ich schließe die Augen, lasse meine Tränen fließen und drücke die Knie gegen die Stirn. Ich warte lange Minuten. Tornado verhält sich ebenso still wie ich. Als würde auch er die Gefahr spüren.

Ich weiß nicht, wie viel Zeit vergeht. Minuten, Stunden … Thomas fragt mehrmals nach, ob ich noch da bin, und sagt, er hätte die Polizei gerufen.

Mein Körper ist aufs Äußerste angespannt. Ich habe Angst, dass jemand die Tür eintritt und mich entdeckt. Ich denke an Franks Briefe und Drohungen, an meine Familie, an Kate.

Nach einer gefühlten Ewigkeit höre ich ein Geräusch auf dem Flur. Ich zucke zusammen, drücke Tornado an mich und warte. Die Tür zu meinem Zimmer öffnet sich mit einem schrecklichen Knarren, das mich fast zum Weinen bringt.

Dabei habe ich sie doch abgeschlossen. Zum ersten Mal seit Langem bete ich mit geschlossenen Augen.

Die Schritte halten vor meinem Versteck an, und als sich die Schranktür endlich öffnet, falle ich fast in Ohnmacht, als Thomas vor mir steht. Er hat seine Waffe in der Hand, und sein Gesicht wirkt düster und verstört. Als er mich sieht, entfährt ihm ein erleichterter Seufzer.

»Du hast mich gefunden«, stöhne ich und kann es kaum glauben.

Mehr braucht es nicht, um wieder in Tränen auszubrechen. Thomas steckt seine Pistole weg, kniet sich vor mich und nimmt mich in die Arme. Noch nie habe ich mich so erleichtert gefühlt.

Jetzt ist alles in Ordnung. Er ist da. Mir kann nichts mehr passieren.

Ich weine an seiner Schulter und bin glücklich über seine Hand in meinem Nacken. Zitternd kralle ich mich an sein T-Shirt, und seine Stimme haucht in mein Ohr:

»Ganz ruhig. Alles ist gut. Ich bin es nur. Ich bin bei dir.«

Ich bin unfähig, mich zu bewegen. Meine Gliedmaßen lassen mich im Stich. Er muss es bemerkt haben, denn seine Arme greifen unter meine Beine, heben mich hoch und pressen mich an seinen Oberkörper.

Ich lasse es geschehen und schmiege meine Nase an seinen schweißnassen Hals. Ich ahne, dass er gerannt ist. Was mir wie eine Ewigkeit erschien, waren tatsächlich nur sieben Minuten.

»Es tut mir so leid ...«, schluchze ich. »Es tut mir so leid.«

Eigentlich würde ich gern meine Würde retten, aber der Alkohol macht mich emotional, und sein Geruch ist zu köstlich, daher bleibe ich, wo ich bin. Er setzt mich auf mein Bett und legt mir die Hand in den Nacken. Sein Daumen massiert tröstlich meinen Haaransatz.

»Ich habe mich auf dem gesamten Grundstück umgesehen«, sagt er leise, und seine Finger wischen über die Spuren zerlaufener Wimperntusche auf meinen Wangen. »Da ist niemand.«

»Ich schwöre dir, da war jemand ... Ich habe ihn gespürt, ich habe ihn gesehen, ich habe ihn gehört ... Ich bin doch nicht verrückt.«

»Das habe ich auch nicht behauptet«, antwortet er kühl. »Ich glaube dir. Aber er oder sie muss weggelaufen sein, bevor ich kam. Jetzt ist alles in Ordnung, und du bist nicht mehr allein.«

Zwar nicke ich, fühle mich aber nicht wirklich getröstet. Mir wird schlagartig klar, in welcher Situation ich mich befand. Jemand ist in mein Haus eingebrochen. Um was zu tun? Was war seine Absicht? Keine Ahnung. Aber wenn er oder sie da war, ist es zu leicht, hereinzukommen.

Jeder könnte machen, was ihm gerade einfällt. Dieses Mal hatte ich einfach Glück.

Thomas und Kate haben recht: Ich brauche jemanden, der mich beschützt. Diese Erkenntnis macht mir Angst. Denn wenn der Preis so hoch ist, möchte ich ein solches Leben nicht führen.

»Finn und die Polizei sind auf dem Weg«, sagt er, während er mir die Haare aus dem Gesicht streicht. »Geht es dir jetzt besser?«

»Nein …«

»Du stehst unter Schock. Atme tief durch.«

Ich gehorche. Er bleibt geduldig, sein Blick ist fest auf mich gerichtet. Schon bald nähern sich Polizeisirenen. Wie zuvor schon Thomas durchsuchen die Polizisten das Haus und bitten mich dann, ihnen genau zu berichten, was passiert ist. Auch Kate und Finn tauchen mit erschrockenen Gesichtern auf.

Meine Managerin wird dafür sorgen, dass die Presse nichts erfährt. Ich erzähle ihnen haarklein alles, was passiert ist, Die Polizei geht davon aus, dass ich wegen meines Alkoholkonsums halluziniert habe, was mich sehr demütigt.

Nachdem die Polizisten gegangen sind, versichert mir Thomas, dass die Angelegenheit genau untersucht wird, dass er selbst für mehr Sicherheitsmaßnahmen sorgt, dass er sich notfalls mit Handschellen an mich kettet, aber dass er nicht vorhat, mich auch nur einen Moment aus den Augen zu lassen.

Ich nicke alles ab, denn ich bin nicht mehr in der Lage, irgendetwas zu verhandeln. Eigentlich war ich das nie.

Nachdem ich geduscht habe und in meinen Pyjama geschlüpft bin, lege ich mich endlich ins Bett.

»Tommy?«

Er erstarrt, aber sein Gesicht bleibt aufmerksam. Ich setze mich im Schneidersitz und in meine Decken gehüllt im Bett auf und bettele:

»Kannst du bei mir bleiben, bis ich eingeschlafen bin? Bitte!« Ohne lange zu zögern, stimmt er zu. Er bittet Finn, draußen aufzupassen, und schließt die Tür zu meinem Zimmer hinter sich. Mit schlafschweren Lidern beobachte ich, wie er sich neben mich setzt und sein Gewicht die Matratze hinunterdrückt.

»Dee.«

Sein Ton ist entschlossen. Ich schnaube und halte stur die Augen gesenkt, doch er legt die Finger unter mein Kinn und zwingt mich, ihn anzusehen. Die Dunkelheit verdeckt die Hälfte seines Gesichts, aber ich kenne ihn gut genug, um zu wissen, wie er jetzt aussieht.

Seine blauen Augen fixieren mich. Ich zittere.

»Du hörst jetzt mit diesem Mist auf.«

Seine Stimme lässt keinen Raum für Widerworte.

»Ich bin nicht Finn, verstanden?«, fügt er hinzu. Seine Finger sind immer noch unter meinem Kinn. »Was heute Abend vorgefallen ist, darf nie wieder passieren. Ich verlange, dass du tust, was ich dir sage. Meinetwegen kannst du mich stundenlang zum Einkaufen mitschleppen, das gesamte heiße Wasser verbrauchen oder was auch immer dir einfällt, nur wenn es etwas gibt, das ich nicht akzeptiere, dann ist es deine Unzuverlässigkeit. Ich will wissen, wo du bist und mit wem du zusammen bist, und zwar zu jeder Tages- und Nachtzeit.«

Herr im Himmel. Sein Blick irrt für eine Nanosekunde nach weiter unten, aber er hat sich schnell wieder unter Kontrolle.

»Versprich es mir.«

Mit leiser Stimme verspreche ich es. Er hat gewonnen. Ich werde nicht mehr gegen ihn ankämpfen.

»Danke. Für heute Abend.«

»Das ist meine Aufga…«

»Ich weiß, dass ich mich mies benommen habe«, füge ich demütig flüsternd hinzu. »Ich wollte dich doch nur … wiederfinden. Vier Jahre sind eine lange Zeit. Du hast mir gefehlt.« So, jetzt ist es heraus. Er musste es erfahren.

»Ich habe nur sehr wenige Freunde. Insgesamt drei, vier, wenn man Finn mitzählt. Aber er ist mein Bodyguard, also muss er nett zu mir sein. Ich bin ständig von Fremden umgeben, von berühmten Leuten, die in mir nur die Möglichkeit sehen, selbst zu glänzen, von Managern, die mich mit einem fetten Scheck verwechseln. Ich ersticke geradezu. Und dann warst du plötzlich zurück und … ich weiß nicht. Ich war so froh, jemanden an meiner Seite zu haben, der mich so kennt, wie ich einmal war, ehe das alles hier anfing. Jemanden, der nicht Teil dieser Bubble ist.«

Er schweigt und blickt vor sich hin. Ich komme mir lächerlich vor. Thomas ist nicht der Typ, vor dem man seine Gefühle ausbreitet. Er hasst anhängliche und sensible Menschen, Liebeserklärungen und Selbstmitleid. Nach einigen Sekunden fragt er mich: »Hat es sich gelohnt?«

»Was meinst du?«

»Das Vorsprechen an jenem Tag … Dass du berühmt geworden bist.«

Zum ersten Mal stellt mir jemand diese Frage. Sie verschlägt mir fast die Sprache, einfach weil ich keine Antwort darauf habe.

»Gestern hätte ich Ja gesagt … Heute bin ich mir nicht mehr so sicher. Frag mich morgen, und meine Antwort wird wahrscheinlich wieder anders ausfallen.«

Nachdenklich senkt er den Blick. Da ich keine Antwort erwarte, lege ich mich hin und wünsche ihm eine gute Nacht.

»Warte kurz.«

Gähnend öffne ich die Augen. Thomas lächelt mir unbeholfen zu und kneift mich vorsichtig in die Wange wie bei einem
Baby. Das hat er früher immer gern gemacht.

»Du hast mir auch gefehlt … Gollum.«

Ich verschweige ihm, dass mich bei diesen Worten eine
Gänsehaut überläuft.

»Ich dachte, das wäre gegen die Regeln?«

»Du weißt, was ich von Regeln halte«, sagt er und verdreht
die Augen. »Sie sind dazu da, gebrochen zu werden.«

Glücklich schenke ich ihm mein breitestes Grinsen.

»Freunde?«

Er seufzt, dann besiegeln wir mit einem Faustcheck unsere
Kameradschaft.

»Freunde.«

Auszug aus der Biografie:
Hollywood's Wildflower von
Kaylee Walters über Daisy Coleman.
Kapitel 2: »Erste Liebe«

Es verwundert kaum, dass Daisy, als sie mit vierzehn Jahren ihren Vertrag mit ChannelD unterschrieb, zustimmte, dass sie neben ihrer Arbeit keine romantischen Beziehungen haben durfte. »Wir sollten als gutes Beispiel dienen ... und gleichzeitig verfügbar bleiben, um die Fantasie der Zuschauenden zu beflügeln«, sagte sie mir einmal bei einem Kaffee.

Dennoch verfolgte ein Gesicht sie bis in ihre Nächte. Es war immer das gleiche.

Ich war sehr überrascht, dass sie bereit war, einige Auszüge aus ihrem Tagebuch mit mir zu teilen. Daisy erklärt, sie sei ein Teenager wie alle anderen gewesen, obwohl ihr Leben ganz anders verlief.

Sie schreibt über ihre langjährigen Gefühle für Thomas Kalberg, den engsten Freund ihres älteren Bruders Hakeem, aber auch über ihre stürmischen Beziehungen zu ihren Kolleginnen Destiny und Dakota (siehe Kapitel 1: »Kindheit und Anfänge«).

12. März 2016
Ich dachte, die Erfüllung meines Kindheitstraums würde mich glücklich machen. Das war völliger Quatsch. Die Wahrheit ist, dass ich das schlimmste Jahr meines Lebens hinter mir habe. Ich

bin nicht glücklich, und jeder kann es sehen, aber niemand unternimmt etwas. Wüssten sie überhaupt, wo sie anfangen sollten? Nach einem Jahr Dreharbeiten feiert unsere Serie Riesenerfolge. Das begann schon mit der Pilotfolge. Alle reden über Dakota, Destiny und mich, so sehr, dass Kate sich wünscht, dass wir eine Band gründen. Genau das habe ich immer gewollt, und noch mehr.

Und doch …

26. Juni 2016
Heute ist mein sechzehnter Geburtstag. Eigentlich sollte ich die Party für heute Abend vorbereiten, aber ich habe die ganze Nacht vor dem Computer verbracht und gelesen, was die Leute über mich schreiben.
Calvin hat gefragt, ob »meine Freundinnen« Dakota und Destiny heute Abend kommen. Ich hätte ihn am liebsten geschüttelt, um ihm die Augen zu öffnen. Wie kann er nur so blind sein? Kennt mich mein eigener Bruder nicht?
Nie habe ich jemandem erzählt, was die Mädchen mir antun. Die meiste Zeit versuche ich, darüber hinwegzusehen, sage mir, dass es einfach nur dumm ist, dass sie nicht bösartig sind und dass ich mir zu viele Sorgen um nichts mache. Aber in der restlichen Zeit, wenn mir klar wird, dass es dafür ein Wort gibt, spreche ich lieber nicht darüber.
Wenn meine Eltern wüssten, dass die Mädchen mich auch hinter der Kamera belästigen, würden sie sicher wollen, dass ich aufhöre. Aber bestimmt genügt es, noch eine Weile durchzuhalten. Ich bin stark genug. Ich werde keinen Ärger verursachen. Es ist besser so.
Ich sagte also, sie hätten etwas anderes vor.
Er glaubte mir.

26. Juni 2016

Ich weiß, eigentlich hätte ich einen schönen Abend mit meiner Familie verbringen sollen. Und doch bin ich allein, habe mich in mein Zimmer eingeschlossen und schütte meinem Tagebuch mein Herz aus. Klischeehaft, nicht wahr?

Ja, aber es ist so: Thomas ist nicht gekommen.

Er hat bloß eine dürftige Nachricht geschickt: »Alles Gute zum Geburtstag, Minimoys. Wie groß bist du jetzt? 1,30 m? So groß war ich mit sechs Jahren! Tut mir leid, dass ich nicht dabei sein kann.«

Ich kann ihm nicht böse sein, auch wenn es mich traurig macht. Wir haben uns ewig nicht gesehen, so lange, dass ich mich kaum noch an die genaue Farbe seiner Augen erinnern kann. Er fehlt mir.

Immerhin hatte ich Spaß mit meinen Eltern, und das ist die Hauptsache. Sie hatten einen Kuchen gebacken, und dann haben wir uns Videos von uns als kleinen Kindern angesehen. Ich habe so viel gelacht, dass mir der Bauch wehtat.

Die Zwillinge haben sich sogar zusammengetan und mir ein Wochenende in London geschenkt. Nur ein Gespräch beim Nachtisch hat mich irritiert.

Brianna: »Mit wem willst du fahren? Vielleicht mit deinem Freund?«

Mein Vater und Hakeem gleichzeitig, panisch: »Welchem Freund?«

Ich: »Immer mit der Ruhe, ich habe keinen.«

Meine Mutter: »Dazu ist sie sowieso noch zu jung.«

(Natürlich würde ich lieber sterben, als zuzugeben, dass ich schon einmal einen Zungenkuss bekommen habe. Seit ich bei ChannelD unterschrieben habe, hatte ich mit keinem Jungen näheren Kontakt. Und mein Kopf ist sowieso voll von jemand ganz anderem. Von einem Paar Augen zum Niederknien, du weißt schon.)

In diesem Moment bekam ich eine Nachricht von Thomas, in der er mir mitteilte, dass sein Geschenk morgen ankommen würde.

Mein Vater: »Ist er das?«

Zu meinem Entsetzen riss Calvin mir mein Handy aus der Hand und reichte es Hakeem. Ich war erschrocken, aber mein Bruder entspannte sich sofort, als er den Namen seines besten Freundes las.

Hakeem: »Pff, schon gut, das ist nur Thomas.«

Meine Mutter: »Thomas? Er ist doch zu alt!«

Hakeem: »Aber nein, Mama, mit Tommy passiert schon nichts. Wir Jungs haben einen Pakt geschlossen. Wir lassen die Finger von Ex-Freundinnen und kleinen Schwestern.«

Meine Mutter: »Und die Mütter?«

Hakeem: »Vor allem von den Müttern!«

Ubaba lächelte amüsiert, hob die Augenbrauen und strich sich über den Schnurrbart.

Mein Vater: »Von den Vätern hat also niemand gesprochen. Das bedeutet wohl, dass ich bei Tommy gute Chancen hätte?«

Alle außer mir lachten. Ich blieb stumm und versuchte, meinen schuldbewussten Ausdruck zu verbergen. Niemand achtete darauf, außer Brianna, die mich geradezu fixierte.

Ich tat alles, um sie zu ignorieren, aber ich erkannte in ihren Augen, dass sie es wusste.

27. Juni 2016

Thomas hat sein Geschenk geschickt, wie versprochen.

Es ist ein Plattenspieler, und zwar nicht irgendeiner, sondern genau der, den ich mir so sehr wünschte und von dem ich ihm vor acht Monaten erzählt hatte. Ich hatte ja keine Ahnung, dass er sich daran erinnern würde.

Eine heimliche Träne rollte mir über die Wange, aber ich wischte sie weg, ehe es jemand bemerkte. Das erste Mal seit einem Jahr *war ich so richtig glücklich. Natürlich rief ich ihn sofort an, um mich zu bedanken. Er hatte wohl darauf gewartet, denn er nahm schon beim ersten Klingeln ab.*

Er: »Hallo, Gollum. Na, gefällt dir mein Geschenk? Wenn nicht, kannst du es ja zurückgeben.«

Ich bedankte mich überschwänglich und sagte, er wäre wohl verrückt, aber dass ich ihm dafür um den Hals fallen könnte, dass er es nicht hätte tun sollen und dass ich ihn abgrundtief hasste, weil er nicht gekommen war.

Er: »Wie geht es den anderen? Hat dein Bruder einen Bart, oder müssen wir die Hoffnung endgültig begraben?«

Ich: »Nein … Wir warten immer noch darauf, dass er mit seinen zweiundzwanzig Jahren endlich in die Pubertät kommt.«

Thomas: »Und was ist mit dir? Ich habe nicht immer Zeit, deinen Werdegang zu verfolgen, aber Hakeem schickt mir manchmal Videos von dir. Du scheinst glücklich zu sein.«

Ich wollte ihm gerade sagen, dass ich glücklich bin, ja, wirklich. Dass ich sehr viel Glück gehabt hätte und dass ich dankbar für all die Aufmerksamkeit wäre, die man mir entgegenbringt. Aber als ich den Mund öffnen wollte, brach ich in Tränen aus. Ich bin nicht in der Lage, etwas vor ihm zu verbergen.

Schnell versicherte ich ihm, ich wäre einfach nur müde.

Er: »Ich hasse es, wenn man mich anlügt, Daisy. Spuck's aus, oder ich rufe deinen Bruder an.«

Ich: »Es ist nur … die Mädchen, mit denen ich arbeite, mögen mich nicht besonders.«

Er fragte mich, wie ich darauf käme. Wie soll ich es ausdrücken? Eigentlich muss man schon blind sein, um es nicht zu erkennen! Auch wenn niemand dabei ist, wenn Destiny stichelt: »Kein Wunder, dass du auf dem Bildschirm so fett aussiehst, wenn die Kamera uns vier Kilo dicker macht«, oder wenn sie mich nach einem Fantreffen im Van in den Arm kneift, weil die Leute mei-

nen Namen häufiger rufen als ihren – man müsste unsere öffentlichen Auftritte nur genau beobachten. Es ist krass.

Ich: »Destiny hat es mir direkt ins Gesicht gesagt, und dann hat sie Dakota befohlen, nicht mehr mit mir zu reden. Glücklicherweise wohnen wir noch nicht zusammen, aber die Arbeit am Set ist die Hölle. Wenn ich ein bisschen mehr Aufmerksamkeit bekomme als sie, schüttet sie mir Kaffee über die Schuhe, klaut meine Sachen und steckt sie in den Mülleimer oder zieht mich im Vorbeigehen an den Haaren.«

Nachdem ich einmal angefangen hatte, konnte ich nicht mehr aufhören, nicht einmal, als ich Thomas leise fluchen hörte.

Ich: »Vor den Kameras ist es subtiler. Bei Interviews sitzen wir alle nebeneinander, aber seltsamerweise ist es für mich immer extrem eng. Sobald ich an der Reihe bin, verziehen sie das Gesicht, als wollten sie sagen: »Wie langweilig!« Sie setzen alles daran, mich auf der Bühne nach hinten zu drängen, und postieren sich vor mir, oder sie ignorieren meine Witze und lachen miteinander, ohne mir eine Chance zu lassen, mich einzubringen ... Destiny behauptet ständig, ich hätte meinen Platz in der Serie nicht verdient, ich wäre ihnen peinlich, ich wäre nicht sonderlich hübsch, meine Stimme wäre gewöhnlich, und ich wäre nur deshalb die Beliebteste, weil ich mein wahres Gesicht verberge und die Unschuldige spiele. Ganz gleich, was ich tue, es ist ihr zuwider. Ich weiß nicht mehr, was ich machen soll ...«

Er: »Verdammt, Daisy ... Weißt du, was sie verdient?«

Ich: »Nein.«

Er: »Eine ordentliche Ohrfeige. Vielleicht sollte ich dir so etwas nicht sagen, aber egal. Es ist einfach so, dass man im Leben entweder frisst oder gefressen wird. Diese Destiny hat das verstanden und sich ganz offensichtlich für eine Seite entschieden. Du bist zu nett für diese Welt, und es wäre an der Zeit, dass du mal deine Ellbogen einsetzt. Ziel auf ihr Gesicht.«

Ich musste lachen, weil ich seine Art an dieser Stelle sehr gut wiedererkannte. Aber ich bin nicht so, und das weiß er.
Thomas: »Lass sie dir nicht zu nah kommen. Sei klüger als sie. Und denk immer daran: Dass sie sich so verhält, liegt an ihrer eigenen Schwäche. Eifersucht und mangelndes Selbstbewusstsein bringen sie dazu, Menschen herabzusetzen, die besser sind als sie. Denn das bist du, Daisy. Sie hat sich nicht zufällig auf dich eingeschossen.«
Ich: »Du hast recht. Danke.«
Er: »Bitte, Dee! Lass dich das nächste Mal nicht von ihr runterputzen. Du bist perfekt.«
Ich grinste etwas dämlich vor mich hin, bewahrte seine wertvollen Worte aber tief in meinem Herzen. In diesem Moment sah ich Brianna im Spiegel … Sie stand vor meiner Zimmertür und betrachtete mich mit zusammengekniffenen Augen. Ich erstarrte. Zwar sagte sie nichts, aber ich konnte ihre Gedanken an ihrem Gesicht ablesen. Und das war kein gutes Zeichen.

1. Juli 2016
Ich kann nicht aufhören zu weinen. Es ist, als würde mich jemand da oben bestrafen. Wenn es das bedeutet, sechzehn zu sein, dann will ich es nicht. Lieber bliebe ich mein Leben lang ein Kind, unschuldig und naiv, mit Thomas an der Seite, der mich auf seinem Rücken trägt und mir im Sommer Eis spendiert.
Leider haben sich die Zeiten geändert. Brianna kam gestern zu mir, als ich mich im Garten sonnte. Ich wusste sofort, warum sie da war. Vielleicht brachte ich es deshalb nicht übers Herz, sie anzulügen, als sie mich sanft anlächelte und sagte: »Du bist verknallt, nicht wahr?«
Ich: »Ist das so offensichtlich?«
Sie: »Ich bin deine Schwester, ich kenne dich in- und auswendig.«
Ich: »Sag bloß Hakeem nichts davon!«

Sie versprach mir, den Mund zu halten, und fragte mich, wie lange das schon so wäre.

Ich: »Bestimmt findest du mich lächerlich. Natürlich weiß ich, dass er älter ist und Hakeems bester Freund, aber ich bin der Meinung, dass nichts unmöglich ist, wenn man liebt! Sobald ich volljährig bin, werde ich ihn bitten, mich zu daten, und niemand kann es mir verbieten.«

Ich war wild entschlossen, leidenschaftlich und voller Hoffnung. Mit anderen Worten: Ich war dumm. Das wurde mir klar, als sie verlegen meinen Vornamen seufzte. Sie hatte Mitleid mit mir. Ich dachte sofort, dass ich keine Chance hätte, weil ich nicht hübsch oder intelligent genug bin, oder weil ich zu viel rede ... trotzdem wollte ich es jetzt genau wissen.

Ich: »Glaubst du, dass er mich liebt?«

Sie: »Ich glaube ... dass Thomas niemanden liebt.«

Ich: »Quatsch. Warum sagst du das?«

Sie: »Thomas ist ein Soziopath, Daisy. Er empfindet Liebe nicht wie wir. Er kennt weder Mitgefühl noch Schuldgefühle für seine Handlungsweise. Er handelt ausschließlich aus Eigennutz. Verstehst du das? Nicht du bist das Problem. Er ist es. Auch wenn er nichts dafür kann. Er hat es sich nicht ausgesucht ... Aber das Ergebnis bleibt das gleiche: Er wird dich nie lieben.«

Mir war, als bräche die Welt um mich herum zusammen. Alles, was ich mir ausgemalt hatte, stellte sich als falsch heraus. Ich weiß natürlich, was Soziopathie ist. Ich habe genug Filme zu diesem Thema gesehen. Aber ... Thomas? Unmöglich! Und doch wussten offenbar alle Bescheid – außer mir!

Er würde mich niemals lieben.

Ich: »So ist er doch nicht. Er ist freundlich und liebt uns.«

Sie: »Er verbirgt es nur sehr gut. Ein Soziopath verführt, um zu zerstören. Er sondiert die Menschen, er bombardiert sie mit Liebe und Aufmerksamkeit, um sie besser manipulieren zu können.

Im Grunde sind Soziopathen sehr narzisstische Menschen. Alles ist nur gespielt. Sie denken ausschließlich an ihr eigenes Wohlbefinden und die Befriedigung ihrer Bedürfnisse.«

Ich: »Dann ... mag er uns überhaupt nicht?«

Sie: »Vielleicht irgendwie doch. Aber eben anders. Also, ich denke, du solltest das hinter dir lassen und Thomas vergessen. Okay?«

Nein, nicht okay. Überhaupt nicht okay, ganz und gar nicht. Denn jetzt lebe ich in einer Welt, in der ich ständig die Zuneigung hinterfrage, die Thomas mir entgegenbringt, ich werde ständig an seiner Aufmerksamkeit zweifeln und mich fragen, ob er mich manipulieren will. Klar, ich musste mich ausgerechnet in den einzigen Mann verlieben, der nicht in der Lage ist, meine Liebe zu erwidern. Womit habe ich das verdient?

3. Juli 2016

Weißt du was? Ich habe eine Entscheidung getroffen.

Nämlich die, kein Wort von dem zu glauben, was Brianna mir erzählt hat, und weiter zu hoffen, auch wenn alles dagegenspricht.

Auch wenn ich dafür leiden muss.

9

Not A Woman, But A God

»Made of dirt and water,
goddess like no other,
first woman named Pandore«

Thomas

Laut Polizei gibt es keinerlei Anzeichen für ein gewaltsames Eindringen, bis auf die Glöckchen, die im Mülleimer gefunden wurden. Der Mistkerl hat sie entfernt und weggeworfen, obwohl er genau wusste, dass sie dort gefunden würden. Er hat es mit voller Absicht getan.

Um uns zu beweisen, wie leicht es für ihn war.

Daisy lässt nicht locker und behauptet, jemanden gesehen und gehört zu haben, aber Kate geht davon aus, dass der Vorfall kein Nachspiel haben wird. Niemand glaubt Daisy, weil sie betrunken war. Niemand außer mir. Es war jemand im Haus, das weiß ich genau.

Ich lasse die Schlösser austauschen und erhöhe die Anzahl der Überwachungskameras. Ich weiß nicht, wie er oder sie durch die Maschen des Netzes schlüpfen konnte, und es liegt sicher nicht daran, dass ich mir nicht alles mehrmals angesehen hätte.

Daisy war ziemlich erschüttert ... Umso mehr, als sie am nächsten Tag über Twitter eine private Nachricht von Frank erhielt. Er entschuldigte sich dafür, dass er sie erschreckt hatte, und meinte, er hätte sie lediglich sehen wollen.

»Dann war er es tatsächlich«, hauchte Daisy zitternd.

Mich machte das fast krank. Sie entfolgte ihm sofort und versprach mir, ihm nie wieder zu antworten. Ich riet ihr, ihn komplett zu blockieren, aber sie wollte ihn lieber im Auge behalten.

Die gute Nachricht ist, dass wir wieder zu einer gewissen Harmonie zurückgefunden haben. Sie hat verstanden, dass ich nicht ihr Feind bin.

»Du hättest im Flugzeug ein bisschen schlafen sollen.«

Daisy schaut mit ausdruckslosem Gesicht im Spiegel zu mir auf. Ihre Stylistin kümmert sich im Trubel der Garderobe um sie und überschminkt ihre Augenringe.

»Warum das? Sehe ich etwa müde aus?«, erkundigt sich Daisy besorgt.

Ich ernte düstere Blicke von den Frauen, die um sie herumschwirren. Sie ist schön, keine Frage. Aber wir sind diese Woche ständig unterwegs gewesen. Für einen Dreh sind wir nach Portland geflogen. Kaum waren wir wieder in L.A., hatten wir nicht einmal Zeit, zu Hause vorbeizuschauen. Jetzt wartet die Bühne der *Night Night Show*, wo sie die erste Single ihres zweiten Albums zum allerersten Mal darbieten wird. Ich habe Daisy Tag für Tag und Nacht für Nacht proben sehen, sodass ich den Song längst auswendig kenne.

Ihr Handy klingelt. Unwillkürlich wandert mein Blick zum Display. Ich kann gerade noch Zachs Namen lesen, ehe sie das Handy schnell ausschaltet und mit dem Display nach unten auf den Tisch legt. Wir haben noch nicht darüber gesprochen, aber diese Geschichte mit dem Werbepaar geht mir allmählich auf die Nerven.

»Wer war das?«

Halt den Mund, Kalberg. Ich weiß natürlich längst, wer es war.

»Niemand.«

Ende der Diskussion. Ich widerstehe dem Drang, nachzufragen, als mich eine männliche Stimme unterbricht:

»Das tut mir aber echt weh.«

Daisy erstarrt vor meinen Augen. Hinter ihr taucht ein Mann auf, den ich erkenne, weil ich ihn schon so oft auf Fotos neben Daisy gesehen habe. Auch sein Profil befindet sich in meinen Unterlagen. Ich weiß alles über ihn, sogar das, was er zu verbergen versucht. Zach McRae, der Junge mit dem Engelsgesicht und dem Ruf eines Playboys, der für das Publikum inzwischen auch Daisys neuer Freund ist.

Ich hasse es, wie er sie ansieht und mich dabei völlig ignoriert. Ein sehnsüchtiges Lächeln huscht über seine Lippen, während er sie im Spiegel betrachtet. Ich kenne dieses Lächeln sehr gut. Es bedeutet: »Ich kenne sie besser als jeder andere.« Und seine Augen ... Fuck. Seine Augen verraten jedem, dass er sie schon mal ohne Klamotten gesehen hat. Das allerdings wurde bei meinen Recherchen nicht erwähnt.

»Was machst du hier?«, fragt Daisy.

Ganz offensichtlich ist das, was zwischen ihnen gewesen sein mag, längst Vergangenheit. Ich starre Zach an und warte auf den Moment, in dem er einen Fehler macht, und sei es nur einen Schritt vorwärts.

»Ich habe dich vermisst.«

Daisy wirft mir einen kurzen Blick zu, ehe sie die Augen abwendet und aufsteht. Sie sieht wunderschön aus mit ihrem goldenen Bustier und den High-Waist-Shorts, die einen tollen Kontrast zu ihrer schwarzen Haut bilden. Sie leuchtet geradezu. Trotz ihrer hochhackigen Overknees ist sie im Vergleich zu mir immer noch lächerlich klein. Sie fordert einen geradezu heraus, sie zu beschützen.

»Ich hab keine Zeit. Ruf das nächste Mal meine Agentin an.«
Zach zieht belustigt eine Augenbraue hoch. Er scheint die
Botschaft nicht zu verstehen, denn er kommt einen Schritt nä-
her und streckt die Hand aus, um ihre Locken zu streicheln.

Doch ihm bleibt keine Zeit, sein Ziel zu erreichen. Ich packe ihn heftig am Handgelenk. Überrascht blickt er auf. Am
liebsten würde ich ihm die Hand umdrehen. So habe ich schon
einmal einem Mann die Hand gebrochen, daran erinnert sich
Daisy bestimmt.

»Lass die Finger von ihrem Haar.«

Mein Ton ist kalt und schneidend. Zum ersten Mal seit seiner Ankunft scheint er mich wahrzunehmen. Unwillig runzelt
er die Stirn und beäugt mich von Kopf bis Fuß.

»Und warum?«

Weil sie es hasst. Schon als Kind wurde sie aggressiv, wenn
jemand versuchte, ihr Haar zu berühren.

*Natürlich kann ich ihm das nicht sagen. Es wäre zu merkwür-
dig. Schließlich bin ich ein Niemand. Vor allem sollte ich solche Dinge nicht wissen.*

»Man berührt nicht die Haare von Leuten, die man nicht
kennt. Das ist eine Grundregel guten Benehmens.«

Ich ignoriere Daisys heimliches Grinsen und lasse Zachs
Hand los.

»Ach, hast du einen neuen Wachhund?«, spottet er, ohne
mich aus den Augen zu lassen.

Ich lasse Daisy keine Zeit zu antworten, sondern verschränke die Hände hinter dem Rücken und sage: »Genau. Und ich
bin bissig, also pass lieber auf, was du sagst.«

Zwar versteckt er es zugegebenermaßen wunderbar, aber
zu seinem Pech habe ich wirklich etwas von einem Hund: Ich
spüre, wie die Angst aus jeder Pore seines Körpers sickert.

»Daisy, noch fünf!«, ruft jemand an der Garderobentür.

Ich lege ihr den Arm um die Schultern und führe sie um Zach herum, der uns nicht aufhält. Er ruft ihr nach:

»D, ich muss unbedingt nachher mit dir reden.«

Daisy wirft ihm einen lässigen Blick über die Schulter zu.

»Ich bin ziemlich beschäftigt. Aber wenn es dringend ist, kannst du mit Kate einen Termin vereinbaren. In sechs Monaten habe ich bestimmt irgendwann ein Zeitfenster.«

Ich kann ein stolzes Lächeln nicht unterdrücken. *Das ist meine Daisy.*

»Gut gemacht«, flüstere ich ihr auf dem Weg zur Bühne ins Ohr.

Sie verdreht die Augen, während ihr Mikrofon und die Ohrstöpsel an ihr befestigt werden.

»Er ist dumm, aber nicht gemein. Bitte brich ihm nicht die Finger. Er braucht sie zum Wichsen«, spottet sie und hebt die Hand zum High Five.

Nicht zum ersten Mal bin ich verblüfft, sie so reden zu hören. Es ist … verwirrend. Ich klatsche sie ab, denn ich muss zugeben, dass es witzig war.

Während sie sich vorbereitet, halte ich mich im Hintergrund. Mindestens fünf Personen kümmern sich um sie. Zwar bemerke ich ihren Stress, aber als Profi weiß sie ihn zu verbergen. Ich reiche ihr eine Flasche Wasser, die sie annimmt, ohne daraus zu trinken. Stattdessen spielt sie am Verschluss herum. Ich vermute, dass sie ihre Hände beschäftigen muss.

Sie geht den Gang entlang, dicht gefolgt von einem ganzen Team, das an ihrem Haar herumfummelt und sich darüber beschwert, dass sie so »schwer zu frisieren« sei. Daisy wirft ihnen stumm einen bösen Blick zu.

Das Stimmengewirr des Zuschauerraums ist jetzt ganz nah, und irgendwann beginnt das ungeduldige Publikum zu trampeln, um seinen Star herauszulocken.

Es klingt wie eine Melodie, ein Kriegslied, eine Hymne zu ihrem Ruhm. Sehr beeindruckend. Schließlich erreichen wir den Backstage-Bereich. Hinter dem Vorhang erkenne ich eine L-förmige Bühne. Die Menschenmenge, die auf Daisy wartet, ist bereits außer sich und schwenkt Schilder und Leuchtsticks. Irgendwo im Publikum steht Finn, bereit, bei Bedarf einzugreifen.

»Könntest du bitte das Mikrofon lauter stellen?«, fordert Daisy einen Tontechniker auf, während sie ihre Glitzerohrhörer zurechtrückt.

»Kate hat gesagt, dass wir Playback spielen.«

Daisy seufzt enttäuscht und genervt.

»Nein, auf keinen Fall … Die Leute merken es sofort, wenn ich wie eine Idiotin nur die Lippen bewege.«

Mit panischem Blick rennt der Mann irgendwohin. Ich lasse Daisy noch einmal durchatmen. Als der Moderator ihr Kommen ankündigt, blickt sie Trost suchend zu mir auf.

»Versuch, nicht umzuknicken«, bemühe ich mich, sie zu entspannen. »Diese Absätze sind fast so hoch wie du selbst.«

»Ich weiß ja, dass du da bist, um mich aufzufangen.«

Als Antwort zwinkere ich ihr kumpelhaft zu; dann öffnet sich der Vorhang. Sofort wird sie von euphorischen Schreien begrüßt. Vor meinen Augen wird Daisy zu einer völlig anderen Person. Ich glaube, daran werde ich mich nie gewöhnen … Diese Kluft zwischen dem Mädchen, das ich kenne, und der Figur, die sie erschaffen hat, eine von der ganzen Welt geliebte und bewunderte Künstlerin.

Die Bühne ist dunkel. Nur ein einziger rosafarbener Spot leuchtet von der Decke. Das Dekor besteht aus künstlichem Rasen und Pflanzen und Blumen in märchenhaften Farben, wie der Garten einer Nymphe.

Daisy stellt sich genau in die Mitte und singt die ersten Takte ihres Songs: *Not a Woman, but a God.* Ihre kristallklare Stimme hallt in meinem Herzen wider wie die heiligen Worte eines zur Erde geschickten Engels. Ein Schauder durchläuft mich. Sie ist wirklich eine dem Olymp entflohene Göttin.

Ich ertappe mich dabei, enttäuscht zu reagieren, als sie sich aus meinem Blickfeld entfernt, und beschließe, die Kulissen zu verlassen und mich unter die Menge zu mischen. Nun sehe ich sie viel besser. Sie schreitet die L-förmige Bühne hinunter. Um die Bühne und im Publikum sind Kameras positioniert, die jede ihrer Bewegungen festhalten. Dann und wann kleben ihre Haare an ihrem Lipgloss, doch sie bleibt ganz Profi.

Die Fans kreischen, entzückt, sie aus dieser Nähe zu sehen. Ich kann sie verstehen und frage mich unwillkürlich, womit ich es verdient habe, sie täglich kostenlos zu erleben, und noch besser: ihre Freundschaft zu genießen. Sie ist atemberaubend. Ihre Stimme ist schön und kraftvoll, ihre nackten Beine glitzern, und die Art, wie sie sich bewegt, lässt sie unglaublich sexy erscheinen. *Wahnsinn.*

Ein Fan in der ersten Reihe reicht ihr etwas, das ich nicht genau erkennen kann, ein Tuch vielleicht, und Daisy nimmt es. Als sie es um ihre Schultern drapiert, sehe ich, dass es sich um eine Regenbogenflagge handelt, das LGBTQ-Symbol. Die Menge wird immer lauter, während Daisy wie entfesselt singt.

In meinem Ohrstöpsel sind plötzlich Stimmen zu hören, aber ich bringe sie zum Schweigen. Das ist mein erster Fehler. Ich bin so überwältigt von Daisys Anblick, wie sie in die Hocke geht und einigen Fans die Hand reicht, dass ich die Gefahr nicht sofort erkenne.

Ich reagiere zu spät, als sie sich aufrichtet und beinahe stürzt. Ein Fan hat sich an ihr Bein geklammert wie an eine Boje. Ich renne zu ihr, aber der Weg durch die Menge ist mühsam. Man will mich nicht durchlassen.

»Aus dem Weg«, befehle ich und stoße Menschen beiseite, während ich Daisy nicht aus den Augen lasse.

Sie singt weiter. Ein verkrampftes Lächeln umspielt ihren Mund. Der Fan, ein Mädchen, benutzt ihr Bein, um sich auf die Bühne zu hieven. Mich trifft fast der Schlag, als sie neben Daisy steht ... und sie in die Arme nimmt.

Daisy bleibt stehen, ohne mit dem Singen aufzuhören. Ich kann die Angst in ihren Augen erkennen. Das Mädchen weint vor Freude und umklammert Daisy, die sich vorsichtig freizumachen versucht.

Kochende Wut jagt durch meine Adern. Endlich schaffe ich es, die Bühne zu erklimmen, gleichzeitig mit Finn, der die Arme der jungen Frau unsanft packt, um sie von Daisy zu lösen. Ich umschlinge ihre Taille und hebe sie mühelos hoch.

Daisy, endlich wieder frei, tritt zurück, lächelt ins Publikum und setzt ihre Show fort. Finn zerrt wütend die junge Frau hinter sich her, die schreit, dass sie Daisy nicht verletzen, sondern nur umarmen wollte. Ohne auf die neugierigen Blicke zu achten, mische ich mich wieder in die Menge und behalte Daisy während ihres Auftritts im Auge.

Ich beobachte die Umgebung und halte nach verdächtigen Personen Ausschau. Einmal glaube ich, jemanden zu erkennen, doch der verschwindet plötzlich im Publikum. Vermutlich habe ich mich geirrt.

Daisy verhält sich unterdessen so, als wäre nichts geschehen. Man könnte meinen, dass sie nicht erschrocken wäre, aber ich weiß, wo ich hinschauen muss. Ihre Hände zittern noch, als sie nach dem Ende des Liedes lächelnd ins Publikum winkt.

Ich nehme sie hinter der Bühne in Empfang und lege meine Hand auf ihre Schultern.

»Dee ... Alles klar?«

Sie zeigt mir dieses distanzierte Lächeln, das ich hasse, weil sie so nur Fremde anlächelt, und nickt. Ich will nachhaken, da stürmt Kate wütend herein.

»Ich hatte darum gebeten, dass du heute Abend nicht live singst«, schimpft sie. »Was, wenn du es vermasselt hättest?« Daisy verteidigt sich nicht. Mit müden Schritten geht sie in ihre Garderobe und beginnt ihre Schuhe auszuziehen.

»Tut mir leid. Ich will einfach nur nach Hause und schlafen.«

Zu Hause schließt sich Daisy in ihrem Tanzsaal ein. Ich esse allein in der Küche zu Abend und starre auf mein Handy. Seit ich hier eingezogen bin, habe ich gelernt, wie Twitter funktioniert. Die einzige Person, der ich folge, ist Daisy. Ich poste nichts. Ich informiere mich nur.

Zähneknirschend entdecke ich die zahlreichen Tweets, die Daisys Leistung bei der Show kommentieren. Die meisten sind positiv. Viele User schwärmen von ihrer Stimme und ihrem Outfit und beschweren sich sogar über den Fan, der es gewagt hat, sie zu überrumpeln. Ich like alle diese Kommentare.

Andere, vor allem Männer, kommentieren ihr Aussehen und äußern den Wunsch, wenigstens einmal mit ihr schlafen zu dürfen. Und es gibt ein paar eifersüchtige Mädchen, die es wagen zu twittern, sie sei »ziemlich gewöhnlich« und habe »Gewicht zugelegt«. Die melde ich.

Dann schaue ich mir den Account von Daisys Stalker Frank an, wie jeden Abend. Mir gefriert fast das Blut, als ich neue Fotos sehe, die früher am Abend aufgenommen wurden. Darauf ist Daisy auf der Bühne zu sehen, herrlich, wie eine Margerite zwischen anderen Blumen.

Er war also da. Der Mistkerl war in der Menge und angesichts des Aufnahmewinkels offensichtlich sehr nah an der

Bühne. Vielleicht habe ich ihn auf dem Weg nach vorn sogar angerempelt.

Und wenn … Nachdenklich runzle ich die Stirn. Für einen Sekundenbruchteil glaubte ich, Daisys »Lieblingspaparazzo« erkannt zu haben. Ist er tatsächlich ein Fan, oder war er nur dort, um Fotos zu machen?

»Spinner«, murmle ich vor mich hin, während ich Franks Tweets lese.

Er lobt Daisys unglaubliche Leistung und stößt Morddrohungen gegen die junge Frau aus, die so frech war, auf die Bühne zu klettern. Seine Worte sind verstörend. Er behauptet, dass Daisy ihm gehöre. Dass sie sich liebten. Dass sie eine reine Göttin sei, die nicht von schmutzigen Händen berührt werden dürfe.

Diesem Typen muss um jeden Preis das Handwerk gelegt werden.

»Daisy?«, rufe ich und klopfe an die Tür ihres Tanzsaals.

Als sie nicht antwortet, trete ich ein. Wie ich vermutet hatte, ist Daisy nur mit einem BH und einer Yogahose bekleidet auf dem Boden eingeschlafen. Es ist drei Uhr nachts.

Ich nehme sie in die Arme, um sie in ihr Zimmer zu bringen, doch auf dem Weg nach oben flattern ihre Augenlider.

»Ich bin es nur«, beruhige ich sie sanft, damit sie keine Angst bekommt. »Du bist auf dem Boden eingeschlafen.«

Sie schließt die Augen wieder und lehnt ihren Kopf an meine Brust. Ich lege sie auf ihr Bett neben Tornado. Daisys Bett ist der Lieblingsruheplatz des Katers, wenn es zu kalt ist, um im Garten herumzulaufen.

Ich sollte gehen und sie schlafen lassen, aber ich verweile ein paar Sekunden. Eine Haarlocke fällt ihr quer über die Augen. Ich will sie ihr aus der Stirn streichen, überlege es mir aber im letzten Moment anders. Ich balle die Fäuste.

»Daisy.«

»Mmh?«

Sie sieht traurig aus. Es drückt mir fast das Herz ab. Zu gern würde ich ihr den Schmerz nehmen und ihn an ihrer Stelle ertragen.

»Schau mich nicht so an«, lächelt sie schwach. »Zu diesem Spiel habe ich mich bereit erklärt, Thomas. Die Umarmungen, die Fotos, die Fragen nach meinem Privatleben … In gewisser Weise gehöre ich nicht mehr mir selbst.«

Ich frage, was sie damit meint. Ihre Stimme klingt matt und verängstigt und ist kaum zu hören, aber sie reicht aus, dass ich eine Gänsehaut bekomme:

»In dem Moment, in dem ich beschlossen habe, berühmt zu werden, habe ich mich ihnen ausgeliefert.«

Ich verstehe, was sie meint. Ganz gleich, was sie tut, die Öffentlichkeit wird immer ein Wörtchen mitzureden haben und ihre Meinung äußern. Als sie zur öffentlichen Person wurde, hat sie dieses Risiko akzeptiert. Ich hasse es.

»Thomas?«

»Ja?«

»Danke, dass du hier bist, und mich daran erinnerst, wer ich bin.«

Ich bleibe neben ihr stehen und sehe ihr lange Minuten beim Schlafen zu.

10

Lovesick

»I'll risk it all for you.
Just wished I didn't have to.«

Daisy

Zach belästigt mich. Allmählich glaube ich, dass er meine einzige Bedrohung ist. Leider sitze ich in der Falle. Ich bin gezwungen, ihn am Set zu ertragen und zu lächeln, wenn er beim Verlassen des Studios meine Hand nimmt. Zach und ich wissen natürlich genau, dass Paparazzi die hinter einem Auto »gestohlene« Szene verewigen, die in Wirklichkeit bloß ein immenses Täuschungsmanöver ist.

Ich hasse es, dass ich mich auf so etwas eingelassen habe.

Abgesehen von den Leuten, die mich des Queerbaitings beschuldigen, weil ich auf einigen Fotos die LGBTQ-Flagge schwenke, sind unsere beiden Fan-Communitys im siebten Himmel. Die Klatschzeitungen berichten nur noch über uns als Paar. Und alle glauben, dass wir füreinander bestimmt sind.

Einige Fans schneiden alle unsere gemeinsamen Auftritte zusammen und zoomen auf jedes Detail, jedes Lächeln und jeden Blick, um zu beweisen, wie sehr wir uns lieben. Viele sind davon überzeugt, dass wir schon lange zusammen sind, was ja an sich nicht ganz falsch ist.

Kate hat uns für den heutigen Abend zu einem Auftritt als Paar gezwungen, weshalb wir auf einer von einem befreundeten Sänger organisierten Party erscheinen.

Hayley, Micah und Javier haben sich bereit erklärt, mich zu begleiten; ohne sie würde ich bestimmt keinen Abend allein mit Zach verbringen können.

Ich brauche gut zwei Stunden, um mich fertig zu machen, und das nicht nur, weil ich einige meiner Slips nicht finden kann – das ist allerdings nicht ungewöhnlich.

Einmal fand ich Tornado in einen meiner BHs gewickelt, und er sah aus, als sagte er »Na und?«. Ich fand das so süß, dass ich ihm das Teil überließ. Er spielte mindestens zwei Wochen lang damit.

Das Thema der Party lautet »Popkultur«. Ich habe lange überlegt, ehe ich beschloss, mich als Sailor Moon zu verkleiden, und warte jetzt auf eine Reaktion von Thomas. Aber als ich ins Auto einsteige, weigert er sich, mich anzuschauen. Seit den Dreharbeiten heute Morgen, bei denen Zach und ich unsere Kussszene gut zwanzigmal wiederholen mussten, scheint er zu schmollen.

»Wie findest du mich?«

Schweigen. Er startet einfach nur den Wagen. Wie immer trägt er seine ewigen schwarzen Jogginghosen und ein ebensolches T-Shirt. Ich wiederhole meine Frage, die jedoch unbeantwortet bleibt. Ich hasse es, wenn man mich ignoriert. Deshalb löse ich den Sicherheitsgurt und klettere nach vorn auf die Handbremse. Sofort reagiert er.

»Was machst du da? Das ist gefährlich während der Fahrt.«

»Ich zwinge dich, mich anzusehen.« Ich hangele mich auf den Beifahrersitz. Mein blauer Rock rutscht über meine nackten Oberschenkel nach oben. Ich rücke meine blonde Perücke zurecht und richte die rosa Schleife auf meiner Brust.

Thomas knurrt frustriert und schließt für einen Moment die Augen.

»Warum fragst du nicht deinen Freund?«

»Mich interessiert deine Meinung«, betone ich.

»Glaub mir, Dee, die willst du gar nicht wissen.«

Ich erröte irritiert. Heißt das, dass ihm meine Verkleidung nicht gefällt? Findet er mich lächerlich? Ist sie vielleicht zu gewagt? Ich schaue aus dem Fenster und habe überhaupt keine Lust mehr, auf diese Party zu gehen.

Schließlich wendet mir Thomas sein Gesicht zu und seufzt leise. Gerade will er etwas sagen, als mein Handy vibriert.

Ich erhalte die Nachricht, dass Zach ein Foto von uns auf Instagram gepostet und mich verlinkt hat. Es handelt sich um ein Selfie, das schon ein paar Monate alt ist und auf dem wir beide auf seiner Couch sitzen und lachen. Seine Bildunterschrift besteht nur aus einem Herz.

»Er übertreibt definitiv«, knurre ich, ohne das Bild zu liken.

Thomas sagt nichts, obwohl er einen Blick auf mein Handy geworfen und den Post gesehen hat. Als wir ankommen, stehen meine Freunde bereits vor der Tür und rauchen. Javier sieht mich als Erster. Ich stelle fest, dass er als Danny aus *Grease* verkleidet ist, und entdecke seinen Lieblingspin an seiner Lederjacke: die Transflagge.

Micah hat einen Arm um seine Schultern gelegt, zwinkert mir zu und schenkt Thomas ein flirtendes Lächeln.

»Tut mir leid, aber hier haben nur Verkleidete Zutritt.«

Thomas bleibt ungerührt und antwortet nicht. Er hält sich einfach eng an meiner Seite und zeigt deutlich, dass er nicht vorhat, sich auch nur einen Zentimeter von mir weg zu bewegen. Micah zieht belustigt eine Augenbraue hoch.

»Aber … du kannst dir ja die Klamotten einfach ausziehen.«

Javier verdreht die Augen und rammt ihm seinen Ellbogen in den Magen. Micah jammert auf.

»Oder auch nicht.«

Drinnen kenne ich nicht einmal die Hälfte der Anwesenden. In einer Ecke entdecke ich Zach, der als Woody aus *Toy Story* verkleidet ist, aber ich gehe ihm möglichst aus dem Weg. Viele Leute sprechen mich an, laden mich zu Partys ein oder bieten mir eine Zusammenarbeit oder Partnerschaften an. Ich schicke sie alle mit einem höflichen Lächeln zu Kate.

»Heute Abend wird nicht gearbeitet!«, kommt mir Hayley zu Hilfe.

Erleichtert danke ich ihr. Nachdem wir uns etwas zu trinken geholt haben, setzen wir uns an den Pool und tauchen unsere Füße ins Wasser. Ich biete Thomas an, sich zu uns zu setzen, doch er schüttelt den Kopf. Er lehnt sogar den Drink ab, den ich ihm reiche. *Spielverderber.*

Irgendwann habe ich eine Gitarre in der Hand und zupfe eine nette Melodie, während Javier Hayley über ihre jüngsten Männergeschichten ausfragt. Sie verdreht dramatisch die Augen und berichtet über ihre Missgeschicke auf Tinder und Co:

»Die Jungs geben sich keine Mühe mehr. Die meisten geben nichts aus ihrem Leben preis, und der Rest schreibt nur seine Größe hin. Ich glaube, wenn ich noch einmal ein ›1,86 Meter (offenbar zählt das)‹ sehe, muss ich kotzen. Was soll ich dazu sagen, Mister Gru? ›Herzlichen Glückwunsch‹?«

»Wenigstens hat Gru eine große Nase … Und wir wissen alle, was das bedeutet«, murmelt Micah.

Ich grinse verächtlich, aber Hayley lacht laut und klatscht ihn ab.

»Na und?«, verteidigt er sich mit unschuldigem Blick. »Wenn sie schon eine Größe angeben, dann lieber die ihres Schwanzes! Das ist doch das Wichtigste.«

Erheitert verschlucke ich mich an meinem Bier.

»Nicht wirklich«, erwidert Javier und wirft ihm einen finsteren Blick zu. »Das Wichtigste ist, wie man ihn benutzt.«

Micah lächelt verschmitzt und gibt ihm einen Kuss auf die Wange.

»Natürlich, Baby …« sagt er, verzieht das Gesicht und flüstert mir dann ins Ohr: »Ich meine ja nur, dass es einen Grund gibt, warum ich der Beste bin.«

Javier steht auf und schnappt sich die verbliebene Champagnerflasche.

»Ich habe dich gehört, Arschloch.«

Scheinbar verärgert verschwindet er im Haus, aber ich weiß genau, dass er nur so tut, um Micah ein schlechtes Gewissen zu machen. Die beiden lieben es, sich im Bett zu versöhnen. Und es funktioniert, denn Micah läuft ihm sofort nach und fleht ihn an, ihm zu verzeihen.

»Und du so?«

Ich wende mich zu Hayley um, die mich fragend anschaut. Plötzlich ist mir Thomas' Blick auf meine Schultern sehr bewusst. Er steht nur wenige Meter entfernt, und ich weiß, dass er alles hören kann, was wir sagen.

Es ist mir peinlich, vor ihm über solche Dinge zu sprechen, doch gleichzeitig wünsche ich mir, dass er aufhört, mich als kleines Mädchen zu sehen. Ich wünschte, er würde verstehen, dass ich eine erwachsene Frau geworden bin.

»Ach weißt du, seit Zach mich beim Sex abserviert hat … nichts Neues.«

Ich versuche, darüber zu lachen, aber es klingt irgendwie falsch. Vermutlich ist es dazu noch zu früh.

»Mach dir nichts draus, Süße«, beruhigt sie mich. »Denk dir einfach, dass du ihn nur wegen seines guten Aussehens gedatet hast.«

Ich muss lachen.

»Aber das stimmt doch! So sind wir irgendwie alle. Wenn uns jemand nach einem Foto von unserem Freund fragt, sagen wir: ›Okay, aber in echt sieht er besser aus‹, oder: ›Er ist nicht besonders fotogen‹. Wir sollten einfach ehrlich sein, anstatt das super zerbrechliche Ego unserer Typen zu schützen!«

Ich lache so sehr, dass mir beinahe das Bier aus der Nase kommt. Sie hat recht! Natürlich sieht Zach trotz allem sehr gut aus. Aber je mehr Zeit vergeht, desto weniger attraktiv finde ich ihn. Jetzt fällt mir hauptsächlich seine minderwertige Persönlichkeit auf.

»Außerdem kann er nicht vögeln«, murmelt Hayley.

»Hayley!«, rufe ich und schlage mir die Hände vors Gesicht.

»Man muss sagen, wie es ist. Es gibt effektiv nichts, was für den Kerl spricht. Er ist dumm, hat kein Talent, fickt miserabel und findet trotzdem einen Weg, sich selbst nicht für ein Stück Scheiße zu halten! Ich verurteile niemanden. Auch ich habe meine Fehler. Liebe ich mich? Nein. Würde ich mit mir schlafen, wenn ich könnte? Unbedingt.«

Witzig, wie sie meinen derzeitigen Gemütszustand in nur vier Sätzen zusammengefasst hat.

»Ich habe dir ja gesagt, dass du stattdessen Finn hättest flachlegen sollen, und zwar schon vor langer Zeit. Mit ihm hättest du mehr Chancen, wenigstens einmal im Leben einen Orgasmus zu erleben.«

Himmel, hoffentlich hält sie bald den Mund! Ich richte mich auf, greife nach ihrem Arm und sage, ich müsste zum Klo. Als wir an Thomas vorbeigehen, der sich keinen Millimeter bewegt hat, wage ich nicht, ihn anzuschauen. Sein intensiver Blick lässt mich schaudern.

»Er hat dich nicht aus den Augen gelassen«, flüstert Hayley, als wir allein sind.

»Wer? Zach?«

»Nein, du Depp! Thomas!«

Oh. Blinzelnd öffne ich ihr die Tür zur Toilette. Vor meinen Augen zieht sie ihren Slip herunter und erleichtert sich. Ich zucke mit den Schultern.

»Ansonsten wäre er wohl kein besonders guter Bodyguard, meinst du nicht auch?«

Sie zieht ihren Slip hoch und drückt die Spülung. Während sie sich die Hände wäscht, lehne ich mich ans Waschbecken.

»Es war nicht diese Art von Blick, glaub mir. Dieser Typ da, der will mit dir …«

Ich lege meine Hand auf ihren Mund, um die zu erwartenden Obszönitäten einzudämmen. Sie leckt mir über die Handfläche, damit ich loslasse. Angewidert rümpfe ich die Nase, aber sie lächelt.

»Du kannst darüber denken, was du willst. Ich will es nur gesagt haben.«

Mit diesen Worten lässt sie mich allein auf der Toilette zurück. Ich sitze dort minutenlang mit wirren Gedanken. Sagt sie die Wahrheit? Hayley hat in solchen Dingen einen sechsten Sinn, ich vertraue ihr voll und ganz.

Aber hier geht es um Thomas. Den besten Freund meines Bruders. Meinen Bodyguard. Den Soziopathen, der meine Liebe nie erwidern wird und den zu vergessen ich vier Jahre gebraucht habe.

Und wenn er seine Haltung geändert hat?

Ich seufze und kehre zu den anderen zurück. Plötzlich stehe ich vor …

»Zach?«

Mein Ex baut sich vor mir auf, und ich bin so überrascht, dass ich ihn nicht wegstoße, als er meine Hand nimmt und mich zurück in den Flur zieht.

»Endlich allein«, lächelt er. »Ich muss mit dir reden, D.«

Oh je. Er fängt an, mich ernsthaft zu nerven. Immerhin war er es, der mich abserviert hat, nicht wahr? Warum sucht er sich keine andere?

»Was willst du denn? Hier sieht uns niemand, du brauchst also nicht so zu tun, als ob.«

Zach schaut mir sanft lächelnd direkt in die Augen, und für einen Moment frage ich mich, wie ich je auf ihn hereinfallen konnte.

»Ich spiele dir nichts vor. D, ich habe einen Fehler gemacht.«

Dass du dieses hässliche Hemd angezogen hast, ja, das stimmt wohl.

»Ich habe Angst bekommen. Ich bereue, dass ich das mit uns beendet habe. Die Wahrheit ist … dass ich dich liebe, Daisy. Ehrlich. Ich bin in dich verliebt und kann es mir nicht versagen, diese Gewissheit auszusprechen. Ich bin in dich verliebt und weiß, dass die Liebe nur ein Schrei ins Leere ist, dass das Vergessen unvermeidlich ist, dass wir alle verdammt sind, dass der Tag kommen wird, an dem alles, was wir getan haben, wieder zu Staub zerfällt, und ich weiß, dass die Sonne die einzige Erde verschlingen wird, die wir je besitzen werden. Und ich bin in dich verliebt.«

Ich runzle die Stirn und verschränke die Arme vor der Brust. Hält er mich für blöd?

»Wow. Das ist wunderschön.«

»Danke. Es kommt von Herzen …«

»Vor allem ist das sehr frei aus dem Film *Das Schicksal ist ein mieser Verräter* zitiert.«

Er öffnet den Mund, ist weit weniger verlegen, als ich es an seiner Stelle wäre, und lacht leise.

»Weil ich nervös bin … Aber Daisy, ich bin doch nur ein Junge, der vor einem Mädchen steht und sie bittet, ihn zu lieben.«

»*Notting Hill.* Sehr schöner Film.«

Ich schaue ihn gleichgültig, aber geduldig an. Er räuspert sich ärgerlich.

»Bitte hör mir zu«, seufzt er und legt seine Hände auf meine Hüften. »Ich habe dich weggestoßen und dich glauben lassen, dass es deine Schuld war, aber tatsächlich hatte ich nur Angst, leiden zu müssen. Ich wollte nicht zum Sklaven meiner Gefühle für dich werden. Verstehst du?«

Dieses Mal dauert es ein paar Sekunden, bis ich mich erinnere, wo ich diese Worte schon einmal gehört habe. *Skins – Hautnah*, Staffel … vier?

»Willst du mich verarschen? Zach, ich bin Schauspielerin, mit Filmzitaten kenne ich mich ein bisschen aus!«

Er knurrt entnervt, als müsste ich vorgeben, ihm zu glauben.

»Du brauchst mir keine Schuldgefühle einzureden! Ich will doch nur sagen, dass ich mich geirrt habe. Du fehlst mir, und ich möchte wieder mit dir zusammen sein. Es war doch schön, oder?«

»Nicht wirklich.«

Ich starre Zach eine ganze Weile an, kann es kaum glauben und frage mich, wie ich es geschafft habe, so lange mit ihm zusammen zu bleiben.

Es muss doch etwas gegeben haben, was ich an ihm mochte, oder? Warum kann ich mir gerade nichts davon ins Gedächtnis rufen?

»Ich habe mit dir Schluss gemacht, um zu sehen, ob du für uns kämpfen würdest. Vielleicht sollten wir die Gelegenheit nutzen, dass wir angeblich ein Pärchen sind.«

»Nein danke, ich …«

»Hinter dir steht jemand, der uns filmt«, flüstert er mir plötzlich ins Ohr. »Beweg dich nicht.«

Überrascht weiß ich nicht recht, wie ich reagieren soll. Das verschafft ihm die Zeit, mir den Arm um die Taille zu legen und mich zu küssen.

Bestürzt reiße ich die Augen auf. Zachs Hand hält meinen Kopf fest umklammert. Ich sitze in der Falle. Gerade will ich ihn wegstoßen, als eine Bewegung meine Aufmerksamkeit erregt.

Mein Blick kreuzt den von Thomas am Ende des Ganges. *Scheiße.* Sein Blick ist düster und mordlüstern, aber er sagt nichts. Unser Austausch dauert höchstens zwei Sekunden, keinesfalls länger. Dann kehrt er uns den Rücken zu. Aber er geht nicht weg.

Er hält Wache.

Angewidert stoße ich Zach von mir und widerstehe dem Drang, mir mit dem Handrücken den Mund abzuwischen. Morgen wird unser Kuss als Trending Topic auf Twitter erscheinen, das weiß ich jetzt schon.

»Wenn du mich noch einmal ohne meine Erlaubnis küsst«, fauche ich Zach ins Ohr, »dann reißt dir der Typ hinter dir die Beine ab, ist das klar?«

Zach schluckt und blickt plötzlich sehr finster drein.

»Du hast dich verändert, Daisy …«

»Nein. Du hast dir bloß nie die Mühe gemacht, mich wirklich kennenzulernen.«

11

I Love Myself

»I'm perfect the way my mama made me,
so don't even try to stop me«

Thomas

Diesen Zach McRae erschlage ich!

Nicht nur, dass ich ertragen muss, wie er Daisy am Set küsst, jetzt glaubt auch noch die ganze Welt, dass sie mit ihm zusammen ist. Das Foto, auf dem sie sich küssen, hat im Internet die Runde gemacht. All diese Leute feiern das »perfekte Paar«, obwohl der Mistkerl mit ihr Schluss gemacht hat, während sie es miteinander trieben.

Ich habe damit ein Problem. Natürlich habe ich das.

Aber warum überrascht es mich? Daisy ist eine erwachsene Frau, und eine wunderschöne noch dazu. Natürlich hat sie ein aktives Sexleben! Es ist nur … schwer zu verdauen.

Und das, obwohl sie laut und deutlich über Orgasmen spricht und das Wort »Schwanz« in den Mund nimmt, obwohl sie in Minirock und Netzstrümpfen herumläuft und obwohl ich jeden Morgen den Anblick ihrer Spitzenunterwäsche ertragen muss, die auf der Heizung trocknet …

Verdammt! Wach auf, Kalberg! Hier geht es um Daisy.

Ich habe Entzugserscheinungen. Das ist die einzig mögliche Erklärung. Nur … Es gab einmal eine Zeit, in der sie nur mich sah, aber jetzt, seit sie mit der Vergangenheit abgeschlossen hat, muss es da wirklich diese Art von Typ sein, für den sie sich entscheidet? Das geht besser.

»Was machst du?«, frage ich eines Abends, als ich ins Wohnzimmer komme.

Daisy sitzt auf der Couch und schaut sich einen Film an. Ich werfe einen Blick darauf, kenne ihn aber nicht. Mit Kino habe ich nicht viel am Hut.

»Das ist *Bodyguard*. Keine Ahnung, warum alle diesen Film so toll finden«, sagt sie und zieht ihre Knie unter das Kinn. »Die Schauspieler sind unglaublich, aber die Romanze lässt mich total kalt. Und was soll dieses Ende? Das ist doch Quatsch! Ah, und was die böse Schwester angeht, dazu hätte ich einiges zu sagen!«

Ich höre ihr nicht einmal zu. Mein Blick gleitet automatisch zu der Stelle, wo ihre Pyjamashorts gefährlich weit über ihre Oberschenkel rutschen. Es ist, als trüge sie nichts. Eine vertraute Wärme überkommt mich und verhindert klare Gedanken.

»Datest du Zach?«

Ich schaue ihr direkt in die Augen. Die Frage kam zwar etwas unpassend, aber sie traf den Nagel auf den Kopf. Daisys Augenlider flattern. Überrascht schaut sie mich an.

»Nein. Das ist alles nur zum Schein, und das weißt du.«

»Neulich Abend sah es nicht so aus.«

Verwirrt runzelt sie die Stirn. Ich befehle mir, den Mund zu halten. Was geht mich das überhaupt an? Immerhin habe ich versprochen, mich nicht in ihr Privatleben einzumischen! Ich bin ihr Bodyguard, weiter nichts.

»Und wenn es so wäre?«, fragt sie, steht auf und kommt mit kleinen Schritten näher. »Würde es dich stören?«

Oh ja.

»Du kannst tun, was du willst.«

Sie baut sich vor mir auf und zwingt mich, den Kopf zu senken. Trotz widersprüchlicher Gefühle, die mich fast ersticken, behalte ich einen neutralen Gesichtsausdruck bei. Ich empfinde etwas, das ich nicht benennen kann, weil es noch ganz neu ist.

Eifersucht? Ich muss mir immer vor Augen halten, dass Daisy mir nicht gehört. Dass sie kein Gegenstand ist. Dass sie anders ist als andere Menschen, dass ich nicht mit ihren Gefühlen spielen darf und dass ich mir verbiete, sie zu manipulieren, um meine Ziele zu erreichen. Dieses Mal nicht.

»Hakeem hat mir aufgetragen, auf Männer zu achten, die Hand an dich zu legen versuchen, das ist alles.«

Sie zieht eine Augenbraue hoch, und plötzlich verschwindet die schüchterne Teenagerin, die rot wurde, sobald ich sie anschaute. Sie fordert mich heraus, doch ich weigere mich, auf ihr Spielchen einzugehen.

Allerdings balle ich insgeheim die Fäuste, als der Duft ihres Kokosöls meine Nase erreicht.

»Wegen Zach brauchst du dir keine Sorgen zu machen«, flüstert sie. »Ich habe nicht vor, wieder mit ihm zusammenzukommen.«

»Warum?«

Sei still, verdammt.

»Weil er mir nicht gegeben hat, was ich wollte.«

»Und was willst du?«

Ich sollte wirklich lieber still sein, ehe ich etwas tue, das ich vielleicht bereue … aber es ist schwierig. Ich bin es gewohnt, zu nehmen, ohne mich dafür zu entschuldigen. Ich bekomme immer, was ich will, auch wenn ich anderen damit Leid zufüge. Meine Bedürfnisse stehen für mich an erster Stelle. Immer.

Jetzt gerade will ich … will ich …

Ihre Brust streift den dünnen Stoff meines T-Shirts. Daisy bricht den Blickkontakt nicht ab, als sie antwortet:

»Was ist mit dir? Was willst du, Thomas?«

Ich kann nicht verhindern, dass mein Blick zu ihrem sinnlichen Mund wandert. Ihre Lippen öffnen sich leicht, weit genug, dass ich meinen Finger hineinstecken könnte, wenn mir danach wäre. Doch plötzlich sehe ich sie wieder mit Zach knutschen und beiße die Zähne zusammen. Kommt nicht infrage.

»Dass du dir deine Lover mit mehr Bedacht aussuchst«, entgegne ich und wende mich ab. »Du hast einen ziemlich schlechten Geschmack, Dee.«

Mich selbst nehme ich dabei nicht aus – eigentlich gehöre vor allem ich in diese Reihe, um genau zu sein. Mit einer Selbstbeherrschung, auf die ich extrem stolz bin, wende ich mich von ihr ab und tue so, als wolle ich mir etwas zu trinken holen. Nie hätte ich gedacht, dass Daisy mich in einen solchen Zustand versetzen könnte.

Es ist, als würde ich eine völlig neue Person kennenlernen.

»Da hast du wohl recht«, entgegnet sie, ohne mich anzusehen. Dabei wirkt sie ein bisschen enttäuscht.

Sie wendet sich zur Treppe, um in ihr Zimmer hinaufzugehen. Als ich endlich allein bin, atme ich vernehmlich aus. Denkt Daisy noch immer auf diese Weise an mich? Bisher war es mir nie wichtig, aber jetzt …

Daisy Coleman verdreht mir einfach total den Kopf.

Ich lenke mich ab, indem ich ein wenig fernsehe und Tornado füttere. Schließlich gehe ich wieder nach oben und beschließe zu schlafen. Daisys Zimmer liegt am anderen Ende des Flurs, meinem genau gegenüber. Aus irgendeinem unerfindlichen Grund zögere ich.

Ich war etwas zu neugierig, möchte aber nicht, dass sie auf falsche Gedanken kommt. Deshalb gehe ich auf ihre Tür zu, bereit, die Dinge klarzustellen.

Doch auf der Klinke erstarrt meine Hand plötzlich.

…

Oh.

…

Reglos und mit wild pochendem Herzen halte ich inne, während ich die Geräusche verdaue, die an meine Ohren dringen. Ich sollte verschwinden. Es gehört sich nicht. Es ist intim. Aber meine Fantasie geht mit mir durch, als ich Daisy leise stöhnen höre.

Ich stelle mir vor, wie sie auf ihrem Bett liegt, die Decke träge zwischen ihren nackten Beinen … wie sie ihren Kopf mit geschlossenen Augen in die Kissen zurückwirft … wie sie ihr T-Shirt nach oben schiebt und wie ihre Hand in ihren Mini-Shorts verschwindet …

Ich schließe die Augen und lehne die Stirn an die Tür. Meine Erektion ist unübersehbar. Die Geräusche, die Daisy von sich gibt, als sie sich selbst befriedigt, machen mich wahnsinnig. Ich stelle mir vor, dass es meine Finger sind … meine Zunge … und als sie schließlich kommt, mit einem vermutlich mit der Hand erstickten Schrei, brennt mein ganzer Körper vor Verlangen.

Ich brauche meine gesamte Willenskraft, um mich umzudrehen.

Am nächsten Tag stolpere ich im Wohnzimmer über Finn, der konzentriert auf das Display seines Handys starrt. Als er mich kommen sieht, erhellt sich sein besorgter Gesichtsausdruck.

»Wo ist Daisy?«, frage ich.

Ich habe die ganze Nacht nicht geschlafen. Besser gesagt, ich habe mich in der Hoffnung, meine Triebe zu besänftigen, ständig hin und her gewälzt.

»Sie übt. Ich versuche die ganze Zeit, sie von Social Media fernzuhalten, aber … sie wird das hier zwangsläufig irgendwann sehen. Wie sollen wir vorgehen?«

Mit gerunzelter Stirn nehme ich sein Handy. Ich scrolle durch die Twitter-Nachrichten und die Kommentare unter dem letzten Foto, das Kate gestern Morgen gepostet hat. Es ist ein Foto von Daisy und Zach am Set der Serie.

Scheiße.

»Ich weiß, dass es nur vorgetäuscht ist, aber … Das geht schon ziemlich weit.«

Tatsächlich haben einige Fans von Zach das Netzwerk in Aufruhr gebracht. Sie beschimpfen Daisy als »opportunistisches Miststück« und werfen ihr vor, ihn zu daten, um von seinem Ruhm zu profitieren, weil die Veröffentlichung ihres neuen Albums bevorsteht.

Das ist wirklich Schwachsinn.

»Gibt es was Neues von Frank?«

Sofort checke ich Daisys Profil. Ihr Stalker hat sich tatsächlich zum Thema Zach geäußert. Er verteidigt sie mit Zähnen und Klauen gegenüber Fans, die ihr vorwerfen, Profit aus deren Lieblingsstar zu schlagen. Interessanterweise wirft niemand Zach vor, Daisys Popularität auszunutzen; dabei ist genau das der Fall.

Außerdem hat Frank eine Nachricht an Daisy gepostet:

Ich vertraue dir. Ich glaube dir, weil wir beide wissen, dass du mir gehörst, genauso wie ich dir gehöre. Wir sind füreinander bestimmt.

»*Mist.* Lass sie das bloß nicht sehen, und melde es«, sage ich zu Finn und gebe ihm das Handy zurück.

Er nickt, während ich die Treppe hinaufhaste. Die Tür zu Daisys Zimmer steht einen Spalt breit offen, und ich zögere kurz, ehe ich eintrete. Die Erinnerungen an gestern Abend treffen mich mit voller Wucht, aber ich vergrabe sie tief.

Daisy wandert in High-Waist-Jeansshorts und einem Scarface-Pullover mit einem Drehbuch in der Hand auf und ab.

»Machst du Fortschritte?«

Sie zuckt zusammen und dreht sich überrascht um. Ich entschuldige mich, dass ich sie erschreckt habe. Sie hat sich ein weißes Handtuch um den Kopf gewickelt, aus dem ihr ein paar Haarsträhnen in die Stirn fallen.

»Ich probe die Szenen für nächste Woche. Aber irgendwie will es nicht klappen. Ich kann einfach nicht mehr … Ich bin miserabel, ich schaffe es nicht. Ich glaube, ich höre jetzt auf und chille den ganzen Tag mit TikTok«, sagt sie und lässt ihr Skript aufs Bett fallen.

Als sie die Hand nach ihrem Handy ausstreckt, das auf dem Nachttisch liegt, schrillen bei mir alle Alarmglocken. Ohne nachzudenken hechte ich nach vorn und packe sie am Handgelenk.

»Warte. Ich könnte dir helfen.«

Sie reagiert genau wie ich. Ich kann kaum glauben, was ich da gerade gesagt habe. Ich habe überhaupt keine Lust, das zu tun … aber noch weniger will ich, dass sie heute Abend ihren Namen googelt.

»Du? Mir helfen?«

»Wieso nicht? Glaubst du, dass ich das nicht kann?«, necke ich sie und greife nach ihrem Skript.

Daisy verschränkt die Arme vor der Brust und wirkt plötzlich etwas schüchtern.

»Das meine ich nicht …«

Kurz lese ich den Text quer, um zu sehen, worauf ich mich einlasse, und verstehe ihre Verlegenheit besser, als ich sehe, um welche Art Szene es sich handelt. Daisys und Zachs Figuren versöhnen sich nach einem Streit, in dem es um Eifersucht ging ...

Ich beiße die Zähne zusammen und lasse mir nichts anmerken. Das war eine ziemlich blöde Idee. Wie oft müssen die beiden sich verdammt noch mal küssen? Und ich dachte, es wäre eine Teenieserie!

»Lass gut sein, okay?«, sagt sie, als sie die Verlegenheit in meinem trotz allem ungerührten Gesicht bemerkt. »Ich kriege heute sowieso nichts zustande.«

Mehr braucht es nicht, um mich umzustimmen. Es ist mir zuwider, dass sie so etwas sagt. Ich habe sie bei den Dreharbeiten gesehen: Sie ist außergewöhnlich gut. Viel besser, als ich dachte.

»Gib mir nur einen Moment, um mich in die Rolle zu versetzen«, sage ich und räuspere mich.

Erstaunt runzelt sie die Stirn, dann hellt sich ihr Gesicht auf. Ich lese den Dialog ein zweites Mal und versuche, mich vorzubereiten. Meine Augen bleiben an dem kursiv gedruckten Satz hängen: *Sie küssen sich leidenschaftlich.*

Mir ist klar, dass wir uns nicht küssen müssen, aber mein Körper kribbelt vor verhaltener Elektrizität. Seit gestern scheint er zu knistern, ohne dass ich ihn beruhigen kann.

»Ich bin bereit. Fang an.«

Ich beobachte, wie sie konzentriert vor sich hinstarrt. Einen Atemzug später ist Daisy jemand anderes. Sie verwandelt sich vor meinen Augen in eine Fremde. Es überrascht mich immer noch, obwohl ich es schon mehrmals erlebt habe.

»Dieses Mädchen ... sie ist alles, was ich nicht bin«, sagt sie mit bekümmertem Gesichtsausdruck. »Ich hasse es, euch zusammen zu sehen. Aber ich habe mir wohl etwas eingebildet.«

Ich werfe einen raschen Blick auf das Skript, nicht lang, damit ich sie nicht aus dem Konzept bringe, und gebe meine Antwort:

»Callie … Wann begreifst du endlich?«

Ohne es wirklich zu wollen, halte ich bei meiner nächsten Zeile inne, aber sie scheint es nicht zu bemerken. Sie ist völlig in ihre Rolle vertieft.

Ich trete einen Schritt nach vorn, schlucke und flüstere:

»Du bist es. Du warst es schon immer.«

Igitt, das ist so kitschig, dass ich am liebsten kotzen würde.

Ihr Gesichtsausdruck verändert sich zu hoffnungsvoll, doch dann schüttelt sie den Kopf und wendet den Blick ab, während sie sich die Innenseite ihres Handgelenks reibt.

»Sag nichts, was du nicht meinst …«

Sie ist wirklich verdammt begabt. Ich schaue auf mein Skript und sehe, dass Zachs Figur versucht, ihr zu beweisen, dass er sie schon immer geliebt hat, indem er alles aufzählt, was sie zusammen erlebt haben.

»Wie sollte es anders sein?«, frage ich und lege meine Hand an ihre Wange, wie es meine Rolle verlangt. »Manchmal habe ich das Gefühl, dass du immer da warst … immer ganz nah bei mir. Wir haben alles zusammen gemacht. Selbst fern von dir habe ich nie aufgehört, an dich zu denken.«

Etwas scheint in ihren Augen zu zersplittern, was genau mit dem Salto harmoniert, den mein Herz schlägt. Meine Worte passen so perfekt zu unserer Situation, dass es fast peinlich ist.

Vergessen ist das Drehbuch, meine Rolle und alles andere. Ich trete noch näher an sie heran, senke den Kopf und presse meine Stirn an ihre. Mein ganzer Körper vibriert; es fällt mir schwer, mich zu beherrschen.

Ich spüre ihr leichtes Zittern. Ich sollte die Situation unbedingt beenden, ehe ich noch alles ruiniere, aber ich bin dazu nicht in der Lage. Ihre Haut fühlt sich warm an. Ihre Augen sind durchdringend, ihr Duft berauschend. Mein Blick verliert sich auf ihren feuchten Lippen, auf diesem Mund, aus dem gestern Abend die herrlichsten Klänge drangen ...

Und plötzlich sind wir nur noch Daisy und Thomas.

»Wir sollten das nicht tun«, haucht sie, und ich weiß ohne hinzusehen, dass das nicht Teil des Drehbuchs ist.

Nein, sollten wir nicht.

»Warum sehne ich mich dann so sehr danach?«

Bestürzt öffnet sie den Mund. Ihre Brust hebt und senkt sich an meinem Oberkörper, und die minimale Reibung reicht aus, um mich ins Wanken zu bringen. In der nächsten Sekunde umschließt meine Hand ihren Nacken, und ich ziehe sie mit einer festen Bewegung an mich. Meine Lippen legen sich ganz sanft auf ihre.

Ihr entfährt ein Seufzer, der aus meinem Mund widerhallt. Es wirkt, als hätte Daisy schon immer darauf gewartet, und ich muss gestehen, ich ertappe mich bei der Hoffnung, dass es so ist.

Sie stellt sich auf die Zehenspitzen, um mich besser zu erreichen. Ich lege einen Arm um ihre zerbrechliche Taille und hebe sie ein wenig an. Heißes Verlangen breitet sich in mir aus, während sie ihren Mund öffnet und ihre Zunge mit meiner spielt.

Ich bin am Arsch.

Ein Teil von mir will sie verschlingen, doch der andere Teil fordert mich auf, zu genießen, mir Zeit zu lassen und sie nicht zu zerbrechen. Ich küsse sie zärtlich, aber leidenschaftlich. Du lieber Himmel, wie weich ihre Lippen sind, so unglaublich weich, und ihre Hand in meinem Haar macht mich schier verrückt.

Ich kann meine Hände nicht daran hindern, ihren Körper zu

erkunden. Sie gleiten an ihrem Rücken hinunter und schmiegen sich dann über ihrem Pullover an ihre Hüften. Sie ist so klein. Ich möchte sie beschützen. Nie wieder soll jemand anders sie berühren. Sie soll mir gehören.

Warte, was war das?

»Oh, Tommy«, seufzt sie zwischen zwei Küssen.

Plötzlich erstarre ich. Sie will gerade ihre Hand unter mein T-Shirt schieben, als ich endlich aufwache.

Das hier ist *Daisy*. Dee. Meine Klientin.

Was zum Teufel mache ich da? Widerwillig und schwer atmend löse ich mich von ihr. Ihre roten Wangen verdeutlichen ihre Erregung und tragen nicht gerade dazu bei, meine Erektion zu beruhigen.

»Ich kann nicht«, entschuldige ich mich.

Es tut mir leid, und zwar sehr.

In einer anderen Situation und mit jemand anderem würde ich es tun. Aber sie ist mir wichtig. Daisy ist nicht nur Hakeems kleine Schwester oder meine Klientin. Sie ist eine Person, die ich vergöttere. Sie hat es nicht verdient, dass ich mit ihren Gefühlen spiele.

»Warum?«, fragt sie leise. Sie wirkt verletzt. »Ich weiß doch, dass du es willst …«

Mein Herz verkrampft sich bei der Vorstellung, ihr wehzutun. Es ist mein Job, genau das zu verhindern, und plötzlich bin ich selbst der Hauptverantwortliche. Ich streichele ihre Wange und entferne mich ein Stück von ihr. Ihr Arm sinkt herab. Ich bin ein Arschloch.

»Ich bin nicht in dich verliebt, Dee.«

Ich will, dass sie es aus meinem Mund hört. Sie soll wissen, dass es unmöglich ist. Sie soll jede Hoffnung aufgeben, die sie noch haben könnte. Ich sehe ihr den Schmerz an, ehe sie statt einer Antwort die Zähne zusammenbeißt.

»Ich kann es nicht tun. Alles, was ich dir geben könnte, ist das hier.«

»Wer hat behauptet, dass ich mehr will?«, entgegnet sie gekränkt. »Ich bin kein kleines Mädchen mehr, das an Märchenprinzen glaubt, Thomas. Auch ich sehne mich manchmal einfach nur nach S…«

»Nicht weitersprechen«, falle ich ihr ins Wort und wende mich zum Gehen.

»Warum?«, trumpft sie verärgert auf. »Hör auf, mich wie eine Prinzessin zu behandeln! Ich bin keine Porzellanpuppe, okay? Ich bin es leid, dass man mich ständig auf ein Podest stellt, dass man meine Unschuld nicht zerstören will, dass man mich süß findet, dass man mich ›zu sehr respektiert‹ – ich habe es satt, satt, satt! Für wen haltet ihr mich eigentlich, zum Teufel? Du hast Lust, und ich will es auch. Also warum nicht?«

Und genau in diesem Moment weiß ich es. Ich weiß, dass ich im Begriff stehe, etwas Dummes zu sagen. Aber die Worte purzeln viel zu schnell aus meinem Mund und stehen im Raum: »Weil du wie meine Schwester bist, verdammt noch mal!«

12

(Not) Pretty Enough

»Why should I be pretty
so that they listen to me?«

Daisy

»*Was* hat er gesagt?«, empört sich Micah und reicht mir den Kleiderbügel, auf dem ein tief ausgeschnittenes Federkleid hängt.

Mein Freund ist der Stylist, der mich heute einkleiden soll. Heute ist ein besonderer Tag, denn es geht um mein erstes *Vogue*-Cover. Kate hat mich heute Morgen hier abgesetzt und mir viel Glück gewünscht, dann hat Micah übernommen.

Nur mit einem dünnen Höschen bekleidet lasse ich mir von ihm beim Anziehen helfen. Ihm gegenüber kenne ich weder Scham noch Prüderie, und das nicht nur, weil er schwul ist. Wir teilen alles; außer Javier, das ginge dann doch zu weit.

»Dass ich wie seine Schwester wäre.«

Ich komme einfach nicht darüber hinweg. Im ersten Moment wäre ich am liebsten gestorben. Es war das Schlimmste, was er hätte sagen können, und das weiß er ganz genau, vor allem, nachdem er mir das gegeben hatte, wonach ich mich so sehr sehnte.

Für einen Augenblick, nur einen einzigen Augenblick hat Thomas endlich den Blick erwidert, den ich seit zehn Jahren ihm allein vorbehalte. Aber schon eine Sekunde später zersprang alles in tausend Stücke. Ich habe bloß gelächelt und gesagt: »Na, wenn du meinst.«

Seither sind drei Tage vergangen, und keiner von uns hat das Thema noch einmal angesprochen.

»Nachdem er dir die Zunge in den Hals gesteckt hatte? Klar! Logisch!«, spottet Micah und zieht den Reißverschluss zu.

Ich würde es gerne glauben, aber es fällt mir schwer. Tatsächlich bereue ich, ihn damals kennengelernt zu haben. Ich habe es satt, dass er immer noch die zwölfjährige Daisy in mir sieht, die in ihrem *Naruto*-Pyjama über Pharaonen redet und zu den Arctic Monkeys tanzt. Ich will die Femme-fatale-Daisy sein, der er kaum in die Augen zu sehen wagt. Diejenige, die er nicht aus seinen Gedanken vertreiben kann, wenn er spätabends im Bett liegt.

Es ist mir egal, dass er nicht in mich verliebt ist!

Einmal zumindest will ich ein Risiko eingehen, mir das Herz brechen lassen und nichts bereuen. *Einfach nur leben.*

»Daisy, Liebes, weißt du, was noch zerbrechlicher ist als die Schauspielkarriere von Paris Hilton? Das männliche Ego.«

Ich kann mir ein Lachen nicht verkneifen. Da hat er recht.

»Frauen wissen das ganz genau und spielen seit Jahrtausenden mit dieser Schwäche. Diese Idioten von Männern können es nun einmal nicht ertragen, dass ein anderer vom gleichen Tellerchen isst.«

»Jetzt kann ich dir leider nicht mehr folgen …«

»Eifersucht ist eine ausgesprochen mächtige Waffe«, sagt er schließlich lächelnd. »Da unterscheidet sich Thomas nicht von allen anderen.«

Doch, das tut er. Genau das ist es, was mir Probleme bereitet. Brianna hatte recht. An Thomas festzuhalten tut mir nicht gut. Und doch möchte ich mir am liebsten die Flügel verbrennen.

»Durchaus möglich … Er hat mich ziemlich über Zach ausgefragt.«

Micah nickt und reicht mir ein Paar Diamantohrringe. Ich befestige sie und erkläre ihm meinen Plan: Ich werde mein Kleinmädchenimage zerstören, um Thomas klarzumachen, dass er sich geirrt hat, dass ich mich verändert habe und dass ich eine Frau geworden bin.

»Er hat keine Ahnung, was ihn erwartet«, grinst Micah und geht vor mir auf die Knie, um die Riemchen meiner High Heels zu schließen.

Nachdem ich fertig bin, verlasse ich die Garderobe gemeinsam mit meiner Visagistin. Das Team empfängt mich sehr herzlich; alle machen ihren Job. Aufgeregt begutachte ich die Kameras und stelle mir vor, wie ich vor dem weißen Hintergrund stehe.

»Wow, du bist echt süß«, schwärmt die Fotografin und berührt meine Glatt-Haar-Perücke.

Ich zucke zurück und bedauere fast, dass Thomas nicht da ist, um ihr auf die Finger zu klopfen. Verkrampft lächle ich.

Nicht schön, nicht überwältigend, nicht umwerfend, nicht sexy. Sondern »süß« oder »bezaubernd« … Adjektive, die ich inzwischen hasse. Ganz schön dumm, oder? Trotzdem! Die Öffentlichkeit nimmt mich wahr wie einen kleinen Welpen, den man beschützen will, eine Puppe, die man bewahren will, oder eine Blume, die man auf keinen Fall »beschmutzen« darf.

»Bereit? Wir fangen mit etwas sehr Weiblichem, sehr Buntem, sehr Poppigem an. Du hast doch keine Angst vor Tieren, oder?«

Ich schüttle lächelnd den Kopf. Man setzt mich in die Mitte auf einen Holzschemel, und ich bekomme einen Papagei auf den Arm. Das Blitzlichtgewitter blendet mich, aber das bin ich gewohnt. Micah bleibt in meiner Nähe, bereit, nach jedem Take mein Outfit oder meine Haare zurechtzuzupfen.

Dreimal muss ich mich umziehen, je nachdem, um welches Thema es geht. Der Fotografin scheint es zu gefallen. Es ist ein Traum, der gerade wahr wird! Nach der Session kommt sie zu mir in die Garderobe.

»Ich möchte dir etwas vorschlagen ... etwas Gewagteres.«

»Will heißen?«

»Würdest du dich ausziehen? Nichts Skandalöses!«, fügt sie hastig hinzu, als sie sieht, wie ich die Stirn runzele. »Ich stelle mir etwas sehr Elegantes vor, etwas Verheißungsvolles, mit Blumen, die das Wesentliche verbergen. Ich glaube, es wäre sehr schön.«

Mir ist klar, dass sie mir ihren Vorschlag nur deshalb unterbreitet, weil ich ohne Kate hier bin. Meine Managerin würde sofort ablehnen. Auch ich will eigentlich ablehnen, aber dann fehlen mir irgendwie die Worte.

Im Grunde hätte ich große Lust dazu. Noch nie habe ich etwas so Verrücktes getan. Außerdem handelt es sich um die *Vogue*! Da ist nichts Zwielichtiges dran. Im Gegenteil, vielleicht wäre es die perfekte Gelegenheit, das Image des kleinen Engels zu zerstören und allen zu zeigen, dass ich keine fünfzehn mehr bin.

Die Leute sollen endlich aufhören, mich zu idealisieren und hinter Glas zu halten. Ich will nicht süß sein. *Ich will sexy sein.*

»Einverstanden ... warum nicht.«

Micah zieht überrascht, aber amüsiert eine Augenbraue hoch. Ich entledige mich meiner Kleider und kehre in einem weißen Bademantel und mit einer gehörigen Portion Angst zum Shooting zurück. In der Mitte des Sets wurde inzwischen eine zartrosa Samtcouch aufgestellt. Blütenblätter bedecken den Boden zu meinen Füßen. Das bringt mich zum Lächeln.

»Leg dich hier hin. Wir werden deine Brüste und den Rest mit Blumen bedecken, wie ein Blumenkleid, das bis auf den Boden fällt.«

Ich nicke ein wenig abwesend. Mir fällt auf, dass die Fotografin die Hälfte der Leute, die sich zu Beginn im Raum aufhielten, hinausgeworfen hat. Micah flüstert mir zu, ich solle mich entspannen. Seine Anwesenheit hilft mir. Ich positioniere mich; die kühle Luft beschert mir eine Gänsehaut.

Der Stoff, der meinen Körper vor den Augen der anderen verbirgt, wird nach und nach durch weiße und gelbe Blumen ersetzt. Bald ist mein Intimbereich verdeckt. Der Rest liegt jedoch noch frei und überlässt nichts der Fantasie. Man erkennt sofort, dass ich nackt bin.

»Kopf in den Nacken! Schau mich an ... Ja, genau so. Geheimnisvollerer Blick. Ein leises Lächeln ... Den Arm heben, ja, so ist es richtig, leicht die Schläfe berühren ... In die Ferne schauen ... Die Augen schließen ...«

Die Fotografin ist großartig. Sie lockert die Stimmung mit Scherzen auf, und ich bin so in das Spiel vertieft, dass ich *seine* Anwesenheit nicht sofort bemerke.

Erst als jemand mir hilft, meine Position zu verändern, begegne ich seinem Blick. Er steht hinter einem der riesigen Spots, trägt ein graues T-Shirt und eine schwarze Hose, eine Hand steckt in seiner Hosentasche, die andere lässt die Autoschlüssel um einen Finger kreisen.

Seine brennenden Augen ruhen auf mir. Bei dem Gedanken, dass er mich fast nackt sieht, verkrampft sich mein Herz. Ich weiche seinem Blick aus und tue so, als wäre nichts. Soll er sich doch die selbstbewusste und reife Daisy, zu der ich geworden bin, genau ansehen!

»Das Gesicht berühren ... Die Haare hängen lassen ... Nicht zu viel. Ja, so ist es gut.«

Ich spüre Thomas' Aufmerksamkeit. Er wartet auf mich, und das elektrisiert mich und bringt mich dazu, mich ganz meiner Aufgabe hinzugeben. Ich verwandele mich komplett. Ich lasse meinen Charme spielen. Ich gebe mich sexy, verführerisch und ganz Femme fatale.

Aus dem Augenwinkel sehe ich, wie Micah zu Thomas geht und ihm etwas ins Ohr flüstert. Mein Bodyguard lässt mich nicht aus den Augen und schweigt. Schließlich nickt er steif.

Micah lacht, aber Thomas wirkt verärgert.

»Ich muss mal zur Toilette«, verkündet mein Freund und dreht sich zu Thomas um. »Kümmerst du dich ein paar Minuten um sie?«

Kurz darauf erklärt die Fotografin die Sitzung für beendet. Sie wendet sich an Thomas und bittet ihn, mir zu helfen, mich wieder zu bedecken. Er zögert kurz, kommt dann aber näher und greift nach dem Bademantel.

»Alles okay?«, flüstert er und hält ihn geöffnet vor mich.

Ich stehe auf und lasse ein wenig eingeschüchtert die Blumen zu Boden gleiten. Sein Adamsapfel bewegt sich unter der dünnen Haut, doch seine Augen bleiben fest auf meine geheftet.

Ich mache keinen Hehl aus meiner Zufriedenheit, als ich mich umdrehe, um den Bademantel überzustreifen. Thomas' kalte Finger an meinen erhitzten Schultern jagen einen Stromschlag durch meinen ganzen Körper.

»Es hat länger gedauert als erwartet«, antworte ich und binde einen Knoten um meine Taille. »Tut mir leid.«

»Nicht schlimm.«

Das war der normalste Wortwechsel, den wir seit jenem Abend hatten. Möglicherweise schmolle ich mit zunehmendem Alter nicht mehr so lang. Bin ich inzwischen etwa weniger launisch?

»Wie fandest du sie?«, erkundigt sich Micah, der aus heiterem Himmel wieder auftaucht und mir unauffällig zuzwinkert.

»Fesselnd.«

Er haucht es nur, als ob er nicht vorgehabt hätte, es herauszulassen. Verblüfft starre ich Thomas an. Sein Gesichtsausdruck ist zärtlich und aufrichtig.

Nicht »süß«. *Fesselnd.*

Er wartet im Flur, während ich mich in der Garderobe anziehe. Ich nutze die Zeit, um kurz mein Handy zu checken. Es ist schon ein paar Tage her, dass ich in den sozialen Netzwerken nachgesehen habe, was die Leute über mich sagen. Vor allem aus Angst, auf einen Post von Frank zu stoßen.

Aber offenbar bin ich süchtig danach. Ich gebe meinen Namen in die Suchleiste ein und scrolle mich durch die Kommentare, fast schon in der Hoffnung, etwas Verletzendes zu finden. Und ... *Bingo!* Seit unsere Fotos vom Dreh veröffentlicht wurden, gibt es Gerüchte über meine Beziehung zu Zach.

Die Reaktionen darauf sind ... nicht durchgehend positiv. Zachs Fans kritisieren mich mit der Begründung, dass ich ihn für meine Karriere benutze. Ich weiß, dass das nicht stimmt, und es sollte mich nicht kümmern. Aber es ist härter, als ich dachte. Denn auch wenn es sich um Lügen handelt, trifft mich die Vorstellung, dass die Leute so etwas von mir denken.

Wie soll ich damit fertig werden, dass es Menschen auf dieser Welt gibt, die mich hassen? Schlimmer noch: die mich so sehr ablehnen, dass sie mir am liebsten etwas antun möchten?

»Nicht besonders schön«, »fett«, »überschätzte Sängerin«, »grottenschlechte Tänzerin« und so weiter und so fort. Die Worte vermischen sich in meinem Kopf, und plötzlich kann ich kaum noch atmen. Die Leute haben recht. Ich bin gar nicht so hübsch. Ich habe eine große Nase und spitze Knochen. Ich bin klein, habe keine Ausstrahlung und kann weniger gut singen, als ich denke.

Was genau habe ich hier eigentlich zu suchen? Vielleicht habe ich meinen Ruhm überhaupt nicht verdient. Mist! Endlich stellen die Leute fest, dass ich gar nicht hierher gehöre.

Und dann mache ich den Fehler, Franks Account zu öffnen. Ich stelle fest, dass er sich bereits seit einiger Zeit beschwert, weil ich ihm nicht folge und nicht mehr auf seine Tweets reagiere.

Warum antwortest du nicht?, Bist du sauer auf mich? und so weiter. Am erschreckendsten jedoch ist sein letzter Tweet, in dem er behauptet, dass alle Gerüchte unwahr sind, weil nämlich er und ich uns daten …

»Dee?«

Ich schaue zu Thomas auf, der mir mit besorgtem Blick gegenübersteht. Es genügt ihm, mein Handy in meinen zitternden Händen zu sehen, um zu verstehen. Er wusste es. Er hat das alles gelesen, aber er hat mir nichts davon gesagt.

»Komm«, sagt er und nimmt mir das Telefon aus der Hand. »Wir fahren nach Hause.«

Ich folge ihm, schon um frische Luft zu schnappen. Mit den Gedanken bin ich so weit weg, dass ich völlig vergesse, den für die Öffentlichkeit bestimmten Gesichtsausdruck aufzusetzen, als ich das Studio verlasse.

Immer schön neutral bleiben, gib ihnen nichts. Kein Stirnrunzeln, kein Lächeln. Sollen sie daraus doch schließen, was sie wollen.

Zu spät. Blitzlichter flammen auf, Paparazzi umringen mich. In der Menge erkenne ich TMK und Tomorrow Entertainment, die mit ihren Mikrofonen auf mich zukommen.

»Warum ist Zach nicht bei dir? Kriselt es? Warum hast du den Bodyguard gewechselt, Daisy?«

Thomas schubst sie unsanft beiseite und hält schützend den

Arm über mich. In eisigem Schweigen flüchten wir uns ins Auto. Erst als wir um die Ecke biegen, breche ich in Tränen aus. Thomas fährt an den Straßenrand, hält an und setzt sich mit einem Taschentuch in der Hand neben mich.

»Das war ein Riesenfehler …«, schluchze ich.

»Weißt du noch, was ich dir am Tag deines Castings auf der Toilette gesagt habe?«, fragt er tonlos und trocknet die Tränen auf meinen Wangen.

Natürlich erinnere ich mich. Es hat mich all die Jahre aufrecht gehalten. Ich öffne den Mund, bringe aber nur ein Schluchzen zustande. Er greift nach meinem Kinn und zwingt mich, ihm in die Augen zu sehen.

»›Die Leute werden dich auslachen, ganz gleich, was du tust … Also kannst du auch gleich das tun, was dir Spaß macht, oder?‹ Diese Leute reden über dich, ohne dich zu kennen. Die meisten sind einfach nur neidisch. Warum solltest du auf sie hören?«

Statt einer Antwort zucke ich nur mit den Schultern. Sie kennen mich nicht, aber sie sehen und sie hören mich. Und offensichtlich bin ich ihnen nicht gut genug.

»Warum suchen wir immer Anerkennung bei Leuten, die das gar nicht verdienen?«, flüstere ich, ohne eine Antwort zu erwarten.

Thomas denkt eine Weile nach und streicht mir schließlich mit einer sehr zärtlichen Geste über die Haare. Mit traurigem Gesicht antwortet er schließlich: »Das stimmt. Ich habe mir immer sehnlichst gewünscht, dass mein Vater stolz auf mich ist, aber er ist gegangen, als ich sechs Jahre alt war, und hat mir vorgeworfen, ich wäre ein Nichtsnutz.«

Fassungslos schaue ich ihn an. Er spricht nie über seine Familie. Ich wusste nicht einmal, dass seine Eltern geschieden sind, geschweige denn, dass sein Vater die Familie verlassen hat.

»Vielleicht … sollten wir aufhören, die Liebe derjenigen, die es wirklich wert sind, als selbstverständlich hinzunehmen.«

Da ist was dran. Leuten, die mich schlecht behandeln, schenke ich mehr Aufmerksamkeit als denjenigen, die schon immer an mich geglaubt haben. Thomas setzt sich wieder ans Steuer und startet.

Zwanzig Minuten später stehen wir in meiner Einfahrt.

»Dee.«

Ich öffne den Sicherheitsgurt und lehne mich schweigend zwischen den beiden Vordersitzen hindurch. Thomas dreht sich um und schaut mir direkt in die Augen. Sein Gesicht ist nur wenige Zentimeter entfernt.

Er spricht nicht sofort. Schließlich sagt er: »Ich habe gelogen. Ich sehe dich nicht wie eine Schwester.«

Es ist wie ein Traum. Ich bleibe stumm und verziehe keine Miene. Mein ganzer Körper zittert voller Vorfreude auf das, was da kommt. Mit recht gelassenem Gesicht fügt er hinzu:

»Genau da liegt das Problem. Also bitte … hab Mitleid mit mir.«

Mein Kopf ist wie leer gefegt. Eine Stimme schreit, aber ich befehle ihr, zu schweigen. Halluziniere ich, oder hat Thomas mir soeben etwas gestanden? Aber was genau hat es zu bedeuten? Dass er sich zu mir hingezogen fühlt, aber nicht weiter gehen möchte?

»Und wenn ich keine Lust dazu habe?«, flüstere ich mit stockendem Atem.

Seine Lippen befinden sich unmittelbar vor meinem Mund. Mit dunklem Blick mustert er mich.

Plötzlich streckt er die Hand aus und wischt eine einzelne Wimper von meiner Wange.

»Glaub mir, du willst nichts wecken, womit du nicht umgehen kannst.«

13

Eyes So Blue (I Drown)

»Eyes so blue I drown,
catch me before I fall«

Thomas

Er ist immer noch da.

Ich bin ihm jetzt seit zwei Wochen auf den Fersen, und jedes Mal, wenn ich den Kopf drehe, steht dieser Mistkerl an einer Ecke, das Gesicht verdeckt von seiner riesigen Kamera. Allmählich kann ich es nicht mehr ertragen.

»Colin ist nett«, wiederholt Daisy beim Frühstück. »Er kann nicht Frank sein. Ich glaube einfach, dass er sich mir gegenüber verpflichtet fühlt.«

»Wie meinst du das?«

»Wir haben uns am Flughafen kennengelernt. Es war sehr voll. Er wurde von meinem Begleitschutz angerempelt und stürzte. Ich machte mir Sorgen, blieb stehen, half ihm auf die Beine und fragte, ob alles in Ordnung sei. Er bedankte sich tausendmal. Seitdem verkündet er mein Evangelium.«

Mmh. Das gefällt mir ganz und gar nicht.

»Das könnte aber auch der Moment gewesen sein, in dem er eine zwanghafte Liebe zu dir entwickelt hat«, scherzt Finn mit leicht besorgtem Gesicht.

Ich antworte nicht, sondern spähe durch die Glasscheibe zu

Colins Lieblingsversteck hinüber. Ich weiß genau, dass er am Ende der Einfahrt wartet. Manchmal steht er dort tagelang und hofft, dass wir herauskommen. Er folgt uns auf Schritt und Tritt.

Daisy begrüßt ihn immer. Einmal hat sie ihn sogar gebeten, ihr Auto wegzufahren, weil sie es nicht starten konnte. Darüber haben wir uns übrigens ziemlich gestritten.

»Ich behalte ihn einfach im Auge.«

Daisy lässt ihren noch fast vollen Teller stehen und geht mit ihrer Stimmtrainerin zur Probe ins Tonstudio. Zu ihrer Enttäuschung ist heute Finn als Begleitung eingeteilt. Ich habe ein paar Stunden frei, ehe wir nach Portland fliegen, wo sie heute Nacht und morgen dreht.

Sie ist traurig, dass sie Thanksgiving nicht mit ihren Lieben feiern kann, auch wenn sie versucht, es zu verbergen. Ihre Eltern und Geschwister fahren zu Verwandten, aber Daisy hat keinen Urlaub bekommen, um mit ihnen zusammen zu sein.

»Was hast du vor?«, fragt sie mich.

Wir haben nicht mehr über unsere Diskussion neulich im Auto gesprochen, und das ist auch gut so. Nach unserem Kuss bin ich definitiv ganz schön ins Schleudern gekommen.

Sie ist ... *Verdammt, Hakeem bringt mich um.* Ich kann das nicht tun. Und wenn sie noch so bezaubernd ist, ich darf nicht schwach werden. Natürlich will sie das nicht hören und tut alles, um mich in ihr Netz zu locken wie eine Sirene.

Ich habe Angst, dass mein Widerstand nachlässt.

»Ich will jemanden besuchen.«

Sie kneift die Augen zusammen, aber ich gehe, bevor sie weiterfragt.

Ich habe sie wiedergefunden.

Sie war der Grund, warum ich nach Los Angeles zurückgekehrt bin.

Mit leicht zitternden Händen stehe ich vor einem der viktorianischen Häuser in der Carroll Avenue. Ich steige vom Motorrad und nehme den Helm ab.

Hier wohnt sie also. Nett, denke ich. Anders als ich es mir vorgestellt hatte. Eigentlich weiß ich gar nicht, was ich mir vorgestellt habe. Nur … etwas anderes.

Ich wage mich keinen Schritt weiter. Mindestens eine halbe Stunde lang stehe ich auf dem gegenüberliegenden Bürgersteig. Ich weiß nicht einmal, was ich hier tue oder worauf ich hoffe. Einen Plan habe ich nicht. Ich wollte sie einfach nur sehen.

Erfahren, ob sie glücklich ist.

Ich hoffe es für sie. Nicht, weil ich es ihr wünsche, sondern weil alles umsonst gewesen wäre, wenn sie es nicht ist. Ehrlich gesagt stimmt das nicht. Ich hoffe, ihr Leben ist beschissen.

Plötzlich klingelt mein Handy. Ich hebe sehr schnell ab, weil ich denke, es ist Daisy.

»Was ist passiert?«

»Hier ist Mama.«

Überrascht halte ich inne. Hätte ich das gewusst, wäre ich nicht drangegangen.

»Geht es dir gut?«, fragt sie mich zärtlich mit einem Lächeln in der Stimme.

»Geht so.«

»Und dein Job? Läuft der gut? Du rufst nicht mehr an.«

»Ich habe keine Zeit.«

»Weißt du schon, wann du mal wieder nach Hause kommst? Deine Schwester ist seit dem letzten Mal ordentlich gewachsen!«

Ich will meiner Mutter gerade antworten, dass es mir egal ist, als ich sie plötzlich sehe. Wie ein Engel taucht sie mit Papiertüten beladen am Ende der Straße auf. Ihr sonniges Lächeln fällt sofort auf.

Ich kann mich nicht bewegen.

Zum ersten Mal in meinem Leben bin ich sprachlos. Mein Herz klopft, meine Füße sind eiskalt, und meine Hände zittern. Ich bete, dass sie nicht in meine Richtung schaut, kann mich aber trotz allem nicht abwenden.

An der Hand hält sie ein Mädchen; beide haben die gleichen wunderschönen blauen Augen.

Wie meine.

»Thomas?«

Die beiden reden und gehen lachend die Stufen zum Eingang hinauf. Sie ist es wirklich. Wie sie leibt und lebt. Unwillkürlich gehe ich einen Schritt vorwärts, bleibe dann jedoch abrupt stehen.

Ein Mann öffnet ihnen die Tür, küsst die Frau und nimmt die Kleine in die Arme. Das, was ich da sehe, hasse ich so sehr, dass ich mich am liebsten auf dem Bürgersteig übergeben möchte.

Ich sehe zu, wie er einen gefrorenen Truthahn aus einer Tüte holt, und erinnere mich plötzlich daran, welchen Tag wir heute haben. Thanksgiving.

Ein Fest, das mit der Familie gefeiert wird. Aber so etwas habe ich nicht, hatte ich nie, selbst wenn ich es früher noch so sehr glauben wollte. Ich weiß nicht einmal, was Familie bedeutet – ich halte die Vorstellung für eine Lüge.

Aber ihr ist es wichtig. Sie wird mit ihrem Mann und ihren Kindern Thanksgiving feiern und Gott dafür danken, dass er so großzügig zu ihr war.

Scheiße, nichts als Schwindel.

»Tommy?«, wiederholt meine Mutter. »Störe ich dich gerade?«

»Ja. Ich muss Schluss machen.«

Mit zusammengebissenen Zähnen lege ich auf. In mir tobt eine Menge äußerst widersprüchlicher Gefühle, von denen ich nur die Wut erkenne. Die Haustür schließt sich, und ich bin wieder allein. Verstoßen.

Ich schwinge mich auf mein Motorrad und mache mich auf den Weg. Für heute habe ich genug gesehen. Ich muss so schnell wie möglich hier weg. Ehe ich losfahre, bemerke ich einige verpasste Nachrichten.

Finn: Wir sind gut am Flughafen angekommen.
Daisy: Wo bist du?

Ich fahre los, ohne noch einmal zurückzublicken.

Als wir im Flugzeug sitzen, drückt Daisy unauffällig meine Hand und erkundigt sich, was ich heute Nachmittag Schönes gemacht habe.

Ich hatte nicht vor, es ihr zu sagen, nicht so und nicht jetzt. Aber ich bin derart enttäuscht vom Gefühl des Verstoßen-Seins, der Lügen so müde, dass ich ehrlich antworte:

»Ich habe meine leibliche Mutter besucht.«

Daisy schaut mich erschrocken an. Ich kann die tausend Fragen erahnen, die ihr im Kopf herumschwirren, aber mit einem Lächeln verschiebe ich die Antworten auf später.

Heute möchte ich nicht mehr darüber sprechen. Ich bin immer noch ganz durcheinander, weil ich meine richtige Mutter seit fast achtundzwanzig Jahren zum ersten Mal wiedergesehen habe.

Kate hat darauf bestanden, dass ich Daisy in Portland in

einem Hotel einchecke, aber ich habe stattdessen ohne ihr Wissen eine Villa gemietet. Daisy hat es verdient. Während sie ihren Koffer auspackt, bitte ich sie, unsere Unterkunft geheim zu halten.

Finn ist in L.A. geblieben, um mit seiner Freundin Claire Thanksgiving zu feiern. Ich habe gehört, dass sie sich verloben wollen. Er hat mir sogar schon den Ring gezeigt und gemeint, er wolle nur noch auf den perfekten Moment warten.

Ich wollte vermeiden, dass Daisy den Abend allein verbringen muss, was der Fall gewesen wäre, wenn wir ins Hotel gegangen wären. Ich weiß, wie schwer es ihr fällt, heute nicht mit ihrer Familie zusammen zu sein. Ihre Eltern, ihre Brüder und ihre Schwester sind ihr ganzes Leben. Ihr Anker. Das, was sie auf der Erde hält.

Nachdem alles geregelt ist, gehe ich unter die Dusche und rufe dann heimlich jemanden an. Als ich wieder im Wohnzimmer bin, legt Daisy gerade ihr eigenes Telefon auf.

»Das war Brianna«, sagt sie und zieht ihre Beine unter sich. »Sie sind alle zusammen – nur ich bin hier. Ich habe das Gefühl, ich sehe sie nie.«

»So schlimm?«

»Fast jeden Sonntag muss ich meine Teilnahme am gemeinsamen Familien-Mittagessen absagen. Ich verpasse ihre Anrufe. Ich vergesse, auf ihre Nachrichten zu antworten. Es kommt mir vor, als wäre ich gar nicht mehr Teil der Familie. Manchmal machen sie gemeinsame Ausflüge, ohne mir auch nur davon zu erzählen, und ... Es ist schrecklich, aber manchmal ertappe ich mich dabei, ihnen die Schuld zu geben. Dabei ist das ganz normal. Aber ich fühle mich einsam. Ist das nicht komisch? Die ganze Welt liegt mir zu Füßen, ganz Hollywood will mit mir befreundet sein, und doch habe ich mich in meinem ganzen Leben noch nie so einsam gefühlt.«

Ich setze mich neben sie. Meine Haare sind noch nass. Ich rubbele sie mit dem Handtuch, das um meinen Hals hängt.

»Du bist nicht allein. Niemals.«

In diesem Moment, wie um meine Worte zu untermauern, klingelt es an der Tür. Ich stehe auf, um zu öffnen.

Eine Sekunde später taucht ein Kopf mit bunten Haaren auf und schwenkt eine Champagnerflasche.

»Happy Thanksgiving!«

Grinsend lasse ich Micah, Javier und Hayley zu Daisy eilen, der dicke Tränen über das Gesicht rinnen. Alle schreien durcheinander und fallen sich gerührt in die Arme.

Wenn ich schon ihre Familie nicht herholen konnte, habe ich wenigstens ihre seltsamen Freunde eingeladen, die sie so sehr liebt.

»Was macht ihr denn hier?«, schluchzt Daisy. Sie weint und lacht gleichzeitig.

»Dein Bodyguard hat uns bestochen«, sagt Hayley und drückt ihr einen Kuss auf die Wange. »Zu einem kostenlosen Flugticket sage ich doch nicht Nein.«

Gerührt schaut Daisy zu mir auf. Ich zwinkere ihr verschwörerisch zu und hoffe, dass sie keine große Sache daraus macht. Es ist nichts Besonderes. Ich hätte es einfach nicht ertragen, wenn sie allein gewesen wäre.

Auch ein gewisser Egoismus steckt dahinter … Ich wollte nicht mit ihr allein sein. Ihre Freunde würden mir als Schutzschild dienen.

Plötzlich steht Daisy auf und springt mir in die Arme. Ich fange sie sozusagen im Flug auf und zögere kurz, ehe ich ihr nachgebe. Mein Herz beruhigt sich, als ich meine Nase an ihren Hals stecke.

»Danke«, haucht sie gegen meine Schulter.

Ich drücke sie noch einmal an mich und lasse sie dann los.

»Gern geschehen, Gollum. Setzt euch, Essen kommt gleich.«
Alle setzen sich und kramen Flaschen und Snacks hervor.
Als das bestellte Essen kommt, decke ich den Tisch und
wünsche ihnen einen schönen Abend.

Im letzten Moment greift Daisy nach meiner Hand und
runzelt die Stirn.

»Wo willst du hin? Bleib doch.«

»Es sind deine Freunde …«

»Und du bist meine Familie«, erklärt sie mit fester Stimme.
Ich unterdrücke einen köstlichen Schauder, aber die Wirkung, die diese Worte auf mich haben, gefällt mir nicht wirklich. Trotzdem willige ich ein, und bald sitzen wir alle um den
großen Tisch herum. Anfangs fühle ich mich einigermaßen
unwohl, verschließe mich und spreche kaum. Aber Micah ist
eine schillernde Persönlichkeit, die keine Stille akzeptiert.

Er erzählt mir alle möglichen Anekdoten über Daisy, der das
ziemlich peinlich ist, als wolle er mir erklären, wie sie tickt. Vermutlich kennt er sie besser als ich.

Ein seltsamer Konkurrenzgeist macht sich in mir breit, und
ich gebe ihm nach: Ich erzähle der Runde die witzigsten Vor-
fälle, an die ich mich erinnern kann; einige davon liegen schon
zehn Jahre zurück. Alle lachen sich kaputt, bis auf Daisy, die
mir droht, mich all meiner männlichen Attribute zu entledigen.

Der Caterer hat ein Abendessen für zehn Personen geplant,
mit gefülltem Truthahn, Cranberrysoße, Maisbrot und Süß-
kartoffelpüree. Zum Nachtisch gibt es einen wunderbaren
Kürbiskuchen, weil das Dees Lieblingsdessert ist. Alle schwel-
gen, vor allem Daisy. Sie lächelt so sehr, dass ich mich frage, ob
ihre Wangen nicht schmerzen.

Den ganzen Abend lang wirkt Daisy auf mich wie ein Magnet. Wie eine Sonne, um die ich unweigerlich kreise. Ich berühre sie, ohne es zu wollen, und sie tut es mir gleich. Ihre

Finger streifen meine, wenn wir im selben Moment nach dem Salz greifen, unsere Füße begegnen sich unter dem Tisch … Es ist unerträglich.

Nachdem ich mich auf dem Sofa niedergelassen habe, beobachte ich sie insgeheim. Sie sitzt mit nackten Füßen auf dem Boden zwischen meinen gespreizten Beinen. Ihr Shirt rutscht über ihre nackte Schulter, was mich von jedem Gespräch ablenkt.

Schließlich spielen sie ein Trinkspiel, das ich höflich ablehne. Ich checke Twitter, während ich Daisy eine Praline nach der anderen in den Mund stecke.

»Ihr werdet mich seltsam finden …«, sagt sie plötzlich.

»Nie im Leben. Es gibt nichts Seltsameres als uns, das wissen wir«, beruhigt Micah sie.

Sie lächelt schüchtern. Ich will nicht lauschen, weil ich glaube, dass sie meine Anwesenheit völlig vergessen hat, aber ich kann nicht anders.

»Es ist nur … Ich weiß nicht. Manchmal habe ich das Gefühl, dass ich Sex nicht mag. Das ist doch merkwürdig, findet ihr nicht?«

Bei diesen Worten überschwemmt mich eine Welle von Mitgefühl. Ich weiß nicht, wie viele Lover sie vor Zach hatte oder was sie zusammen gemacht haben, aber nachdem sie beim Sex abserviert wurde … kann ich sie verstehen. Und es geht mir gegen den Strich, dass sie denken könnte, sie wäre nicht normal.

»Ganz und gar nicht«, sagt Javier. »Heterosex klingt für mich sterbenslangweilig.«

»Da hast du nicht unrecht«, fügt Hayley nachdenklich hinzu.

»Es ist nur … Ich hatte mich darauf gefreut, versteht ihr? Ich dachte, es wäre etwas Unglaubliches, etwas, das mich verändern und zur Frau machen würde, zu einer Erwachsenen. Aber tatsächlich war es nicht so! Hollywood lügt, was die Ware angeht.«

»Schon klar«, lacht Hayley. »Die einzige Person, die mich je so befriedigt hat, wie ich es mir wünsche, bin ich selbst. Das klingt vielleicht traurig, ist es aber nicht. Ich habe jedenfalls Spaß.«

Daisy gibt ihr vor meinen erstaunten Augen ein High Five. »Geht mir genauso. Ich glaube, ich habe die Sache zu sehr idealisiert. Zach und ich haben uns nicht viel Zeit gelassen. Es tat weh, aber als ich ihm das sagte, antwortete er: ›Keine Sorge, ich bin gleich fertig. Halte noch kurz durch.‹«

Ich schwöre bei allem, was ich habe, dass ich dieses Arschloch finden und ihm die Prügel seines Lebens verpassen werde.

»Das ist aber nicht normal, Süße. Er hätte aufhören müssen …«

»Ich weiß. In dem Moment hatte ich das Gefühl, zu wehleidig zu sein. Wie auch immer, es dauerte drei Minuten, und danach war ich immer noch dieselbe … Das Einzige, was sich geändert hatte, war, dass jemand meinen Hintern in Stellungen gesehen hatte, die niemand sehen sollte!«

Alle drei lachen laut auf.

»Ich meine es ernst!«, ruft Daisy und legt ihre Hand auf meinen Fuß. »Wir müssen wirklich darüber reden! Bin ich hier die Einzige, die Sex superpeinlich findet? Nackt vor jemandem zu stehen ist auch so schon schlimm genug, aber das, was dann folgt … Igitt.«

»Schlimm«, stimmt Javier zu. »In der Situation selbst denkt man nicht darüber nach, aber wenn es vorbei ist, gibt es immer diesen überaus unangenehmen Moment, in dem dir bewusst wird, was du gerade getan hast. Anfänglich habe ich den lieben Gott immer um Vergebung für meine Sünden gebetet …

damit habe ich schnell aufgehört, weil ich sonst mein ganzes Leben auf Knien hätte verbringen müssen.«

»So ist es auch, wenn du dir Pornos anschaust!«, nickt Hayley eifrig. »Im Moment genießt du es, aber wenn es vorbei ist, fühlst du dich wie ein perverses Monster.«

Ich lächle unwillkürlich. Persönlich habe ich nie Verlegenheit empfunden. Ich würde eher sagen, danach fühlt es sich an wie eine … Leere. Ich mag Sex, weil er guttut und mir Erleichterung verschafft, aber sobald es vorbei ist, fühle ich mich kalt und hohl. Ich möchte dann auch nicht mehr berührt werden.

»Ehrlich gesagt ist es längst nicht so toll, wie ich dachte«, seufzt Daisy.

»Medien und Pornoindustrie machen uns weis, dass Sex etwas Großartiges ist, aber genau genommen ist er letztendlich ziemlich enttäuschend. Zumindest beim ersten Mal.«

»Die nächsten drei Male auch, glaub mir.«

»Das liegt daran, dass Zach, der blöde Egoist, nur daran dachte, sich selbst zu befriedigen, Daisy«, meint Micah und verdreht die Augen. »Du brauchst jemanden, den der Gedanke erregt, dich zu erregen.«

Zu spät bemerke ich, dass ich nicke.

»Außerdem hast du ihn nicht geliebt«, fügt Hayley hinzu. »Man kann sagen, was man will, aber für viele Menschen bedeutet das sehr viel. Zu denen gehörst du bestimmt auch.«

»Richtig«, bestätigt Micah und legt seinen Arm um Javiers Schultern. »Schau uns an. Wir lieben uns so sehr, dass es keine Verlegenheit mehr gibt. Manchmal lachen wir sogar darüber. Ich kenne seinen Körper in- und auswendig und umgekehrt. Wir könnten die trashigsten und ekligsten Sachen machen, es wäre trotzdem schön, weil wir uns lieben. Aber dazu braucht man Zeit und viel Vertrauen.«

»Natürlich kannst du auch so Spaß haben«, beruhigt Javier Daisy mit einem sanften Blick. »Ich denke, es ist vor allem eine Frage des Vertrauens und des Respekts zwischen zwei Menschen, auch ohne Liebe. Du kannst mit deinem Körper machen, was du willst, solange es dir guttut.«

Daisy scheint darüber nachzudenken. Ich würde gerne meine Meinung sagen, aber ich glaube kaum, dass ihr das helfen würde.

»Ihr habt recht«, sagt sie schließlich und lehnt ihren Kopf gegen mein Bein. »Zach hat überhaupt nicht auf mich geachtet. Sex schien für ihn ein Wettkampf zu sein. Ein Wettlauf. Eine Leistung.«

»Typisch.«

»Er ließ mich ständig an meinen Fähigkeiten zweifeln, an meinem Körper und daran, ob ich es ihm recht machen konnte. Ich stellte mir tausend und eine Frage in einem Augenblick, wo ich einfach nur … hätte loslassen müssen. Ich glaube ernsthaft, dass ich lieber zu entwürdigenden Manhwas masturbieren würde, obwohl meine feministische Seite davon ein schlechtes Gewissen bekäme.«

Micah lacht und zuckt mit den Schultern.

»Auch gut. *You do you, girl!*«

Der Abend endet mit Karaoke. Wir singen *Hey Jude* im Stehen auf dem Sofa, und als der Alkoholpegel wieder sinkt, besteht Daisy darauf, *Guitar Hero* zu spielen. Ich muss sie ins Bett tragen, nachdem sie an meiner Schulter eingenickt ist.

»Bleib«, haucht sie, als ich das Zimmer verlassen will. »Bitte. Schlaf bei mir.«

Mir bleibt nichts übrig, als das Licht zu löschen und unter die Decke zu schlüpfen. Ich drücke sie an meinen Oberkörper. In dieser Nacht verscheucht ihr warmer Körper die bösen Träume, die ich gewohnt bin. Ich vergesse alles.

»Ich wusste nicht mal, dass du adoptiert wurdest«, flüstert sie vorwurfsvoll.

Ich starre mit kaltem Herzen in die Dunkelheit.

»Ich bin nicht adoptiert worden.«

Es vergehen mehrere Sekunden, und als ich sicher bin, dass sie eingeschlafen ist, schmiege ich mein Gesicht an ihren Hals, um mein größtes Geheimnis zu enthüllen … in der Hoffnung, dass sie es für immer hütet.

»Meine Mutter hat mich bei der Geburt gestohlen.«

14

You Taste So Sweet

»Hot skin and rosy lips,
pleasure dripping down your fingertips«

Daisy

»Eine Frage an Zach«, sagt ein Reporter mit einer runden Brille und steht auf. »Deine Figur ist ein echtes Beispiel für Komplexität. Wie bereitest du dich auf diese Rolle vor?«

Ich drehe mich zu Zach um, ebenso wie alle anderen Schauspieler auf dem Podium. Mit einem trägen Lächeln steht er neben mir. Er fühlt sich ganz in seinem Element, wie immer.

Das Team der Serie gibt den ganzen Vormittag eine Pressekonferenz. Die vielen Interviews erschöpfen mich, aber ich halte mich tapfer.

»… wirklich interessant für mich«, beendet Zach seine Antwort und legt das Mikrofon wieder hin.

Ich nicke, obwohl ich gar nicht zugehört habe.

Das brauche ich auch nicht, um zu wissen, dass sowieso alles ein Bluff ist. Außerdem achte ich nur auf Thomas, der an der hinteren Wand des Saals lehnt. Finn spricht mit ihm, aber er scheint nicht zuzuhören.

Er beobachtet jemanden im Raum, allerdings kann ich nicht erkennen, um wen es sich handelt. Er blickt düster drein. Das gefällt mir nicht …

»Eine Frage an Daisy«, ruft ein anderer Journalist. Ich greife zum Mikrofon und freue mich, dass sich endlich auch mal jemand für mich interessiert. »Wie hat die Liebesbeziehung zu Zach dein Leben verändert?«

Logisch. Der Idiot bekommt die wichtigen Fragen, und für mich bleibt wieder nur Schwachsinn. Warum werde ich ständig auf meinen männlichen Kollegen reduziert?

Ich mache mir gar nicht erst die Mühe, zu lächeln. Ich bin es leid, mich zu verstellen.

»Hast du auch Fragen, die sich auf die Serie beziehen und nicht auf mein Privatleben?«

Ein Murmeln geht durch den Raum. Zach neben mir räuspert sich, und die Atmosphäre ist plötzlich angespannt, doch das ist mir egal. Gerade will ich mein Mikrofon wieder weglegen, als der Reporter nachlegt:

»Ja, habe ich: Du hast dich bei deinem neuen Album für einen etwas … ›reiferen‹ Stil entschieden, weit entfernt von der Richtung, die man von ChannelD kennt. Wie passt das zu deinem Image?«

»Mein Image? Was meinst du? Ich verstehe die Frage nicht.«

Kate sitzt wahrscheinlich irgendwo und rauft sich die Haare, aber mein Herz rast, die Müdigkeit macht sich plötzlich bemerkbar, und ich muss mich konzentrieren, um nicht zu explodieren. Ich weiß natürlich genau, was er meint, allerdings habe ich genug von diesem miesen Sexismus, der mir seit meinem fünfzehnten Lebensjahr aufgedrückt wird.

Ich spüre Thomas' Blick. Er fordert mich auf, zwar ruhig zu bleiben, aber mich zu verteidigen – koste es, was es wolle. Er hat recht. Ich bin es leid, dass man mich nicht ernst nimmt.

»Soll ich mich kürzer fassen oder andere Worte benutzen?«

Was für ein dämlicher, herablassender Depp.

»Nein«, lächele ich kühl. »Ich habe die Frage nicht verstanden, weil sie uninteressant ist, und nicht, weil ich dumm bin.«

Schweigen. Aber jetzt bin ich in Fahrt, und es gibt nichts, was mich aufhalten könnte. Der Mann sieht nicht sehr glücklich aus, doch er wird nicht locker lassen. Er hat Blut gerochen und will das Beste daraus machen.

»Ich verstehe. Dann formuliere ich es anders: Das Publikum kennt dich, seit du sehr jung warst, und du hattest als ›All-American Girl‹ großen Erfolg. Hast du vor, dieses arglose und naive Image abzulegen, insbesondere angesichts deiner neuen Freundschaften?«

Ich bin mir nicht sicher, wen er damit meint … Zach, meine verrückten Freunde oder meinen neuen Bodyguard mit dem heftigen Temperament?

»Wie du richtig feststellst, habe ich mit gerade mal fünfzehn Jahren beim Fernsehen angefangen. Ich war ein Kind, das …«

»Mit fünfzehn ist man kein Kind mehr, oder?«, unterbricht er mich.

Ich fahre fort, ohne darauf einzugehen:

»Für Journalisten wie dich, die versuchen, unsereins von der Wiege an zu sexualisieren, mag das nicht der Fall sein.«

Scheiß drauf.

»Auf mich traf es jedenfalls zu. Aber ich bin erwachsen geworden, und heute möchte ich der Öffentlichkeit ein realistischeres, auch reiferes Bild bieten, und zwar durch meine Mu…«

»Viele deiner Vorgänger haben …«

»Ich spreche gerade«, weise ich ihn trocken zurecht.

Er hält mit zusammengebissenen Zähnen inne, um mich ausreden zu lassen. Vermutlich bin ich knallrot. Am liebsten würde ich abhauen und mich irgendwo verkriechen, aber ich beherrsche mich.

»Ich wünsche mir, dass mein Publikum mich wirklich kennenlernt. Als Frau. Als schwarze, feministische, leidenschaftliche, selbstbewusste Frau, der es nicht an Ehrgeiz mangelt, um all ihre Träume zu verwirklichen. Und ich weiß, dass das nicht jedem gefallen wird, aber das ist nun einmal meine Wahrheit.«

Der Journalist beißt sich auf die Lippen, nickt wenig überzeugt, setzt sich wieder und starrt mich an.

Glücklicherweise wird schnell ein anderes Thema angeschnitten. Nach der Pressekonferenz erkundigt sich Zach, ob alles in Ordnung wäre. Ich antworte ihm, er soll sich verpissen. Plötzlich spüre ich *seine* Anwesenheit.

Ich schaue zu Thomas auf, der uns gegenübersteht. Sein Blick wandert von Zachs Arm um meine Schultern zu mir.

»Hau ab.«

Thomas hat offenbar aufgehört, höflich zu meinem Ex-Freund zu sein. Zach fügt sich stillschweigend; er hat die Botschaft verstanden. Mein Bodyguard reicht mir meine Sachen und begleitet mich nach draußen. Auf dem Flur stoße ich mit jemandem zusammen und entschuldige mich sofort.

»Verzeihung.«

»Nichts passiert«, antwortet der Mann, den ich gerade angerempelt habe.

Verblüfft bleibe ich stehen und starre ihn mit aufgerissenen Augen an. Träume ich, oder …? Oh mein Gott, er ist es wirklich! Chris Hemsworth, der Echte. Ich schaue hinüber zu Thomas, der erstarrt ist. Chris begegnet seinem Blick und bleibt mit hochgezogenen Augenbrauen stehen.

Der Moment dauert eine Ewigkeit. Die beiden Männer begutachten einander wie in einem Spiegel, dann wendet sich Thomas ab.

»Gehen wir.«

Ich will protestieren und um ein Autogramm, ein Foto, irgendetwas bitten! Aber Thomas packt mich am Handgelenk und zerrt mich hinter sich her.

»Oh mein Gott, wir haben gerade deinen Doppelgänger gesehen!«, flüstere ich aufgeregt. »Oder ist es umgekehrt? Ich weiß es nicht mehr.«

»Bitte, sei einfach still.«

Finn sitzt bereits am Steuer des Autos, als ich außer Atem vor Lachen auf den Rücksitz steige.

»Er war auch wieder da«, informiert Thomas seinen Kollegen und starrt vor sich hin.

»Wen meinst du? Chris?«

»Deinen ›Lieblingspaparazzo‹. In der dritten Reihe. Er sagt nichts, aber er lässt dich nicht aus den Augen. Er macht einfach nur Fotos von dir. Es ist merkwürdig.«

»Colin? Was soll daran merkwürdig sein, immerhin ist es sein Beruf. Er hat sich noch nie taktlos verhalten.«

»Als du die Beherrschung verloren hast«, fährt Thomas fort, »hat ihm das überhaupt nicht gefallen. Ich kann allerdings nicht genau sagen, ob seine Feindseligkeit dir oder dem Reporter galt.«

Finn, ganz auf die Straße konzentriert, runzelt die Stirn und fragt: »Glaubst du, dass er Frank ist?«

»Gut möglich. Ich habe ein paar Nachforschungen über ihn angestellt, und es würde passen. Dreiundvierzig Jahre alt, ledig, hat Schwierigkeiten, über die Runden zu kommen. Sein Strafregister ist sauber, aber das hat nicht unbedingt etwas zu sagen. Die schlimmsten Soziopathen sind intelligent und attraktiv, und sie wissen, wie man sich zwischen anderen versteckt.«

Ich bleibe stumm, aber mein Blick sagt alles. Thomas ignoriert es, obwohl er genau weiß, was ich denke.

Er kennt sich damit aus.

»Ich werde ihn beschatten lassen«, beschließt er, ehe er sich in Schweigen hüllt. »Dann sehen wir weiter.«

Natürlich ruft mich Kate sofort an und fragt, was ich mir bei meinem Ausbruch gedacht hätte. Ich antworte, dass mich meine Eltern nicht dazu erzogen haben, mich von alten, weißen, heterosexuellen Cis-Männern lächerlich machen zu lassen. Sie meint, ich wäre wohl »nicht gut drauf« und müsse mich zusammenreißen. Sie findet mich rebellisch.

Ich hingegen habe das Gefühl, dass ich endlich ich selbst werde.

Den Abend verbringe ich damit, meinen Text zu üben und gleichzeitig Sport zu machen. Morgens hatte Kate angemerkt, ich sähe dicker aus. Die Waage zeigte mir tatsächlich, dass ich in einer Woche fünfhundert Gramm zugenommen hatte. Ich bin deprimiert.

Thomas ist seit einer guten Stunde weg. Irgendwann höre ich sein Motorrad in der Einfahrt. Finn verlässt das Haus, während ich schweißgebadet aus meinem Tanzsaal komme.

»Chris?«, rufe ich, um Thomas zu necken. »Thor, Sohn des Odin, ich muss dir etwas zeigen!«

Verblüfft bleibe ich mitten auf der Treppe stehen. Thomas steht eine Stufe unter mir. Ich starre ihn an, erröte, und mein Herz rast. Oh … wow …

»Was hast du getan?«, hauche ich fast unhörbar.

Ich kann nicht verhindern, dass ich die Hand nach ihm ausstrecke. Sanft berühre ich sein weiches Gesicht. Er lässt mich gewähren. Ich streiche über seine kalten Ohren … und dann über sein raspelkurzes Haar.

»Ich war beim Friseur.«

Das sehe ich, Idiot! Aber warum? Sein Haar, das er halblang getragen hat, hat jetzt nur noch wenige Zentimeter. Bedauernd fahre ich mit den Fingern hindurch, obwohl ich zugeben muss, dass es ihm wirklich gut steht.

Er sieht … jünger aus. So wie vor zehn Jahren, als ich ihn kennenlernte. Das macht etwas mit mir.

»Du hattest recht«, sagt er und verdreht die Augen. »Der Typ sieht mir ähnlich.«

Ich beiße mir auf die Lippen, um mir das Lachen zu verkneifen. Jetzt verstehe ich. Er hat Chris gesehen und beschlossen, sich zu verändern.

»Und der Bart?«

»Den lasse ich mir morgen abrasieren.«

»Wenn du willst, mache ich das.«

Er betrachtet mich eine Weile, und ich kann an seinen Augen ablesen, dass er das für gar keine gute Idee hält, aber schließlich nickt er. Wir gehen nach oben in das an mein Schlafzimmer angrenzende Bad. Ich rücke einen Holzhocker zurecht, fordere ihn auf, sich hinzusetzen, lege ihm ein Handtuch um die Schultern und hole sein Rasierzeug.

Ich weiß nicht, warum, aber meine Hände zittern.

»Soll alles weg?«

»Ja.«

Ich befeuchte seine Haut mit einem nassen Waschlappen und stelle mich vor ihn zwischen seine langen Beine. Sein Gesicht ist genau auf meiner Höhe.

»Weiß Hakeem davon?«, frage ich plötzlich, während ich ihn mit Rasierschaum einseife. »Dass du adoptiert bist.«

Er schweigt eine ganze Weile und starrt ins Leere. Ich hake nicht nach, sondern lasse meine Finger mit dem Gel um seinen Mund gleiten.

»Ja.«

Ich nicke, auch wenn ich ein wenig enttäuscht bin. Was ihn betrifft, bin ich immer die Letzte, die etwas erfährt.

»Meine leibliche Mutter ist sehr jung schwanger geworden«, sagt er und fixiert meinen Hals. »Sie wollte mich nicht haben und hat anonym entbunden. Ich kam zu früh und musste eine Zeit lang namenlos und ohne Eltern im Krankenhaus bleiben. Allein. Vor ein paar Tagen ... Das war das erste Mal, dass ich sie gesehen habe.«

Scheiße. Wenn ich das gewusst hätte, wäre ich gerne für ihn da gewesen.

»Bist du ihretwegen zurückgekommen?«

Er nickt. Ich greife zum Rasierer und will anfangen.

»Tatsächlich ist es so, dass ich mein ganzes Leben lang nach ihr gesucht habe. Ich habe schnell herausgefunden, dass sie in L.A. lebt. Deshalb bin ich vor zehn Jahren hergekommen. Dann habe ich Hakeem kennengelernt und die Suche aufgegeben. Auch die Zeit bei der Armee diente mir als Pause. Erst als ich in Russland ankam, beschloss ich, meine Nachforschungen fortzusetzen. Ich glaube, ich brauchte das, um weitermachen zu können. Um dieser Frau, die ich hasse, ein Gesicht zu geben.«

Erstaunt registriere ich, dass sie der Grund war, warum er so jung hierher gezogen ist.

»Warum hasst du sie?«

»Sie hat mich schließlich verlassen, nicht wahr?«

»Vielleicht gab es für sie keinen anderen Ausweg«, murmele ich. »Möglicherweise hat sie es getan, weil sie dich liebte und nur das Beste für dich wollte.«

Darauf antwortet er nicht und zuckt mit den Schultern. Ich verstehe, dass er noch nicht bereit ist, der Wahrheit ins Gesicht zu sehen. Sein inneres Kind ist der Ansicht, dass seine Mutter ihn verlassen hat, weil sie ihn nicht wollte. Nur das will ihm in den Kopf.

»Ich gehe davon aus, dass sie ohne mich sehr glücklich ist. Sie hat eine neue Familie gegründet, als ob es mich nie gegeben hätte, hat eine hübsche kleine Tochter, einen Mann und ein schönes Haus. Als ob es die beste Entscheidung ihres Lebens war, mich im Stich zu lassen …«

Ich runzele die Stirn. Daran glaube ich nicht eine Sekunde. Natürlich kenne ich nicht die ganze Geschichte, aber ich möchte wetten, dass es keine leichte Entscheidung war. Ich möchte gerne glauben, dass es nie und für niemanden so ist.

»Du kannst nicht wissen, warum sie gezwungen war, diese Entscheidung zu treffen … Habt ihr miteinander gesprochen?«

»Nein. Ich habe sie nur von Weitem gesehen.«

»Das solltet ihr aber. Vielleicht würde es dir helfen, mit der Vergangenheit abzuschließen … Außerdem wirst du trotzdem geliebt! Okay, dein Vater ist abgehauen, aber deine Adoptivmutter liebt dich.«

Er lächelt, als hätte ich etwas sehr Süßes gesagt.

»Darüber möchte ich nicht reden, Dee. Lass es einfach gut sein.«

Er klingt so entschlossen, dass ich nicht weiterspreche, sondern schweigend nicke und anfange, ihn in Wuchsrichtung zu rasieren. Er hält ganz still, während ich mich konzentriere. Mein Gesicht ist nur Zentimeter von seinem entfernt.

Das Gespräch über sein Leben hilft mir, mein eigenes zu vergessen. Wieder einmal habe ich viel Zeit damit verbracht, alles zu lesen, was auf Twitter über mich gesagt wird. Nach meinem Ausbruch auf der Pressekonferenz haben Zachs Fans mich an den Pranger gestellt.

Sie behaupten, ich wäre undankbar, neidisch auf seine Beliebtheit und würde mich viel zu wichtig nehmen. Aber bei diesen Leuten habe ich ohnehin keinen Stein im Brett.

Kate scheint das nicht weiter zu stören, ganz im Gegenteil. Sie versichert mir, besser könne es nicht sein, und dass jede Presse gute Presse ist. Erst nach und nach wird mir klar, wie sehr ich manipuliert und für Werbezwecke benutzt werde, von denen ich nicht einmal ahnte, dass sie existieren.

Ich spüle den Rasierer ab und beginne erneut, diesmal gegen die Wuchsrichtung. Im Bad ist es warm, feucht und friedlich. Nach einigen Sekunden blicke ich auf und treffe auf Thomas' Augen, die mich intensiv fixieren.

»Das geht bald vorbei, weißt du«, flüstert er leise. »Ich meine diese düstere Zeit. Die Leute werden sich beruhigen und vergessen … Du musst nur stark sein und es an dir abprallen lassen.«

Ich lächele kläglich. Als ob das so einfach wäre!

»Wie sollte mir egal sein, was das Publikum denkt … schließlich lebe ich vom Publikum.«

Er blinzelt, als wüsste er keine Antwort darauf. Ich beende die Rasur und entferne dann den übrigen Schaum mit dem feuchten Waschlappen. Sein bartloses Gesicht ist … wunderschön. Thomas sieht jünger und verletzlicher aus. Weniger einschüchternd. Vor allem mit diesem Gesichtsausdruck und der Art, wie er mich ansieht.

Mein Blick fällt auf die Narbe quer über seinem Mund; sie ist der einzige Makel seiner Physiognomie einer griechischen Gottheit.

Ich berühre sie mit dem Finger und zeichne die Linie quer über die Lippen nach.

»Findest du sie hässlich?«

Sein Flüstern bricht mir fast das Herz. Ich schüttele den Kopf. Nein, sie ist nicht hässlich. Sie ist ein Teil von ihm.

»An dir ist überhaupt nichts hässlich.«

Um es ihm zu beweisen, trete ich näher und berühre seinen Mundwinkel mit meinen Lippen, genau auf der Narbe. Er zittert leicht und bewegt sich nicht. Bin ich zu weit gegangen?

»Du bist die Einzige, die mich noch nie so gesehen hat, wie

ich wirklich bin«, haucht er, und sein Blick gleitet über meine Lippen.

»Vielleicht ist es ja genau umgekehrt?«

»Du solltest vorsichtig sein, Daisy … Ich bin kein netter Mensch. Ich könnte das ausnutzen.«

Ich glaube keine Sekunde daran. Wenn er es wirklich wollte, hätte er es schon längst getan.

»Ja und?«

»Ich bin mir nicht sicher, ob du damit umgehen könntest.«

»Vielleicht bist ja du es, der nicht damit umgeh…«

Ich beende den Satz nicht. Seine Hände greifen nach meinem Kopf und plötzlich liegen seine Lippen auf meinem Mund. Überrascht blinzele ich. Es ist das zweite Mal, dass Thomas mich küsst, und verdammt, ich glaube, ich werde mich nie daran gewöhnen.

Ich lege eine Hand auf sein Herz, aber er löst sich sofort von mir. Seine Augen jedoch fixieren die Stelle, die er gerade für immer gekennzeichnet hat.

»Das war meine letzte Warnung, Daisy«, flüstert er. »Jetzt weißt du, worauf du dich einlässt.«

»Was war das?«, wispere ich.

Ich habe Angst, dass er wieder sagt, dass wir das nicht tun können, dass es unmöglich ist, dass ich wie eine Schwester für ihn bin. Zunächst scheint er zu zögern, doch dann antwortet er: »Ein Kuss.«

Ich fürchte ohnmächtig zu werden.

»Ach ja? Ich habe es nicht richtig mitbekommen … Würdest du es vielleicht noch einmal tun? Einfach … einfach so …«

Ich treibe es auf die Spitze, das weiß ich. Noch ein Wort, und ich verderbe alles. Aber heute sind die Götter auf meiner Seite, denn er schaut mich an und nimmt dann sanft mein Kinn zwischen Daumen und Zeigefinger.

Er zieht mein Gesicht zu sich heran, nur einen Zentimeter von seinem wunderschönen Mund entfernt. Er riecht nach Rasierwasser.

»Ich möchte sichergehen, dass du dieses Mal ganz genau aufpasst.«

Ich schließe die Augen, um seine Berührung besser wahrzunehmen. Seine Lippen pressen sich hart auf meine. Sie fordern, statt zu bitten, sie kämpfen, ohne sich zu entschuldigen. Ich seufze, wühle meine Hände in sein Haar und umschlinge seine Zunge mit meiner.

Es fühlt sich so gut an, dass ich nichts bereuen würde, wenn ich jetzt sofort sterben müsste. Ich, Daisy Coleman, küsse meinen langjährigen Traummann Thomas Kalberg.

Er vertieft den Kuss, seine Zunge streichelt meine und fährt über die Rundung meiner Lippen. Ich keuche seinen Namen, als seine Hände an meiner Taille hinabgleiten, meine Hüften umklammern und mich rittlings auf seinen Schoß setzen.

Du liebe Zeit.

Eine Welle der Lust überrollt mich, als ich seine Erregung unter meinem Hintern spüre. Ich muss innehalten, um zu atmen, aber ich habe Angst, ihn loszulassen.

»Sag es noch einmal«, bittet er zwischen zwei Küssen.

Atemlos von unserem endlosen Kuss frage ich, was er meint. Seine Hände streicheln meine Oberschenkel und wandern auf meinen Rücken, unter mein dünnes T-Shirt.

»Wie hast du mich das letzte Mal genannt …?«

»Thomas?«

Er schüttelt den Kopf, während ich verwirrt nachdenke. *Das letzte Mal?* Als wir uns zum ersten Mal geküsst haben? Sein Blick legt mir nah, dass es noch länger zurückliegt, und mein Herz hüpft in meiner Brust, als ich verstehe, worauf er anspielt.

Der Abend meines achtzehnten Geburtstags. Bei unserer letzten Begegnung.

»Tommy?«

Seine Hände packen mich fester, und er küsst mich noch heftiger.

»Sag es noch einmal.«

»Tommy …«, hauche ich gegen seine Lippen. »Bitte stoß mich dieses Mal nicht weg.«

Auszug aus der Biografie:
Hollywood's Wildflower von
Kaylee Walters über Daisy Coleman.
Kapitel 2: »Erste Liebe«

Die letzte Begegnung zwischen Daisy und Thomas fand an ihrem achtzehnten Geburtstag statt. Er hatte ihr versprochen, zu kommen, erschien jedoch erst um elf Uhr abends. Sie dachte, er würde nicht kommen, weil er zu sehr mit dem neuen Leben beschäftigt war, das er sich in Russland aufgebaut hatte.

»Ich hatte das Gefühl, mein ganzes Leben mit Warten auf ihn zu verbringen«, sagt sie sieben Jahre später. Ihre Eltern gratulieren ihr, und sie pustet ihre Kerzen vor vielen Menschen aus, die ihr zujubeln. Alles geschieht wie in Zeitlupe, während die einzige Person, auf die sie sehnlichst wartet, nicht anwesend ist, ganz gleich, wie intensiv sie die Tür anstarrt.

»Wünsch dir was!«, sagt ihr Bruder Hakeem.

Sie setzt ein gekünsteltes Lächeln auf, jenes Lächeln, das sie für die Journalisten benutzt, und schließt die Augen. Jedes Jahr geht ihr der gleiche Wunsch eines verliebten Mädchens durch den Kopf: Thomas möge eines Tages ihre Liebe erwidern.

An diesem Abend jedoch wünscht sie sich, dass er kommt.

»Sie schien ganz woanders zu sein«, erzählt Micah Wilson, der an diesem Abend dabei war. »Wir kannten uns erst seit kurzer Zeit, aber es war auffällig. Mein Freund Javier unterhielt sich mit ihrem Vater über Gartenarbeit, während ihre Mutter mich mit Fragen über Make-up bombardierte. Es war nett, alle hatten Spaß, nur Daisy nicht. Sie starrte die ganze Zeit zur Tür, als ob sie abhauen wollte.«

Weil sie das Warten satt hat, beschließt Daisy zu später Stunde, nach oben zu gehen und sich zurückzuziehen. Ihr älterer Bruder begegnet ihr auf der Treppe und fragt, wo sie hinwill. »Sie wirkte traurig«, so Hakeem Coleman. »Ich nutzte die Gelegenheit, um ihr zu sagen, wie sehr ich sie vermisse. Wir sahen sie nicht mehr oft, seit sie mit Dakota und Destiny in die WG gezogen war. Ich erinnere mich auch, dass ich ihr sagte, wie hübsch sie war. Ihr Aussehen hatte mich beeindruckt, weil ich zum ersten Mal bemerkte, wie erwachsen sie geworden war. Sie war jetzt eine Frau.«

Daisy schließt sich im Badezimmer ein, weit weg vom Trubel der Party zu ihren Ehren. Der Blick auf ihr Spiegelbild deprimiert sie. Sie hatte sich für Thomas schöngemacht, trotz der Diskussion mit ihrer Schwester zwei Jahre zuvor (siehe S. xxx). Roter Lippenstift, kleines Schwarzes, falsche Wimpern …

Lange Minuten sitzt sie allein in der leeren Badewanne … bis plötzlich jemand an die Tür klopft. Sie ruft, sie säße auf der Toilette. Zunächst bleibt es still, dann dreht sich der Knauf, und die Tür öffnet sich knarrend …

»Vor mir stand Thomas in einer schwarzen Hose und einem beigen Pullover, den ich noch nie gesehen hatte. Ich dachte, ich halluziniere!«, gibt Daisy zu. Er antwortet, dass er allmählich glaube, dass die Toilette ihr Lieblings-Aufenthaltsort sei. Daisy widersteht dem Drang, ihrer Freude freien Lauf zu lassen. Thomas schließt die Tür hinter sich und zieht seine Schuhe aus, um zu ihr in die Wanne zu klettern. Er setzt sich ihr gegenüber. Seine Füße streifen ihre.

»Hast du wirklich geglaubt, ich würde deinen achtzehnten Geburtstag verpassen?«

Dann fragt er sie, was sie hier mache, woraufhin sie antwortet, dass sie nur eine Pause brauche. »Ich wollte ihn so vieles fragen. Ob er sich meine Serie anschaut, ob er mich für talentiert hält, ob er stolz auf mich ist. Vor allem aber, was ihn in St. Petersburg festhält und warum er immer so lange braucht, bis er auf meine Nachrichten antwortet«, berichtet Daisy. Sie stellt die Fragen jedoch nicht, und Thomas gratuliert ihr endlich zum Geburtstag.

Statt sich zu bedanken, hält Daisy ihm ihren Fuß unter die Nase.

»Ich dachte, du würdest nicht kommen, Arschloch«, knurrt sie, während er ihren Angriff abwehrt.

Nun hebt sie auch das zweite Bein und schafft es, sein Gesicht zu berühren, aber er packt sie an beiden Knöcheln.

»Achte auf deine Sprache!«

Er verdreht ihr die Knöchel, was Daisy einen verblüfften Schrei entlockt. Sie kann sich kaum noch bewegen. Sie kämpfen stumm weiter, bis sie endlich aufgibt und ihn anfährt, er solle ihre Frisur nicht ruinieren.

»Er wollte das Badezimmer verlassen«, erklärt Daisy, »weil er erkannt hatte, dass etwas nicht stimmte. Also führte er mich in mein Schlafzimmer und bedeutete mir, leise zu sein. Mein Zimmer war das einzige im Haus mit einem Balkon. Wir duckten uns hinter das Geländer und beobachteten heimlich die Leute im Garten.«

Die Gäste sitzen mit einem Glas in der Hand auf der Terrasse und plaudern. Micah bringt Calvin in einer Ecke das Twerken bei, was Daisy zum Lachen reizt. Hakeem unterhält sich mit Javier. Thomas erkundigt sich, ob das ihre neuen Freunde seien und ob sich die Situation mit Dakota und Destiny verbessert habe. Zu diesem Zeitpunkt weiß Daisy es noch nicht, aber die Gruppe 3D's steht kurz vor dem Aus.

Daisy sagt, es sei besser geworden, doch das ist eine Lüge.

Sie behauptet, sie könne sich jetzt verteidigen. Thomas erklärt, es gefalle ihm nicht, so weit weg zu sein … dass er gerne näher bei ihnen wäre. Bei ihr.

»Dann komm zurück.«

»Ich habe in Russland wichtige Dinge zu erledigen, Daisy.«

»Wenn das so ist, dann sag so was nicht. Mach mir keine falschen Hoffnungen.«

Danach reden sie lange nicht. Schließlich kramt Thomas etwas aus der Tasche seiner Jacke, die auf Daisys Bett liegt, kommt zurück und stellt sich vor ihr auf.

Sie nimmt das verpackte Geschenk mit wild pochendem Herzen entgegen und reißt hastig das Papier auf. Sie findet … ein hohles Holzpüppchen.

»Das ist eine Matrjoschka«, murmelt Thomas und hilft Daisy, das Figürchen zu öffnen.

Eine weitere, kleinere Puppe kommt zum Vorschein. Schicht für Schicht, wie bei einer Zwiebel, folgt eine Holzpuppe der nächsten.

»Sie hat mich an dich erinnert«, sagt Thomas mit unlesbarem Blick.

Er steckt alle Puppen wieder ineinander und beginnt von Neuem, sie auseinanderzunehmen, während er erklärt:

»Das bist du. Die Daisy Coleman, die du der ganzen Welt zeigst, der ChannelD-Star, den die Leute zu kennen glauben. Das All-American Girl, die selbst dann lächelt, wenn sie unglücklich ist, und die sich verbietet, sie selbst zu sein. Dann gibt es die Daisy für deine Managerin und die Leute, mit denen du hinter den Kulissen zusammenarbeitest«, fährt er fort und zieht die erste Figur heraus.

Daisy hört die anderen im Garten lachen und singen, aber sie konzentriert sich ganz auf Thomas, der die dritte Puppe herausnimmt.

»Die nächste ist die Daisy, die du für deine Freunde bist, Menschen, bei denen du dir erlaubst, mehr du selbst zu sein. Menschen, denen du zwar vertraust, bei denen du dich aber trotzdem beherrschen musst. Du denkst, dass du ihnen gefallen musst, damit sie dich mögen. Du versteckst deine Fehler und zeigst ihnen deine Vorzüge, bis die Maske irgendwann fällt und sie es leid sind.«

Daisy schaut traurig zu, wie er die nächste Puppe herauszieht.

»Hier kommt die Daisy, die du bei deiner Familie bist … und bei mir. Die Daisy, die nicht versucht, irgendwen zu beeindrucken. Die Daisy, die sich nicht dafür entschuldigt, wer sie ist. Die Daisy, die ihre Lieben von ganzem Herzen liebt, die zu viel und zu schnell redet und die lacht, wenn sie sich am Tisch stößt.«

Daisy lächelt, als er ihr die letzte Puppe präsentiert, die zwischen seinen langen Fingern winzig klein wirkt.

»Und schließlich die letzte … Die Daisy, die du vor jedem versteckst, sogar vor dir selbst, die Daisy, die du tief in deiner Seele bist, mit Dämonen, die nicht einmal du dir eingestehen kannst. Sie ist die wichtigste Daisy, die geheimste Daisy, die wertvollste Daisy. Die Daisy, die du unbedingt schützen musst und niemandem geben darfst.«

»Mich überkam ein Gefühl, das ich noch nie zuvor empfunden hatte«, berichtet Daisy. »Eine unerträgliche Hitze stieg in mir auf und breitete sich über meine Wangen, meinen Hals und meinen Brustkorb aus. Mir war, als würde er mich besser kennen als jeder andere. Ich hatte nur einen Wunsch: ihn zu küssen.«

»Auch dir nicht?«

Thomas schaut ihr tief in die Augen.

»Vor allem mir nicht.«

Es ist eine Warnung. Sie weiß es, sie hört es. Er warnt sie, weil er Bescheid weiß. Als wollte er sie nicht verletzen, obwohl er genau weiß, dass er dazu nicht in der Lage ist. Er fleht sie an, zu fliehen, bevor sie einen Fehler macht.

Jahre später gesteht Thomas ihr: »Eine Sekunde lang habe ich vergessen, wer du bist. Ich begehrte dich, und das hat mir Angst gemacht.«

»Tommy«, haucht sie.

»Ich neigte mich zu ihm, um ihn zu küssen ... und für eine Nanosekunde hielt er still, als wäre er bereit, meinen Kuss zu empfangen. Mein Mund streifte seinen, doch im letzten Moment wandte er den Kopf ab. Mein Kuss landete auf seiner Wange und hinterließ dort die brennende Spur meiner Demütigung«, berichtet Daisy.

Thomas hatte sie zurückgewiesen. Sanft zwar, aber es war und blieb ein »Nein«.

»Dee. Glaub mir, ich bin nicht das, was du willst«, sagt er mit teilnahmsloser Stimme.

In diesem Moment hasst Daisy ihn! Nicht, weil er sie zurückgewiesen hat, sondern weil er versucht, ihr zu sagen, was sie fühlt. Sie will ihm gerade antworten, als ein Geräusch sie unterbricht. Sie wenden sich zur offenen Zimmertür und stellen fest, dass Cath eingetreten ist. Sie ist eine ehemalige Klassenkameradin von Daisy.

»Ups, Entschuldigung! Dein Bruder hat mich geschickt, um dich zu holen, weil wir uns Sorgen gemacht haben. Ich wusste nicht, dass du einen Freund hast ...«

»Wir sind nicht zusammen«, antwortet Thomas. »Daisy ist wie meine Schwester.«

»Vom Blitz getroffen zu werden hätte weniger wehgetan. Es war schlimmer, als ich dachte. So erniedrigend! Zum ersten Mal in meinem Leben wollte ich, dass er verschwindet.«

Daisy sagt ihm, er solle sie allein lassen. Er sagt leise »Daisy«, doch sie schiebt ihn zur Tür. Wortlos gehorcht er. Daisy schließt sich ein, kriecht unter ihre Decke und lässt ihren Tränen freien Lauf. Jemand klopft unentwegt an ihre Tür, doch sie stellt sich tot. Auch nach Mitternacht sind ihre Tränen noch nicht getrocknet.

Als sie am nächsten Tag ihr Zimmer verlässt, ist Thomas schon wieder nach Russland abgereist. Er würde erst vier Jahre später zurückkehren.

15

Rich Problems

»Hollywood sadness,
money and fame tempt me
less and less«

Thomas

Ich habe eine Riesendummheit begangen.

Etwas, von dem ich mir geschworen hatte, es nicht zu tun; trotzdem kann ich mich nicht dazu durchringen, es zu bereuen. Ich hatte Lust darauf, also habe ich es getan. Warum sollte ich mich deswegen schlecht fühlen?

Ich habe Daisy geküsst.

Als ich diese Anziehung vor vier Jahren zum ersten Mal spürte, war ich stark genug, um zu gehen. Damals war es wie ein Schlag ins Gesicht: Daisy, das kleine Mädchen, das ich so gerne neckte, war zu einer wunderschönen jungen Frau herangewachsen.

Und der Wirkung, die sie in ihrem schwarzen Kleid auf mich ausübte, konnte ich mich nicht entziehen. Ich habe es nie jemandem erzählt, nicht einmal Dee … aber an diesem Abend hat sich etwas verändert. Sie hatte sich verändert … Zum ersten Mal in meinem Leben nahm ich sie wahr. Ich sah sie so, wie sie schon immer von mir gesehen werden wollte, und drehte dabei fast durch.

Aber ich hielt durch und brachte Abstand zwischen uns. Das war auch besser so, denn ich wusste, dass sie einen Narren an mir gefressen hatte – wenn auch nicht, wie sehr.

Das macht mir Angst.

Angst davor, genau die Art Arschloch zu sein, vor der ich sie unbedingt beschützen möchte. Davor, nur zu nehmen und ihr Hoffnungen zu machen, die ich nicht erfüllen kann.

Ich habe sie immer wieder gewarnt. Aber Daisy Coleman hat ihren eigenen Kopf. Sie setzt ihren Willen durch, koste es, was es wolle, auch wenn sie sich dabei die Flügel verbrennt. Weil ich ein Egoist bin, habe ich mich endlich dazu durchgerungen, sie gewähren zu lassen.

Wir reden nicht mehr über den Kuss oder darüber, was er bedeutet, aber unsere Beziehung hat sich seither grundlegend verändert. Seltsamerweise fühlen wir uns jetzt miteinander viel wohler. Als wäre der Knoten endlich geplatzt.

Offenbar belastete uns diese Spannung schon länger, als ich dachte.

»Ich hoffe, du hast heute Abend Zeit«, sagt sie eines Tages nach dem Duschen zu mir.

»Das hängt von meiner Chefin ab. Sie kann eine echte Nervensäge sein.«

Sie wirft mir einen so finsteren Blick zu, dass ich beinahe grinse.

»Ich will dich entführen, ich habe nämlich Lust auf ein Picknick.«

Neugierig runzle ich die Stirn.

»Ich gehe mal davon aus, dass das dein erster Job als Serienmörderin ist, denn normalerweise warnt man das Opfer nicht, ehe man es entführt. Ach ja, und ich mag keine Picknicks. Blöde Idee, sich auf den Boden zu setzen und im Gras zu essen!«

»Okay. Wir können das Picknick auch drinnen machen.«

Ich zögere ein paar Sekunden, gebe dann aber nach. Sie hätte ohnehin nicht lockergelassen.

»Ich weiß auch schon den perfekten Ort dafür.«

Sie lächelt zufrieden und geht nach oben, um sich vorzubereiten. Eine Stunde später finde ich sie eingemummelt in eine schwarze Daunenjacke im Wohnzimmer. Die Hälfte ihres Gesichts wird von einer weißen Perücke mit Bobfrisur verdeckt. Ich sehe zu, wie sie Lunchboxen aus dem Kühlschrank holt. Wann hatte sie die Zeit, das alles vorzubereiten?

»Heute Abend gehen wir durch die Hintertür. Ich möchte verhindern, dass dein lieber Freund Colin spioniert …«

Auf dem Motorrad klammert sie sich an mich und drückt ihre Wange an meinen Rücken. Unterwegs prüfe ich mehrmals im Rückspiegel, ob uns jemand folgt. Bald erreichen wir einen Plattenladen. Ich weiß, dass sie solche Läden liebt. Als sie jünger war, verbrachte sie ihre Tage gern bei Amoeba Music, der in L. A. ziemlich bekannt ist.

Die Türen sind geschlossen, und das Licht ist aus. Daisy reißt die Augen auf, als ich ihr den Schlüssel in meiner Hand zeige.

»Wie …«

»Ich habe da so meine Kontakte«, antworte ich mit einem Anflug von Arroganz.

Ich öffne den Laden und schließe hinter uns wieder ab. Daisy lässt ihren Blick durch den Raum schweifen. Sie strahlt. Boden im Schachbrettmuster, Kästen und Wände voller Schallplatten, türkisfarbene Wände, Poster von Rockgrößen und Lichterketten, die dem Laden eine vorweihnachtliche Atmosphäre verleihen.

»Dürfen wir wirklich hier sein?«

Ich schließe die Jalousien, um uns vor der Außenwelt abzuschirmen, ziehe meine Jacke aus und mache es mir gemütlich.

»Der Laden gehört heute Nacht uns. Bis zur Öffnung morgen um zehn Uhr muss allerdings alles wieder blitzblank sein.« Sie lacht ungläubig, bis ihr das ins Auge fällt, was ich aus meiner Jacke geholt habe: eine Flasche Champagner.

»Ich habe morgen ein ziemlich volles Programm … Lieber keinen Alkohol.«

»Ich weiß. Aber ein Glas wird dir nicht schaden.«

Sie breitet eine improvisierte Tischdecke auf dem Boden aus und öffnet dann die Tupperdosen, die sie mitgebracht hat: rohes Gemüse, Hummus, Chips, Obst, Donuts … Sie hat an alles gedacht.

Bilde ich mir das nur ein, oder sieht das hier wirklich nach einem Date aus?

Während ich die Flasche öffne, sehe ich zu, wie sie aufgeregt wie ein Kind durch den Laden läuft. Sie zeigt mir jede Menge Schallplatten, als müsste ich sie alle kennen, und erklärt mir Dinge, die ich mir nicht länger als eine Sekunde merke.

Sie legt Rock, Soul und Funk auf. Ich schenke ihr ein Glas Champagner ein, den sie wie Apfelsaft hinunterkippt. Ich warne sie, dass sie aufpassen soll. Dann beginnt sie zu tanzen. Ich weigere mich, mitzumachen, aber sie zerrt mit aller Kraft an mir. Ich weiß nicht recht, was ich mit meinem Körper anfangen soll.

Ich schlinge die Arme um ihre Taille und versuche, ihren Schritten zu folgen, entschuldige mich aber ständig, weil ich ihr auf die Füße trete. Sie lacht nur glücklich. Der Träger ihres Tops rutscht. Unaufhörlich ruft ihre Schulter nach mir. Ich habe Lust, sie in den Hals zu beißen.

Verdammt, was ist los mit mir?

Ich schmiege mein Gesicht in ihre Halsbeuge und verstecke mich wie ein Teenager, denn Mädchen, die lachen, turnen mich an.

Ich rieche den Duft ihrer Haut, küsse die Stelle und beiße dann sanft hinein.

Daisy lässt es zu und greift mit beiden Händen in mein Haar.

»Warum lachst du vor der Kamera nie so?«, frage ich seufzend. »Es wäre so schön, wenn du immer du selbst wärst. Du solltest zeigen, wenn es dir nicht gut geht, und die anderen zum Teufel jagen …«

Sie streichelt meinen Rücken, was mich unkontrolliert erschaudern lässt.

»Weil mir das Angst macht. Ich gebe ihnen doch schon genug von mir, oder?«

»Wie meinst du das?«

»Schlechte Tage kann ich mir nicht leisten. Ich darf weder mit dem falschen Fuß aufstehen noch die Beherrschung verlieren. Ein etwas zu kurz angebundener Tonfall oder ein abwesendes Lächeln führen unweigerlich dazu, dass die Leute mich als kalte, eingebildete Diva bezeichnen. Diesen Fehler habe ich bereits gemacht, und ich weiß, dass ich bald den Preis dafür zahlen muss …«

Sie hat recht. Alles ist ziemlich verdreht. Schon werden Vorwürfe laut, sie hätte auf die Fragen des Journalisten bei der Pressekonferenz falsch reagiert. Ich habe bösartige Kommentare gelesen, die sie arrogant nennen.

Die Leute vergessen, dass sie weder eine Zeichentrickfigur noch ein Roboter ist, sondern ein Mensch.

»Alle denken, dass ich ein tolles Leben führe und dass mein Alltag ganz traumhaft ist. Natürlich beschwere ich mich nicht darüber; ich habe es mir schließlich so ausgesucht. Aber das Publikum hat keine Ahnung, was das mit sich bringt. Manchmal habe ich den Eindruck, sie denken, alles wäre mir in den Schoß gefallen. Das, was ich heute besitze, habe ich durch meine Arbeit erreicht. Und ich schufte immer noch hart dafür. Die Leute sehen mich auf exklusiven Partys, auf Yachten oder mit teuren Handtaschen und glauben, alles über mein Leben zu wissen. Niemand kennt die Angst, die Einsamkeit, die Müdigkeit und die Sechzehn-Stunden-Tage, an denen ich singe, tanze, Sport mache, um meine Figur zu erhalten, und dreißig Mal mein Outfit wechsle, um stundenlang vor einer Menschenmenge aufzutreten, die mein Aussehen kritisiert … Und doch empfinde ich mich als undankbar, wenn ich mich ein bisschen beschwere.«

Ich drücke sie fest an mich, dann lasse ich sie los und nehme ihr Gesicht zwischen meine Hände. In ihren Augen stehen Tränen. Es fällt mir schwer zu verstehen, was sie fühlt. Ich kann es mir nicht einmal vorstellen. Ich weiß nur, dass ich es hasse, wenn sie traurig ist.

Das ist neu, und es gefällt mir nicht besonders.

»Manchmal … manchmal habe ich Angst, dass alles ganz plötzlich verschwindet und ich in einem Wimpernschlag in Vergessenheit gerate. Puff. Einfach weg. Und dann wieder … erfüllt mich der Gedanke, dass das passieren könnte, mit Erleichterung.«

»Du bereust es also.«

»Ich weiß nicht. Meine Leidenschaft ist die Musik«, seufzt sie und senkt den Blick. »Ich wollte schon immer Sängerin werden, und ich liebe meinen Beruf. Vor Tausenden von Menschen auf der Bühne zu stehen ist für mich wie eine Droge.«

»Aber?«

»Aber ich mag die Art und Weise nicht, wie ich dort hingekommen bin. Wenn ich das ändern könnte, würde ich es tun.«

Als ich verstehe, worauf sie hinauswill, nicke ich. ChannelD, Kate, ihr Image … Das ist es, was ihr nicht gefällt. Denn das ist nicht sie.

»Zeig mir doch mal, was du gerne tun würdest. Hier sind nur wir beide. Unter vier Augen.«

Überrascht und etwas verlegen schaut sie mich an. Ich muss sie daran erinnern, dass ich sie schon ein gutes Dutzend Mal habe performen sehen, ganz zu schweigen von dem, was ich im Fernsehen verfolgt habe.

»Das ist etwas völlig anderes ... Das war meine Rolle, nicht ich.«

Ich lasse ihr die Zeit, die sie braucht, und setze mich auf das Tischtuch. Sie schaltet die Musik aus und atmet tief ein. Ihre Hände sind schweißnass. Sie wendet die Augen ab. Und dann öffnet sie den Mund und beginnt zu singen.

Es ist magisch. Von ihren betörenden Lippen dringt hinreißender Sirenengesang. Ich bin überwältigt. Ohne irgendwelche Soundeffekte oder elektrische Gitarren, die ihre Stimme übertönen, und ohne Tänzerinnen, die von ihrem Gesang ablenken, steht nur noch Daisy vor mir. Ganz pur.

Ihre sanfte Stimme dringt in mein Herz wie die mythischen Pfeile des Eros. Sie singt von sich selbst, von ihren Zweifeln, ihren Komplexen, und von der Wahrheit eines geliebten, aber wenig beachteten jüngsten Kindes.

Als die letzten Töne erklingen, wird Daisy wieder schüchtern. Auch nach einer langen Stille wagt sie es nicht, mir in die Augen zu schauen.

»Daisy.«

»Mmh.«

»Komm mal her.«

Endlich traut sie sich, mich anzusehen, und setzt sich neben mich.

»Versprich mir, das nicht in irgendeiner Schublade zu verstecken. Du musst es Kate vorsingen und ihr sagen, dass das die Musik ist, die du spielen willst.«

Sie fängt an, mir zu erklären, warum das unmöglich ist, aber ich bringe sie mit einem Kuss zum Schweigen. Sie stöhnt in meinen Mund. Ich schiebe meine Hände unter ihr T-Shirt und berühre die weiche Haut ihres nackten Rückens. Himmel, sie trägt nicht mal einen BH. *Weiß sie, wie sehr ich mich jetzt schon zurückhalte?*

»Okay«, flüstert sie, »aber nur unter der Bedingung, dass du mit deiner Mutter sprichst.«

Ich erstarre in ihren Armen. Ich hasse es, wenn man mich zu etwas zwingt, was ich nicht will, und noch mehr, wenn man mir ein Ultimatum stellt. Aber ich knabbere zärtlich an ihrer Unterlippe.

»Deal.«

Sie lächelt siegreich und lässt sich noch ein wenig länger von mir küssen. Überrascht stelle ich fest, dass ich geradezu unersättlich bin. Daisy ist schlimmer als Heroin. Ich zwinge mich, nicht zu schnell und nicht zu heftig zu sein, aber es ist schwierig.

»Tommy«, flüstert sie, während meine Zunge ihren Hals streichelt. »Was genau sind wir eigentlich?«

Verdammt, wie gern höre ich diesen Kosenamen aus ihrem Mund.

Ich hebe sie auf meinen Schoß und lege meine Hände auf ihren Po, was sie zu überraschen scheint.

Ich habe keine Ahnung, was wir sind. Ich will nicht darüber nachdenken.

»Was möchtest du denn, das wir sind?«

»Ich will nicht, dass du Angst hast, mir die Wahrheit zu sagen, das ist alles«, gesteht sie mutig. »Wenn du nur Sex willst, ist das in Ordnung. Obwohl ich mich damit nicht auskenne. Ich weiß, dass du zu so etwas nicht viel sagst. Kann es sein, dass es nicht dein Ding ist?«

Ich runzle die Stirn. *Spürt sie denn nicht die Wirkung, die sie jetzt und hier auf mich hat?*

»Wer sagt, dass es nicht mein Ding ist?«

Sie blinzelt verlegen.

»Niemand. Nur, dass du nie darüber reden willst. Daher dachte ich, dass …«

»Ist es denn so, dass man schon als verklemmt gilt, wenn man ein bisschen Schamgefühl hat?«

»Nein, ich …«

»Daisy.«

Errötend bricht sie ab und wartet darauf, dass ich etwas sage. Ich ziehe sie noch enger an mich und erkenne den Moment, in dem sie die Beule in meiner Hose spürt.

»Ich liebe Sex«, sage ich vertraulich, während meine Lippen ihre streifen. »Ich behalte es nur für mich. Niemand braucht zu wissen, was ich nach Mitternacht in meinem Bett treibe. Das Gleiche gilt für tagsüber.«

Sie nickt. Ich bewege ihre Hüften so, dass sie sich an mir reibt, was ihr offenbar gefällt, denn ihr Atem beschleunigt sich.

»Ich weiß nicht, was wir sind«, füge ich hinzu und hauche einen Kuss auf ihr Schlüsselbein. »Ich weiß nur, dass Hakeem es nicht erfahren darf – ganz gleich, was es ist.«

16

Born In Hollywood

»They keep feeding me lies,
right in front of my eyes«

Daisy

Ich, Daisy Coleman, habe eine geheime Beziehung mit Thomas Kalberg.

Wer hätte das gedacht? Ich ganz sicher nicht! Javier behauptet, er hätte es in seinen Karten gelesen. Am Vormittag hänge ich mit der Clique ab und schaue mir *Euphoria* an, ehe ich gegen Mittag mit Finn wieder aufbreche.

Für den Rest des Tages sind Dreharbeiten zu einem Carpool-Karaoke geplant. Als wir am Drehort ankommen, regnet es in Strömen. Thomas ist bereits da und öffnet mir mit einem Regenschirm in der Hand die Autotür. Der Schirm schützt nicht ihn; er ist für mich.

Sein nasses Haar trieft, was ihn jünger und weniger bedrohlich wirken lässt.

»Ich übernehme«, sagt er zu Finn. Dieser nickt.

Ich dränge mich an Thomas, damit der Schirm für uns beide reicht. Drinnen schüttle ich die Hand des Moderators, mit dem ich schon mehrmals zusammengearbeitet habe. Er erklärt mir, wie es weitergeht, und gratuliert mir zum Erfolg meines ersten Soloalbums. Ich lasse mich zu meiner Garderobe bringen, Thomas folgt uns stumm mit ein paar Schritten Abstand. Wie ein schwer zu ignorierender Geist.

»Hier kannst du dich fertig machen. Gleich kommt eine Stylistin. Bis später!«

Ich bedanke mich und betrete den Raum. Thomas schließt die Tür hinter uns, während ich mich mit einem müden Seufzer auf das kleine Sofa fallen lasse.

»Wann ist noch mal Urlaub?«

Thomas lächelt dünn.

»Für dich? Tut mir leid, aber da ist nichts geplant.«

»Bald ist Weihnachten … Diesmal kommt meine Familie zu mir.«

Ich könnte es nicht ertragen, die Feiertage allein zu Hause zu verbringen, nicht einmal mit Thomas an meiner Seite. Vielleicht will er nach Stockholm fahren, um Weihnachten mit seiner Mutter zu verbringen? Es ist egoistisch von mir, dass ich ihn bei mir haben will.

Umso mehr, weil er bald Geburtstag hat. In genau einem Monat. Ich will ihn gerade nach seinen Plänen fragen, als mein Blick auf den wunderschönen Blumenstrauß neben dem Spiegel fällt. Ich stehe auf und greife lächelnd nach der dazugehörigen Karte.

Ich wünsche dir Mut für den heutigen Tag. Ich werde dir zusehen. Ich bin immer da, ganz nah. In Liebe.

Ich schaue gerührt zu Thomas hinüber, der mich verständnislos ansieht. Ich verschränke die Arme und rieche an den Blumen.

»Danke dafür.«

»Wieso bedankst du dich? Der Strauß ist nicht von mir.«

Verwirrt lese ich die Nachricht ein zweites Mal. Thomas greift nach der Karte. Beim Lesen verdüstert sich sein Gesicht sofort.

»Fass das nicht an!«, befiehlt er mit finsterem Blick und tippt an sein Headset. »Finn? Wo bist du?«

In diesem Moment taucht eine lächelnde Stylistin auf. Thomas zeigt auf den Blumenstrauß und fragt:

»Hat das jemand hier abgegeben?«

»Äh … Keine Ahnung …«

Ich will ihn beruhigen und erkläre, dass der Strauß bestimmt von Zach ist, aber Thomas lässt nicht locker.

»Vorhin ist ein Lieferant damit vorbeigekommen«, stammelt die Stylistin. »Er hat gesagt, die Blumen wären für Miss Coleman. Stimmt etwas nicht?«

Thomas flucht leise, nimmt den Blumenstrauß aus der Vase und dreht sich zu mir um.

»Du bleibst hier. Mach dich fertig, ich suche derweil nach Finn und finde heraus, was hier los ist. Und Sie, lassen Sie sie nicht aus den Augen!«

Er will gerade gehen, als ich ihn noch einmal am Ärmel zupfe. Fragend schaut er mich an.

»Sei vorsichtig.«

Er blinzelt verständnislos und etwas verwirrt, dann geht er, ohne noch etwas zu sagen. Ich verstehe seine Wut. Frank ist es gelungen, Blumen in meine private Garderobe zu schicken. Er muss also meinen Zeitplan kennen.

Mit etwas Glück hat er die Blumen wenigstens nicht selbst zugestellt …

»Gibt es ein Problem?«, erkundigt sich die Stylistin besorgt.

Ich beruhige sie und versuche, nicht zu viel nachzudenken. Sie schminkt mich. Anschließend durchforste ich den Kleiderständer in der Ecke und entscheide mich für ein Kostüm und goldene Ohrringe.

Eine Stunde später ist Thomas noch immer nicht zurück. Ich verlasse meine Garderobe und folge dem Produktionsteam zu dem Auto, das wir für die Dreharbeiten benutzen. Es steht auf einer Vorrichtung aus Metall, die Fahrbewegungen nachahmt, ohne dass der Wagen sich vom Fleck rührt. Keiner meiner Bodyguards ist zu sehen. Eine ungute Vorahnung schnürt mir die Kehle zu. Die Crew erklärt mir, wie wir vorgehen, aber ich höre nur mit halbem Ohr zu. Dann entdecke ich Finn. Er ist sehr blass.

»Was ist los?«, will ich wissen. »Wo ist Thomas?«

»Wir haben ein Problem. Er ist dabei, es mit dem Sicherheitsdienst zu klären.«

»Was für ein Problem?«

Ich bin mir nicht sicher, ob ich es wirklich wissen will, aber ich kann nicht anders. Finn zögert, kratzt sich am Nacken und schaut mich bedauernd an.

»Es ist meine Schuld, tut mir leid. Ich habe meine Arbeit nicht ordentlich gemacht. Ganz miserabel sogar. Thomas hatte recht, mich anzuschreien. Sie sollten mich feuern. Genau genommen hat er es schon getan.«

»Wie bitte? Thomas hat gar nicht das Recht dazu. Also beruhig dich und erklär mir, was hier los ist.«

Er seufzt, weicht meinem Blick aus und hält mir mein Handy hin. Twitter ist geöffnet – genauer gesagt, meine privaten Nachrichten. Meine Hände zittern vor Angst bei der Vorstellung, was ich dort finden werde.

Es ist schlimmer als befürchtet.

Ich zittere und gerate fast ins Schwanken. Finn hält mich sanft am Ellbogen fest.

»Ich sollte deine Garderobe im Vorfeld überprüfen«, erklärt er mir. »Ich habe es auch getan, ehrlich! Ich weiß nicht, wie das passieren konnte … Es tut mir leid.«

Du bist wunderschön. Hast du meine Blumen bekommen?

Frank hat Fotos geschickt. Fotos von mir. In meiner Garderobe. Wie ich mit Thomas rede. Wie ich mich schminken lasse. Wie ich mich ausziehe.

Mir wird schlecht. Die erste Frage, die mir in den Sinn kommt, ist: »Wie?«, doch dann wird mir klar: Er war hier.

Ich bin ganz nah.

Er war die ganze Zeit dabei, hat mir zugehört und mich beobachtet. Er muss sich im Schrank am Ende des Raumes versteckt haben und hat mich durch die Jalousien fotografiert. Er hat die Blumen tatsächlich selbst hingebracht, bevor ich mit Thomas ankam.

Mir ist zum Kotzen. Jetzt werde ich ihn wirklich blockieren. Plötzlich legt sich eine Hand auf das Telefon.

»Daisy.«

Ich blicke zu Thomas auf. Er befindet sich sichtlich in einer Art Ausnahmezustand. Sein harter Blick bringt mich noch mehr in Panik.

»Nicht daran denken«, sagt er sanft und berührt meinen Hals. »Ruhig atmen. Kümmere dich nicht darum. Mach einfach dein Ding. Lächele in die Kamera. Alles wird gut, versprochen. Ich bin hier.«

»Und ich auch«, fügt Finn entschlossen hinzu.

Thomas wendet ihm langsam das Gesicht zu.

»Ich fürchte nein. Du bist gefeuert.«

Finn schaut mich über die Schulter hinweg an und hofft auf Hilfe, aber Thomas schimpft.

»Schau sie nicht so an. Ist dir klar, was hätte passieren können?«, zischt er wütend. Mehrere Anwesende werden auf ihn aufmerksam. »Ich habe es satt, deinen Mist auszubügeln …«

»Schluss damit«, sage ich und versuche, mich zu beruhigen.

»Finn, du bist nicht gefeuert. Thomas, alles ist in Ordnung. Mir geht es gut.«

Das stimmt zwar nicht, aber es bringt nichts, Öl ins Feuer zu gießen. Frank hat bisher Abstand gehalten, doch jetzt kommt er immer näher. Erst bei mir zu Hause, jetzt hier. Dennoch tut er nie etwas. Er wird nicht gewalttätig. Er versucht auch nicht, direkt mit mir in Kontakt zu treten. Er verfolgt mich einfach nur. Ich frage mich, was er eigentlich von mir will.

Thomas widerspricht mir nicht. Ich vermute, dass er das wegen der Augen und Ohren um uns herum tut, aber sein Blick macht mir klar, dass wir später darüber reden werden.

»Ich nehme doch an, ihr habt die Garderobe danach komplett durchsucht?«

Thomas nickt ernst.

»Er ist weg. Er muss gleich nach dir abgehauen sein.«

»Wir haben das gesamte Gebäude und die Umgebung durchsucht. Nichts«, fügt Finn mit einem verlegenen Blick hinzu.

Wir werden von der Crew unterbrochen, die mir mitteilt, dass wir gleich mit dem Dreh anfangen. Thomas drückt meinen Arm, um mir Mut zu machen, und verspricht, in der Nähe zu bleiben. Ich setze ein Lächeln auf, das ich während der gesamten Zeit beibehalte, scherze und singe aus vollem Hals.

Aber im Grunde würde ich am liebsten schreien. Ich verstehe nicht, was Frank vorhat. Genau das ist das Problem. Kate weigert sich, die Polizei zu rufen, und was sollte die auch tun? Der Mann hat nie etwas unternommen.

Sicher, er belästigt mich; allerdings ist er diskret. Geradezu akribisch. Er hält sich weit genug im Hintergrund, um nicht zu viele Risiken einzugehen. Aber was hat er davon, wenn es nicht die Nähe zu mir ist? Wartet er auf den richtigen Moment, um zu handeln?

Noch beunruhigender ist die Frage, wie er durch die engen Maschen des Überwachungsnetzes von Thomas und Finn schlüpfen konnte.

Wir waren allein in der Garderobe. Zumindest dachte ich das. Ich hätte etwas Dummes tun können. Thomas küssen, oder sogar Schlimmeres. Dieser Vorfall erinnert mich daran, dass man nie vorsichtig genug sein kann.

Selbst wenn ich glaube, endlich allein zu sein ... bin ich es nicht. Er ist da. Irgendwo im Schatten. Und wartet auf den richtigen Moment.

Ehe wir das Studio verlassen, bittet Thomas die Security, die Aufzeichnungen der Überwachungskameras zu überprüfen. Zunächst will er mich nicht zusehen lassen, aber ich bestehe darauf.

Ein wenig bereue ich es dann schon, als ich die Bilder sehe und mich fast der Schlag trifft. Ein großer Mensch ganz in Schwarz, mit einer Kappe auf dem Kopf und einer Maske vor dem Gesicht betritt meine Garderobe.

»Das könnte jeder sein.«

Ich beobachte, wie er an den Blumen riecht, die bereits geliefert worden sind, und dann den Schrank öffnet, um sich etwas ungelenk darin zu verstecken. Etwas später kommen Thomas und ich. Während wir entgeistert auf den Bildschirm starren, greift Thomas diskret nach meiner Hand. Kurz nach mir verlässt Frank die Garderobe, als wäre nichts geschehen. Die Überwachungskameras verlieren ihn.

Auf dem letzten Bild, das wir von ihm haben, bleibt er mitten im Flur mit dem Rücken zur Kamera stehen. Ganz langsam dreht er den Kopf, als wüsste er, wo sich das Gerät befindet. Seine Kappe sitzt tief in der Stirn und verdeckt seine Augen ... Und dann macht er eine Handbewegung.

Als wollte er mich begrüßen. Oder mir beweisen, wozu er fähig ist.

»Er macht sich über uns lustig«, murmelt Thomas zähneknirschend.

Mir ist klar, wie sehr ihn die Situation frustriert und an seine Grenzen bringt. Trotz aller Bemühungen entwischt ihm Frank immer wieder. Schlimmer noch: Er scheint von Mal zu Mal näher an mich heranzukommen.

Finn macht die Sicherheitsleute des Gebäudes zur Schnecke. Das Team entschuldigt sich mehrmals bei mir. Weil ich müde bin, bitte ich darum, dass wir nach Hause fahren. Allmählich fühle ich mich nirgendwo mehr sicher, und das belastet mich.

»Ich fahre hinter euch her«, sagt Thomas zu Finn und mir. »Ich bin mit dem Motorrad da.«

Ich folge also Finn, der in höchster Alarmbereitschaft zu sein scheint. Er tut mir leid. Zugegeben, er ist nicht besonders gut in seinem Job – ein wenig ungeschickt, unordentlich und manchmal etwas vergesslich. Aber ich weiß, dass er sein Bestes gibt. Als wir in der Tiefgarage sind, beruhige ich ihn:

»Mach dich nicht verrückt wegen Thomas' Drohung. Die Situation macht ihm schwer zu schaffen.«

»Aber er hat recht … Es war meine Schuld.«

»Fehler sind menschlich. Es war ein Versehen, nichts weiter.«

Darauf antwortet er nicht. Mit einem müden Seufzer steige ich ein und lasse mich auf den Rücksitz fallen. Ich habe nur noch einen Wunsch: mich in die Sicherheit meines Zimmers und unter meine Decke zu flüchten.

Thomas taucht auf seinem Motorrad hinter uns auf. Sein Helm verdeckt sein Gesicht. Beim Verlassen der Tiefgarage tritt Finn plötzlich heftig auf die Bremse und entschuldigt sich sofort. Eine Horde Paparazzi erwartet uns. Durch die Fenster schießen sie ihre Fotos und hindern uns am Weiterfahren.

»Scheiße, wenn ich jetzt weiterfahre, erwische ich einen.«

Er macht denen ganz vorn Zeichen, zur Seite zu gehen, aber mehr als ein paar Zentimeter kommt er nicht voran. Thomas fährt mit dem Motorrad an uns vorbei, hält an, nimmt seinen Helm ab und sagt etwas, das ich nicht hören kann.

Er versucht, uns den Weg frei zu machen, indem er die Meute auseinandertreibt und Finn zuwinkt, er solle weiterfahren, doch es klappt nicht. Trotz meines Unbehagens blicke ich ungerührt, denn ich bin mir der Kameras bewusst, die auf mich gerichtet sind.

Thomas verliert schließlich die Geduld, was die Paparazzi veranlasst, ihre Kameras auf ihn zu richten. Das dürfte Ärger geben, ich weiß es, ich spüre es. Thomas kümmert sich nicht um seinen Ruf. Wenn ihm einer dieser Typen zu sehr auf die Pelle rückt, wird er zuschlagen.

»Ich muss aussteigen«, dränge ich. »Mach die Türen auf.«

»Das halte ich für keine besonders gute Idee …«

Plötzlich fällt Thomas' Blick auf einen der Fotografen, und sein Gesicht verändert sich. Ein Stück weiter hinten steht Colin … ganz in Schwarz, mit einer Kappe auf dem Kopf und einer Maske, die sein Gesicht verdeckt.

Mit wild pochendem Herzen sehe ich, wie er Thomas' Aufmerksamkeit erkennt und sich hastig zurückzieht.

»Mach auf, schnell!«, brülle ich Finn an. Thomas sprintet los wie ein Gepard auf der Jagd.

Finn gehorcht widerwillig. Ich stürme hinaus, ohne auf die Kameras und die Menge der Reporter zu achten. »Daisy, Daisy, Daisy!«, schreien sie.

Thomas schafft es, Colin einzuholen, und hält ihn an seiner Weste fest.

»Du bist das also, Arschloch! Ich bring dich um!«

»Loslassen, sofort! Ich werde Anzeige erstatten!«

Zu spät. Thomas platziert einen kräftigen Faustschlag mitten in seinem Gesicht. Das Geräusch ist gruselig.

»Thomas, hör auf!«, brülle ich und packe ihn am Arm.

Ich werde abgedrängt, kann mich aber halten. Thomas scheint mich weder zu hören noch zu sehen. Er schlägt Colin auf die Kappe und reißt ihm die Maske vom Mund, um ihn genauer zu betrachten.

»Du willst Anzeige erstatten? Nur zu!«, fordert er ihn kaltblütig heraus. »Das interessiert mich einen Scheißdreck! Wenn ich wollte, könnte ich dich töten und käme damit davon. Warum belästigst du sie? Was willst du von ihr?«

»Ich habe nichts getan!«, schreit Colin und hält sich fassungslos die Nase. »Ich kenne meine Rechte!«

Thomas hört nicht auf ihn, nimmt ihm den Fotoapparat ab und schaut nach, was darauf zu sehen ist. Dann will er wissen, wo er den heutigen Tag verbracht hat.

Colin bekommt es mit der Angst zu tun, denn er antwortet wie aus der Pistole geschossen: »Ich bin den ganzen Tag Tom Holland und Zendaya gefolgt! Das kann ich beweisen! Ich bin gerade erst angekommen, nachdem mich ein Kollege angerufen hat.«

Seine Entschuldigung scheint stichhaltig zu sein, denn Thomas beißt sich frustriert auf die Lippen und flucht leise. Colin ist unschuldig. Er kann nicht an zwei Orten gleichzeitig gewesen sein. Thomas lag falsch.

»Thomas, lass uns gehen.«

Erst jetzt scheint er meine Anwesenheit zu bemerken, denn er starrt mich mit aufgerissenen Augen an. Dann sieht er die Menschenmenge, die mich umdrängt.

»Was machst du hier?«, fragt er erschrocken.

Er legt einen Arm um meine Schultern, bahnt uns einen Weg zum Auto und droht den Paparazzi, sie zu überfahren, wenn sie nicht sofort Platz machen. Ich setze mich wieder auf die Rückbank, und diesmal gelingt es Finn, an den Reportern vorbeizukommen.

Mein Herz beruhigt sich nicht, auch nicht nach zehn Minuten Fahrt. Colin wird es sich sicher in Zukunft zweimal überlegen, ob er sich vor meinem Haus versteckt. Genau wie die anderen.

Zu Hause angekommen stürme ich sofort unter die Dusche, während sich die Jungs unterhalten – oder besser gesagt, während Thomas Finn eine Standpauke hält.

Todmüde lege ich mich ohne Essen ins Bett. Um mir wehzutun, checke ich noch einmal Franks Twitter-Account. Von allen Kommentaren erregt einer meine Aufmerksamkeit. Es handelt sich um ein neues Konto, das weder über einen Namen noch ein Foto verfügt und nur einem User folgt: mir.

Du solltest dich gut verstecken. Denn wenn ich dich finde, wirst du es bereuen.

Ich kenne Thomas gut genug, um zu wissen, dass das keine leeren Worte sind.

17

Part Human, Part Machine

»Part human, part machine,
fire upon gasoline«

Thomas

Daisy hatte recht. Ich darf nicht mehr feige sein, ich muss mich meiner Vergangenheit stellen.

Heute hat sie nichts vor, daher kann ich sie Finn überlassen. Ich lasse sie nicht gern allein, aber ich habe keine Wahl. Ich brauche Antworten. Immerhin kann ich nicht enttäuscht werden, denn ich habe keine Erwartungen.

Dass meine Mutter mich verlassen hat, weiß ich bereits. Ich möchte nur wissen, warum. Trotzdem finde ich nicht sofort den Mut, an ihre Tür zu klopfen, und warte fast den ganzen Tag vor ihrem Haus. Ihr Mann kommt erst nach neunzehn Uhr nach Hause, das habe ich in Erfahrung gebracht.

Endlich atme ich tief ein und überquere die Straße. Jetzt traue ich mich. Jetzt oder nie. Ich gehe zu ihrer Tür und klopfe, erst dann atme ich wieder aus.

Mein Gesicht ist eine Maske. Eigentlich sollte es mir egal sein, aber aus irgendeinem Grund rast mein Herz. Ich ertappe mich dabei, wie ich meine Kleidung überprüfe, um sicherzugehen, dass ich gut aussehe und vorzeigbar bin. Schnell fahre ich mir noch einmal mit den Fingern durchs Haar.

Als sie mit einem warmen Lächeln die Tür öffnet, bleibe ich zunächst stumm.

»Guten Tag. Kann ich Ihnen helfen?«

Ich beobachte ihre Augen und versuche, etwas, irgendetwas zu finden, was mich mit ihr verbindet.

»Guten Tag. Mein Name ist Thomas Kalberg, und ich bin Psychologiestudent«, lüge ich schließlich mühelos. »Entschuldigen Sie, dass ich Sie belästige, aber ich habe kürzlich Ihre Geschichte in der Zeitung gelesen und …«

»Oh.«

Ihr freundlicher Gesichtsausdruck bekommt Risse, und ich erkenne einen Schimmer von Schmerz, vielleicht von Sehnsucht. Sie räuspert sich und entschuldigt sich dann.

»Es tut mir leid, aber ich habe diese Geschichte schon zu oft erzählt …«

»Das ist es nicht, worum es mir geht«, sage ich und bete, dass sie mich nicht hinauswirft. »Ich schreibe meine Doktorarbeit über Situationen wie Ihre und würde Ihnen daher gerne ein paar ganz kurze Fragen stellen.«

Sie öffnet den Mund, um abzulehnen, seufzt aber nur. Noch immer zögernd beobachtet sie mich blinzelnd. Für den Bruchteil einer Sekunde erstarre ich und überlege, ob sie mich vielleicht erkennt. Feststellen könnte, dass ich ihr Sohn bin. Dass ich ihre Augen und ihren Mund habe, ihre Haare, und von meinem unbekannten Vater nur den strengen Blick.

»Nun gut«, stimmt sie zu, öffnet die Tür und lässt mich eintreten. »Allerdings bitte nur kurz. Mein Mann kommt gleich nach Hause.«

Ich nicke dankbar und folge ihr ins Wohnzimmer.

Das Haus ist sehr einladend, die Einrichtung finde ich allerdings etwas altmodisch. Der größte Charme jedoch liegt in den vielen gerahmten Fotos und Kinderzeichnungen.

Bei uns zu Hause war es genauso. Zumindest bis ich aufhörte, meine Rolle als Wunderkind zu erfüllen. Als meine Mutter dann tatsächlich mit Agnes schwanger wurde, existierte nur noch sie. Auch hier wurde ich nach Gebrauch entsorgt.

Die Leute machen Babys, wollen Babys, aber wenn sie dann zu einer Belastung werden, schafft man sie sich vom Hals. Wie ein Spielzeug oder einen Karton voll alter Puppen, die den Besitzer wechseln, sobald man genug von ihnen hat.

Ich setze mich, und sie bietet mir etwas zu trinken an. Ich lehne ab und hole der Form halber ein Notizbuch und einen Stift hervor. Ich fühle mich überhaupt nicht wohl und ziemlich fehl am Platz.

»Was möchten Sie wissen?«

Ich höre ihrer Stimme an, wie müde sie es ist, Fragen zu beantworten. Ich kann mir vorstellen, dass sie schon viele Journalisten hat kommen und gehen sehen. Ich habe nie gelesen, was sie der Presse gesagt hat. Dafür war ich zu wütend auf sie. Ich bin es immer noch.

Mit welchem Recht beschwert sie sich, dass man ihr das Baby gestohlen hat, wenn sie es nicht einmal wollte? Ich war das Opfer, nicht sie.

»Können Sie mir erzählen, warum Sie schwanger geworden sind und wie es zu Ihrer Entscheidung kam, Ihr Kind zur Adoption freizugeben?«

Sie weicht meinem Blick aus und schlingt ihre Hände um ihren Körper, als wolle sie sich aufwärmen.

»Ich war sechzehn Jahre alt. Ich war jung ... und allein. Ich hatte Angst. Ich war noch nicht bereit, ein Kind zu bekommen. Ich war ja selbst noch eins«, sagt sie leise. »Deshalb wollte ich es zur Adoption freigeben. Ich ... Bitte entschuldigen Sie.«

Sie unterbricht sich und hebt die Augen. Zwar sehe ich ihre Tränen, reagiere jedoch nicht. Am liebsten würde ich ihr sagen, dass sie kein Recht hat, zu weinen. Dass es, wenn ich es überhaupt könnte, mein und nur mein Recht wäre.

»Haben Sie es nicht geliebt?«, frage ich ohne nachzudenken.

Meine Frage scheint sie zu schockieren. Trotzdem ziehe ich sie nicht zurück, denn ich will es wissen.

»W…wie bitte?«

»Ich werde Sie bestimmt nicht verurteilen. Ich persönlich liebe niemanden.«

Sie sucht einen Moment nach Worten und schüttelt dann den Kopf.

»Dieses Kind ist mein Fleisch, mein Blut. Natürlich habe ich es geliebt. Aber gerade, weil ich es so sehr liebte, habe ich diese Entscheidung getroffen.«

Nun weint sie wirklich. Etwas zerrt an meinem Herzen, aber ich wehre mich gegen die unangenehme Empfindung. Was auch immer es ist, ich will es nicht.

»Ich wollte, dass mein Baby eine Chance hat«, fügt sie hinzu, während ihr die Tränen über die Wangen laufen. »Bei Menschen, die ihm das geben konnten, was es verdiente. Ich konnte es nicht.«

Ich betrachte sie mit unbewegter Miene. So kriegt sie mich nicht.

»Ist das wirklich alles?«

Mir ist klar, dass es nur noch eine Frage der Zeit ist, bis sie mich hinauswirft, aber offenbar habe ich den wunden Punkt getroffen, denn sie beißt sich schuldbewusst auf die Lippen.

»Was soll ich Ihnen sagen? Ich war jung, ich hatte mein ganzes Leben vor mir … ich wollte es mir nicht verderben.«

Bingo.

Genau das wollte ich hören. Es war also reiner Egoismus. Mehr wollte ich gar nicht wissen. Sozusagen um mich zu beruhigen. Meine Mutter hat mich zwar angelogen, aber in gewisser Weise hat sie mich auch gerettet – nicht wahr?

Ich war ein ungewolltes Kind. Sie jedoch wollte mich. Sie wollte mich so sehr, dass sie das Risiko einging, mich zu stehlen.

»Zunächst haben sich Krankenschwestern um ihn gekümmert. Ich weigerte mich, ihn zu sehen.«

»Warum?«

»Weil ich wusste, dass ich dann nicht durchhalten würde.«

Ich tue, als würde ich etwas notieren, in Wahrheit denke ich allerdings darüber nach, was in diesem Moment in ihr vorgegangen sein könnte.

»Sie haben ihn also nie in den Armen gehalten.«

Das ist keine Frage. Trotzdem flüstert sie überraschend in die Stille hinein: »Doch. Einmal.«

Verdutzt starre ich sie an. Ohne nachzudenken. Das bedeutet also ... dass sie mich schon einmal gesehen hat. Dass sie mich schon einmal an ihre Brust gedrückt hat. Hat sie mir meinen Vornamen gegeben, ehe sie mich verlassen hat? Ich schlucke unbehaglich.

»Und wie erwartet habe ich einen Rückzieher gemacht«, fährt sie mit traurigem Lächeln fort.

... *was?*

»In welcher Hinsicht?«

Ich verstehe nicht. Ich habe Angst, zu verstehen.

Ihre blauen Augen sind wie ein Magnet. Ich bin unfähig, wegzusehen.

»Sobald ich ihn in meinen Armen hielt ... wusste ich es«, flüstert sie. »Ich wusste, dass es nur er und ich gegen den Rest der Welt waren. Ich wusste, dass ich ihn um jeden Preis beschützen musste. Vor allem aber, dass ich nicht in der Lage war, ihn jemand anderem zu überlassen. Denn er war mein Kind. Er kam aus meinem Bauch. Ich wusste, es würde schwierig werden, doch in meinem Kopf war keine Alternative mehr möglich. Ich wollte ihn nie wieder loszulassen. Mein Sohn … er war so schön …«

Ich sitze wie versteinert da, wie vor den Kopf geschlagen von dem, was ich gerade gehört habe. Ich kralle die Finger um meinen Stift, um keine Reaktion zu zeigen, aber es ist schwer. Ich stelle mir vor, wie sie mich als junges Mädchen an sich drückt, mich anlächelt und mir verspricht, sich um mich zu kümmern.

»Ich verstehe nicht ganz«, sage ich mit spröder Stimme.

»Ich änderte meine Meinung. An diesem Tag widerrief ich meine Entscheidung und beschloss, mein Baby allein großzuziehen.«

Ich schüttele unwillkürlich den Kopf. Sie lügt. Es gibt keine andere Erklärung. Sie ist eine Lügnerin. Sie sagt das, um mich zu besänftigen, damit ich sie nicht verurteile. Sie hat mich verlassen! Sie kann ihre Meinung nicht geändert haben. Sonst … sonst würde es bedeuten, dass meine Mutter mich nicht gerettet, sondern verurteilt hat.

»Leider ist das Unglück geschehen, ehe ich ihn nach Hause holen konnte«, sagt sie traurig. »Er lag in der Kinderklinik, weil er Atemprobleme hatte und Sauerstoff brauchte. Nach meinem Entschluss bat ich darum, ihn abholen zu dürfen. Man reichte mir ein Baby, das nicht meines war. Ich sagte: ›Das ist nicht mein Sohn‹, denn ich hätte ihn unter allen Umständen erkannt. Sie glaubten mir nicht sofort. Dann stellten sie fest, dass ein Baby fehlte. Mein Baby. Eine Frau hatte es gestohlen.«

Das alles weiß ich schon. Trotzdem hänge ich wie hypnotisiert an ihren Lippen. Noch immer bin ich schockiert von dem, was ich gerade erfahren habe. Die unterschiedlichsten Emotionen toben in mir.

»Auf den Überwachungskameras war zu sehen, wie sie ihn in aller Seelenruhe aus dem Bettchen nahm und unter ihrem Kittel versteckte. Sie verließ das Krankenhaus, ohne dass sie jemand aufhielt. Als ich das sah … brach ich zusammen. Ich schrie, ich weinte, ich konnte nachts nicht mehr schlafen. Tief in meinem Inneren wusste ich, dass es zu spät war. Er war verschwunden, und ich hatte keine Möglichkeit, ihn zu finden.«

Mich fröstelt, und ich presse die Zähne zusammen. Ich wage nicht, den Mund zu öffnen.

Meine Hände zittern.

»Das stand so nicht in der Presse.«

»Gut möglich. Trotzdem habe ich nie aufgegeben. Ich habe alles getan, um ihn zu finden«, sagt sie und weint noch mehr. »Schließlich versuchten sie, mich darauf vorzubereiten, dass mein Baby wahrscheinlich tot sei. Aber die Statistik interessiert mich nicht. Ich weiß es besser. Ich *weiß*, dass er noch lebt, ich spüre es in meinem tiefsten Inneren. Irgendwo auf dieser Erde ist er – ohne mich.«

Ich sitze genau vor dir.

Die Worte kribbeln auf meiner Zunge. Mein inneres Kind weint und fragt sich, warum sie mich nicht erkennt.

Du hast mich vergeblich gesucht, also bin ich zu dir gekommen.

»Er müsste heute ungefähr in Ihrem Alter sein«, stellt sie fest und trocknet ihre Tränen. »Manchmal denke ich beim Einkaufen: ›Vielleicht ist der Mann, den du gerade in der Gemüseabteilung getroffen hast, dein Sohn, und du weißt es nicht einmal.‹ Eine Mutter ahnt so etwas doch, oder? Ich hoffe es …«

Ich antworte nicht, zu bestürzt, um zu reagieren.

»Ich nehme an, ich war keine gute Mutter … Ich hoffe nur … dass er glücklich ist. Und dass er geliebt wird. Oh ja, ich wünsche mir so, dass er geliebt wird!«

Mein Herz blutet. Am liebsten würde ich alles kurz und

klein schlagen. Den Tisch umwerfen oder gegen etwas treten, weil ich keine andere Möglichkeit kenne, meine Gefühle auszudrücken.

Ich bin es nicht gewohnt, das zu fühlen, was ich in diesem Moment empfinde. Ich kann es nicht einmal in Worte fassen. Ist es Wut? Frustration? Groll?

Erleichterung.

Es ist zu viel. Viel zu viel. So viel, dass ich fast durchdrehe. Ich muss hier weg. Ich muss weg und so viel Abstand wie nur möglich zwischen uns bringen.

»Ich gehe dann mal«, sage ich unbeholfen.

»Oh … natürlich.«

Sie begleitet mich zur Tür und verabschiedet sich, aber ich stürme hinaus und bleibe nicht einmal stehen. Ich haste vorwärts. Mein Herz schmerzt. Zu spät merke ich, dass mir etwas Warmes über die Wangen und den Hals hinunter rinnt.

Tränen.

Ich habe schon lange nicht mehr geweint. Habe ich überhaupt jemals geweint? Warum weine ich? Was macht mir so zu schaffen, dass ich diese Schwäche zeige?

Plötzlich bleibt mir die Luft weg. Ich halte inne, beuge mich nach vorne und stütze die Hände auf die Knie. Ich kann nicht mehr atmen. Meine Brust ist eng, und ich fühle mich von einer Welle von Gefühlen überrollt.

Ich bin gewollt.

Sie hat mich gewollt.

Mein ganzes Leben ist eine Lüge.

Ich keuche, ohne mich dagegen wehren zu können, und zum ersten Mal in achtundzwanzig Jahren breche ich zusammen. Über meinem Kopf schlägt ein Übermaß an bisher unbekannten, neuen und intensiven Emotionen zusammen. Ich ersticke fast an meinen stummen Tränen.

Mir ist, als wäre mein Herz fest verankert gewesen, und nun ist die Kette plötzlich gebrochen. Als hätte mich diese Frau mit ihren Enthüllungen von etwas befreit.

Aber es tut weh. Es tut so weh. Wie können Menschen mit solchen Gefühlen leben? Muss Leben wirklich so schmerzhaft sein? Ich will das nicht. Mir ist, als würde ich sterben.

Ohne nachzudenken, stürme ich an den einzigen Ort, der sich richtig anfühlt. Ich suche Zuflucht bei dem einzigen Menschen, der mich beruhigen kann.

Daisy empfängt mich mit einem Lächeln. Als sie jedoch meinen Zustand erkennt, verblasst ihr fröhlicher Gesichtsausdruck. Ich sage nichts. Dazu fehlt mir die Energie. Ich fühle mich unendlich leer, und doch werden die Schmerzen nicht weniger.

Erschöpft lege ich den Kopf auf ihre Schulter, schließe die Augen, schlinge meine Arme um sie und drücke sie an mich. Daisy lässt es geschehen. Wie eine Stoffpuppe schmiegt sie sich in meine fieberhafte Umarmung.

»Was ist passiert?«, fragt sie mich erschrocken.

»Ich glaube … dass mich niemand liebt.«

»Wie bitte?«

Meine Tränen rinnen erneut, benetzen ihr Haar, und ich hasse mich dafür.

»Ich habe heute meine Mutter besucht … Ich habe es nicht übers Herz gebracht, ihr zu sagen, dass ich nicht geliebt werde.«

18

My Poison Is You

»Roses are red,
violets are blue,
my bed smells like you«

Daisy

Noch nie habe ich Thomas in einem derartigen Zustand gesehen. Niemals in den zehn Jahren unserer Freundschaft. Ich bin so erschrocken, dass ich nicht weiß, wie ich reagieren soll.

Sein schmerzverzerrtes Gesicht, seine erschrockenen Augen, seine enge Umarmung … als ob er sich an etwas festhalten müsste, ganz gleich, an was. Oder als wollte er sich vergewissern, dass ich nicht weggehe.

Ich bitte ihn, im Musikzimmer auf mich zu warten, und schicke Finn nach Hause. Der sträubt sich zwar ein wenig, aber ich lasse ihm keine Wahl.

Als ich die Tür zum Musikzimmer öffne, zieht sich mein Herz zusammen. Thomas sitzt am Klavier, und seine Finger streichen mit einer langsamen, trägen Bewegung über die Tasten. Ich habe keine Ahnung, ob er jetzt auf eine Berührung wartet, denn unter normalen Umständen ist Thomas kein Freund großer Nähe. Weil ich keinen Fehler machen will, setze ich mich ihm gegenüber im Schneidersitz auf das Sofa.

Da ich gerade auf dem Weg ins Bett war, trage ich nur ein Nirvana-T-Shirt und Baumwollshorts. Seltsamerweise scheint mir das der Situation nicht angemessen.

»Was ist passiert?«, flüstere ich sanft.

Er reagiert nicht sofort. Die Tränenspuren auf seinen Wangen machen mich betroffen. Es ist wirklich das erste Mal, dass ich ihn weinen sehe.

»Ich habe meine Mutter besucht.«

Ich bekomme Schuldgefühle, wenn ich daran denke, dass es nicht gut gelaufen sein könnte. Immerhin habe ich ihn dazu gedrängt. Ob sie ihn zurückgewiesen hat?

»Hast du ihr gesagt, wer du bist?«

Er schüttelt den Kopf, ohne mich anzusehen, und wirkt am Boden zerstört. Bisher hielt ich Thomas' Ungerührtheit und seinen Mangel an Emotionen für beängstigend, aber da habe ich mich gründlich geirrt. Was ich jetzt sehe, macht mir viel mehr Angst. Ich würde gern den Rückwärtsgang einlegen und den alten Thomas wiederfinden, wenn ihn das von seiner Qual befreien könnte.

»Sie hat mich gewollt«, flüstert er. »Sie hat sich für mich entschieden. Sie hat nach mir gesucht … sehr lange …«

Verwirrt runzele ich die Stirn, unterbreche ihn jedoch nicht. Hat sie ihre Entscheidung, Thomas zur Adoption freizugeben, vielleicht bereut? War es da schon zu spät?

»Sie hofft … dass ich glücklich bin. Und geliebt werde.«

Meine Augen brennen, aber ich halte durch.

»Das wirst du«, sage ich leise. »Ob du es willst oder nicht, du wirst wirklich und wahrhaftig geliebt, Thomas.«

Darauf antwortet er nicht. Ich sterbe vor Verlangen, zu ihm zu gehen, ihn zu berühren und ihn zu beruhigen, ohne sinnlose und leere Worte zu brauchen, aber ich habe Angst, dass er mich zurückweist.

»Und das hat dich traurig gemacht?«, frage ich stattdessen.

»Traurig?«

Er richtet einen Blick auf mich, dessen Intensität mich erschaudern lässt, und stellt die Frage, als würde er weder das Wort noch seine Definition kennen.

»Du weinst«, entgegne ich und deute auf sein Gesicht.

Thomas fährt sich mit der Hand über die Wange und ist erstaunt über die Feuchtigkeit. Angewidert verzieht er das Gesicht.

»Das ist es also … Warum tut es so weh?«, fragt er so naiv, dass es mich verblüfft. »Wie schafft ihr es, mit so etwas zu leben? Es ist schrecklich.«

Beinahe lache ich. Mit offenem Mund starre ich ihn an. Seine Qual scheint ihm auf die Nerven zu gehen. Hat er so etwas wirklich noch nie gefühlt? Ich glaube keine Sekunde daran.

»Es ist das Wesen der Traurigkeit, dass sie schmerzt. Das macht uns menschlich.«

»Ich glaube, mein früherer Zustand gefiel mir besser.«

Ich verstehe es nicht. Seine Soziopathie macht ihn eigentlich zu einem egozentrischen Egoisten ohne Mitgefühl und Schuldgefühle und hat ihn bislang davon abgehalten, solche Gefühle zu empfinden.

Was hat sich geändert? Ist eine Veränderung überhaupt möglich? Eines ist sicher: Er verstellt sich nicht.

»Glaub mir, man kann nicht glücklich sein, wenn man sich nicht dazu zwingt, Schmerz ebenso wie Freude zu empfinden.«

»Glück ist eine utopische Vorstellung«, spottet er. »Es gehört nicht zu meinen Lebenszielen.«

Ich ignoriere den Einwand und fahre fort: »Du findest es schrecklich, weil du im Moment nur Wut und Trauer empfindest. Aber warte nur, bis die Euphorie kommt … die Liebe. Sie ist den Umweg wert, glaub mir.«

Darauf weiß er nichts zu erwidern. Wortlos und neugierig schaut er mich an. Er wirkt jetzt weniger aufgeregt als bei seiner Ankunft, daher nutze ich die Gelegenheit, aufzustehen und mich zu ihm auf den Klavierhocker zu setzen.

Er verfolgt jede meiner Bewegungen, ob hoffnungsvoll oder misstrauisch weiß ich nicht genau. Mein Oberschenkel berührt seinen, während ich meine Hände über die Tasten gleiten lasse. Die ersten Akkorde von *Für Elise* klingen durch den Raum.

»Wie fühlt sie sich an?«, haucht er, ohne den Blick von mir zu wenden.

»Die Euphorie?«

»Die Liebe.«

Mein Herz hüpft in meiner Brust, doch ich konzentriere mich weiter auf das Stück, das ich absichtlich langsam spiele, damit er jede Note genießen kann. Weiß ich überhaupt, wie sich Liebe anfühlt? Ist es wirklich Liebe, wenn das Objekt der Zuneigung nicht dasselbe empfindet?

Die Liebe zu meiner Familie hingegen ist echt. Die Liebe zu Hayley, Micah und Javier ist echter als alles andere. Selbst meine einseitige Liebe zu Thomas, deren Art und Intensität noch nicht feststeht, ist echt.

»Es fühlt sich an wie … das Gefühl, unbesiegbar zu sein. Der Drang, andere Menschen glücklich zu machen. Die Unfähigkeit, klar zu denken. So … ist es«, sage ich und spiele intensiver unter seinem Blick. »Der Wunsch, dieses Gefühl unsterblich zu machen, es in die ganze Welt hinauszuposaunen, Balladen, Gedichte und Gemälde daraus zu machen …«

Ich erröte, als er mich prüfend mustert, aber ich spiele weiter, koste es, was es wolle. Schließlich ergreife ich seine Hände und lege sie unter meine, um ihn zum Mitmachen zu zwingen. Seine Finger sind heiß. Er lässt es geschehen, während ich uns führe und über die Tasten fliege.

»Dein Herz rast, deine Brust droht zu explodieren, über deinen Rücken laufen Schauder, Gänsehaut bedeckt deine Arme, dein Blick verfolgt das Objekt deiner Zuneigung, dein Atem stockt bei seinem Anblick, du wirst eifersüchtig, wenn jemand anderes es will ... Es ist das Adrenalin, das durch jede Ader deines Körpers schießt, das Verlangen, den geliebten Menschen zu berühren, ihn zu beschützen, ihn zu küssen, sein Lächeln zu nehmen und in ein Glas einzuschließen, um es gut aufzubewahren.«

Ich schweife ab. Ich gehe zu weit, das ist mir klar, ich spüre es an der Art, wie er mich ansieht.

»Dee.«

Ich höre nicht auf. Ich beginne mit Teil C. Meine Haut knistert bei seiner Berührung. Ich merke, wie nah wir uns sind und wie wenig Kleidung ich trage. Mein Körper steht in Flammen. Ich muss mich von ihm entfernen, sonst begehe ich noch einen ernsthaften Fehler.

Das will ich gerade tun, als er flüstert:

»Wenn ich ein Herz hätte, würde ich beschließen, mich in dich zu verlieben.«

Meine Finger halten über den Tasten inne. Mein eigenes Herz stürzt leblos auf meine Füße hinunter. Mit stockendem Atem wende mich Thomas zu. Sein Gesicht ist nur wenige Zentimeter von meinem entfernt.

Er hat kein Recht, das zu sagen.

»Was hast du da gerade gesagt?«, flüstere ich ungläubig.

Ich habe kaum Zeit, den Satz zu beenden. Er umklammert meinen Nacken und zieht mich sanft an sich. Ich seufze verblüfft, als er mich statt einer Antwort küsst. Nach seinem Geständnis stehe ich immer noch unter Schock, aber sein Mund öffnet sich und lässt mich jeden zusammenhängenden Gedanken vergessen.

Ich spüre nur noch seine Zunge in meinem Mund, seine Finger in meinem Haar und seine Hand, die fest auf meinen Oberschenkel drückt. Ich schlinge die Arme um seinen Hals und vertiefe den Kuss. Es fühlt sich so gut an ... so perfekt. Ich will, dass es nie wieder aufhört. Noch nie habe ich so etwas empfunden. Eine gewaltige Hitze, den Drang zu explodieren, ein Verlangen, das schmerzt.

»Mein Herz rast ... meine Brust droht zu explodieren ... ein Schauder läuft mir über den Rücken ... ich habe Gänsehaut auf den Armen ...«, keucht Thomas, während seine Hand zwischen meine nackten Schenkel wandert.

Ich weiß nicht, was er mir zu sagen versucht, aber es reicht aus, um mir jegliches Denkvermögen zu nehmen.

»Ich will dich so sehr.«

Bei seinen Worten erbebe ich und öffne meine Beine weiter, um ihm besseren Zugang zu verschaffen. Meine Zunge zeichnet die Konturen seiner Lippen nach, dann nehme ich seine Zunge in den Mund und sauge sehnsüchtig daran.

Er stöhnt und fährt mit der Hand unter meine Baumwollshorts. Ich keuche auf, als seine Finger mich sanft durch den Slip hindurch streicheln. Meine empfindlichste Stelle pulsiert unter seinen kräftigen Händen.

»Ich weiß, dass es nicht richtig ist, aber ich bin an einem Punkt angelangt, wo es mir egal ist«, keucht er an meinem Hals, und sein Haar kitzelt mich herrlich am Kinn. »Weißt du, wie sehr du mich in diesen letzten Wochen gequält hast? Wenn du halbnackt und noch feucht aus der Dusche kamst. Oder im Minirock über die Handbremse geklettert bist. Als du den Mistkerl vor meinen Augen geküsst hast.«

Oh Scheiße. Unwillkürlich schiebe ich meine Hüften in Richtung seiner Finger. Er bewegt sie jedoch nicht. Er hält mich einfach nur fest und reibt mit seiner Handfläche träge meine Klitoris. Die Reibung ist berauschend, aber bei Weitem nicht genug.

Stumm flehe ich ihn an, zitternd vor Lust und Frustration, während sein Mund an mir saugt und mir sanft in den Hals beißt. Ich weiß, dass der Abdruck sichtbar sein wird, und stöhne.

»Nicht dort ... nicht, wo man es sehen kann ...«

Er hört sofort auf und fährt dann mit der Zunge über die Stelle, an der er gesaugt hat, als wolle er sich entschuldigen. Seine Finger greifen nach meinem Kinn. Seine Lippen berühren meine bei jedem seiner Worte, als er sagt:

»Ich habe dich gewarnt, Dee. Jetzt gibt es kein Zurück mehr ... Willkommen in der Hölle mit mir.«

Bei seinen Worten bekomme ich eine Gänsehaut auf der Brust. Noch nie im Leben war ich so erregt ... Ich weiß, dass ich vielleicht einen Fehler mache, dass Brianna wahrscheinlich recht hat und dass ich mich besser nicht auf Thomas einlassen sollte.

Und dass er mir ganz sicher das Herz brechen wird.

Aber dieses dumme Mädchen hier ist naiv, und ein Teil von mir glaubt nach diesem Abend fest daran, dass sich alle geirrt haben: Thomas Kalberg ist kein Soziopath. Es ist unmöglich, und ich werde es irgendwann beweisen.

Denn ich habe vor, ihn in mich verliebt zu machen.

»Ich bin kein kleines Mädchen mehr«, sage ich, lege eine Hand auf seine Erektion und freue mich, als er ein tiefes Grollen hören lässt. »Hör endlich auf, mich so zu behandeln.«

Plötzlich nimmt er mich in die Arme, hebt mich mühelos hoch und setzt mich auf dem Klavier ab. Unter meinen nackten Füßen erklingen klagende Akkorde.

Sein Blick ist voller Leidenschaft, aber seine Bewegungen sind langsam und sanft, als er meine Beine spreizt und sich dazwischen stellt. Ich hätte vermutet, dass das Licht und die Stille es unangenehm machen würden, doch das Gegenteil ist der Fall: Es erregt mich umso mehr.

Ich lasse ihn gewähren, als er mir meine Shorts über die nackten Beine hinunterschiebt. Mein Slip geht gleich mit, nur mein T-Shirt verbirgt mich noch vor seinem Blick.

»Ich hab dich so was von nicht verdient«, haucht er und küsst mich von den Knöcheln bis zu den Oberschenkeln. »Was zum Teufel findest du an mir?«

Er greift nach meinen Pobacken, um mich so nah wie möglich an sich heranzuziehen. Stirn an Stirn. Meine Brust wird hart gegen seinen muskulösen Oberkörper gepresst.

Ich zerkratze seine Schulter und hauche: »Du bist nett.«

Ich erkenne kurz die Verblüffung in seinen Augen, doch im nächsten Moment ist sie wieder verschwunden. Er lacht leise, als wollte er sich über mich lustig machen, und küsst dann keusch meinen Mund.

Nett. Es ist das erste Mal, dass jemand dieses Wort benutzt, um mich zu beschreiben.«

»Das ist aber meine Meinung.«

»Ich weiß«, sagt er und schiebt meine Schulter sanft zurück, bis ich auf dem Klavier liege. »Dann werde ich dir mal zeigen, wie nett ich sein kann.«

Mit brennendem Körper starre ich an die Decke, als er mein T-Shirt hochkrempelt und mich zärtlich zwischen den Beinen küsst.

Unwillkürlich stöhne ich auf, was mir hochgradig peinlich ist. In dem Moment, als ich seinen Mund auf mir spüre, durchdringt mich erstickende Hitze, und ich schließe die Augen. Ich habe mich geirrt: Thomas ist nicht schüchtern. Er macht auch keine halben Sachen. Seine Zunge bewegt sich langsam, aber präzise. Ich spreize meine Beine weiter und hebe schließlich den Kopf, weil ich dem Drang, ihn zu betrachten, nicht widerstehen kann.

Von seinem Gesicht kann ich kaum etwas erkennen. Ich sehe nur seine blonden Haare, die sich auf mir hin- und herbewegen. »Verdammt«, stöhne ich und hebe meine Hüften gegen seinen Mund.

Thomas verschlingt mich immer schneller, nimmt jetzt auch seine Finger hinzu, und mein Atem beschleunigt sich zu einem beunruhigenden Rhythmus.

»Oh mein … G…Gott … Ich … Tom-m…my… Vor…«

Er entzieht mir seine von meiner Lust glänzenden Lippen und schaut mir in die Augen, behält jedoch seine Finger in mir. Seine Hand legt sich erst auf meinen Bauch, um dann meine Brüste unter meinem T-Shirt zu streicheln.

»Benutz verständliche Worte, Daisy«, sagt er mit rauer Stimme, die seine Erregung verrät. »Worauf hast du Lust?«

Aber ich kann nicht. Plötzlich eingeschüchtert meide ich seinen Blick. Er bestraft mich, indem er die Bewegung in meinem Inneren beschleunigt. Ich muss die Hand auf den Mund legen, um meine Lustschreie zu ersticken. Solche Gefühle hatte ich noch nie. Zum ersten Mal in meinem Leben bin ich bereit, mithilfe der Finger einer anderen Person einen Orgasmus zu bekommen. Ich bin ganz kurz davor, ich spüre es.

Thomas greift nach meiner Hand, um meinen Mund zu befreien. Fest umschlingt er meine Taille.

»Ich will dich hören.«

Scheiße. Meine Lust wird intensiver, und ich glaube, ich kann es schaffen, endlich, nach so langer Zeit! Aber im letzten Moment ebbt die Lust wieder ab. Zurück bleibt eine Blase aus Frustration und Ärger. Ich will, dass Thomas von mir ablässt und mich nicht mehr berührt. Und vor allem will ich mich verstecken.

Er muss es bemerkt haben, denn er zieht sofort seine Finger zurück und hilft mir, mich wieder hinzusetzen.

»Hey.«

Ein bisschen gedemütigt starre ich ihn herausfordernd an, doch seine Augen sind sanft. Er küsst mich zärtlich und flüstert: »Sollen wir aufhören? Willst du schlafen gehen? Wir können uns aber auch einen Film ansehen. Es ist noch Popcorn da.« Angesichts dieser so einfachen Fragen breche ich beinahe in Tränen aus. Plötzlich wird mir klar, wie merkwürdig ich durch die Zeit mit Zach geworden bin. Er nahm nie Rücksicht auf meine Befriedigung; es ging immer nur um ihn, ihn und ihn. Wenn ich mich beschwerte, gab er mir die Schuld.

Aber Thomas …

»Nein. Ich bin einfach nur seltsam. Ich kann nicht zum Höhepunkt kommen.«

Beinahe entschuldige ich mich, halte mich jedoch im letzten Moment zurück. Da gibt es nichts zu entschuldigen. Ich habe nichts falsch gemacht. Und ein Orgasmus ist schließlich kein Selbstzweck, nicht wahr?

»Ich habe eine Idee«, sagt Thomas, nimmt mich in die Arme, trägt mich zu meinem blassblauen Samtsofa und setzt sich mir gegenüber ans andere Ende. Zwischen uns gibt es zwei leere Plätze. Ich schaue ihn an, und bin mir der Situation plötzlich sehr bewusst.

»Berühre dich.«

Am liebsten würde ich auf und davon rennen. Zutiefst errötend schüttele ich den Kopf und lache. Er macht hoffentlich nur Spaß!

»Nein! Das ist viel zu peinlich.«

»Warum peinlich?«, fragt er verständnislos. »Du kommst nur, wenn du es allein machst, aber nicht mit jemandem zusammen. Das kann nur bedeuten, dass der andere es nicht richtig macht. Also zeig es mir, und beim nächsten Mal mache ich es richtig.«

Wenn es so einfach wäre, höchste Lust zu empfinden, würde ich es wahrscheinlich jetzt und sofort tun. Thomas sollte lieber den Mund halten, wenn er nicht will, dass ich mich noch mehr in ihn verliebe. Ist das überhaupt möglich?

Ich atme tief ein und spreize zaghaft die Beine. Mit einer Hand berühre ich mich in einer kreisförmigen Bewegung. Ich halte nur wenige Sekunden durch, dann mache ich den Fehler, zu Thomas aufzublicken. *Mayday, Mayday!*

»Nein, das klappt so nicht, tut mir leid …« sage ich und schließe meine Beine. »Nicht, wenn du mich so ansiehst!«

»Du kannst mir auch einfach sagen, was du möchtest, wenn dir das lieber ist.«

»Das ist ja noch schlimmer!«

»Na gut. Dann … schließ deine Augen. Das ist fast so, als wäre ich gar nicht da.«

Ich bin ihm unglaublich dankbar. Es ist dumm, aber da ist endlich jemand, der zu verstehen versucht, anstatt mir das Gefühl zu geben, ich wäre das Problem und nicht normal. Ich schließe also die Augen und versuche es erneut.

Ich blende alles andere aus und denke daran, wie sich sein Mund und seine Zunge in mir anfühlen. Ich stelle mir seine Finger und dann seine Lippen auf meinen Brüsten vor, während er mich berührt. Sehr schnell kommt die vertraute Wärme wieder zurück, und ich stöhne leise.

»Gut so«, flüstert Thomas. Ich höre, dass er näher kommt. »Mach weiter.«

Ich weiß nicht, warum, aber seine Aufmunterung erregt mich noch mehr. Ich zucke zusammen, als ich plötzlich seine Lippen auf meinen Beinen spüre. Seine Hände streicheln meine Schenkel.

»Schneller«, sagt er, als ich wieder stöhne. »Hier sind nur du und ich. Lass dich fallen, Dee.«

Ich bin der Erlösung ganz nah. Ich öffne meine Augen in dem Moment, als Thomas seine Lippen auf meine legt. Seine Hände liegen auf meinen Brüsten, und plötzlich sind es zu viele Informationen auf einmal. Zu viele Empfindungen. Mit einem Schrei in seinen Mund explodiere ich, meine Beine zittern um seine Taille.

»Du warst perfekt«, flüstert Thomas und küsst zärtlich meine Schläfe.

Es dauert ein paar Sekunden, bis sich mein Herz wieder beruhigt. Thomas versucht nicht, weiter zu gehen, und bittet mich auch nicht, ihm Erleichterung zu verschaffen. Er lässt mich einfach auf seinen Schoß, legt sein Gesicht an meinen Nacken und hält mich minutenlang fest.

»Beim nächsten Mal mache ich es besser«, verspricht er.

Mit geschlossenen Augen streiche ich durch sein Haar und atme den Duft seiner Haut ein. Noch immer kann ich nicht glauben, was gerade passiert ist. Alles ist perfekt.

»Tommy ... Bist du glücklich?«

Sein Atem kitzelt meine Haut, als er antwortet: »Ich weiß nicht genau, was Glück ist ... aber jetzt gerade sieht es ganz danach aus.«

19

Godlike

»They loved me small and shy,
less now that I touch the sky«

Thomas

Ich war sieben, als ich meinen Vater eines Morgens unten an der Treppe mit einem großen Koffer überraschte. Mama war bereits zur Arbeit im Supermarkt gegangen.

Papa schien sich zu ärgern, mich zu sehen. Ich fragte ihn, wo er hinwollte. Er antwortete: »Weit weg.« Als ich wissen wollte, wann er wieder nach Hause käme, seufzte er.

Die meisten seiner Antworten auf meine Fragen waren Seufzer. Aber dieses Mal gab er sich Mühe.

»Hoffentlich nie wieder.«

Ich lachte, nicht, weil es lustig war, sondern weil ich nicht verstand, worauf er hinauswollte. Er sah mich seltsam an, mit einem Gesichtsausdruck, den ich nicht deuten konnte.

Heute weiß ich, dass es Mitleid war. Und Verachtung.

Er wuschelte mir durch die Haare und schüttelte den Kopf. Die Zärtlichkeit seiner Geste machte mich glücklich. Ich liebte ihn so sehr … auch wenn er böse war.

»Du bist nicht der Hellste, oder? Armes Kind.«

Ich lächelte ihn verständnislos an und umarmte sein Bein. Ich wollte nicht, dass er ging.

»Natürlich musste diese Idiotin den Dümmsten von allen nehmen«, seufzte er und schob mich weg. »Tut mir leid, Kleiner, aber dieses Mal haue ich endgültig ab.«

»Papa …«

»Hör zu, ich bin nicht dein Vater, okay? Ich habe keine Verpflichtungen dir gegenüber«, sagte er und wich meinem Blick aus. »Zum Glück, denn du bist wirklich keine Leuchte, Junge.« Ich weiß noch, wie ich ihn ungläubig anstarrte, den Kopf voller Fragen. Natürlich war er mein Papa. Warum machte er Witze darüber? Ich fand das gar nicht lustig. Aber ich lachte trotzdem, um ihm eine Freude zu machen und ihn glauben zu lassen, dass ich den Witz verstand.

»Diese Frau, die du Mama nennst, hat dich einer anderen Frau gestohlen«, sagte er und zog seinen Mantel an. »Sie ist auch nicht deine Mutter. Verstehst du das?«

Oh ja, diesmal verstand ich es. Aber es ergab keinen Sinn. Also sah ich ihm nur dabei zu, wie er sich anzog und zur Tür hinausging, ohne sich noch einmal umzudrehen. Doch dann rannte ich wie ein Irrer, für den er mich ohnehin hielt, die Auffahrt hinunter, klammerte mich an ihm fest und flehte ihn an, mich nicht zu verlassen.

»Papa, bitte …«

»Hast du etwa nicht verstanden, was ich dir gerade gesagt habe? Ich bin nicht dein Vater. Lass mich los!«

Er stieß mich von sich, und ich blieb wie betäubt stehen und starrte ins Leere. Ich glaubte wirklich, dass er zurückkommen würde. Aber als meine Mutter in der Mittagspause nach Hause kam und mich allein auf dem Sofa sitzen sah, verstand sie.

Wir haben nie darüber gesprochen. An jenem Abend beschloss ich, ins Bett zu gehen und kein Wort von dem zu glauben, was mein Vater mir gesagt hatte. Das blieb so, zumindest bis vor Kurzem. Und es war Daisy, die Zeugin meiner Erkenntnis wurde. Ich sollte mich dafür schämen, aber es will mir nicht gelingen. Ich habe nicht die Kraft dafür.

Seit diesem Tag hat sich etwas in mir verändert. Es ist, als hätte die Verankerung meines Herzens unter dem Druck nachgegeben, als hätte man die Büchse der Pandora geöffnet. All die unterdrückten und in meinem Inneren gefangenen Emotionen brechen plötzlich hervor ... und ich weiß nicht, wie ich sie zurückhalten soll.

Geschweige denn, wie man damit umgeht.

»Frohe Weihnachten«, ruft Finn und überreicht Daisy ein hübsch verpacktes Geschenk.

Ich helfe ihr, den Tisch zu decken, bevor ihre Gäste kommen. Sie hat sich für den Anlass große Mühe mit ihrem Outfit gegeben, und es fällt mir schwer, sie nicht so oft zu berühren, wie ich es eigentlich möchte.

Wie gerne würde ich sie auf die Küchentheke setzen und ihr glitzerndes weinrotes Kleid hochschieben, um nachzusehen, was sie darunter trägt ... Leider ist das mit Finn, der ständig um uns herumwuselt, nicht möglich.

»Ein Parfüm!«, freut sie sich und sprüht ein wenig auf ihr Handgelenk. »Es duftet toll. Vielen Dank, Finn. Du bist der ideale Mann zum Heiraten, weißt du das? Deine Freundin kann sich glücklich schätzen.«

»Oh, danke«, lächelt mein Kollege verlegen, aber glücklich. »Ich werde sie daran erinnern.«

Ich lasse sie ihre Geschenke austauschen und vergewissere mich, dass die Platten des Caterers im Kühlschrank sind. Weder Daisy noch ich hatten Zeit, etwas für ihre Familie zu kochen. Ich habe diesen Tag hauptsächlich damit verbracht, die Geschenke zu verstecken, die Frank Daisy zu den Feiertagen geschickt hat ...

»Dann lasse ich euch jetzt allein. Bis morgen!«

Ich nicke einen Gruß in seine Richtung, dann kommt Daisy zurück, um mir zu helfen. Ich kann den Blick nicht von ihr abwenden, meine Augen folgen ihr auf Schritt und Tritt. Auch das ist neu für mich. Natürlich fand ich sie schon immer sehr hübsch, und seit einigen Monaten finde ich sie sogar anziehend und sexy. Aber jetzt ...

Sie blendet mich geradezu. Doch so seltsam es klingen mag, das ärgert mich inzwischen weniger als früher. Ich bin offen für das süße Gefühl, das jedes Mal in meiner Brust aufsteigt, wenn sie mich ansieht.

»Du bleibst doch bei uns, oder?«, fragt Daisy plötzlich.

»Wie kommst du darauf? Es ist ein Familienfest.«

Mit unzufriedenem Blick kommt sie näher, und ihre Finger streifen meine. Ich sehe ihre Finger wieder vor mir, wie sie mich streicheln und dann zwischen ihre eigenen Beine wandern, wo mein Mund zuvor minutenlang war. *Ich will mehr davon.*

»Du weißt, dass du willkommen bist. Außerdem bist du mein Bodyguard. Was wäre, wenn mir in deiner Abwesenheit etwas passierte, na?«

Vorsichtig löse ich ein Haar, das an ihrem Lipgloss klebt.

»Darüber macht man keine Witze, Dee.«

In diesem Moment klingelt es an der Tür. Die mit Geschenken beladenen Colemans winken uns durch das Erkerfenster zu. Wir öffnen ihnen und halten Abstand voneinander.

»Thomas Kalberg, wie er leibt und lebt!«, ruft Daisys Mutter Sharon, als sie mich sieht.

Sie ist immer noch so schön wie früher; Daisy kommt ganz nach ihr. Brav schenke ich ihr ein glückliches Lächeln, das mich fast selbst täuscht.

»Was geht, Mann?«, fragt Hakeem und begrüßt mich mit einem Faustcheck.

»Alles fit.«

Ich sollte ihm gegenüber ein schlechtes Gewissen haben, aber es gelingt mir nicht. Was ich mit Daisy getan habe … ich kann es nicht bereuen. Wenn er davon erfährt, wird er mich höchstwahrscheinlich umbringen wollen, aber ich bin bereit.

Die Familie bestaunt die Weihnachtsdeko, mit der Daisy, Finn und ich die Räume geschmückt haben. Daisys überglückliches Gesicht wärmt mir das Herz. Ich weiß, was es sie kostet, nicht mit ihrer Familie zusammenzuleben …

Ich will mich gerade verabschieden, als mein Handy in der Hosentasche vibriert. Es ist Levi. Ich lehne den Anruf ab und nehme mir vor, ihn später zurückzurufen, aber als ich das Handy weglegen will, fängt es wieder an zu klingeln.

Ich melde mich ärgerlich.

»Solltest du nicht lieber deine Freundin verführen, anstatt mich an Heiligabend zu belästigen?«, knurre ich genervt.

»Thomas?«

Beim Klang der Stimme erstarre ich. Es ist nicht die meines Freundes. Meine Mutter spricht meinen Vornamen erneut aus, und ich beiße die Zähne zusammen. Ich habe das Gespräch angenommen, ohne zu wissen, dass sie es ist. Aber sie ist im Moment die letzte Person, von der ich hören möchte.

Daisy wirft mir einen fragenden Blick zu. Ich gebe ihr ein Zeichen, dass ich für ein paar Sekunden den Raum verlasse, und gehe hinaus in den Garten.

»Was willst du von mir?«

»Ich möchte dir frohe Weihnachten wünschen«, sagt sie. »Bist du beschäftigt?«

»Ja.«

Schweigen folgt.

»Es ist schon verrückt, dass du keinen Urlaub nehmen kannst … Weihnachten feiert man schließlich mit der Familie.«

Bei diesem Satz unterdrücke ich ein Lachen. Vielleicht sollte sie mal vor der eigenen Tür kehren, verdammt.

»Wen willst du eigentlich verarschen?«, entgegne ich kalt. »Seit wann sind wir eine Familie?«

»W…wie bitte?«

»Seit wann gehöre ich zu deiner Familie? Meine einzige wirkliche Familie ist hier bei mir!«

Ich habe nicht geplant, so etwas zu sagen, geschweige denn, so laut zu werden. Bisher bin ich ihr gegenüber immer ruhig geblieben oder habe mich sogar verstellt, weil es mich nie berührt hat.

Aber dieses Mal … ist es einfach zu viel. Es schmerzt, und ich hasse es. Ich bin nicht mehr in der Lage, es für mich zu behalten, es ist zu groß, es läuft über, es muss raus.

»Was meinst du?«, fragt sie entrüstet. »Wie kannst du so mit der Frau reden, die dich neun Monate lang unter ihrem Herzen getragen hat? Mit der Frau, die dich großgezogen und geliebt hat, die …«

»Schamlose Lügnerin.«

Sie ist ebenso schockiert wie ich über das, was ich ihr gerade entgegengeschmettert habe. Ich bin heilfroh, dass sie mir nicht gegenübersteht, denn sonst wäre ich angesichts ihrer Heuchelei vielleicht schwach geworden.

»Du willst mich neun Monate lang getragen haben?«, lache ich gehässig. »Heißt das heutzutage so, wenn man ein Baby von der Entbindungsstation entführt?«

Ich höre ihren kleinen, verblüfften Schrei. Ich stelle mir vor, wie sie sich die Hand vor den Mund schlägt und sich am Küchentisch festhält, um nicht umzufallen.

Gut gemacht.

»Was?«, haucht sie ungläubig. »Was hast du da gerade gesagt?«

»Hör auf mit der Schauspielerei, ist schon gut. Ich weiß alles.«

Sie lässt sich Zeit mit der Antwort. Als sie wieder spricht, klingt ihre Stimme zittrig, aber trocken.

»Woher?«

»Mein sogenannter ›Vater‹ hat es mir an dem Tag gesagt, als er abgehauen ist.«

»Dieses unfähige Arschloch«, faucht sie.

Ich bleibe stumm und fühle mich seltsam. Natürlich wusste ich längst, dass alles stimmte. Ich hatte genügend Beweise dafür. Aber zu hören, wie sie es zugibt, macht die Sache noch realer. Sie scheint sich nicht dafür zu schämen.

Ich schließe die Augen und bin plötzlich sehr wütend.

»Warum hast du das getan?«

»Tommy, hör zu …«

»Nenn mich nicht so.«

»Thomas«, seufzt sie mit brüchiger Stimme. »Deine Mama wollte dich nicht, okay? Sie hat dich verlassen und weggeworfen! Aber ich … ich habe dich gesehen und fand dich so süß. Ich konnte einfach nicht ohne dich gehen. Ich musste dich haben. Du gehörtest zu mir. Ich wollte dich glücklich machen.«

Ich schüttele nur stumm den Kopf. Nicht einmal jetzt entschuldigt sie sich. Sie rechtfertigt sich, sonst nichts. Wann genau hat sie mich eigentlich glücklich gemacht? Ich bin schließlich ein Irrtum der Natur und unfähig, mich wie ein normal entwickelter Mensch zu verhalten.

Und zum ersten Mal in meinem Leben glaube ich, dass mir das leidtut.

»Ich hatte damals immer wieder Fehlgeburten«, fährt sie fort. »Ich konnte keine Kinder bekommen. Aber dann sah ich dich. Es war wie ein Zeichen Gottes! Also habe ich dich mitgenommen … und mich um dich gekümmert. Ich habe dich geliebt. In gewisser Weise kann man sogar sagen, dass ich dich gerettet habe.«

»*Gerettet.*« Ich kann mir ein Grinsen nicht verkneifen, als mir plötzlich bewusst wird, was sie gerade gesagt hat. Glaubt sie, ich würde mich bei ihr dafür bedanken, dass sie mein Leben ruiniert hat? Dafür, dass sie einen verdammten Soziopathen aus mir gemacht hat, der nicht richtig funktioniert?

»Du hast mich nicht gerettet. Du hast mich verurteilt.«

Es ist ihre Schuld, dass ich so bin. Es ist ihre Schuld, dass ich weder Daisy noch sonst jemanden lieben kann.

»Wie kannst du so etwas sagen, nach allem, was ich für dich getan habe?«

»Was genau hast du für mich getan, außer mir das Gefühl zu geben, ein Stück Scheiße zu sein?«, schnauze ich sie an. »Du hast mich nicht geliebt, du hast mich ausgenutzt, weil du dachtest, ich könnte auf magische Weise deine Probleme lösen! Du hast mir einen Vater gegeben, der mir jeden Tag gesagt hat, was für ein Depp ich bin! Du hast mich von der Welt abgeschottet, um mich für dich allein zu haben. Und als du dann mit Agnes schwanger warst, deiner kostbaren Tochter, deinem wirklichen Baby, das nur dir gehörte, hast du mich auf den Müll geworfen!«

»Das stimmt nicht …«

»Du bist ausgeflippt, als du die Diagnose des Psychiaters gehört hast, du hast mir zu verstehen gegeben, dass ich gefährlich, ungeliebt und ein Eindringling in meinem eigenen Zuhause war. Ein Scheiß-Virus, der nirgends hingehörte. Ich hatte meinen Zweck erfüllt, und du hattest genug von mir. Du hast mich einfach … aufgegeben.«

Jetzt weint sie. Eigentlich sollte mich das rühren, aber ich empfinde nichts. Ich weiß nicht, ob sie es ehrlich meint oder ob es wieder nur Schauspielerei ist. Ich weiß, eine solche Behauptung ausgerechnet von einem Soziopathen ist dreist, aber meine Mutter ist eine penetrante Lügnerin und geradezu pervers narzisstisch. Ich habe nur ein Ziel: ihr mit meinen Worten wehzutun.

»Die gute Nachricht ist: Du brauchst dich nicht mehr zu verstellen. Ich habe nicht vor, nach Hause zu kommen. Ich will euch nicht mehr sehen, weder dich noch deine Tochter. Also lass mich in Ruhe.«

»Undankbarer Mistkerl«, faucht sie.

Ich grinse. Da ist es, ihr wahres Gesicht. Ich wusste es.

»Du bist *mein* Sohn!«

»Aber du bist nicht meine Mutter. Also ruf mich nicht mehr an, sonst informiere ich die Polizei.«

Ich lege auf, ohne mich um ihre Antwort zu kümmern. Sie wäre sowieso uninteressant. Ich stelle fest, dass meine Hände leicht zittern, achte aber nicht weiter darauf und will wieder ins Wohnzimmer gehen.

Als ich mich jedoch umdrehe, erstarre ich. Hinter mir stehen Daisy und Hakeem und blicken mich wortlos an. Ihre Gesichter verraten eine Mischung aus Schock und Schuldgefühlen. Ich weiß nicht, wie lange sie mitgehört haben, aber angesichts der Tränen auf Daisys Wangen würde ich sagen, ziemlich lange. *Na toll.*

»Aha, belauschen wir jetzt fremde Telefonate?«

»Alter …«

»Lass gut sein«, sage ich und gehe an ihnen vorbei.

Daisy streicht verstohlen über mein Handgelenk, aber ich bleibe nicht stehen. Ich will einfach nur allein sein. Ich greife gerade nach meinem Mantel, als Isaiah, ihr Vater, mir die Hand auf die Schulter legt.

»Komm, setz dich zu uns, mein Junge.«

»Ich bleibe nicht …«

»Natürlich bleibst du. Wo willst du denn hin, so ganz allein, an Heiligabend? Zu einer Freundin?«

Ich öffne den Mund, um ihm zu antworten, aber plötzlich bleibt mein Blick an Daisy hängen, die an der Tür steht. Jemand ist bei ihr, jemand, den ich nur zu gut kenne …

»Was macht er hier?«

Zach lächelt mich arrogant an. In seinen Händen hält er ein Geschenk. Dann fällt mir seine Hand auf, die auf der Schulter seiner Ex-Freundin ruht.

»Ich bin heute Abend allein, also bin ich vorbeigekommen, um Daisy ihr Geschenk zu überreichen.«

Hakeem mustert ihn misstrauisch und scheint nur darauf zu warten, dass er einen Fehler macht, um auf ihn loszugehen. Daisy scheint sich unwohl zu fühlen, und ich verstehe, warum.

»Wer ist denn dieser hübsche junge Mann?«, erkundigt sich Isaiah. »Ich glaube, ich habe ihn schon einmal in XXL auf einem Bus gesehen.«

»*Ubaba*, das ist Zach. Wir spielen gemeinsam in meiner Serie.«

»Oh, der berühmte Lover …«

»Vorgebliche Lover«, korrigiere ich zeitgleich mit Hakeem, der mich stirnrunzelnd ansieht.

Mist. Ich hätte den Mund halten sollen. Schließlich geht es mich nichts an, aber ich bin heute Abend ohnehin ziemlich gereizt. Ich verspüre eine nagende Eifersucht.

Ich hasse es, wenn jemand mein Eigentum anrührt.

»Das trifft sich gut!«, freut sich Isaiah. »Bleib doch bei uns. Je mehr Leute, desto besser.«

Soll das ein Witz sein? Zach grinst ihn scheinheilig an und bedankt sich für die Einladung. Daisy wirft ihm einen bitterbösen Blick zu und dreht sich dann zu mir um:

»Und du?«

»Thomas hat anscheinend andere Pläne«, setzt ihr Vater an, doch ich unterbreche ihn unsanft.

»Die sind abgesagt.«

Jetzt ist es amtlich: Zach McRae ist ein Arschloch erster Güte. Es gelingt mir beim besten Willen nicht, herauszufinden, ob er nur ein Opportunist ist oder ob er wirklich glaubt, Daisy zu lieben. Auf jeden Fall verhält er sich wie ein echter Gentleman. Alle am Tisch stehen unter seinem Bann, allen voran Isaiah.

Mich nervt, dass er sich verhalten kann, wie er will, während ich mich verstecken und schauspielern muss.

Hakeem beobachtet ihn misstrauisch, was mich ein wenig tröstet. Ich sitze Daisy gegenüber, für meinen Geschmack viel zu weit weg. Zach wurde natürlich rechts von ihr platziert, da Daisys Vater heute Abend den Wingman zu spielen scheint. Ich begnüge mich damit, die beiden schweigend zu beobachten.

»Wie ist es, mit Daisy zu arbeiten?«, will Brianna wissen, während sie die Vorspeise serviert.

Zach freut sich, dass man ihm Aufmerksamkeit schenkt, und antwortet höflich. Alle hängen an seinen Lippen. Alle, außer Daisy. Ich fixiere sie mit zusammengebissenen Zähnen. Sie spielt die Farce mit und weicht meinem Blick aus. Das macht mich verrückt.

»Daisy ist großartig ... Sie war mein erster *Celebrity Crush*, wusstet ihr das?«, lacht er schüchtern. »Sie weiß, dass sie sich auf mich verlassen kann. Ich bin immer da, ganz nah.«

»Den nehme ich mir vor.«

Ich blinzele überrascht und drehe mich zu Hakeem links von mir um. Mordlust blitzt in seinen Augen.

»Ganz ruhig.«

»Der schläft vielleicht mit meiner Schwester, und da soll ich mich beruhigen?«, wettert er leise. »Was hat er überhaupt hier verloren?«

Hakeem ist ein wirklich netter Kerl. Er verliert nie die Beherrschung, außer wenn es um seine Schwestern geht, besonders um die jüngste. Wenn er die Wahrheit über uns wüsste, würde er mir, ohne zu zögern, den Kiefer brechen, das weiß ich.

»Du kannst jedenfalls sehr gut singen! Dee hat uns viel Gutes über dich erzählt …«

»*Ubaba*«, flüstert Daisy und macht ihm Zeichen mit den Augen. »Das ist lang her.«

»Ich will ja nur sagen, dass ihr, wenn die Gerüchte wahr wären, es nicht vor uns verbergen müsstet!«, sagt Isaiah und lächelt strahlend. »Wir würden uns freuen, meine Kleine.«

Ich knurre im gleichen Moment wie Hakeem, was uns beide überrascht. Daisy wirft uns einen finsteren Blick zu und zwingt uns, uns abzuwenden.

»Das höre ich gern, Sir«, sagt Zach und legt sich die Hand aufs Herz.

Schwachsinn. Den Rest des Essens verbringt er damit, sich einzuschleimen. Ich versuche, Daisys Aufmerksamkeit auf mich zu lenken, aber sie tut alles, um mich zu ignorieren. Ich kann es kaum ertragen, schon gar nicht, wenn Zach ihr den Teller reicht, ihr Witze ins Ohr flüstert oder ihr hilft, die Ärmel ihrer Jacke über die Ellbogen hochzuschieben.

Alle sind in Gespräche vertieft, als ich mich entschließe, meinen Fuß unter dem Tisch nach vorne zu schieben. Zaghaft berührt er ihren. Sie zuckt zusammen und wirft mir einen Blick zu.

Mein Herz beruhigt sich. *Endlich schaut sie mich an.* Das war doch nicht so kompliziert, oder? Warum ignoriert sie mich, obwohl sie es war, die darauf bestanden hat, dass ich heute Abend bleibe?

Sie scheint Calvin zuzuhören, der ihr etwas erzählt, während ich meinen Fuß gefährlich weit an ihrem nackten Bein hinaufschiebe.

Ich sehe, wie sie schluckt und dann trotz ihres gleichgültigen Gesichtsausdrucks die Zähne zusammenbeißt. Ich necke sie eine Weile und flehe sie so an, mich noch einmal anzusehen. Es ist eine süße Folter.

Ich schiebe meinen Fuß noch höher, bis sie ihre Hand auf meinen Knöchel legt. Ich halte inne. Ihre Augen wenden sich diskret zu mir.

Ich nicke verstohlen in Richtung Küche.

Komm.

Dabei befreie ich meinen Fuß aus ihrem Griff und stehe auf.

»Ich hole den Nachtisch.«

Hakeem fragt mich, ob ich Hilfe brauche. Ich will gerade ablehnen, als Daisy ebenfalls aufsteht und mit niedlich geröteten Wangen ein paar Teller abräumt.

»Ich mach das schon. Bleibt sitzen, ich bringe den Nachtisch.«

Ich gehe einen Schritt voraus und höre beruhigt ihre Stilettos hinter mir klappern. Mein Herz pocht wild, ohne dass ich weiß, warum.

Ich möchte sie einfach nur küssen, und es macht mich verrückt, dass ich das nicht kann. Wie habe ich das früher gemacht? Ich kann mich nicht mehr erinnern.

Ich drehe mich in dem Moment um, als sie die Küche betritt. Danach weiß ich nicht, was passiert, ich verliere die Kontrolle, kann mich nicht mehr zurückhalten und springe sie an wie ein Jaguar seine Beute.

Ich umschließe ihr Gesicht und presse meinen Mund auf ihre Lippen. Sie stößt einen überraschten Schrei aus und lässt alles fallen, was sie in der Hand hatte. Zwei Teller samt Besteck fallen klirrend zu Boden, aber ich achte nicht darauf, sondern drücke Daisy an die Wand.

Ich presse sie an mich, als ob sie mir entgleiten könnte, und flehe sie an, ihre Lippen zu öffnen.

»Alles in Ordnung?«, ertönt es aus dem Wohnzimmer.

Außer Atem greift Daisy nach meinem Kinn, um den Kuss zu unterbrechen. Ihre Augen sind fiebrig, genau wie meine. Ihre Stimme schwankt nur leicht, während sie mir tief in die Augen schaut und ruft: »Ja, ja, ich habe nur einen Teller fallen lassen! Wir fegen schnell die Scherben zusammen und kommen …«

Ich lasse sie den Satz nicht beenden. Ich schlinge meine Arme um ihre Taille, hebe sie auf die Theke und küsse ihren Hals.

»Was hast du vor?«, keucht sie und krallt sich in meine Haare. »Die werden uns sehen …«

»Warum schaust du mich nicht an?«

»Wie bitte?«

Ich streichele mit einem Finger über ihre Wange, dann über ihre Unterlippe und küsse sie zärtlich.

»Ich hasse es, dass er hier ist«, murmele ich an ihrer Schläfe. »Ich hasse es, dass er neben dir sitzt. Ich hasse es, wie du ihn ansiehst, obwohl ich dir direkt gegenüber sitze und sehnlichst hoffe, dass du mir ein wenig Aufmerksamkeit schenkst.«

Offenbar hat sie das nicht erwartet. Sie sieht mich neugierig und etwas überrascht an, dann lächelt sie langsam. Woran denkt sie?

»Was ist?«

»Nichts«, sagt sie und küsst mich sehnsüchtig. »Wenn du meine Aufmerksamkeit willst, brauchst du es mir nur zu sagen. Du bekommst sie, Thomas Kalberg. Immer.«

Himmel. Warum ist sie so süß und zugleich so sexy? Das sollte verboten werden. Wir küssen uns eine ganze Weile. Meine Hände streicheln über die Naht des Slips unter ihrem Kleid, bis ich das Scharren eines Stuhls auf dem Boden höre.

Daisy erstarrt panisch in meinen Armen. Ich kann sie gerade noch von der Theke heben. Als Brianna in die Küche kommt, sieht sie mich auf dem Boden hocken und Porzellanscherben aufheben, während Daisy mir den Besen reicht.

»Was macht ihr da?«

»Wir räumen auf«, erkläre ich mit fester Stimme, trotz des schuldbewussten Gesichtsausdrucks ihrer Schwester.

»Das dauert aber ganz schön lang …«

Etwas in ihrem Tonfall verrät mir, dass sie mir nicht ein Wort glaubt. Aber sie würdigt mich keines Blickes, sondern starrt Daisy an und presst die Lippen zusammen.

Daisy schluckt und rückt unwillkürlich ihr Kleid zurecht. Ein Reflex, den Brianna sofort bemerkt. Ihr Gesicht verschließt sich, und sie schüttelt seufzend den Kopf.

»Verdammt, Daisy!«

»Es ist nicht so, wie es …«

»Du kannst machen, was du willst«, schneidet Brianna ihr trocken das Wort ab. »Du bist kein Kind mehr, sondern eine erwachsene Frau, und ich kann dir nichts verbieten. Aber du weißt, wie ich darüber denke.«

Ich verstehe gar nichts mehr. Weil mir nicht gefällt, wie verächtlich Brianna mit ihrer Schwester spricht, stehe ich auf. Brianna hebt den Kopf, schaut mich unbeeindruckt an, wirft einen letzten Blick auf Daisy und deutet dann auf mich.

»Du machst einen großen Fehler.«

Ah, jetzt begreife ich. Und eigentlich hat sie nicht unrecht. Ich schlucke ein unangenehmes Gefühl hinunter, das ich nicht benennen kann, und wende mich an Daisy. Sie starrt mit großen, erschrockenen Augen hinter ihrer Schwester her, die wieder im Wohnzimmer verschwunden ist.

»Dee.«

Der sanfte Klang meiner Stimme holt sie in die Realität zurück, und sie blinzelt in meine Richtung.

»Alles in Ordnung?«

»Ja, entschuldige, ich ... Es geht mir gut.«

»Was hat sie gemeint?«, frage ich, obwohl ich die Antwort genau kenne.

Daisy lächelt mich unbehaglich an und holt den Kuchen aus dem Ofen.

Ist es möglich, dass Brianna und sie diese Diskussion schon einmal geführt haben? Dass ihre Schwester ihr davon abgeraten hat, sich mit mir einzulassen?

Es wäre verständlich, und trotzdem hasse ich sie dafür. Meine schlechten Angewohnheiten drängen mich, jedes Hindernis zum Objekt meiner Begierde zu beseitigen. Am liebsten würde ich mit Brianna reden und ihr sagen, sie solle sich nicht einmischen. Auch wenn es wie eine Drohung klänge. Aber ich darf nicht vergessen, dass es hier um Daisy geht.

Ich will es nicht vermasseln.

»Nichts Wichtiges«, sagt Daisy und wendet mir den Rücken zu. »Sie weiß nicht, was sie sagt. Vergiss es einfach, okay?«

Sie versucht zu fliehen, aber ich greife nach ihrer Hand. Zögernd bleibt Daisy stehen. Ich schmiege mich an ihren Rücken und senke den Kopf, um meine Stirn an ihre Schulter zu lehnen. Mein Arm umschlingt ihren Hals, und ich küsse sie und atme den Duft ihrer Haut ein.

Am liebsten würde ich sie nie mehr loslassen.

»Frohe Weihnachten, Dee. Und danke ...«

»Wofür?«

Ich schließe die Augen.

»Dass du meine einzige Familie bist.«

20

Such A Slut

»I heard she was born naked,
that slut«

Daisy

Finn betätigt sich als mein Hof-Fotograf, während ich mit einem Lächeln auf den Lippen posiere. Er ist ganz bei der Sache und konzentriert sich, was das gesamte Technikteam belustigt.

»Ich glaube, das hier ist gut«, sagt er und gibt mir mein Handy zurück.

Zufrieden scrolle ich durch die Bilder.

»Danke, perfekt!«

Das schönste Bild poste ich in meiner Instagram-Story mit der Überschrift: *Shooting Day!* Tatsächlich drehen wir heute das Video für die erste Single meines Albums.

Kate wollte sich die Sache leichter machen, aber ich habe mich gegen einen Greenscreen entschieden. Diesmal will ich es richtig machen. Es ist bereits unser zweiter Drehtag, und ich bin erschöpft. Gestern haben wir einen Raum unter Wasser gebaut, vier Wände und eine Tür. Angezogen und geschminkt musste ich tauchen und wurde so für die Dauer des Refrains gefilmt.

Ich musste so tun, als würde ich ertrinken und bekäme keine Luft mehr. Die Idee dazu kam mir vor einigen Wochen. Die

Sequenz sollte das ständige Gefühl verdeutlichen, zu ersticken und gefangen zu sein.

Besonders gefällt mir, dass die Regisseurin meine Meinung berücksichtigt. Nach jeder Aufnahme besprechen wir die Bilder gemeinsam. Das finde ich toll!

Der einzige Wermutstropfen: Nach mehreren Stunden im kalten Wasser habe ich mich erkältet.

»Hier«, sagt Thomas und geht vor mir in die Hocke. »Das wird dich warm halten.«

Er steckt mir Wärmekompressen in meine gefütterten Boots und in die Ärmel meiner Daunenjacke. Bibbernd lächele ich ihn an. Unter meiner seltsamen Aufmachung trage ich ein absolut umwerfendes fuchsienrotes Kleid.

»Ist das nicht ein bisschen gefährlich?«

»Es sieht vor allem supercool aus! Ich muss mich aufwärmen.«

Ich mache einige Dehnübungen und bin bereit, mein Bestes zu geben. Thomas sieht mir wortlos zu, verzieht die Lippen aber zu einem leichten Lächeln.

Kurz darauf führt mich die Regisseurin vor die Kameras und erklärt mir, wie der Dreh abläuft und was ich zu tun habe. Gestern war es Wasser, heute ist es Feuer.

»Hast du alles verstanden?«

Ich nicke und bringe mich in Position, während mich Stylistinnen und Stylisten von Daunenjacke und Stiefeln befreien. Es ist bitterkalt, aber ich halte durch. Nachdem ich in meine High Heels geschlüpft bin, bereite ich mich seelisch vor.

Wir befinden uns mitten in der Nacht auf einer Straße im Nirgendwo. Ein riesiges Schild mit meinem Namen ragt über uns auf und soll in einem bestimmten Moment in Flammen aufgehen.

»Okay, alle bereit? Drei, zwei, eins … Kamera läuft!«

Zwei Typen mit einer Kamera auf einem Rollwagen rennen rückwärts vor mir her. Jetzt bin ich dran. Auf einer schnurgeraden Linie renne ich los. Das Schild über mir fängt bei jedem Schritt mehr Feuer.

Um mich herum regnet es Funken, doch die ignoriere ich und setze meinen Weg fort. Die Sequenz ist in nur zehn Sekunden abgedreht.

»Wunderbar! Alles im Kasten!«

Thomas ist sofort an meiner Seite, legt mir die Daunenjacke um die Schultern und zieht mir die Kapuze über den Kopf. Eine Stylistin wirft ihm vor, dass er mir die Haare zerzaust, aber er schaut sie nicht einmal an.

»Hast du Hunger? Ich habe dir etwas zu trinken mitgebracht.«

Ich weiß nicht, was in ihn gefahren ist, aber ich nehme die Flasche, die er mir reicht, und trinke so viel ich kann. Er kümmert sich um mich, ohne sich um die Ermahnungen des Teams zu scheren. Ich muss darüber lachen.

In der nächsten Einstellung trage ich einen langärmeligen weißen, mit Pailletten und Federn bedeckten Overall. Ich singe, während nur wenige Meter entfernt hinter meinem Rücken ein Auto in Brand gerät. Die Hitze ist unerträglich, so sehr, dass ich huste und wir mehrmals von vorne beginnen müssen. Dicker schwarzer Rauch entweicht in einem unheimlichen Wirbel in die Luft.

Ich bin gerade dabei, mich in dem dafür vorgesehenen Zelt umzuziehen, als Thomas kommt.

»Kannst du mir helfen?«

Er schließt den hinteren Reißverschluss meines Rocks und haucht mir dabei einen verstohlenen Kuss auf den Hals. Seine Geste erscheint mir so sanft und natürlich, dass ich blinzle. Wir haben das, was uns verbindet, bisher nicht wirklich in Worte gefasst, aber ich merke, dass sich etwas verändert hat …

Ich habe Angst vor der Hoffnung.

»Thomas.«

»Ja?«

»Hat deine Mutter behauptet, dass du ein Soziopath bist?«

Ich sehe ihm an, dass er diese Frage nicht erwartet hat, aber sie beschäftigt mich schon seit einiger Zeit – Tag und Nacht. Nachdem ich an Heiligabend sein Gespräch mit seiner Mutter belauscht hatte, wusste ich nicht, wie ich reagieren sollte …

Zunächst habe ich lang mit Hakeem darüber gesprochen, der längst Bescheid wusste. Er meinte, ich solle die Sache auf sich beruhen lassen und so tun, als hätte ich nichts gehört. Doch dazu bin ich nicht in der Lage. Ich muss darüber reden, ich muss es wissen.

Zumindest verstehe ich jetzt seine Reaktion, nachdem er seine leibliche Mutter zum ersten Mal gesehen hat. Was ihr passiert ist, ist schrecklich … es bringt mich fast um.

»Ich habe gehört, wie sie am Telefon darüber gesprochen hat«, antwortet Thomas schließlich. »Ich war zehn Jahre alt.«

Ich runzele die Stirn, während er mein Haar über meiner linken Schulter zusammennimmt und mir in die Jacke hilft.

»Warst du überrascht?«

»Ich wusste doch gar nicht, was das ist. Ich war noch viel zu jung. Ich musste im Internet nachschauen, was es bedeutet«, gesteht er. »Ich habe nicht wirklich reagiert.«

»Und … machte es deiner Ansicht nach Sinn?«

Er zuckt mit den Schultern.

»Ich weiß nicht. Ich dachte nur: ›Okay. Dann bin ich das also.‹ Allerdings habe ich schnell gemerkt, dass es nichts Gutes war, weil es meine Mutter in Angst und Schrecken versetzt hat.«

»Und heute?«, beharre ich, während er mit unbewegter Miene den Reißverschluss meiner Jacke hochzieht.

Er lässt sich Zeit mit der Antwort, und ich fürchte fast, dass ich zu weit gegangen bin.

»Manchmal habe ich Angst vor mir selbst. Ich bin unfähig, irgendwelches Interesse zu empfinden. Ich habe keinerlei Leidenschaften. Ich empfinde keine besondere Bindung an Dinge oder Menschen. Ich kann nicht in Worte fassen, was ich empfinde. Soziopathie ist … eine Art Depression, glaube ich. Ich langweile mich. Ich weiß, dass ich unglücklich bin, aber ich spüre es nicht. Ich weiß, dass ich Schmerzen habe, aber ich fühle sie nicht. Ich bin einfach nur … leer.«

Er gesteht das alles, als würde es ihn von einer riesigen Last befreien. Mit Tränen in den Augen höre ich ihm zu. Noch nie hat uns ein derart großer Unterschied getrennt: Er – die Maschine ohne jede Empathie. Ich – der emotionale Schwamm, der den Schmerz anderer aufsaugt.

Als Thomas meinem Blick begegnet, wird er sich meiner Tränen bewusst. Für eine Sekunde scheint er seine Worte zu bereuen und streichelt zärtlich meine Wange.

»Sei um meinetwillen nicht traurig, Dee.«

Er küsst mich, und ich lasse es geschehen. Ich würde ihn gern fragen, ob er mich liebt, nur ein bisschen, ob ich weiter an ihm festhalten soll, oder ob es besser ist, wenn ich gleich aufgebe … aber tief in meinem Inneren kenne ich die Antwort bereits.

Als Masochistin, die ich nun einmal bin, möchte ich nicht von ihm weggehen. Ich will alles genießen, was er mir zu bieten hat.

»Hast du vor, etwas dagegen zu unternehmen?«

Er weiß genau, wovon ich rede. Mit zusammengepressten Lippen schüttelt er den Kopf.

»Der Schaden ist angerichtet.«

»Und deine richtige Mutter?«

Er zuckt mit den Schultern, ohne etwas zu sagen. Ich vermute, es ist noch zu früh, um darüber zu sprechen.

»Mach dich fertig, wir fahren nach Hause. Du brauchst deinen Schlaf.«

Er kneift mir sanft in die Wange und geht. Frustriert bleibe ich eine ganze Weile untätig. Erst eine Nachricht von Zach weckt mich aus meiner Trance.

Zach: Hat Kate es dir erzählt? Ich begleite dich zu den Golden Globes.

Ich: Nein danke.

Zach: Irgendwann musst du mir verzeihen, D. Ich habe einen Fehler gemacht, und ich bereue ihn. Ich liebe dich. Wir sind füreinander bestimmt.

Ich tippe eine unfreundliche Antwort und stecke mein Telefon in die Tasche. Ein Mann erklärt mir seine Liebe, aber er ist nicht der Richtige. Bin ich dazu verdammt, nur von Zwangsneurotikern wie Zach und Frank geliebt zu werden?

Immerhin habe ich meine Kunst. Sie wird mich nie verlassen.

Ich brauche einige Minuten, um mich abzuschminken und wieder klar denken zu können. Als ich das Zelt verlasse, sehe ich Finn und Thomas, die sich in einer Ecke leise unterhalten. Finn sieht besorgt aus, was mir sofort auffällt.

Mit großen Schritten gehe ich zu ihnen. Ich habe ein ungutes Gefühl. Irgendetwas stimmt nicht.

»Was ist los?«

Die beiden Männer drehen sich erstaunt zu mir um. Thomas seufzt, während Finn schweigend das Gesicht verzieht.

»Geht es um Frank? Sag schon. Ich will es wissen.«

»Ich glaube nicht, dass es …«, beginnt Finn.

»Lass sie doch«, unterbricht Thomas ihn und hält mir sein Handy hin. »Sie wird es sowieso sehen.«

Ich verstehe nicht sofort: Mein eigener Instagram-Account ist auf dem Display geöffnet. Seit Beginn der Dreharbeiten wurden einige neue Storys gepostet …

Als ich sie anklicke, zittere ich so sehr, dass mir das Telefon fast aus der Hand fällt.

Jemand hat sich in meinen Account gehackt und Dinge online gestellt.

Es sind Videos von mir, die ohne mein Wissen aufgenommen wurden. Auf dem ersten sonne ich mich auf einem der Liegestühle im Garten und lache dabei in ein Handy. Ich erkenne den gelben Badeanzug wieder … der Teil einer Abmachung war! Ich hasste ihn, aber Zach fand mich darin sexy. Ich habe ihn den ganzen letzten Sommer getragen und schließlich weggeworfen.

»Das sind alte Videos«, murmele ich, während ich durch die Storys scrolle.

Nach drei weiteren Videos sehe ich ein Foto, das mir den Atem verschlägt. Es kann nicht bei mir zu Hause aufgenommen worden sein, denn die Bettwäsche kenne ich nicht. Sehr wohl allerdings erkenne ich die Unterwäsche, die darauf liegt. Es handelt sich um all die Slips und BHs, die in den letzten Monaten verschwunden sind …

Gleichzeitig erhalte ich eine Benachrichtigung auf meinem eigenen Smartphone: Ein neuer Twitter-Account verlinkt mich, und ich weiß sofort, dass es Frank ist. Das macht er schon die ganze Woche. Je öfter ich ihn blockiere, desto mehr neue Konten richtet er ein. Es ist ein Teufelskreis. Er fragt mich immer wieder, warum ich ihn blockiert habe und ob mir seine Weihnachtsgeschenke gefallen haben.

Heute schreibt er:

Ich bin es langsam müde, Daisy ... Schalte mich wieder frei.
Wenn du so weitermachst, verrate ich deine kleinen Geheim-
nisse der ganzen Welt.

Mir stockt der Atem. Ich zücke mein Handy und lösche panisch und in Windeseile alle Storys. Thomas sieht mir dabei zu, ohne etwas zu sagen. Ich weiß, was er denkt. Es nützt nichts, die halbe Welt hat es schon gesehen. Auf Twitter zerreißen sie sich längst das Maul darüber, da bin ich mir sicher.

»Er hat in meinen privaten Unterhaltungen herumgeschnüffelt«, krächze ich. »Und, verdammt, er hat meine Klamotten! Das ist doch total krank!«

Thomas befiehlt mir, alle meine Zugangscodes zu ändern, dann nehmen wir den Hinterausgang und gehen zum SUV. Finn scheint in Gedanken versunken. Ich selbst bin immer noch erschüttert.

Ich weiß nicht, ob Frank eine echte Bedrohung ist oder nur ein etwas zu fanatischer Geek. Immerhin ist er in mein Haus eingedrungen und hat meine Unterwäsche gestohlen!

»Daisy ...«, beginnt Finn mit schüchterner, fast unsicherer Stimme. »Ich glaube allmählich, dass Frank kein Fremder ist.«

»Wie bitte?«

»Ich bin überzeugt, dass es sich um jemanden handelt, der dich kennt, jemanden, der dir nahe steht. Anders ist es nicht möglich ... Du hast es ja selbst gesehen.«

»Dem stimme ich zu«, fügt Thomas nachdenklich hinzu. »Es wäre sogar logisch. Und ich habe da auch schon einen gewissen Verdacht.«

Ich will ihn gerade fragen, an wen er denkt, als Finn offenbar einen Geistesblitz hat.

»Was, wenn es gar kein Mann ist?«

Überrascht schauen Thomas und ich uns an. Natürlich ist Frank nur ein Pseudonym, trotzdem bin ich aufgrund der Briefe immer davon ausgegangen, dass es sich um einen Mann handelt.

»Wie kommst du darauf?«

»Korrigier mich, wenn ich zu weit gehe«, seufzt Finn. Er sieht müde aus. »Ich frage mich, ob das alles vielleicht nur eine Inszenierung ist. Was, wenn es gar keinen Frank gibt? Was, wenn er nur ein Mittel wäre, um dir Angst zu machen? Zum Beispiel aus Rache?«

Zwar kann ich kaum glauben, dass jemand aus solchen Beweggründen derart weit gehen würde, aber ich denke, die Menschheit hat schon deutlich Schlimmeres erlebt.

»An wen denkst du?«

»Was glaubst du? Wer ist die Person, die dich am meisten hasst? Eine Person, die in jedem Fall profitieren würde, wenn sie so etwas nur wenige Tage vor der Veröffentlichung deines Albums unter die Leute bringt?«

Ich muss nicht lang nachdenken. Es gibt nur ein Mädchen, das mich dafür hasst, dass ich ihre Karriere und ihren Ruf für immer ruiniert habe. Das Mädchen, das mich mehrere Jahre hindurch gemobbt hat.

»Destiny.«

Auszug aus der Biografie:
Hollywood's Wildflower von
Kaylee Walters über Daisy Coleman.
Kapitel 4: »Die 3D's«

Dies ist die Abschrift eines Interviews, das ich mit Daisy über die Auflösung ihrer Band, der 3D's, geführt habe.

Kaylee Walters: Wie hast du dich an diesem Abend gefühlt?
Daisy Coleman: Sehr nervös. Ich weiß noch, wie ich an meinem Tisch saß und dachte: »Ich habe das schlimmste Kleid ausgesucht, das man sich vorstellen kann.« Damals sollte gegen Schluss ein Nippel sichtbar werden, oder ich wollte stolpern und wie Jason Derulo bei der Met Gala 2015 die Treppe hinunterstürzen. (lacht) Zwar stellte sich später heraus, dass dieses Foto ein Fake war, aber es war trotzdem lustig.
Im Grunde war das Kleid sehr schön. Aus schwarzer Seide und so unendlich lang, dass es bei jedem Schritt meine Zehenspitzen berührte, mit einem Schlitz am Oberschenkel und einem dreieckigen Ausschnitt.
Das Problem war, dass ich unter dem Kleid keinen BH tragen durfte. Ich wurde gezwungen, meine Nippel nur mit Bodytape abzukleben, das sich durch den Schweiß zu lösen begann.
K.W.: Auf den Fotos siehst du aber völlig entspannt aus. Du lächelst strahlend!

D.C.: Das ist normal. Dieses Lächeln funktioniert auf Befehl. Es war übrigens das Erste, was wir lernten, als wir bei ChannelD anfingen. Destiny war bei diesem Spiel die Beste von uns dreien. »In der Wohnung könnt ihr euch gegenseitig umbringen, wenn ihr wollt, aber sobald ihr einen Fuß vor die Tür setzt, seid ihr die besten Freundinnen, kapiert?«, hat unsere Managerin Kate uns immer wieder eingeschärft.

K.W.: Das ist heftig. Sie wusste also, dass es Spannungen in der Band gab?

D.C.: Ich kann mir nicht vorstellen, dass das zu übersehen war. Aber ihr war es ziemlich egal, dass sich das angesagte Trio privat hasste. Ihre einzige Bedingung war, nicht »zuzuschlagen, wo man es sehen kann«. Destiny hatte das sehr gut verstanden. Sie schlug so zu, dass mit bloßem Auge keine Wunden zu sehen waren, brachte es meiner Meinung nach aber fertig, noch schlimmer zu verletzen: mit Worten. Was Dakota angeht … sie hat nie etwas gesagt.

K.W.: An jenem Abend habt ihr den Preis für das beste Album des Jahres gewonnen! Es war euer erster Sieg.

D.C.: Aber auch der letzte. Als ich hörte: »Und der Gewinner ist … *Forever Young* von den 3D's!«, machte mein Herz einen Sprung. Ich schluckte meine Tränen hinunter und versteckte meine zitternden Hände. Die anderen Mädchen und ich vergaßen für ein paar Sekunden, dass wir uns nicht leiden konnten, und fielen uns um den Hals. Wir hatten uns wirklich angestrengt und waren aufrichtig glücklich.

Als wir zur Bühne hinaufstiegen, verfingen sich meine High Heels plötzlich im Saum meines Kleides, und ich stürzte der Länge nach auf die Treppe. Mein schlimmster Albtraum! In diesem Moment musste ich mich entscheiden: entweder aufstehen und so tun, als wäre nichts passiert, oder aber mit Selbstironie reagieren.

K.W.: Du hast dich für die zweite Option entschieden. Eine weise Entscheidung!

D.C.: Allerdings. Ich wandte mich leise lachend dem Publikum zu, den Ellbogen ruhig auf eine der Stufen gestützt, und setzte ein Gesicht auf, als wolle ich sagen: »Das war geplant!« Weder Destiny noch Dakota halfen mir auf die Beine. Es war Finn, unser Bodyguard, der auf mich zustürzte und mir die Hand entgegenstreckte.

Dem Blick nach zu urteilen, den Destiny mir zuwarf, als ich zu ihnen auf die Bühne kam, wollte sie mir den Vorfall später heimzahlen.

K.W.: Und danach?

D.C.: Ich habe eine kleine Rede improvisiert. Ich glaube, ich habe etwas gesagt wie: »So … das ist geschafft! Mädels, gebt es zu: Ihr seid froh, dass ihr das nicht tun musstet. Ich habe mich für das Team geopfert. Gern geschehen.« Die Leute lachten, und mir wurde klar, dass es nichts Schlimmes war. Wenn Jennifer Lawrence sich davon erholen konnte, kann ich das auch!

K.W.: Aber nachdem ihr die Bühne verlassen hattet, krachte es zwischen euch, richtig?

D.C.: Ja, backstage wurde es zum reinsten Wahnsinn. Im Publikum bemerkt man es nicht, aber hinter dem Vorhang halten sich viele Leute auf! Techniker, aber auch Stars, die sich unterhalten oder Interviews geben. Ich habe mich für meinen Sturz entschuldigt, aber Destiny war die Demütigung anzusehen.

Am schlimmsten wurde es, als Kate mit ihrem Praktikanten Ross auftauchte. Sie war sehr blass, und mir wurde schnell klar, dass etwas nicht stimmte. »Wir haben ein Problem«, sagte sie kühl.

K.W.: Ihr wart der Top-Trend auf Twitter. Während des

Abends war ein Foto von Destiny aufgetaucht. Wie hat Kate das aufgenommen?

D.C.: Sehr schlecht. Die Mädchen und ich verstanden zunächst nicht, was sie Destiny vorwarf. Sie sagte nur immer wieder: »Ich habe euch gewarnt! Wie konntest du nur so dumm sein?« und »Das wird dich deine Karriere kosten!«. Dann zeigte sie Destiny ihr Telefon, und Destiny begann zu zittern. Sie schien schockiert. Ross sagte, dass sie das Foto bereits hätten entfernen wollen, aber in den sozialen Netzwerken geht alles zu schnell ... Es hatte längst die Runde gemacht. Man konnte nichts mehr tun.

K.W.: Das muss schwierig für sie gewesen sein ...

D.C.: Ja ... Sie fing an zu weinen und wusste nicht, wie sie sich rechtfertigen sollte. Sie tat mir sehr leid. Schließlich erklärte sie, es sei unmöglich, denn nur sie selbst besäße dieses Foto. Als Kate sagte: »Und was ist mit dem Idioten, dem du es geschickt hast? Hast du den vergessen?«, war mir klar, dass es sich um ein Nacktfoto handeln musste.

Destiny verteidigte sich und meinte, dass er so etwas nie tun würde und dass sie sich liebten.

K.W.: Hat sie dich in diesem Moment beschuldigt?

D.C.: Sie drehte sich weinend zu mir um, und für einen Moment ... wollte ich sie in die Arme nehmen, um sie zu trösten. Aber sie wies mit dem Finger auf mich und beschuldigte mich, das Foto veröffentlicht zu haben. Die Leute um uns herum begannen aufmerksam zu werden. Wir waren sehr laut geworden.

Destiny behauptete, ich hätte es aus Rache getan, weil ich mich von ihr schlecht behandelt fühlte, und dass ich ihr Leben ruiniert hätte ...

Mir blieb keine Zeit zu reagieren. Sie ohrfeigte mich mit voller Wucht.

K. W.: Wie hast du reagiert?

D. C.: Ich stieß einen überraschten Schrei aus, wie alle anderen ringsum auch. Mit der Hand auf meiner heißen Wange schaute ich Destiny mit großen Augen an. Ich konnte nicht fassen, dass sie das getan hatte, noch dazu vor so vielen Zeugen! Ich war viel zu schockiert, um mich auf sie zu stürzen, aber in diesem Moment wurde ich mir der Umgebung bewusst. Alle Gäste hinter der Bühne beobachteten uns und flüsterten hinter vorgehaltener Hand. Die Journalisten hatten nun ihre Kameras auf uns gerichtet und hielten alles fest … Also tat ich gar nichts.

K. W.: Die Klatschzeitschriften haben auf jeden Fall schnell reagiert! Und zwar ziemlich heftig.

D. C.: Wie immer. Am nächsten Tag waren wir in den Schlagzeilen. Alle sprachen nur noch von uns. Unser erster Grammy-Gewinn und mein Sturz auf der Treppe waren schnell vergessen.

Es ging nur noch darum, dass »die 3D's sich insgeheim hassen«, wobei anonyme Zeugen behaupteten, dass Destiny ihre Partnerinnen schon seit vier Jahren mobbte und drangsalierte. Was das Nacktfoto betrifft … Kate konnte nichts dagegen unternehmen. Innerhalb weniger Stunden eroberte das Foto das Internet. Destinys angeblicher Freund hat übrigens nie wieder von sich hören lassen.

K. W.: Warst du erleichtert, dass deine Peinigerin sozusagen das erntete, was sie gesät hatte?

D. C.: Nein. Nicht wirklich. Sie tat mir zwar leid, aber vor allem … war ich wütend. Weil natürlich niemand über den Kerl sprach. Es ist immer das Mädchen, das den Kürzeren zieht. Den Journalisten und Fans war es nur wichtig, Destinys Körper zu kritisieren und mit dem Finger darauf zu zeigen, wie sie ihre Sexualität lebte. Sie erhielt Hassnachrichten und Morddrohungen und verließ schließlich die Wohnung nicht mehr. In dieser Situation war mein neuer Schauspielkollege Zach da und unterstützte mich. Dafür war ich ihm dankbar.

K. W.: War die Auflösung der Gruppe eine einstimmige Entscheidung?

D. C.: Es war nicht unsere Entscheidung. In der Woche nach dem Vorfall wurden wir alle drei in die Zentrale von ChannelD bestellt, um zu besprechen, wie es weitergehen sollte. Destiny schwieg bis zum Schluss und hielt den Blick gesenkt. Keine von uns versuchte, die Situation zu bereinigen. Einen Monat später löste sich unsere Gruppe auf.

21

Hard To Sleep

»Ceiling full of stars,
mind full of thoughts,
heart full of you«

Thomas

Destiny Jones. Dreiundzwanzig Jahre alt. Sie wurde von ChannelD entdeckt und an der Seite von Daisy und Dakota ins Rampenlicht katapultiert. Schnell wird sie für ihre große Klappe und ihre Stellung als Frontfrau der Gruppe bekannt.

Zwei Jahre nach ihrem Debüt begannen Gerüchte darüber zu kursieren, wie sie die anderen Mädchen behandelte. Allerdings wird nichts bestätigt, bis zu dem Abend, den ich damals live in St. Petersburg verfolgte, als Destiny vor laufenden Kameras ausrastete und Daisy ohrfeigte.

Seitdem herrscht Funkstille. Die Band trennte sich, und Destiny verschwand, als wäre sie vom Erdboden verschluckt worden. Manche fragen sich, was aus ihr geworden ist, viele spekulieren, aber niemand weiß es wirklich.

Ich weiß es.

Seit Finn seinen Verdacht geäußert hat, verbringe ich meine Zeit damit, über sie zu recherchieren. Ich bin ihr auch gefolgt. Destiny Jones ist jetzt nur noch Destiny, eine ganz normale junge Frau, die Teilzeit in einem Kleiderladen arbeitet.

Sie ist wieder bei ihrer Mutter eingezogen und macht keine Probleme mehr. Im Gegenteil, ich habe den Eindruck, dass sie alles tut, um unter dem Radar bleiben. Wo auch immer sie hingeht, scheint sie sich zu verstecken und über ihre Schulter zu blicken, als wäre ihr der Teufel auf den Fersen.

Oder ein nicht ganz reines Gewissen.

Ich traue ihr nicht. Daher behalte ich sie im Auge, bis der Tag X endlich da ist: die Veröffentlichung von Daisys zweitem Album, an dem sie über ein Jahr lang gearbeitet hat. Ich beobachte, wie Dee viel Zeit mit ihrem Smartphone verbringt und Promo-Bilder auf Instagram und Twitter postet, ohne den Link zu iTunes zu vergessen. Kaum eine Sekunde später wird ihr Handy mit Nachrichten, Retweets und Kommentaren bombardiert.

Es ist beeindruckend.

Ihre Woche ist vollgepackt. Interviews, Live-Auftritte, Talkshows und so weiter und so fort. Finn und ich sind am Anschlag, genau wie Kate. Sie verbringt fast die ganze Zeit bei Daisy, um sie zu coachen. Daisy schläft sehr wenig. Als ich einmal mitten in der Nacht in den Tanzsaal gehe, um sie ins Bett zu tragen, finde ich sie hellwach, verschwitzt und wie eine Wilde tanzend vor.

»Bist du zufrieden?«, frage ich, während ich sie zu ihrem zweiten Interview in dieser Woche fahre.

»Vor allem gestresst. Was ist, wenn es niemandem gefällt? Was, wenn das Publikum, das so lange warten musste, enttäuscht ist? Was, wenn es ein totaler Flop wird, der meine Karriere beendet, ehe sie überhaupt begonnen hat?«

»Das wird nicht passieren. Ich habe mir dein Album angehört. Es ist super. Vertraue dir.«

Sie erstarrt und wirft mir im Rückspiegel einen Blick zu.

»Du hast dir mein Album angehört?«

Ich lasse mir Zeit mit der Antwort. Hätte ich das vielleicht nicht verraten sollen? So erstaunlich es klingen mag, es hat mir gefallen. Normalerweise höre ich keine Musik, schon gar nicht Pop-Rock.

Aber ihre Stimme zieht mich in den Bann wie der Gesang einer Sirene, und ihre Texte … ihre Texte haben mich so fasziniert, dass ich das Album bereits dreimal angehört habe. Und zwar in Endlosschleife.

»Überrascht dich das?«

»Du lieber Himmel!«, quiekt sie und hält sich die Hände vor das Gesicht.

Ich grinse, denn ich weiß, worauf sie anspielt. Viele der Lieder betreffen mich, das ist klar. Als ich sie hörte, wusste ich zunächst nicht, wie ich reagieren sollte. Es hat mich gefreut. Aber es hat mir auch Angst gemacht.

»Meine Favoriten sind *Eyes so Blue (I Drown)*, *You Taste So Sweet*, *My Poison Is You* und *Ace of Spades* …«

Sie wirft mir einen bitterbösen Blick zu, aber ich lächele sie an. Das Album ist jetzt erschienen, und die ganze Welt kann es hören – auch ich. Sie sollte es lieber feiern und stolz auf ihre Arbeit sein.

Ich folge ihr die ganze Woche über und begleite sie von Set zu Set. Sie hält nie inne. Trotzdem findet sie immer wieder die Zeit, sich Sorgen wegen Destiny zu machen. Ich beruhige sie und erkläre ihr, dass sie sich nicht darum kümmern muss; das ist mein Job, nicht ihrer.

Ich spreche mit Finn über Daisys ehemalige Kollegin, und er bestätigt mir, sie zu kennen. Schließlich war er auch ihr Bodyguard. Das wusste ich nicht. Vor drei Jahren, also kurz vor dem 3D's-Skandal, war er von Kate eingestellt worden.

»Nett«, antwortete er auf meine Frage, wie sie war. »Allerdings hatte sie immer das Bedürfnis, heller zu strahlen als die anderen, laut zu sprechen und überall, wo sie hinkam, beachtet zu werden.«

Finns Angaben zufolge hatte sie mehrere Monate lang heimlich einen Freund. Ich würde Finn gern fragen, ob er wusste, was Destiny Daisy antat und warum er nichts dagegen unternommen hat, aber ich verkneife es mir. Darum geht es jetzt nicht.

»Glaubst du ernsthaft, dass sie es gewesen sein könnte?«

Finn denkt lange nach, dann seufzt er.

»Ich weiß es nicht. Es hört sich vielleicht schlimm an, aber ich hoffe es … denn das wäre immer noch besser als ein Irrer, oder?«

Nach einer verrückten Woche soll Daisy ihre letzte Szene für die Serie mit Zach drehen. Zu diesem Zweck reisen wir für vier Tage nach Florida. Wir werden in einer geradezu lächerlich großen Villa mit Palmen und einem riesigen Infinitypool untergebracht.

Daisy hat keine Minute für sich, sondern teilt ihre Zeit zwischen Interviews, Shootings und Studiositzungen auf. An diesem Abend sitze ich gelangweilt auf dem Sofa auf der Terrasse, während sie im oberen Stock irgendetwas übt. Ich erhalte eine Nachricht von Levi, der mir erzählt, dass er Daisys Album gekauft hat – tatsächlich habe ich ihm keine Wahl gelassen. Mir ist klar, dass es wahrscheinlich in einer Ecke seiner Wohnung verrotten wird, aber das ist nicht schlimm.

Levi: Und wie viele hast du gekauft?

Ich verdrehe die Augen, während meine Finger über dem Display innehalten. Er kennt mich zu gut.

Ich: Fünf.
Levi: Und in Wahrheit?
Ich: Fünfzig.

Jede Wette, dass er auf seinem Sofa sitzt und sich kaputtlacht.

Levi: Wann lernen wir sie kennen?

Niemals. Ich weigere mich, Daisy in diesen Teil meines Lebens einzuführen. Es ist eine hässliche und dunkle Seite von mir, die aus Intrigen und schmutzigem Geld besteht.

Ich will, dass sie von diesen Dingen verschont bleibt, dass sie in ihrer perfekten rosaroten Blase bleiben darf. Mir ist einfach nur wichtig, sie zu beschützen. Was, wenn sie auf der einen Seite an einer Klippe hinge, während auf der anderen Seite eine Gruppe von Kindern, meine Mutter, Hakeem und Levi wären und ich nur einen von ihnen retten könnte?

Es wäre immer sie.

Weil ich es ihr versprochen habe. Weil es der Eid ist, den ich mir vor zehn Jahren geschworen habe, als ich einen Idioten davon abhielt, sie an den Haaren zu ziehen. Weil mir der Atem stockt, wenn ich sie sehe. Weil ich das Gefühl habe, auf der Welt zu sein, um sie zu beschützen, sie zu berühren, sie zu küssen …

Ich will Levi gerade antworten, als eine neue Nachricht auf dem Display erscheint.

Mama: Thomas, es tut mir leid … Ich mache mir Vorwürfe. Ruf mich bitte an. Ich kann dir alles erklären.

»Langweilst du dich?«

Überrascht blicke ich auf. Nur mit einem weißen Bademantel bekleidet spaziert Daisy durch die abendliche Dunkelheit.

Ich beobachte, wie sie mit ausgestreckten Armen am Rand des Schwimmbeckens entlang balanciert.

»Nein.«

Das ist nicht wahr. Ich langweile mich entsetzlich. Gern würde ich ein bisschen joggen gehen oder Ballspielen, aber ich darf Daisy auf keinen Fall hier allein lassen.

»Ich habe Lust zu schwimmen.«

Um ihren Worten Nachdruck zu verleihen, greift Daisy nach dem Gürtel ihres Bademantels, löst ihn und lässt ihn zu ihren Füßen fallen. Bei dem Anblick, der sich mir plötzlich bietet, bleibt mein Herz fast stehen. *Himmel, hilf.* Sie trägt einen rosa Bikini, der ihre dunkle Haut betont. Mein Blick gleitet von ihren Brüsten, die von einem Triangel-BH bedeckt sind, hinunter zu ihrem wunderschönen Hinterteil, das in einem tief ausgeschnittene Bikinihöschen steckt.

Es ist ein echter Test für meine Selbstbeherrschung.

»Kommst du?«, fragt sie, steigt die Stufen zum Pool hinunter und wirft mir über die Schulter einen Blick zu.

Ja. Nein. Scheiße, keine Ahnung. Ich bin schwächer, als ich dachte, denn ich stehe tatsächlich auf. Sie ist wie ein Magnet. Wo sie hingeht, gehe ich auch hin. Ihr Körper verschwindet aus meinem Blickfeld. Sie legt sich auf den Rücken und schwimmt ganz ruhig, den Blick zu den leider vom Smog verborgenen Sternen gewandt.

Ich bleibe am Rand stehen und beobachte sie stumm.

»Weißt du noch, wie wir früher schwimmen gegangen sind? Im Sommer verbrachten wir immer viel Zeit in Venice Beach. Einmal haben wir sogar Wale gesehen.«

Natürlich erinnere ich mich daran. Hakeem ging es vor allem um hübsche Mädchen in Bikinis. Manchmal konnten wir einige von ihnen überreden, mit uns *Chicken Fight* zu spielen. Daisy sorgte immer dafür, dass sie in meinem Team war.

»Auf deinen Schultern zu reiten hat mich total glücklich gemacht«, lacht sie, als sie meinem Blick begegnet.

Das Leben ist schon komisch … Damals war ich viel zu sehr damit beschäftigt, die Mädchen in ihren knappen Bikinis zu beobachten, und manchmal erschien es mir als Last, Daisy mitschleppen zu müssen. Heute sehe ich nur sie.

»Oft war ich stinksauer auf dich«, fügt sie hinzu und nähert sich dem Rand wie ein Krokodil auf der Suche nach Beute. »Es hat mich immer ganz verrückt gemacht, wenn du und Hakeem über Nacht verschwunden seid, um euch mit Mädchen zu treffen. Ich habe sogar versucht, mit Jungs auszugehen, um dich zu vergessen oder weil ich hoffte, dich eifersüchtig zu machen. Blöde Idee … es war dir völlig egal.«

Als sie bei mir ankommt, gehe ich schweigend in die Hocke. Sie hat recht, ich habe nie darauf geachtet.

»Und jetzt?«

Ich verstehe den Sinn ihrer Frage nicht und hebe die Augenbrauen. Ihr Blick ist warm und wie berauscht. Mein ganzer Körper kribbelt, als sie sich die Lippen leckt.

»Ist es dir immer noch egal?«

Ich betrachte ihr hübsches Gesicht und suche nach einer Antwort, die mich nicht zu sehr verrät. Meine Finger streicheln ihre seidige Haut.

Ich denke an all die Male, die ich sie mit Zach und manchmal auch mit Finn gesehen habe, und mein Herz zieht sich zusammen.

»Es macht mich verrückt«, gebe ich leise zu.

Ich verstehe zwar nicht ganz, warum es so ist, denn schließlich war ich noch nie eifersüchtig, aber es ist die Wahrheit. Daisy lächelt über meine Antwort und legt mir eine Hand in den Nacken, um mich noch näher an sich heranzuziehen.

»Umso besser. Dann weißt du ja jetzt, wie sich das anfühlt.«

Plötzlich geht alles ganz schnell. Ich beuge mich ein Stück zu weit vor, wohl weil ich sie küssen will, als ihre Hand mich abrupt zu sich herunterzieht. Ich verliere das Gleichgewicht. Meine Lippen landen in dem Moment auf ihrem Mund, als ich die Wasseroberfläche berühre.

Sie schmiegt sich an mich und will mich nicht loslassen. Auch ich lasse nicht los. Gemeinsam sinken wir auf den Grund. Ich höre nicht auf, umfasse ihr Gesicht mit beiden Händen und küsse sie, bis uns die Luft wegbleibt.

Ich bin mir ihrer nackten Beine bewusst, die sich um mich schlingen. Ihre Brüste schmiegen sich eng an meinem Oberkörper, ihre Hände krallen sich in mein Haar … auch mein Körper weiß es.

»Was machst du mit mir?«, hauche ich anklagend.

»Ich revanchiere mich …«

Ich schiebe ihr Haar beiseite, um mir Zugang zu ihrem Hals zu verschaffen, den ich sehnsüchtig küsse. Ihr Rücken stößt an den Beckenrand. Sie streichelt die definierten Muskeln meines Oberkörpers. Ich mag es, wenn sie mich berührt, und wünschte, sie würde es öfter tun.

Ich dränge meine Hüften gegen ihre. Ihr Herz unter meiner Hand schlägt schneller. Nach und nach wandert mein Mund an ihrer Brust hinunter. Ich küsse ihre unter dem Bikini-Oberteil verborgenen Brüste. Sie stöhnt leise.

Wenn ich nicht schon erregt wäre, würde allein dieses Geräusch ausreichen, um mich hart werden zu lassen.

Als meine Zunge unter den Stoff dringt, spüre ich, wie Tropfen auf meine Schultern fallen. Ich höre jedoch nicht auf, sondern nehme eine Brustwarze in den Mund. Im nächsten Moment öffnet der Himmel alle Schleusen, und es beginnt in Strömen zu regnen.

Daisy lässt einen verblüfften Laut hören. Ich weiß nicht, ob es am Regen oder an meinen Lippen liegt. Sie ballt ihre Faust in meinem Haar. Ihr ganzer Körper ist angespannt. Die Wassertropfen sind eiskalt, ihre Arme zittern.

Ich hebe den Kopf, um sie zu fragen, ob ihr kalt ist, doch was ich sehe, raubt mir den Atem.

Verblüfft erstarre ich. Daisys Augenlider sind schwer vor Verlangen. Ihre Lippen sind halb geöffnet, als ringe sie um Atem. Ihre Wangen sind gerötet, und ihre Augen flehen mich an. Der Regen prasselt auf ihr Gesicht und bleibt an jeder Wimper hängen …

In diesem Moment ist sie so sexy, dass ich nicht lang überlege. Ich nehme sie auf die Arme, klettere aus dem Pool und steige die Treppe hinauf.

»Was machst du?«

Ich antworte nicht. Sie umschlingt mich fester, und ich trage sie ins Schlafzimmer. Ihr Bett ist riesig. Meine durchnässten Shorts hinterlassen Spuren auf dem Boden, doch das ist mir egal. Ich lege Daisy sanft auf die Decke. Ihr Körper ist warm und klitschnass.

Ihr Blick fällt auf meine Erektion, und ich schwöre bei allem, was mir heilig ist, dass sie errötet. Ich beuge mich vor, um sie zu küssen, erstarre aber, als sie ihre Hand auf mich legt. Mein ganzer Körper erschaudert. Ich muss mich beherrschen, um nicht sofort zu kommen, als sie meine Shorts herunterzieht und mir auf die Füße fallen lässt.

Ihre nassen Hände sind kalt. Ich will ihr sagen, dass sie das nicht tun muss, aber verdammt, ich wünsche es mir so sehr! Außerdem befürchte ich, dass sie sauer wird und mir vorwirft, dass ich sie wie ein Kind behandele.

Deshalb halte ich auch still, als sie in die Nachttischschublade greift und ein Kondom herausholt. Ich beobachte, wie sie die Verpackung zerreißt und es mir überzieht.

»Scheiße …«

Ich schließe die Augen, als sie ihre Zunge um meine Erektion schlingt. *Immer mit der Ruhe, Kalberg, sie hat noch nichts getan!* Ihre Berührungen sind zaghaft und unerfahren, trotzdem bringen sie mich an den Rand des Wahnsinns. Es ist so süß. Es ist sogar sexy.

Im Gegensatz zu den Mädchen, mit denen ich bisher geschlafen habe und die sehr genau wussten, was sie taten, ist Daisy nicht auf Leistung aus.

Ich würde ihr gern zuschauen, aber ich habe Angst, die Kontrolle zu verlieren. Eine Weile starre ich mit brennenden Wangen an die Decke, während sie mich tiefer in ihren Mund nimmt.

Doch dann gebe ich nach, schaue zu ihr hinunter und stöhne. Daisy blickt zu mir auf, während sie zärtlich an meinem Schwanz saugt.

Ich hebe ihr Haar hoch, damit es ihr nicht im Weg ist, und muss mich zwingen, mich nicht hin- und herzubewegen. Nach einigen Minuten spüre ich, wie mein Blut schneller zirkuliert. Stöhnend ziehe ich mich zurück, küsse sie und richte sie auf.

»Lass das!«, sagt sie zwischen zwei Küssen.

Verwirrt ziehe ich die Augenbrauen hoch.

»Halt dich nicht zurück. Ich bin nicht zerbrechlich.«

Sie weiß nicht, worum sie bittet. Und doch ist es alles, was ich brauche. Sanft, als würde ich ein Geschenk öffnen, ziehe ich an der Schnur ihres Oberteils. Es fällt auf ihre Taille.

»Leg dich hin.«

Ausnahmsweise gehorcht Daisy. Sie lehnt sich zurück und legt sich in die Mitte des Bettes.

Ich knie mich vor sie und hebe ihre beiden Arme über ihren Kopf. Mit ihrem Bikinioberteil fessele ich ihre Handgelenke.

Sie wartet auf meine nächste Bewegung und atmet tief ein. Dabei streift sie sanft meine Brustmuskeln.

Als sie fest vertäut ist, setze ich mich auf meine Fersen und betrachte sie. Sie ist atemberaubend … und heute Abend ist sie mir völlig ausgeliefert.

»Tut es dir weh?«

Sie schüttelt den Kopf und reibt ihre Schenkel aneinander. Ich beuge mich vor und puste sacht über ihre Brust und über ihren Bauch. Langsam lecke ich über ihren Bauchnabel. Dann ziehe ich ihr das Bikinihöschen aus und lasse es an ihren Beinen hinuntergleiten. Sie ist so perfekt …

Ich lege mich bequem zwischen ihre angewinkelten Schenkel und nehme sie in den Mund. Daisy stöhnt und gestikuliert. Ich ahne, dass sie versucht, mich zu berühren, ohne mich erreichen zu können. Noch nie bin ich so schnell gekommen!

Plötzlich klingelt ein Telefon. Daisy erstarrt und dreht ihren Kopf zum Nachttisch. Dort liegt ihr Handy, und ich erkenne den Namen, der auf dem Bildschirm erscheint.

Mit finsterem Blick schnappe ich mir das Smartphone und schaue Daisy an.

»Willst du drangehen?«

Als sie sieht, dass es Zach ist, schüttelt sie den Kopf. Das Klingeln hört auf, setzt aber im nächsten Moment wieder ein. Ich zögere nur kurz, schalte den Lautsprecher ein und nehme das Gespräch an.

Panisch reißt Daisy die Augen auf.

»Schick ihn zur Hölle«, formuliere ich tonlos.

»Hallo?«, sagt Zach. »Daisy? Störe ich dich?«

Ich lege das Handy neben sie und bedeute ihr, ihm zu antworten. Dabei kehre ich wieder zwischen ihre Beine zurück und foltere sie mit meiner Zunge.

Daisy lässt ein ersticktes Stöhnen hören. Ich erkenne in

ihren Augen, dass sie mich zwar dafür hasst, aber dass es sie trotzdem erregt.

»Ein bisschen … Was willst du?«, antwortet sie mit bebender Stimme.

Der Volltrottel fängt an, von den Dreharbeiten zu erzählen, und mir wird klar, dass es sich nur um eine dürftige Ausrede handelt. Daisy hört nicht hin, sie ist viel zu sehr damit beschäftigt, mein Gesicht zwischen ihren Schenkeln zu betrachten.

Ich beschleunige die Bewegung meiner Zunge. Sie beißt sich auf die Lippen, um nicht zu stöhnen.

»… und da dachte ich, wir könnten heute Abend zusammen proben«, fährt Zach fort. »Kann ich vorbeikommen?«

Ich runzele missmutig die Stirn.

»Sag ihm, er soll dich nie wieder anrufen. Sonst kümmere ich mich darum«, raune ich, damit er mich nicht hört. »Und glaub mir, du willst nicht, dass ich das tue …«

Sie schließt die Augen. Ihr Körper bebt immer stärker. Sie ist kurz vor dem Orgasmus. Nun berühre ich sie mit den Fingern, was ihr die Antwort deutlich erschwert:

»Ich … ich kann … heute Abend n…nicht …«

»Warum?«, drängt Zach. »Ich weiß, dass du nichts vorhast, ich kenne deinen Terminplan.«

Was für eine Nervensäge! Meine Finger streicheln Daisys Klitoris, und sie versucht, ihre Lustlaute mit ihrem Arm zu ersticken. Ihr ganzer Körper zittert.

»Daisy? Ich rede mit dir, verdammt noch mal!«

Ich knurre und greife nach dem Telefon, ohne innezuhalten.

»Sie ist beschäftigt.«

Ich beende das Gespräch und werfe das Handy auf den Teppich. Im selben Augenblick bäumt Daisy sich auf und ruft unverständliche Worte. Ich lasse ihr keine Zeit, sich zu erholen, sondern lege mich zwischen ihre Beine und dringe sanft in sie ein. Das Gefühl ist so göttlich wie ein Feuerwerk in jeder Nervenendung meines Gehirns.

»Oh ja …«, seufze ich und schließe die Augen. »Oh Mann, das fühlt sich so gut an …«

Daisy presst ihre Stirn gegen meine und stöhnt lustvoll. Auf ihre Schläfen hat sich ein dünner Schweißfilm gebildet, was sie noch erotischer macht. Unser Atem mischt sich, und es ist so intim, dass ich erbebe.

Unsere Blicke kreuzen sich. Ich begreife, dass sie genau das Gleiche empfindet wie ich. Es ist magisch. Noch nie habe ich eine solche Verbindung erlebt. Wir sind eins. Ich küsse sie innig und hoffe, mein rasendes Herz so zum Schweigen zu bringen.

Ich bewege mich in ihr. Sie ist so heiß, so eng … und so feucht. *Bin ich es etwa, der sie so erregt?*

Außer Atem flüstert sie etwas, das ich nicht verstehe.

»Ich hab dir schon mal gesagt, dass du richtige Worte benutzen sollst, Daisy.«

»Tiefer …«, stöhnt sie und bewegt sich auf mich zu. »Bitte.«

Ich nehme ein Kissen und stopfe es unter ihren Po, damit sie etwas erhöht liegt. Das wird ihr Leben verändern.

Sie setzt ihre nackten Füße auf meinen Hintern. Ich dringe tiefer in sie ein. Meine Nase berührt ihre, und sie nutzt die Gelegenheit, um mich zu küssen. Der Kuss ergibt zwar keinen Sinn, aber ihre Zunge schmeckt himmlisch, und ihr Stöhnen hallt in meiner Kehle wider.

Ich richte mich auf und streiche mit träger Hand über ihre Brust.

»Erinnerst du dich?«, sage ich und hebe eines ihrer Beine über meine Schulter. »Du hast mir einmal gesagt, dass du nicht der Typ bist, der schreit.«

Ich weiß jedenfalls noch, wie mein Herz einen Satz machte, bei dieser Aussage, die mich die ganze anschließende Nacht verfolgte.

»Ich bleibe dabei«, erklärt sie stur. »Soweit ich weiß, habe ich bisher noch nicht geschrien.«

Ich muss lachen. Diese Frau wird mich noch in den Wahnsinn treiben.

»Aber bald … Ich bin schließlich nicht Zach.«

Und weil ich Versprechen zu halten pflege, beschleunige ich das Tempo, ohne ihr auch nur eine Sekunde Pause zu gönnen. Es ist eine wahre Freude, ihr dabei zuzusehen, wie sie versucht, sich zurückzuhalten. Ich vögele sie wie ein Verrückter, bis ich nicht mehr an mich halten kann.

Als ich mich bereit fühle, zu kommen, reibe ich ihre Klitoris, bis sie unter meinem Ansturm zu zittern beginnt. Ihr Stöhnen steigert sich zu einem Crescendo, genau wie meins.

Sie im Augenblick des Orgasmus schreien zu hören genügt mir, um auf der Stelle zu explodieren.

»Oh … Scheiße …!«

»Habe ich es dir nicht gesagt?«, seufze ich und küsse sie ein letztes Mal. »Ich liebe es, wenn du schreist.«

Am Ende meiner Kräfte lasse ich mich neben sie sinken und löse den Knoten um ihre Handgelenke. Daisy kuschelt sich an mich und ist die Erste, die einschläft.

22

Highway To Hell

»Voices in my head,
soon I'll see Belial
welcoming me to Hell«

Daisy

Abstieg in die Hölle in der Stadt der Engel

Mit nur zweiundzwanzig Jahren schockt Daisy Coleman, das All-American Girl, das Land, in dem sie aufgewachsen ist. Es gibt einen weiteren gefallenen Engel unter den Mitgliedern der ehemaligen Band 3D's, die schon früher für Skandale bekannt geworden ist. Auf dem monatlichen Cover der *Vogue* ist die junge Frau im Eva-Kostüm zu sehen ...

Der ehemalige Liebling der Band 3D's setzt ihre Ansprüche herab.

Daisy Coleman spricht über Feminismus ... indem sie sich auszieht.

ChannelD-Star hat sich komplett verändert!

Spears, Lohan, Cyrus ... und jetzt Coleman!

Das sind die Schlagzeilen, über die ich gleich nach dem Aufwachen gestolpert bin. Die *Vogue* hat die Januar-Ausgabe veröffentlicht, auf deren Titelbild ich zu sehen bin. Natürlich haben sie eines meiner Nacktfotos ausgewählt. Meine Brustwarzen und mein Schritt werden nur durch Blütenblätter verdeckt.

Das Interview im Innenteil ist ziemlich cool. Ich spreche über Feminismus und zeige mein wahres Gesicht, eine erwachsene und selbstbewusste Daisy. Eigentlich ein Glücksfall für sie.

Aber natürlich denken jetzt alle, dass ich in die Fußstapfen von Miley Cyrus und Lindsay Lohan trete. An einigen Stellen haben sie sogar meine Aussagen derart verdreht, dass ich am liebsten laut schreien möchte. Das ist allerdings nichts Neues.

Ich heule mir die Augen aus dem Kopf, muss aber meine Tränen trocknen, als Kate mich per Videocall anruft. Sie hat eine Notfallsitzung bei ChannelD einberufen, und zwar sowohl mit der Geschäftsführung als auch mit dem PR-Team. Mir bleibt gerade noch Zeit, einen Morgenmantel überzuziehen.

»Wir werden ein Entschuldigungsschreiben an dein Publikum veröffentlichen«, verkündet Kate vor allen anderen. »Jerry wird es schreiben, und du wirst es in deine Accounts stellen.«

Ich verstehe nicht, wofür genau ich mich entschuldigen soll. »Warum?«

Sie wirft mir einen finsteren Blick zu, aber es ist der Direktor, der mir trocken antwortet:

»Weil das bei ChannelD so üblich ist. Der Ruf, den du dir da aufbaust, entspricht nicht dem Image unserer Agentur. Ich rate dir also, dich zusammenzureißen, ehe es zu spät ist.«

Ich fühle mich ungerecht behandelt. *Schließlich habe ich kein Sextape veröffentlicht!*

»Es ist doch nur ein Titelbild für eine Zeitschrift …«

»Du scheinst nicht zu verstehen, mein Mädchen«, unterbricht er mich und verschränkt die Arme vor der Brust. »Du bist kein Rockstar, Daisy Coleman. Deine Zielgruppe sind junge Teenager. Welche Eltern werden ihrem Kind dein Album kaufen, wenn sie herausfinden, dass du nackt in der Presse posierst?«

Ich verstehe, was er meint, deshalb schweige ich. Dennoch bin ich nicht einverstanden. Und ich bin schon gar nicht »sein Mädchen«, sondern eine Frau, alter Sack.

»Mach dich jetzt fertig«, sagt Kate. »Vergiss nicht, dass du in einer Stunde live auf Sendung gehst.«

Nach diesem ganzen Wirbel in eine Talkshow gehen, um über mein Album zu sprechen? Sonst noch was?

»Ich habe es nicht vergessen.«

Kate legt auf. Ich wickele mich deprimiert in die Bettdecke. Wenn es einen Skandal gibt, wird uns als Erstes beigebracht: »Meide die sozialen Netzwerke. Kein Twitter, kein Instagram, kein Snapchat, kein TikTok und vor allem: kein Ego-Googeln!«

Natürlich tue ich all diese Dinge trotzdem, und sogar noch mehr.

Mich überrascht nicht, dass ich der Top-Trend bin. Und genau das ist das Drama.

Laut Internet bin ich ein wandelndes Klischee. Eine Nutte, die sich gut versteckt. Eine Opportunistin. Eine billige Feministin. Eine heuchlerische Lügnerin. Eine Hure, die ein schlechtes Beispiel gibt.

Ich habe meine Fans belogen. Ich habe junge Mädchen enttäuscht, die mich als Vorbild gesehen haben. Ich habe die Unberührte gespielt, obwohl ich es nicht bin. Ich bin ein hinterlistiges Individuum. Ich bin scharf auf die Likes. Ich bin nicht in der Lage, interessant zu sein, ohne mich auszuziehen. Ich bin so gierig nach Aufmerksamkeit und so verzweifelt, dass ich meinen Mangel an Talent mit Sex kompensiere.

Ich sperre mein Handy und vergrabe mein Gesicht weinend in meinem Ellbogen. Das ist schlimmer als alles andere.

Ich habe nicht damit gerechnet, dass das passieren könnte, als ich meine Zustimmung zu diesen Fotos gab. Ich wollte mich einfach nur schön, kraftvoll und sexy fühlen. Nie hätte ich gedacht, dass sie es auf der Titelseite gegen mich verwenden würden.

Plötzlich höre ich, wie meine Schlafzimmertür geöffnet wird. Schritte nähern sich meinem Bett. Eine Hand zieht mir die Decke weg und streichelt meine Wange.

»Geht es?«, fragt Thomas.

Ich habe Mühe, wieder normal zu atmen.

»Die ganze Welt hasst mich«, jammere ich und schaue zu ihm auf.

Sein Gesicht ist verschlossen, aber ich kann die Wut in seinen Zügen erkennen. Er greift nach meinem Kinn.

»Soll ich sie umbringen? Ich kann ihre Adressen herausfinden. Die Journalisten, die Fotografin, alle.«

Mir ist klar, dass er es nicht ernst meint – das hoffe ich zumindest –, deshalb verdrehe ich die Augen. Es ist nicht ihre Schuld, sondern meine. Ich habe es vermasselt. Dabei hatte Kate mich gewarnt. Ich weiß noch genau, was Destiny vor zwei Jahren durchgemacht hat. Was habe ich mir bloß dabei gedacht, so etwas zu tun?

»Dee … bitte bereu es nicht.«

»Sie werden sich von mir abwenden.«

»Das stimmt nicht. Journalisten sind Aasgeier, für sie ist es ein gefundenes Fressen. Dabei ist ihnen völlig egal, ob du nackt für ein Magazin posierst oder nicht. Sie gießen Öl ins Feuer, um dich zu schwächen und bessere Verkaufszahlen zu bekommen, aber du hast dir nichts vorzuwerfen. Du hast nichts falsch gemacht.«

Ich weiß nicht. Keine Ahnung. Mir ist klar, dass er im Grunde recht hat, aber ich habe trotzdem Angst. Angst, dass dies das Ende meines guten Rufs bedeutet. In letzter Zeit stürzt alles um mich herum zusammen, und ich werte es intuitiv als Zeichen.

Die wütenden Fans von Zach, meine feministischen Ausbrüche, die niemandem gefallen, und jetzt das. Dabei wollte ich einfach nur Musik machen.

»Du weißt ganz genau, dass die Leute immer etwas finden werden, was sie dir vorwerfen können. Mach ihnen klar, dass du dich für diese Fotos nicht schämst. Ganz im Gegenteil«, sagt Thomas und küsst mich auf den Mund. »Du bist unglaublich sexy. Und du bist keine fünfzehn mehr. Irgendwann müssen sie das akzeptieren. Sie brauchen nur ein wenig Nachhilfe.«

Er hat recht. Wenn ich weiterhin dieser Fantasiefigur des reinen, positiv denkenden und unschuldigen Teenagers nacheifere, werde ich nicht lange überleben. Vor allem werde ich mich immer wie eine Gefangene in einer Rolle fühlen, in der ich mich selbst nie erkannt habe.

Was zum Teufel habe ich überhaupt falsch gemacht? Ich bin auf den Bildern ja nicht einmal wirklich nackt! Und selbst wenn, was würde das ändern? Jamie Dornan hat es getan, ebenso wie Adam Levine! Warum gilt es bei ihnen als sexy und bei mir als vulgär?

Ich bin es leid, dass mir ständig gesagt wird, was ich tun und was ich lassen soll. Mir stinkt, dass ich auf alles achten muss, was ich sage, nur weil ich eine Frau bin. Ich will laut sein, na und? Wer will mich daran hindern?

»Thomas.«

Er lächelt, denn er weiß ganz genau, was ich ihm sagen will. Meine Entschlossenheit steht mir wohl ins Gesicht geschrieben.

»Fahr den Wagen vor.«

Ich bin die Zielscheibe, die es zu treffen gilt, das ist mir völlig klar. Deshalb erscheine ich in einem Paar schwarzer Overknees und einem kurzen, ausgestellten Kleid auf der Bühne der Talkshow. Ich habe meine Friseurin gebeten, mir Hörner auf meine Perücke zu setzen, um die Rolle des gefallenen Engels zu verdeutlichen, die mir bereits zugeschrieben wird.

Hinter den Kulissen hat mir John, der Moderator, hoch und heilig versprochen, das heikle Thema zu vermeiden. Auf der Bühne begrüßt er mich herzlich, und wir scherzen miteinander, doch die Stimmung bleibt angespannt. Das Publikum reagiert kaum. Schließlich erklärt er, er hätte eine Überraschung für mich. Ich spiele mit, bis er eine Ausgabe der *Vogue* hervorholt.

Mein Herz zieht sich zusammen, aber ich lächele nur noch mehr, um mein Unbehagen zu verbergen. *Dieser Mistkerl! Er hatte es versprochen!*

»Ich sehe gut aus, nicht wahr? Die Idee mit den Blumen gefällt mir.«

»Ja wirklich! Aber ich muss zugeben, dass ich sehr überrascht war … wie wohl alle anderen auch.«

Vielleicht sollte ich das Thema wechseln, doch lieber biete ich ihm die Stirn und frage, warum.

»Weil du immer gesagt hast, dass wir aufhören müssen, Frauen zu sexualisieren … seit ich dich kenne, waren das deine Worte … und dann posierst du nackt, um deine Karriere zu beschleunigen.«

Arschloch. Ich weiß, worauf er sich bezieht: Es geht darum, dass ich mich mehrmals geweigert habe, an verstörenden Spielen teilzunehmen, bei denen Männer im Alter meines Vaters mich auf den Mund küssen oder meine Brüste berühren sollten. Und darum, dass ich Tweets an Paparazzi gepostet habe, die mich fotografiert haben, um dann alles auf Sex zu reduzieren: meine Kleidung, meine Haltung, meinen Lolita-Blick. Von Anfang an habe ich gefordert, dass man aufhören müsste, uns zu sexualisieren, besonders als wir noch minderjährig waren.

Offensichtlich ist der Moderator nachtragend. Vermutlich fühlt er sich angesprochen.

»Sagt dir das Wort ›Einverständnis‹ etwas?«, frage ich scherzhaft, um nicht zu offensiv zu klingen. »Wenn ich meine Sexualität zeigen möchte, weil ich mich schön fühle oder weil es mein Selbstvertrauen stärkt – wie an diesem Tag bei der *Vogue* –, dann ist das meine Entscheidung. Ich habe mich dafür entschieden.«

»Vielleicht bin ich ein bisschen altmodisch, aber ich verstehe den Unterschied nicht so ganz«, lacht er und schaut ins Publikum. »Ich habe das Gefühl, dass sich die Jugend von heute über vieles nicht mehr aufregt, oder?«

Und wieder einmal wird die Schuld bei den jungen Leuten gesucht. Wie immer. Weil wir gesellschaftliche Probleme anprangern, oder weil wir versuchen, das Bewusstsein zu schärfen und etwas zu bewegen, hält man uns für schlimmer als Aufständische.

»Der Unterschied ist, dass ich es leid bin, sexualisiert zu werden, wenn ich etwas ganz Alltägliches tue. Hört endlich auf, mich zu erotisieren, wenn ich es gar nicht will. Es hat absolut nichts zu sagen, wenn ich eine enge Hose oder roten Lippenstift trage, wenn ich Yoga mache, wenn ich eine Banane esse oder wenn ich an einem Stift knabbere.«

Gelangweilt verdreht er die Augen und lacht, um mir anzudeuten, dass das alles bloß Details sind.

»Hier geht es doch nur um Spaß. Kleiner Tipp von einem alten Hasen wie mir: Du wirst es im Showbusiness nicht weit bringen, wenn du keinen Humor hast, Daisy.«

Aha, das soll also lustig sein?

Für wen?

»Weißt du was, John? Ich glaube, dass Männer es nicht gern sehen, wenn eine Frau die Kontrolle darüber hat, wer sie erotisieren darf und wer nicht. Das ist so. Ihr tut es einfach, wenn sie es gar nicht will, aber wenn sie entscheidet, dass ihr es tun dürft, wird sie in euren Augen plötzlich zur Hure. Vielleicht solltet ihr euch mal ein paar Fragen stellen … Manchmal sieht es fast so aus, als ob es euch vor allen Dingen gefällt, wenn wir uns unwohl fühlen.«

Ich hatte nicht vor, das alles zu sagen, aber nachdem ich einmal angefangen hatte, konnte ich nicht mehr aufhören. Jetzt ist es zu spät. Was passiert ist, ist passiert. Aus dem Augenwinkel sehe ich Thomas im Backstage-Bereich. Auf seinen Lippen liegt ein böses Lächeln.

»Lass uns lieber über dein Album sprechen.«

Das ist schließlich der Grund, weshalb ich hier bin, also ja, tatsächlich, das wäre gut. Ich gehe darauf ein, auch wenn ich weiß, dass es seine Art ist, sich vor der eigentlichen Diskussion zu drücken. Ich habe schreckliche Bauchschmerzen, aber ich halte durch.

Außerdem ist mir heiß. Warum ist es so verdammt heiß?

John befragt mich zum Album und dessen Konzept und gratuliert mir zu den beeindruckenden Verkaufszahlen. Auf TikTok bin ich der Trend.

»Es ist wirklich beeindruckend! Das Album steht auf dem ersten Platz bei iTunes, und Billboard hat dich zur ›Frau des

Jahres‹ gewählt«, gratuliert er mir. »Was glaubst du, woher dieser plötzliche Ruhm kommt?«

Ich verkneife mir, ihm zu sagen, dass nichts daran plötzlich gekommen ist, sondern die Folge von sieben Jahren harter Arbeit. Kate hat mich wiederholt auf solche Fragen vorbereitet. Ich soll meinem Team danken, meinen treuen Fans, und natürlich auch meine Beharrlichkeit bei der Arbeit erwähnen. Vor allem: das Glück, das mich bis hierhin gebracht hat.

Heute habe ich allerdings keine Lust, demütig zu sein. Deshalb tue ich so, als würde ich nachdenken, und zucke dann mit den Schultern.

»Von meinen guten Songs, nehme ich an? Ich bin ziemlich stolz darauf. Welches ist übrigens dein Lieblingslied?«

Er zwinkert kurz, und ich weiß ganz genau, dass er mich jetzt abgrundtief hasst. Ich würde fast die Hand dafür ins Feuer legen, dass er sich mein Album nicht einmal angehört hat.

»Um ehrlich zu sein, sie sind alle unglaublich«, sagt er mit furchtbar scheinheiliger Miene.

»Da stimme ich dir zu. Danke, dass du es zugibst.«

Das wollte ich eigentlich nicht sagen, aber es ist mir herausgerutscht. Ich werde ohnehin schon für eine Diva gehalten. Die Wahrheit ist, dass ich endlich zu mir selbst stehe. Früher haben mich all diese Leute geliebt, weil ich meinen Mund gehalten und mit einem dummen Lächeln geantwortet habe.

Weil ich unauffällig, fügsam und unsicher war.

Wenn ich mich allerdings jetzt weigere, mich zensieren zu lassen, und mich nicht von ihnen kontrollieren lassen will, wird es mir gefallen, wieder abzustürzen?

Rapper haben offenbar ein Recht darauf, selbstbewusst aufzutreten, oder? Sie schicken Journalisten zum Teufel, behandeln Frauen respektlos, während alle darüber lachen, aber es heißt, dass sie sich dadurch Respekt erzwingen, dass sie sagen, was sie denken, und sich kein X für ein U vormachen lassen.

Aber wenn man sich wie ein Mann verhalten muss, um respektiert zu werden, dann werde ich eben zum Mann.

»Wie wäre es mit einer Kostprobe?«, schlägt John vor. »Meine Damen und Herren, Daisy Coleman!«

Mit dem Mikrofon in der Hand stehe ich auf, während das Bühnenbild verschwindet und das Licht um mich herum gedimmt wird. Die Bühne gehört jetzt ganz mir. In der Dunkelheit kann ich das Publikum vor mir nicht mehr sehen.

Die ersten Akkorde von *Be a Good Girl* ertönen, und ich bereite mich darauf vor, einen meiner besten Auftritte abzuliefern. Trotz Stress, trotz meines Körpers, der mich im Stich lässt, und trotz der Hitze, die mein Make-up mit meinem Schweiß verlaufen lässt, darf ich nicht versagen.

»Shut up and smile, a good girl always hides what's on her mind.«
Konzentriert beginne ich, die ersten Worte zu singen. Meine Stimme klingt gut. Als ich jedoch beim Refrain ankomme, geht ein Raunen durch die Menge, und plötzlich …

Ich werde ausgebuht.

Ich, Daisy Coleman, werde vom Publikum ausgebuht. Der schrecklichste meiner Albträume läuft vor meinen Augen ab. Ich weiß nicht, wie ich damit umgehen soll. Kate hat mir nie beigebracht, wie man in solchen Situationen zu reagieren hat.

Ich beginne zu zittern, aber ich mache weiter, koste es, was es wolle. Mein Lächeln ist so eingefroren, dass ich fürchte, es könnte sich für immer auf meine Lippen brennen.

Ich bemerke Thomas ganz in der Nähe der Bühne. Er hat den Backstagebereich verlassen, um die Störenfriede einzuschüchtern. Mir tut alles weh, ich bin traurig und möchte nur noch nach Hause. Trotzdem gebe ich mein Bestes.

»Beschissene Feministin!«

Ich sehe es nicht kommen. Ein Wurfgeschoss trifft mich mitten im Gesicht. Überrascht schnappe ich nach Luft, rutsche auf meinen High Heels aus, stürze und höre auf zu singen. Jemand hat mir eine Dose an den Kopf geworfen.

Panisch betaste ich mein Auge, das getroffen wurde. Was soll ich jetzt tun? Ich bemerke Finn, der losstürmt, um den Täter festzuhalten, und Thomas, der mit weit aufgerissenen Augen auf die Bühne kommen will, um mir zu helfen.

Kate hält ihn am Arm zurück und murmelt Dinge, die ich nicht hören kann. Ich stehe auf. Mir ist schwindelig, mein Auge brennt und schwillt an, aber ich mache weiter.

Denn das ist es, was man mir beigebracht hat. *The show must go on!*

Ich hebe mein Mikrofon auf und beende den Song mit einem Lächeln auf den Lippen und zitternden Beinen. Ich habe mich am Steißbein verletzt. Mein Auge hat ebenfalls etwas abbekommen. In meinem Kopf dreht sich alles. Am liebsten würde ich losheulen und der Welt nie wieder mein Gesicht zeigen.

Ich fürchte, ich bin nicht stark genug, um weiterzumachen. Vielleicht bin ich doch nicht für diesen Job geschaffen. Ich dachte es zwar, aber es war wohl ein Trugschluss.

Nachdem ich mein Lied beendet habe, kauere ich mich mitten auf der Bühne hin. Meine Beine drohen jeden Moment nachzugeben.

»Das war Daisy Coleman mit *Be a Good Girl*! Ihr zweites Album ist letzte Woche erschienen, also beeilt euch!«, ruft John fröhlich, als er zurückkommt und mir seinen Arm um die Schultern legt. »Wir sehen uns morgen, wie immer ...«

Ich höre nicht mehr zu. Tatsächlich höre ich überhaupt nichts mehr. Ein Tsunami aus Hitze überflutet meine Brust, meinen Hals, meinen Kopf. Meine Bewegungen werden immer langsamer, zu langsam. Ich löse mich aus Johns Umarmung und gehe hinter die Bühne.

Thomas wartet mit beunruhigter Miene neben dem Vorhang auf mich. Ich fühle mich, als würde ich mich in Luft auflösen. Der Weg erscheint mir lang und ist unerträglich. Ich versuche, den Mund zu öffnen und die anderen zu warnen: »Ich werde gleich ohnmächtig«, aber die Geräusche um mich herum vermischen sich, und meine eigene Stimme klingt verzerrt, als befände ich mich unter Wasser.

»Dee?«

Ich bin kaum hinter dem Vorhang angekommen, als ich in Thomas' Armen zusammenbreche und das Bewusstsein verliere.

23

Everyone Loved Her

»They love me when I fake,
this hypocrisy makes me ache«

Thomas

Daisys Fans machen sich Sorgen um sie.

Sie sind nicht die Einzigen. Ich verbringe meine Tage damit, sie zu beobachten, weil ich fürchte, dass sie noch einmal zusammenbricht. Gestern glaubte ich ernsthaft, ich müsste jemanden umbringen. Hätte ich nicht gewusst, dass es für sie dadurch nur noch schlimmer geworden wäre, hätte ich sie von der Bühne geholt.

Zwar hat sie immer wieder gesagt, dass alles in Ordnung wäre, aber ich habe darauf bestanden, einen Arzt zu rufen und sie untersuchen zu lassen. Seiner Meinung nach hatte sie einen stressbedingten Blutdruckabfall. Sie müsse sich ausruhen und vor allem ausreichend essen.

Aber natürlich weiß Daisy nicht, was Ruhe ist. Schon am nächsten Tag steht sie wieder im Studio und arbeitet. Sie hat versucht, ihren Körper so gut wie möglich zu bedecken, doch unter ihrem Pulli erkennt man die Schmerzpflaster auf ihren Schultern. Ich habe sie ihr selbst aufgeklebt, und zwar so ziemlich überall auf ihrem Körper.

Einige Fans haben es bemerkt und einen Hashtag gegen

ChannelD gestartet. Die Verantwortlichen werden beschuldigt, ihren Künstlern zu viel abzuverlangen. Das gefiel Kate natürlich überhaupt nicht. Sie warf Daisy vor, nicht vorsichtig genug gewesen zu sein, und hat sie gezwungen, ihr Publikum zu beruhigen.

Deshalb postet Daisy jetzt Selfies und Videos von sich, auf denen sie lächelt und sagt, dass alles in Ordnung wäre, dass sie sich noch nie in ihrem Leben so glücklich gefühlt und dass sie das alles ihren treuen Fans zu verdanken hat.

Genau den Leuten, die sie als Nutte und Opportunistin bezeichnen.

»Warum tust du das?«

Das frage ich mich wirklich. Von Daisy kommt nur ein zerstreutes »Mmh?«. Sie blickt nicht einmal von ihrem Handy auf, auf dem sie mit Lichtgeschwindigkeit herumtippt. Seit einiger Zeit scheint sie nichts anderes mehr zu tun.

»Dee. Sieh mich bitte an.«

Sie reagiert nicht, sondern runzelt nur die Stirn und kaut an ihrem Daumennagel. Verärgert trete ich näher und greife nach ihrem Handy. Sie erschrickt und schaut mich endlich an.

»Was hast du?«, schimpft sie. »Ich bin gerade dabei, etwas zu posten!«

»Und ich rede mit dir.«

»Das habe ich nicht gehört …«

»Ich weiß. Genau da liegt das Problem.«

Sie blinzelt und schweigt. Ich weiß, dass es ihr bewusst ist, aber sie kann nicht anders. Ihr Smartphone ist ihr ganzes Leben. Zu wissen, was die Welt über sie denkt, ist ihr so wichtig wie Sauerstoff. Sie kann es nicht ertragen, dass jemand sie nicht mag, also kompensiert sie es.

»Warum postest du so etwas, wenn es nicht wahr ist?«, frage ich und werfe einen Blick auf das Selfie, das sie hochladen wollte. »Du bist auf der Bühne umgekippt, Daisy. Irgendein Arschloch hat dir eine verdammte Dose an den Kopf geworfen!«

»Weil es mein Job ist.«

»Aber es ist nicht die Wahrheit. Wozu also ist es dann gut?«

Sie lacht höhnisch, als würde ich nichts davon verstehen, und vermutlich ist das auch der Fall. Ich fühle mich meilenweit von ihrer Welt entfernt, die ich immer mehr hasse.

»Die Leute wollen keine Wahrheit«, sagt sie und greift nach ihrem Handy. »Sie bezahlen nicht für eine müde und deprimierte Version von Daisy Coleman. Weißt du, was die Öffentlichkeit noch mehr hasst als einen gescheiterten Star? Einen Star, der alles hat, was er braucht … und sich trotzdem beschwert.«

Ich weiß genau, was sie meint, und es bricht mir fast das Herz. Nachdem sie ohnmächtig geworden war, fragte Kate sie, was mit ihr nicht stimme. Daisy weinte und sagte, alles wäre zu schwierig und sie sei unglücklich.

Es war das erste Mal, dass sie es aussprach.

Aber Kate schaute nur auf sie herunter, stemmte die Hände in die Hüften und sagte: »Weißt du, wie viele Menschen töten würden, um an deiner Stelle zu sein? Hör auf, dich zu beschweren, und werd erwachsen. Meine Güte, die ganze Welt liegt dir zu Füßen!«

Vermutlich werde ich mich mein Leben lang daran erinnern, was Daisy schluchzend als Antwort hauchte: *»Warum habe ich dann das Gefühl, dass die Welt mich in der Hand hat?«*

Ich habe Angst. Ich habe Angst, dass sie sie ein für alle Mal zerbrechen.

»Du würdest es mir doch sagen … wenn du an deiner Belastungsgrenze angekommen wärst, nicht wahr?«

Ihr Gesicht zeigt keine Regung. Ich sehe, wie sie schluckt, und dann schenkt sie mir dieses Lächeln, das ich aus tiefstem Herzen hasse.

Das Lächeln für die Journalisten.

»Aber natürlich.«

Und dann macht sie da weiter, wo sie aufgehört hat. Den Rest des Nachmittags verbringe ich damit, ihr hinter der Glasscheibe des Studios beim Singen zuzusehen. Unzählige Male fängt sie wieder von vorn an und ärgert sich. Nichts ist ihr je perfekt genug.

Selbst wenn man ihr sagt, dass eine Aufnahme gelungen ist, will sie es ein weiteres Mal versuchen, um es noch besser zu machen.

Wieder einmal vibriert mein Telefon in meiner Jacke. Ich muss nicht hinsehen, um zu wissen, wer dran ist. Meine Mutter.

Mama: Undankbarer Psychopath! Ich habe dich vor der Straße gerettet und das ist nun der Dank dafür! Gut, dass du gegangen bist!

Ich habe nach unserem letzten Telefonat auf keine ihrer Nachrichten geantwortet, aber sie lässt nicht locker. Inzwischen zeigt sie ihr wahres Gesicht. Nachdem sie zunächst versucht hat, mich zu erweichen, und merkte, dass es nicht funktioniert, beschimpft sie mich jetzt.

Ich hebe die Augen zum Himmel. *Erbärmlich.*

Daisy

Heute wird Thomas neunundzwanzig Jahre alt.

Er glaubt, ich hätte es vergessen, aber da kennt er mich schlecht. Ich habe etwas getan, was ich vielleicht nicht hätte tun sollen, und obwohl ich in dem Moment stolz darauf war, bereue ich es allmählich.

Als Thomas nach seinem täglichen Workout unter der Dusche stand, nutzte ich die Gelegenheit, um sein Handy nach einer ganz bestimmten Nummer zu durchsuchen. Um anzurufen, habe ich mich mit einem Bibbern im Bauch in meinem Zimmer eingeschlossen.

Die ganze Woche habe ich aufgeregt und nervös auf diesen Moment gewartet. Als ich Thomas jedoch mit verbundenen Augen am Hafen hinter mir her ziehe, würde ich am liebsten weglaufen.

»Wohin gehen wir?«, erkundigt er sich stirnrunzelnd.

»Das ist eine Überraschung!«

»Na, hoffentlich sehe ich dich dabei wenigstens nackt.«

Ich verdrehe stumm die Augen, obwohl ich darüber grinsen muss.

Nur noch wenige Schritte. Als wir angekommen sind, lasse ich ihn los und stelle mich vor ihn.

»Okay … du kannst die Augen öffnen.«

Mein Herz schlägt wie wild. Thomas greift nach dem Band, das ich ihm um den Kopf gebunden habe, und blinzelt.

»Herzlichen Glückwunsch zum Geburtstag!«

Er erstarrt mit aufgerissenen Augen. Er schaut weder mich an noch die Yacht, vor der wir stehen, und auch nicht Hayley, Javier und Micah.

Nein, seine Augen sind auf Levi und Rose neben mir gerichtet, die eher spöttisch als herzlich lächeln. Meine Aufregung fällt in sich zusammen, und ich beginne Panik zu schieben. *Scheiße, da habe ich wohl einen Fehler gemacht, oder?*

»Überraschung, Chris!«, ruft Rose. »Küsschen?«

»Was macht ihr denn hier?«

Meine Freunde grinsen verlegen, während mein Lächeln schwindet. Das war keine gute Idee. Ich hätte mich nicht in sein Privatleben einmischen dürfen … Ich wollte doch nur, dass seine besten Freunde bei ihm sind, so wie er es am Thanksgiving-Abend für mich arrangiert hat.

Offenbar habe ich mich geirrt.

Levi wirft mir einen Seitenblick zu und bemerkt meinen besorgten Gesichtsausdruck.

»Hör auf zu schmollen«, sagt er zu Thomas, der seine Hände in den Hosentaschen vergraben hat. »Du freust dich, uns zu sehen, gib es zu.«

Ich bin ihm dankbar, dass er mir hilft, auch wenn ich mir nicht sicher bin, ob es funktioniert. Thomas sieht mich an und scheint endlich zu verstehen, was passiert ist. Schließlich wendet er den Blick ab, schluckt seinen Ärger hinunter und begrüßt Levi.

»Wo sind Lucky und Li Mei?«

»Beschäftigt«, antwortet Rose. »Sie lassen dich grüßen.«

»Das glaube ich euch zwar keine Sekunde, aber danke.«

Ihre Kommunikation ist wirklich seltsam, das schockiert mich allerdings nicht so sehr. Eher ist es Thomas. Als ich Levi anrief, mich vorstellte und ihm meinen Plan darlegte, schüchterte er mich sofort ein. Er war umgänglich, das war nicht das Problem, aber ich fühlte, was für eine Art Mensch er ist.

»Daisy hat uns zu deinem Geburtstag eingeladen. Das ist doch nett von ihr, oder?«, fügt Rose mit einem geheimnisvollen Lächeln hinzu.

Ich weiß nicht, ob sie sich über mich lustig macht oder versucht, mir zu helfen, doch Thomas nickt, ohne mich anzusehen. Ich muss zugeben, dass ich eine andere Reaktion erwartet habe.

»Ich habe für den heutigen Tag und Abend eine Yacht gemietet«, sage ich mit einem verkrampften Lächeln. »Wollen wir?«

Meine Freunde begrüßen Thomas und gratulieren ihm zum Geburtstag, dann bitte ich sie, vorzugehen. Mein Bodyguard packt mich am Handgelenk, und wir bilden die Nachhut.

»Warum hast du das getan?«

Es klingt wie eine Anklage.

»Ich wollte dich überraschen. Du sprichst ständig von ihnen, und ich weiß, dass sie weit weg wohnen, also ...«

»Tja, das hättest du nicht tun sollen.«

Aha. Enttäuschung macht sich in mir breit und verwandelt sich allmählich in Wut. Vielleicht hätte ich vorher fragen sollen, das ist richtig, aber es war gut gemeint. Ich habe es für ihn getan!

»Okay. Du musst ja nicht mitkommen«, erwidere ich und schiebe seine Hand weg. »Entschuldige bitte, dass ich versucht habe, dir eine Freude zu machen, und dass ich mir Zeit genommen habe – Zeit, die ich eigentlich nicht habe –, um dir einen schönen Geburtstag zu organisieren.«

Ich wende mich wütend ab, doch er hält mich am Handgelenk fest.

»Warte.«

Ungeduldig bleibe ich stehen. Es gefällt mir nicht, für jedermann sichtbar hier draußen zu sein. Thomas' Gesicht ist nur wenige Zentimeter entfernt. Ich bin weder verkleidet noch besonders unauffällig.

Thomas neigt den Kopf, studiert meinen Gesichtsausdruck und seufzt dann frustriert.

»Es ist nur … ich wollte eigentlich nicht, dass du mit Levi und den anderen in Kontakt kommst.«

»Warum? Schämst du dich für mich, diese Kleine, die für ChannelD singt?«

»Was redest du da?«, empört er sich genervt. »Habe ich mich auch nur ein einziges Mal deinetwegen geschämt? Du verstehst gar nichts.«

»Dann erklär es mir!«

»Levi und Rose sind ein Teil meines Lebens, den ich nicht in deine Nähe lassen will, okay?«, stößt er hervor wie ein schmerzhaftes Geständnis. »Weil sie eine düstere, hässliche und deprimierende Seite von mir widerspiegeln. Du, Daisy, bist perfekt. Du bist das Perfekteste, was ich je in meinem Leben hatte, und schon das ist ein verdammtes Wunder. Ich will nicht auf dich abfärben. Ich liebe Levi und Rose, aber ihre Leben sind genauso verdreht wie meins. Bitte werde nie so verdreht wie wir.«

Ich muss zugeben, dass ich kein einziges Wort mehr gehört habe, nachdem er sagte: »Du bist das Perfekteste, was ich je in meinem Leben hatte.« Vor Freude geht mir das Herz auf. Ich muss den Drang bekämpfen, ihn zu küssen, um ihm zu zeigen, was ich empfinde.

Es ist ihm einfach so herausgerutscht, und ich bin mir nicht einmal sicher, ob er es überhaupt bemerkt hat. Ich sehe ihn daher mit einem schmalen Lächeln an und nicke.

»Okay.«

Meine Fügsamkeit scheint Thomas zu verblüffen. Ich beuge mich näher zu ihm und flüstere schelmisch:

»Mich ganz nackt heben wir uns für später im Whirlpool auf.«

Die Party ist in vollem Gange. Wir sitzen alle auf Sesseln um einen niedrigen Tisch herum, und der Seewind zerzaust unser Haar.

Wir trinken, essen und lachen, während im Hintergrund eine Playlist von Hayley läuft. Der Culture Clash zwischen der Italienerin Rose, dem Russen Levi, dem Schweden Thomas und meinen amerikanischen Freunden ist beeindruckend.

»Stimmt es, dass du die Poker-Weltmeisterschaft gewonnen hast?«, erkundigt sich Micah mit misstrauischer Stimme.

Levi nickt. Er lehnt sich tiefer in seinen Sessel und hat einen Arm um Roses Schultern gelegt. Sie nippt an ihrem Whiskyglas und wirkt ziemlich stolz.

»Thomas ist auch weit gekommen.«

Mit offenem Mund schaue ich ihn an.

»Ich wusste gar nicht, dass du pokerst!«

Wie konnte mir das entgehen, obwohl ich ihn schon zehn Jahre kenne? Das ist ungerecht. Thomas macht mir ein Zeichen, dass es für ihn nicht wichtig ist, aber ich bin trotzdem enttäuscht.

»Ich bin mir aber sicher, dass du viele andere pikante Dinge weißt«, antwortet Levi mit einem beunruhigenden Lächeln. »Erzähl uns alles, kleines Gänseblümchen.«

Thomas wirft mir einen warnenden Blick zu, doch ich gebe nach und erzähle ein paar Anekdoten aus unserer Jugend. Seine Freunde scheinen das zu genießen, vor allem Rose, die verspricht, ihn jedes Jahr daran zu erinnern.

Ich vertilge fast das ganze Büfett allein. Es ist peinlich, aber ich bin am Verhungern. Ich weiß nicht mal mehr, wann ich das letzte Mal gegessen habe … Vermutlich ein paar Mandeln gestern vor dem Schlafengehen.

»Schmeckt es, kleines Eichhörnchen?«, flüstert Thomas neben mir.

Mit vollem Mund drehe ich mich zu ihm um. Er beobachtet mich kopfschüttelnd und belustigt, lacht schließlich leise und legt seine Hand auf meine vollgestopfte Wange.

»Glaubst du, du hast genug Vorrat für das ganze Jahr?«

Ich werfe ihm einen bösen Blick zu, doch er lächelt nur.

»Nicht die Stirn runzeln, Gollum. Ich freue mich doch, dass du endlich mal etwas isst.«

Mit diesen Worten greift er nach meinem Kinn und drückt mir einen Kuss auf die dicke Wange. Das ist so süß und so ungewöhnlich, dass ich erröte.

Schließlich tanzen wir. Alle außer Levi und Thomas, die sich ruhig auf dem Sofa unterhalten. Hayley weicht Rose nicht von der Seite. Ich glaube, sie sprechen über Klamotten und Reisen.

Die Jungs bleiben in meiner Nähe, aber ich werde einfach nicht locker. Ständig muss ich an Thomas, Hakeem und Brianna denken – und an meine Fans. Ich weiß nicht mehr genau, wo ich jetzt stehe oder was ich tun soll. Ich weiß nur, dass ich mich leer fühle. Ohne jegliche Energie.

Thomas ahnt nichts davon, doch ich schlafe jeden Abend weinend ein. Mitten in der Nacht bekomme ich plötzlich Panikattacken, schrecke auf und habe das Gefühl, zu ersticken. In meinem eigenen Haus fühle ich mich nicht mehr sicher. Es ist so schlimm, dass ich so oft wie möglich weggehe. Jede freie Minute verbringe ich in den sozialen Medien und durchforste alle Kommentare über mich.

Aber vor allem denke ich … an Frank. Daran, dass er jeden Moment über mich herfallen könnte.

Ich habe ununterbrochen Angst.

Plötzlich spüre ich Hände auf meinen Hüften. Ich erstarre, ehe mir klar wird, dass Thomas hinter mir steht. Die beiden Freunde haben sich zu uns auf die Tanzfläche gesellt.

Levi küsst Rose, und Hayley tanzt gleichzeitig mit Javier und Micah.

Niemand beachtet uns, und selbst wenn. Hier sind nur meine Freunde. Ausnahmsweise müssen Thomas und ich uns nicht verstecken oder verstellen. Um uns herum gibt es nur das Meer und die Unendlichkeit, und das tut mir gut.

»Woran denkst du?«, raunt Thomas an meinem Hals.

Ich lehne meinen Kopf an seine Schulter und schließe die Augen. Seine Hände führen meine Hüften in eine langsame, erotische Bewegung. Ich tanze an ihn geschmiegt und genieße die Wirkung seines Mundes unter meinem Ohr.

Mein Körper entflammt. Ich habe keine Ahnung, wer uns beobachtet, aber es ist mir egal.

»An nichts Wichtiges.«

Zärtlich knabbert er an meinem Ohrläppchen, während er mich an seine Hüften drückt.

»Du hast vorhin von einem Whirlpool gesprochen … Wäre es nicht allmählich Zeit, dass ich mein Geschenk auspacke?«, haucht er und schiebt einen Träger an meiner Schulter hinunter.

»Ich bin mir nicht sicher, ob du brav genug warst.«

Ich höre ihn an meinem Hals lachen, dann dreht er mich zu sich um und legt seine Hände auf meinen Rücken. Sein Mund presst sich fiebrig auf meinen.

»Was auch immer ich verbrochen habe, ich mache es wieder gut.«

Was er mir später an diesem Abend gerne beweist.

24

Jealousy Kills Little Girls

»Jealousy, jealousy,
worse than ecstasy.
Addiction like no other,
wishing I was better«

Daisy

»Henry hat gestern ›Ich liebe dich‹ zu mir gesagt.«

Micah, Javier und ich starren Hayley schockiert an. Sie verdreht die Augen und verhält sich betont gleichgültig. Seit einiger Zeit hat meine Single-Freundin beschlossen, einem ihrer Gaming-Streamer-Freunde eine Chance zu geben.

»Und? Hast du ihn jetzt blockiert und geghostet?«, scherzt Micah.

Richtig, das wäre wirklich typisch für sie.

»Wir saßen auf seiner Couch. Es wäre schwierig gewesen, wegzulaufen.«

Ich frage sie, was sie geantwortet hat, während Javier mir die Augenbrauen zupft. Heute Abend werden die Golden Globe Awards verliehen. Hayley verzieht beschämt das Gesicht.

»Ich auch.‹«

Moment mal, was? Ich richte mich so plötzlich auf, dass Javier mir fast ein Auge aussticht. Micah schreit erschrocken auf und ist genauso perplex wie ich. So was ist noch nie, niemals vorgekommen!

»Es ist nicht so, wie ihr glaubt«, seufzt Hayley und hält sich die Hand an die Schläfe. »Er dachte dasselbe wie ihr, denn plötzlich wurde er sehr emotional, war den Tränen nahe, und ich habe gemerkt, dass er mich missverstanden hatte. Also versuchte ich, mich mit einem armseligen ›Nein, ich … na ja, ich liebe mich auch. Tut mir leid, das war etwas verwirrend‹ aus der Affäre zu ziehen.«

Wir brechen alle in schallendes Gelächter aus, woraufhin sie beschämt das Gesicht bedeckt. Typisch Hayley! Ich frage, wie er reagiert hat, und sie meint, es sei so weit in Ordnung, er habe etwas in der Art erwartet.

»Und du … geht es dir gut?«

Ich merke erst, dass sie mich meint, als ich sehe, dass sich alle Köpfe in meine Richtung drehen. Es stimmt, wir haben nicht darüber gesprochen.

»Wunderbar.«

Das ist natürlich eine Lüge. Mir geht es schlecht. Ich weiß es, aber ich weigere mich, zusammenzubrechen. Jetzt ist nicht der richtige Zeitpunkt. Mein Album ist gerade erschienen, ich muss stark sein, aushalten und durchhalten. Außerdem muss ich mich um andere, wichtigere Dinge kümmern.

Frank hat sich in letzter Zeit sehr zurückgenommen. Das sollte eigentlich eine gute Nachricht sein, und doch beunruhigt es mich. So sehr, dass ich nachts kaum noch schlafen kann. Immer wieder träume ich, dass Destiny in mein Haus einbricht und mich entführt.

Lange kann das nicht mehr gut gehen.

Ich: Können wir uns treffen?

Ich bin überzeugt, dass ich darauf nie eine Antwort bekommen werde. Es ist die dritte Nachricht, die ich in den letzten zwei Tagen verschickt habe, aber es herrscht Funkstille. Das ist verdächtig ... Oder habe ich die falsche Nummer?

Plötzlich vibriert mein Telefon unter meinem Oberschenkel. Mein Atem stockt bei ihrer kurzen Antwort: Okay.

Scheiße, Scheiße, Scheiße.

Ich: Heute? In einem Café, 11 Uhr?

Das Herz schlägt mir bis zum Hals, während ich ängstlich warte. Als ich die Antwort öffne, lese ich zu meiner Enttäuschung: Nicht an einem öffentlichen Ort. Bei mir zu Hause.

Dann eine weitere Nachricht: Und ohne Bodyguard.

Soll das ein Witz sein? Ich antworte ihr, dass ich nicht allein aus dem Haus gehen kann. Thomas darf nicht wissen, wohin ich gehe, weil er mich sonst daran hindern würde. Und Finn würde es in jedem Fall ablehnen, mich allein gehen zu lassen.

Trotzdem brauche ich Antworten, auch wenn es gefährlich ist. Ihre Reaktion kommt schnell: Dann nicht.

Ich: Okay, ist schon gut. Gib mir deine Adresse.

»Leute«, sage ich laut und mit Entschlossenheit, »ich brauche eure Hilfe.«

Thomas bringt mich um, so viel ist sicher. Denn wenn ich eines weiß, dann, dass er immer alles errät. Ich kann nichts vor ihm verbergen. Es würde mich nicht wundern, wenn er einen Geolokalisierungs-Chip in meinem Handy oder sogar in meinem Arm versteckt hätte.

Ich habe ihn gebeten, mir Tampons mit Pfirsichduft zu kaufen, die es nur in einem einzigen Drogeriemarkt am anderen Ende der Stadt gibt. Bis er hingefahren ist und danach gesucht hat, um schließlich herauszufinden, dass es so etwas nicht gibt, und zurückkommt, sollte ich normalerweise längst wieder zu Hause sein.

Währenddessen passt Finn auf mich auf. Ich habe meine Freunde gebeten, sich in meinem Zimmer einzuschließen und so zu tun, als würden sie den Nachmittag mit mir verbringen. Mein Bodyguard würde es nie wagen, uns dort oben zu stören. Ich bin derweil aus dem Fenster geklettert.

Es ist gefährlich, aber es muss sein.

Ich habe die Unsicherheit satt, und ich habe es satt, darauf zu warten, dass Frank über mich herfällt. Vielleicht laufe ich geradewegs in seine Falle ... und wenn ich sterbe, wird Thomas sehr wütend auf mich sein.

Immerhin habe ich das Messer dabei, das er mir vor Kurzem geschenkt hat. Ich habe es im Ärmel meiner Jacke versteckt. Mit einem mulmigen Gefühl im Bauch klingele ich. Meine Kappe habe ich tief in die Stirn gezogen, aber ich glaube, dass mir niemand gefolgt ist.

Schritte nähern sich, dann schaut jemand durch den Türspion. Nach ein paar stressintensiven Sekunden öffnet sich die Tür weit genug, um mich hereinzulassen.

Mit feuchten Händen betrete ich das Haus.

»Hi.«

Destiny hat die Arme vor der Brust verschränkt und schaut mich ungerührt und ein wenig misstrauisch an. Erschrocken registriere ich, wie sehr sie sich verändert hat. Sie, die früher so strahlte, wirkt wie erloschen. Sie trägt einen fusseligen Pullover über einem Paar Leggings, aber die vielen Kilos, die sie seit unserem letzten Treffen zugenommen hat, sind trotzdem zu sehen.

Ihre Haut ist grau, und sie hat dunkle Ringe um die Augen. Die Frage, wie es ihr geht, erübrigt sich. Ich nehme meine Kappe ab. Schweigend geht sie mir ins Wohnzimmer voraus. Vorsichtig sehe ich mich um, weil ich befürchte, dass jemand mich überraschend anspringen könnte.

»Es ist schon eine Weile her. Was willst du von mir?«, fragt sie mit rauer Stimme. »Prahlen? Dich beruhigen, indem du einen Blick auf die Destiny wirfst, die aus mir geworden ist?«

Ich setze mich ihr gegenüber auf die Couch. Nur der Couchtisch trennt uns. Zugegeben: Ihre Stichelei tut mir weh.

»Wenn du immer noch glaubst, dass ich so bin, dann hast du wirklich nichts verstanden.«

Sie wirft mir einen giftigen Blick zu, wendet dann aber die Augen ab, ohne zu antworten. Wie kann sie mich nach all der Zeit immer noch hassen? Ich habe absolut nichts Falsches getan. Alles, was ich wollte, waren Freundinnen. Schwestern. Wenn ich es geschafft habe, ihr das Mobbing zu verzeihen, warum kann sie nicht dasselbe tun?

»Ich bin nicht mehr sauer auf dich, weißt du«, sage ich leise.

Sie lacht unfroh und verschränkt die Arme.

»Soll ich dir jetzt danken?«

»Nein. Ich wollte nur, dass du es weißt. Diese Dinge hätten nie geschehen dürfen … Ich wünschte, es wäre anders.«

Sie starrt mit zusammengepressten Zähnen auf einen Punkt auf dem Teppich. Ich lasse ihr etwas Zeit, weil ich nicht weiß, wie ich das unangenehme Thema ansprechen soll. Wie soll ich sie fragen, ob sie mich – *wieder einmal* – aus Rache belästigt?

Ich öffne den Mund, um loszulegen, da unterbricht sie mich mit leiser Stimme:

»Es tut mir so leid.«

Fassungslos reiße ich die Augen auf. Das habe ich nicht

erwartet. Absolut nicht. Destiny schaut mich an, und ich sehe, dass in ihren Augen Tränen glitzern.

»Ich war klein, dumm und von Eifersucht zerfressen«, fährt sie fort und wirkt plötzlich sehr jung. »Du warst all das, was ich nicht war. Die Leute haben dich angebetet. Du hast immer gelächelt, und deine Stimme kam dir so leicht über die Lippen. Ich ... war das genaue Gegenteil. Es dauerte immer lang, bis man mich schätzen lernte, und ich fragte mich, warum ich so schwierig zu lieben war.«

Der letzte Satz bricht mir das Herz. Wie konnte sie nur so etwas denken? Ich mochte sie. Als wir uns das erste Mal trafen, war sie so liebenswert, so stark, so knallhart. Sie schüchterte mich ein, aber auf eine positive Weise. Ich wollte so sein wie sie.

»Ich habe lange Jahre damit verbracht, meinen Gesang zu perfektionieren, um erfolgreich zu sein, und du tauchst auf, und es scheint, als wäre es dir in die Wiege gelegt worden. Ich habe dich dafür gehasst, dass du so begabt bist. Ich konnte es nicht ertragen, dass alles, wofür ich hart gearbeitet hatte, dir so mühelos zuflog. Und anstatt mich selbst infrage zu stellen und von dir zu lernen ... habe ich versucht, dich zu zerquetschen. Ich habe alles getan, damit du kündigst, weil es einfacher war, als besser zu werden als du. Im Grunde wusste ich, dass ich es nicht schaffen würde, also war das meine einzige Alternative.«

Verblüfft über ihre Enthüllungen starre ich sie an. Nie hätte ich gedacht, dass sie so empfindet. Ich ging immer davon aus, dass sie meinen Charakter, meine Schwächen und meine Empfindsamkeit hasste.

Sie wischt sich die Tränen von den Wangen, und mein Herz zieht sich schmerzlich zusammen. Ihre Entschuldigung nimmt mir eine große Last von den Schultern.

»Destiny ... Auch ich musste hart arbeiten«, sagte ich und runzele die Stirn. »Auch ich bin schon einige Male auf die

Nase gefallen. Auch ich habe mich mit anderen verglichen und war eifersüchtig. Du glaubst, für mich wäre alles so leicht gewesen, doch das stimmt nicht. Berühmt zu sein … ist letztlich oft sehr enttäuschend. Man ist allein, und man hat Angst. Angst, dass die Welt beim Aufwachen beschlossen hat, einen zu hassen. Aber ich dachte, dass wir wenigstens im selben Boot sitzen und uns gegenseitig unterstützen.«

»Wie sollte ich denn so denken, wenn Kate mich bei jeder Gelegenheit fertiggemacht hat?«

Verwirrt runzle ich die Stirn.

»Was redest du da?«

Sie seufzt, als würde sie bedauern, zu viel gesagt zu haben, und lässt schließlich ein sarkastisches Lachen hören.

»Wow, sie hat dich also wirklich verschont, was? Das ist ja verrückt. Manchmal denke ich, dass sie von Anfang an wusste, dass du es als Einzige schaffen würdest. Vielleicht hat sie sich sogar darauf verlassen und alles dafür getan.«

»Ich verstehe nicht …«

»Kate hat uns gegeneinander ausgespielt«, gesteht Destiny trocken. »Diese Schlange hat mich immer beiseite genommen und mir erklärt, dass ich zwar ihre Favoritin wäre, aber nicht mit dir mithalten könne. Ich müsse abnehmen, mehr lächeln, eine bessere Sängerin werden. ›Daisy hat es besser gemacht‹, ›Nimm dir ein Beispiel an Daisy‹ und so weiter und so fort. Dasselbe hat sie auch mit Dakota gemacht.«

Ich kann kaum glauben, was ich da höre. Und doch ist ein Teil von mir nicht überrascht. Ich wusste schon immer, dass unsere Managerin eine hinterhältige Seite hat. Aber wenn ich geahnt hätte, was sie hinter meinem Rücken angerichtet hat …

»Zwangsläufig habe ich dich irgendwann gehasst. Und genau das war es, was sie wollte, da bin ich mir sicher.«

Wie gestört ist das denn bitte. Wir waren doch damals noch Teenager! Wie konnte sie uns derart zum Spielball machen? Wie konnte sie uns so isolieren?

Ich will noch etwas sagen, als plötzlich mein Telefon in der Tasche vibriert. Eine Nachricht von Thomas.

Thomas: Ich habe die ganze Abteilung durchsucht und schließlich eine Verkäuferin gefragt. Sie hat mir gesagt, dass es keine Tampons mit Pfirsichduft gibt. Ich habe mich zum Affen gemacht, Daisy. WTF?

Mir ist nicht zum Lachen zumute. Ich antworte ihm:
Tut mir leid, ich habe mich wohl geirrt. Kirschduft vielleicht?

»Es tut mir aufrichtig leid, dass du das durchmachen musstest«, sage ich zu Destiny. »Das entschuldigt zwar nicht, was du mir angetan hast, aber es hilft mir, dich besser zu verstehen. Ich glaube … wir waren beide Opfer eines Systems, das zu groß für uns war.«

Stumm und traurig schüttelt sie den Kopf. Ich nutze die Gelegenheit, um Thomas' neue Nachricht zu lesen, und verziehe das Gesicht.

Thomas: Wo bist du, Daisy?

Er ist nicht dumm. Er muss mein kleines Spiel durchschaut haben.

Ich: In meinem Zimmer.
Ich: Hayley ist gerade dabei, mich für heute Abend zu epilieren.
Ich: Bikinizone.
Ich: Und die Pofalte.

Scheiße, alles nur, damit es ihm peinlich ist und er endlich aufgibt.

Aber leider ist er nun mal Thomas. Sobald es um meine Sicherheit geht, ist ihm alles andere egal.

Thomas: Ich rufe Finn an. Ich hoffe wirklich, dass du mich nicht anlügst.

»Mist«, fluche ich und stehe abrupt auf. »Entschuldige, aber ich muss gehen.«

Ohnehin würde mein Timing nicht klappen, wenn ich noch länger bliebe. Schon in wenigen Stunden soll ein Make-up-Team anrücken, um mich auf den roten Teppich heute Abend vorzubereiten.

Destiny blinzelt überrascht und richtet sich ebenfalls auf.

»Warte mal. Wolltest du mir nicht auch etwas sagen?«

Ich verstehe nicht ganz. Nach alledem ist doch wohl klar, dass sie nicht Frank ist. Destiny ist kein schlechter Mensch, sondern nur ein junges Mädchen, das manipuliert wurde.

»Nein, tut mir leid, ich habe mich geirrt …«

»Findest du nicht, dass du dich auch entschuldigen solltest? Wegen der Fotos?«

Verblüfft öffne ich den Mund. Meint sie die Nacktaufnahmen, die durchgesickert sind und sie ihre Karriere gekostet haben?

»Moment mal … glaubst du nach all der Zeit immer noch, dass ich das gewesen bin?«, hauche ich erstaunt. »Destiny, ich versichere dir ein für alle Mal: Ich war das nicht. Ich wusste nicht einmal, dass du einen Freund hattest. Und selbst wenn, hätte ich so etwas nie getan.«

Sie scheint mir nicht zu glauben, denn ihre Augen sprühen Funken.

»Nicht du direkt, aber *er*.«

»*Er?* Dein Freund?«

»*Mein* Freund, *dein* Freund, wie auch immer. Du weißt ganz genau, von wem ich spreche.«

Nein. Ich blinzele schweigend und weiß nicht, was ich sagen soll. Je mehr Zeit vergeht, desto größere Zweifel erscheinen auf ihrem Gesicht. Schließlich flüstert sie ungläubig: »Ehrlich nicht?«

»Ich könnte nicht ehrlicher sein. Was ist denn los? Ich verstehe absolut nichts.«

Nachdenklich runzelt sie die Stirn und beginnt plötzlich, sich umzusehen, als würde sie befürchten, dass uns jemand beobachtet.

»Destiny?«

»Der Typ, mit dem ich zusammen war«, bringt sie mühsam heraus, während ich mein Handy ignoriere, das ununterbrochen vibriert. »Wir haben unsere Beziehung eine Zeit lang geheim gehalten und uns nicht zu oft gesehen, um keinen Verdacht zu erregen. Beziehungen waren uns ja verboten. Ich habe … ich habe ihm Fotos geschickt, weil er mich darum gebeten hatte.«

Sie macht eine Pause, bevor sie angestrengt fortfährt.

»Als sie durchgesickert sind, habe ich ihn zur Rede gestellt. Er sagte … es sei die Strafe dafür, dass ich dir das Leben zur Hölle gemacht habe.«

Ich erstarre erschrocken. Vor Angst zittere ich am ganzen Körper.

»Er hat mir gestanden, dass er mich überhaupt nicht liebt und mir die ganze Zeit nur etwas vorgespielt hat. Und dass er und du – dass ihr füreinander bestimmt seid.«

Meine Beine drohen nachzugeben, und ich werde blass. Ich muss mich an der Couch festhalten. Destiny erkennt an meiner Reaktion, dass ich wirklich keine Ahnung habe, wovon sie spricht.

»Natürlich glaubte ich, dass du diesen Plan mit ihm ausgeheckt hattest, um mir wehzutun und mir meine Karriere zu versauen, und um dich für das zu rächen, was ich dir angetan habe. Oh mein Gott … du hattest keine Ahnung davon, oder?«

Ich schüttele den Kopf und kotze fast auf meine Schuhe.

»Ich weiß nicht mal, von wem du sprichst.«

Das muss er sein. Völlig klar. Das war Frank, daran gibt es keinen Zweifel. Er wollte mich verteidigen, hat sich in Destinys Leben eingeschlichen, um sie zu bestrafen, und so den unbekannten Rächer gespielt.

Das allerdings würde bedeuten, dass Finn recht hat. Dass Frank sich bereits in mein Leben eingemischt hat. Dass er genau weiß, was ich hinter den Kameras ertragen habe. Dass er wirklich ganz in meiner Nähe ist.

»Ich bin ganz nah.«

Mir wird schlecht, und ich halte mir hastig eine Hand vor den Mund. Mit der anderen ziehe ich mein Telefon aus der Tasche und sehe die verpassten Anrufe von Thomas. Seine letzten Nachrichten machen mir klar, dass ich so schnell wie möglich nach Hause muss.

Thomas: Daisy, antworte mir sofort.

Thomas: DAISY! Wo bist du?

Thomas: Du solltest möglichst weit weglaufen, denn wenn ich dich finde, bringe ich dich um.

Thomas: Geht es dir gut? Antworte mir einfach. Verdammt, Daisy. Ich mache mir Sorgen.

Ich antworte mit einem kurzen: Bin gleich da und stecke das Handy zurück in die Tasche. Destiny ist ebenso erschüttert wie ich. Ich trete auf sie zu und lege meine Hände entschlossen auf ihre Schultern.

Schon jetzt habe ich Angst vor ihrer Antwort, aber ich muss die Frage stellen.

»Destiny ... Dieser Typ, wer ist er?«

Sie schüttelt hektisch den Kopf. Ich wiederhole meine Frage, doch sie gerät in Panik und schiebt mich von sich.

»Ich kann nicht. Tut mir leid.«

»Warum?«

»Er hat mir gedroht. Ich darf niemals jemandem davon erzählen. Er könne mich jederzeit finden. Deshalb bin ich geflohen, habe mich klein und möglichst unsichtbar gemacht. Er ... Ich glaube, er ist gefährlich!«

Ernsthaft? Wenn es wirklich Frank ist, ist es schlimmer, als ich dachte. Er ist zu allem bereit und scheut nicht einmal davor zurück, sich den mir am nächsten Stehenden zu nähern und ihr Leben zu ruinieren. Was, wenn er uns alle im Visier hat?

»Pass bloß auf dich auf, Daisy«, fügt Destiny mit ängstlichem Gesichtsausdruck hinzu.

»Kenne ich ihn?«, flüstere ich und blicke sie flehend an. »Bitte. Ich will nur wissen, ob ich ihn kenne.«

Zunächst zögert sie noch mit Tränen in den Augen. Dann, ganz langsam ... nickt sie.

Es ist wie eine kalte Dusche. Erschrocken weiche ich einen Schritt zurück.

Ich weiß nicht, was ich noch sagen soll, und wende mich zum Gehen. Destiny bittet mich inständig, niemandem von unserer Verabredung zu erzählen. Ich verspreche es und verlasse ihr Haus mit zitternden Knien und wie betäubt.

Wieder ruft Thomas an. Ich lehne mich an einen Baum und nehme das Gespräch an.

»Scheiße noch mal, hast du noch alle Tassen im Schrank?«, brüllt er wütend. Ich kann mir denken, dass er völlig außer sich ist. »Sag mir sofort, wo du bist.«

Mein Kopf dreht sich. Ich schlucke und achte nicht auf die Tränen, die mir über die Wangen laufen.

»In der 107. Straße.«

Ich höre, wie er leise flucht. Dann jault der Motor seines Bikes auf. Er schimpft weiter mit mir und schnauzt mich an, dass ich leichtsinnig bin, dass ich versprochen habe, so etwas nie wieder zu tun, dass ich offenbar sterben will und dass ich ihn zum Narren gehalten habe. Ich kann nur zuhören, aber nichts sagen.

Meine Gedanken schweifen ab. Ich denke an Kates Machenschaften, an Destiny und ihren heimlichen Lover, an Frank. Das alles ist fast drei Jahre her. Wie lange verfolgt mich dieser Geisteskranke schon?

»Dee? Alles in Ordnung?«

Thomas' Stimme ist weicher geworden. Er hat offenbar verstanden, dass ich ihm nicht zugehört habe. Frank ist intelligent, aber unvorsichtig. Es ist, als würde er nicht einmal versuchen, sich zu verstecken.

Als ob er ... mit mir spielen würde. Vielleicht wartet er sogar darauf, dass ich ihn finde. Aus diesem Grund verwischt er seine Spuren nicht und geht bewusst beträchtliche Risiken ein, um sich mir zu nähern.

Ihn amüsiert es, mich verängstigt zu sehen, aber vermutlich nervt es ihn, dass ich nicht voll und ganz in sein Spiel einsteige.

Plötzlich vibriert mein Telefon. Eine neue Nachricht von einer unbekannten Nummer. Schreckensstarr lese ich Wort für Wort.

Unbekannt: Ganz warm, hübsches Gänseblümchen.

Ich ersticke ein Schluchzen und lasse mein Telefon fallen. Er weiß es. Er weiß, dass ich hier bin und dass ich mit Destiny gesprochen habe. Gehetzt blicke ich mich um und hebe mein Smartphone hastig wieder auf.

»Thomas, ich habe Angst.«

»Was ist los?«

Ich drehe mich um die eigene Achse, um sicherzugehen, dass sich niemand hinter einem Auto versteckt und mir nachspioniert. Langsam werde ich paranoid. Irgendwo in der Nähe steht er und beobachtet mich. Was, wenn er Destiny wehtäte?

Irgendetwas sagt mir, dass er nicht so weit gehen würde. Im Gegenteil, er erwartet mich. Vielleicht ist er sogar enttäuscht, dass ich so lange gebraucht habe. Es erregt ihn, mich kurz vor der Wahrheit zu sehen!

Wenn Frank wusste, dass Destiny mich schon gemobbt hat, ehe die Fotos durchgesickert sind, kann es nicht irgendwer sein. Die Möglichkeiten sind begrenzt … und ich habe bereits eine Vermutung.

Allein beim Gedanken daran dreht sich mir der Magen um, und ich beuge mich vor, um mich zu übergeben. Im selben Moment kommt ein Motorrad die Straße entlanggerast und bremst mit quietschenden Reifen unmittelbar vor mir.

»Dee!«

Ich würge nur und kotze weiter. Tränen laufen meinen Hals hinunter, während Thomas mir mit einer Hand über den Rücken streichelt und mit der anderen mein Haar nach hinten hält.

»Daisy, sag mir, was los ist. Soll ich dich ins Krankenhaus bringen?«

Ich schüttele den Kopf und wische mir weinend den Mund ab. Als ich mich wieder aufrichte, fällt mein Blick endlich auf Thomas. Auf seinen Zügen mischen sich Sorge und Wut. Er legt mir die Hände ums Gesicht und streichelt mit den Daumen über meine Wangen.

Mit klopfendem Herzen versenke ich mich in seinen Blick und schlucke. Kaum zu glauben, aber …

»Ich weiß, wer es ist.«

Thomas scheint nicht zu verstehen.

Ich wiederhole: »Ich weiß jetzt, wer Frank ist.«

25

Girl With Broken Wings

»Broken angel,
wings are meant to fly,
then why can't I?«

Thomas

Am liebsten hätte ich Finn mit bloßen Händen erwürgt. Ich hätte alles getan, um Daisy zu finden und sie in ihrem Zimmer einzuschließen, ob sie es nun wollte oder nicht. Sie hatte mir versprochen, nie wieder solche Dummheiten zu machen.

Dann fand ich sie auf einem Bürgersteig, wo sie sich weinend übergab ...

»Ich weiß, wer es ist.«

Scheiße. Ich lehne mich mit verschränkten Armen an die Wand am anderen Ende des Zimmers und beobachte sie. Immer noch erschüttert sitzt sie im Schneidersitz auf dem Sofa. Finn schenkt ihr eine Tasse Tee ein. Auf der Rückfahrt habe ich nicht mit ihr gesprochen. Ich habe sie weder gefragt, um wen es sich handelt, noch was sie dort zu suchen hatte.

Ich brachte sie nach Hause und nahm ihr das Versprechen ab, noch diese Woche ihre Nummer zu wechseln. Vor allem aber sah ich zu, dass sie sich beruhigte. Ich denke, ich bin immer noch ziemlich sauer auf sie.

»Geht es dir besser?«, erkundigt sich Finn und setzt sich

neben sie, wobei er auf einen kleinen Höflichkeitsabstand achtet.

Sie nickt, ohne aufzublicken. Ihre Schultern zittern immer noch leicht, auch wenn sie sich bemüht, es zu verbergen. Das macht mich verrückt.

»Wo warst du?«

Daisy befeuchtet sich die Lippen und antwortet dann sehr leise: »Ich habe Destiny besucht.«

Ich muss meine Wut im Zaum halten. Wie leichtsinnig von ihr! Da geht sie zu unserer Hauptverdächtigen, ganz allein und ohne Waffe, mit der sie sich im Notfall hätte schützen können.

»Bist du scharf darauf, zu sterben?«

Jetzt schaut sie zu mir auf. Meine Stimme ist eiskalt. Sogar Finn verzieht das Gesicht, als wolle er sagen: »Das ist nicht der richtige Zeitpunkt.«

»Was?«

»Ich frage dich, ob du sterben willst«, wiederhole ich ruhig. »Denn wenn das dein Ziel ist, geht es ganz leicht: Finn und ich kündigen, und du kommst mit deinem Mist allein klar.«

Es ist das erste Mal, dass ich so unfreundlich mit ihr rede. Ich dachte, sie würde sich entschuldigen, aber Daisy wirft mir nur einen finsteren Blick zu.

»Sie wollte, dass ich allein komme!«

Ich lache höhnisch auf.

»In einem Horrorfilm würdest du als Erste krepieren, das ist sicher.«

»Ich hatte für alle Fälle mein Messer dabei, und natürlich mein Telefon«, verteidigt sie sich mit roten Wangen. »Und außerdem … ich glaube, tief im Inneren wusste ich, dass sie unschuldig ist. Destiny ist kein schlechter Mensch.«

Darüber hat nicht sie zu entscheiden. Das Problem ist, dass

ich unbedingt bei ihr hätte sein müssen. Aber nach all dieser Zeit vertraut sie mir immer noch nicht. Wenn sie mir davon erzählt hätte, wäre ich mitgekommen und hätte mich im Hintergrund gehalten.

Aber nein. Daisy will alles allein regeln.

»Und was ist bei ihr passiert?«

»Sie hat sich für das Mobbing entschuldigt. Und sie dachte, ich hätte ihre Fotos geleakt.«

Ich lasse Daisy Zeit, ihren Tee zu trinken. Sie verbrennt sich die Zunge und verzieht das Gesicht.

»Und?«

»Es war ihr Ex-Freund, der die Bilder ins Internet gestellt hat … aus Rache. Er hat ihr gesagt, dass er sie dafür bestrafen wollte, dass sie mich gemobbt hat.«

Verwirrt starre ich sie an. Wenn Destiny die Wahrheit sagt, würde das bedeuten, dass dieser Mistkerl schon seit Jahren um Daisy herumschwirrt. Finn hatte recht! Unsere Blicke treffen sich, und er nickt, um mir zu zeigen, dass wir das Gleiche denken.

»Und sie dachte, ihr steckt unter einer Decke«, sage ich, als ich endlich begreife.

Daisy nickt finster. Er hat sie also verteidigt, und doch hat er sich nie zu erkennen gegeben. Sehr seltsam. Will er nicht, dass Daisy sich bei ihm bedankt? Ich verstehe weder sein Ziel noch seine Beweggründe. Wenn er ihr wehtun wollte, hätte er schon längst aktiv werden können. Wenn er aber mit ihr zusammen sein wollte, hätte er sich doch bestimmt irgendwann gezeigt.

»Konnte sie dir sagen, wer es ist?«

»Nein. Er hat ihr gedroht«, seufzt sie und reibt sich die Augen.

Finn knurrt frustriert.

»Typisch«, grummelt er und schüttelt den Kopf. »Aber ich wusste, dass Destiny eine heiße Spur sein könnte. Hast du sie in dieser Zeit nie mit einem Mann gesehen?«

Daisy überlegt lange, aber ich mische mich ein:

»Du hast mir doch gesagt, du wüsstest, wer es war.«

»Nicht viele Leute wussten, wie es zwischen Destiny und mir lief«, antwortet Daisy entschlossen. »Wir waren schließlich ziemlich isoliert. Bei ChannelD kennt jeder jeden, das ist wie bei einer Sekte. Ich stand niemandem besonders nah, einfach weil ich jedem misstraute.«

»Außer?«

Sie schluckt, ohne den Blick von mir abzuwenden.

»Außer Zach.«

Langsam gehe ich auf sie zu und setze mich auf den Couchtisch ihr gegenüber. Das muss ich erst einmal verdauen. Finn bleibt stumm, aber ich sehe in seinem Blick, dass er über diese Möglichkeit nachdenkt. Daisy jedoch scheint sich ihrer Sache sicher zu sein.

»Das macht Sinn«, betont sie. »Die Mädchen und ich hatten ihn gerade erst kennengelernt, und Kate gab mir zu verstehen, dass wir in Zukunft zusammen drehen würden. Er war nett, ich mochte ihn, und das beruhte auf Gegenseitigkeit. Ich habe ihm vieles anvertraut. Er wusste, was Destiny mit mir machte, und … das führte dazu, dass er sie hasste. Er sagte mir immer wieder, dass ich mich wehren müsse, dass man ihr eine Lektion erteilen und ihr klarmachen müsse, wo ›ihr Platz‹ ist.«

In Erinnerungen versunken reibt Finn sich das Kinn.

»Destiny war ziemlich in ihn verliebt, nicht wahr? Ich erinnere mich, dass sie immer versucht hat, seine Aufmerksamkeit zu erregen.«

»Stimmt. Das war wohl auch der Grund, warum sie mich nicht leiden konnte. Zach mochte mich, das war für jeden erkennbar. Mir gefiel es zwar, dass Zach auf meiner Seite stand, aber ich wollte mich nicht an alledem beteiligen. Das ist nicht meine Art.«

Daisy ist tatsächlich eher der Typ, der vergibt und Entschuldigungen findet. Zwar kann ich Zach nicht leiden, aber in diesem Punkt stimme ich mit ihm überein. Ich hätte Destiny vermutlich ebenfalls beiseite genommen und ihr gedroht, damit sie mit dem Mist aufhört.

»Du glaubst also, dass er sich nur so verhalten hat, um dich zu schützen?«, fasse ich zusammen und stütze meine Ellbogen auf die Knie. »Dass er ihre Verliebtheit ausgenutzt hat, um ihr eine Romanze vorzuspielen und dann ihre Fotos zu leaken, um sie aus dem Verkehr zu ziehen? Das ist echt krass.«

Zwar klingt es weit hergeholt, aber Daisy hat recht: Es würde alles erklären. Nach der Trennung der Band, als Zach Daisy endlich für sich allein hatte, wurden sie ein Paar, und er hatte Zugang zum Haus, weil er hinter Finns Rücken manchmal dort übernachtete. Er kennt alle Ein- und Ausgänge, ebenso wie Daisys Terminkalender, und er ist einflussreich genug, um Zutritt zu jedem Set oder hinter die Bühne zu bekommen, wenn er will.

Verdammt, alles passt zusammen. Nur warum hat er sie dann verlassen? Obwohl er seinen Schritt ja ziemlich schnell bereute …

Ich sage jedoch nichts dazu, weil Finn nichts von Daisys geheimer Beziehung zu Zach weiß. Auch wenn das im Moment nicht viel ändern würde.

»Keine Ahnung«, seufzt Daisy müde. »Es ist nur so ein Gefühl. Zach ist ein merkwürdiger Typ.«

Wir schweigen eine ganze Weile nachdenklich, bis sich Finn plötzlich zu Wort meldet.

»Sollten wir die Polizei einschalten?«

Ich schüttle den Kopf.

»Mit welchen Argumenten? Bisher haben wir nur so ein Gefühl. Destiny wird erst aussagen, wenn es handfeste Beweise gibt, weil jedes Gespräch sie in Gefahr bringen würde. Wir brauchen mehr Hinweise. Wir müssen ihn in die Enge treiben, ihn zwingen, sich zu offenbaren.«

»Aber wie?«, will Finn wissen.

Gute Frage. Ich will gerade sagen, dass wir darüber noch nachdenken müssen, als es plötzlich an der Haustür klingelt. Verblüfft drehen wir uns um. Vor dem Erkerfenster stehen einige ziemlich vollbepackte Menschen und winken uns lächelnd zu.

»Mist, das hatte ich ganz vergessen.«

Daisy ist am Abend zu den Golden Globes eingeladen, mit rotem Teppich und lauter Hollywoodstars. Sie braucht den ganzen Nachmittag, um sich für den großen Auftritt vorzubereiten.

»Wir reden später weiter«, sage ich und gehe zur Tür.

Finn und ich machen uns während der Vorbereitungen unsichtbar. Daisy geht mit ihrem gesamten Team – Make-up-Artist, Friseurin, Stylistin und wer weiß wem noch – nach oben. Ich verbringe endlose Stunden am Küchentisch. Mein Gehirn läuft auf Hochtouren. Finn gesellt sich zu mir und schlägt tausend und einen Plan vor, wie man Zach dingfest machen könnte.

Es trifft sich gut, dass dieser Psychopath – und das sage ich mit allem Respekt – am Abend als Daisys Begleitung anwesend sein wird. Es war Kate, die vor Wochen unter dem Vorwand, Daisys Image aufzupolieren, darauf bestanden hat.

»Heute Abend werden wir ein Auge auf ihn haben.«

Eine Limo holt uns von zu Hause ab. Natürlich mussten auch Finn und ich uns vorbereiten. Im schwarzen Anzug, mit weißem Hemd und Fliege warte ich in der Einfahrt auf Daisy.

Wir sind pünktlich. Vier Personen, von denen zwei die lange Schleppe ihres Kleides halten, helfen Daisy die Treppe hinunter.

Als ich sie sehe, schießt Adrenalin durch jede Ader meines Körpers.

Oh, wow. Sie sieht aus wie eine Königin. Atemberaubend. Sie trägt ein nachtblaues, funkelndes Paillettenkleid. Es sitzt perfekt, vom Bustier bis zur Taille, die von einem schmalen Schleifengürtel umschlossen wird. Das Unterteil fällt in Wellen über ihre Füße wie ein ausbrechender Vulkan, und die langen Schlitze lassen bei jeder Bewegung ihre braunen Beine erahnen.

Und auch, dass sie keine Unterwäsche trägt.

»Strahlend schön, nicht wahr?«

Bei der Frage ihrer Stylistin kehre ich in die Realität zurück. Finn an meiner Seite ergeht es ähnlich. Er errötet, und ich kann es ihm nicht verübeln.

Mein Blick kehrt zu Daisy zurück, die mich schüchtern anlächelt. Ihre dünnen weißen Zöpfe wurden am Oberkopf zu einem Dutt frisiert, der Pony klebt mit Gel in Wellenform an ihrer Stirn.

»Das Kleid hat sogar Taschen«, freut sich Daisy, während ich ihr in den hinteren Teil der Limo helfe. »Es ist von Ralph & Russo! Gefällt es dir?«

»Musst du wirklich noch fragen?«

Finn nimmt auf dem Beifahrersitz Platz, während ich mich neben Daisy auf den Rücksitz setze. Wir machen uns auf den Weg zum Beverly Hilton, wo die Golden Globes stattfinden. Ich hoffe inständig, dass ich dieses Mal nicht auf Chris Hemsworth treffe …

Der Fahrer fährt langsam. Er rechnet mit einigen Staus auf den Straßen. Ich beobachte Daisy aus den Augenwinkeln. Sie zupft schweigend an ihren Nagelhäutchen.

»Nervös?«

Sie wendet sich mir zu und schenkt mir ein sonniges Lächeln.

»Nein, das bin ich gewohnt.«

Ich kenne sie gut genug, um zu wissen, dass das eine Lüge ist, sage aber nichts. Ich weiß, was sie bedrückt. Es ist ihre erste große Veranstaltung seit dem *Vogue*-Skandal, und die erste, seit sie auf offener Bühne umgekippt ist.

Darüber hinaus ist Zach ihr Begleiter. Ein potenziell gefährlicher Mann.

»Tut mir leid«, flüstert sie und wagt nicht, mich dabei anzusehen. »Dass ich allein gegangen bin.«

Mein Herz wird weicher. Sie sieht verängstigt, verloren und traurig aus. Sie weiß nicht mehr, wem sie vertrauen kann und was normal ist. Es ist zu viel für sie. Und nun muss sie einen weiteren Abend überstehen, an dem sie lächeln muss, obwohl sie lieber weinen würde, Menschen umarmt, die sie am liebsten scheitern sähen, sexistischen und rassistischen Journalisten Rede und Antwort stehen, die ihre Worte später verdrehen.

»Ich bleibe die ganze Zeit in deiner Nähe«, flüstere ich ihr ins Ohr und vergewissere mich, dass mich niemand sonst hören kann. »Alles wird gut, Dee. Das verspreche ich dir. Ich lasse nicht zu, dass dir etwas passiert.«

Sie schluckt und drückt mir die Hand. Ihre Augen sind auf die Scheibe gerichtet, die den hinteren Teil des Autos vom Fahrer trennt. Ihr ganzer Körper scheint vor Angst wie gelähmt, ihre Nerven liegen blank.

Ich werfe einen Blick nach vorn, um mich zu vergewissern, dass die anderen den Blick auf die Straße richten, und beuge mich dann zu ihr hinunter, um an ihrem Ohrläppchen zu knabbern.

»Es gibt da eine unschlagbare Methode, die dir hilft, dich zu entspannen …«

26

American Idol

»American's Sweetheart,
Soul like fire
and magic in her eyes«

Daisy

Thomas' Hand schiebt sich langsam durch den Schlitz in meinem Kleid und elektrisiert dabei meine nackte Haut. Sofort spanne ich mich an und starre in den Innenspiegel der Limo.

Ich will ihm sagen, dass er aufhören soll, dass wir nicht allein sind, dass er völlig verrückt ist. Aber meine Lippen bleiben versiegelt, während seine Hand meinen Oberschenkel mit besitzergreifendem Druck umklammert. Ich schlucke und spüre, wie eine vertraute Wärme an meinen Beinen hinaufwandert, bis zu dieser ganz besonderen Stelle, die nach ihm ruft.

Meine Anspannung erreicht ihren Höhepunkt, als ich seine Finger zwischen meinen Schenkeln spüre. Ich erbebe, aber er bewahrt einen ungerührten Gesichtsausdruck. Niemand könnte sich vorstellen, was er gerade tut.

Thomas schaut geradeaus, ohne mit der Wimper zu zucken. Ich sitze völlig reglos. Meine Hände liegen im Schoß. Plötzlich jedoch kreist sein Finger langsam über meine Klitoris. Ich kann nicht anders, ich zappele auf meinem Sitz herum.

Verdammte Scheiße.

»Entspann dich«, flüstert er gelassen.

Das ist leicht gesagt! Was, wenn Finn sich umdreht und Thomas' Hand unter meinem Kleid entdeckt? Mein schuldbewusster Gesichtsausdruck und meine geröteten Wangen würden uns sofort verraten. Und doch …

Himmel, ist das gut! Vorsichtig dringt er mit den Fingern in mich ein. Ich beiße mir auf die Lippen, um nicht zu stöhnen, und spreize meine Schenkel, damit er mehr Platz hat.

Plötzlich dreht sich Finn um und lächelt mir zu. Ich erstarre sofort und presse panisch meine Schenkel zusammen. Thomas knurrt leise. Seine Finger sind in mir, seine Hand ist zwischen meinen Beinen gefangen.

»Gestresst?«, fragt Finn.

Mein Herz schlägt wie wild. Auch aus ein paar Metern Entfernung muss er nur nach unten schauen, um zu sehen, was dort vor sich geht. Thomas zieht sich trotzdem nicht zurück, im Gegenteil. Ich öffne den Mund, aber seine Finger beginnen, sich in mir hin- und herzubewegen, und ich bringe keinen Laut mehr hervor.

»Ein … ein bisschen.«

Mann, dreh dich um!

»Das wird schon«, beruhigt er mich sanft. »Thomas und ich sind für dich da.«

Ich nicke und bete, dass er es dabei belässt. Aber er schaut mich prüfend an. Ich werde fast ohnmächtig. Thomas spürt das wohl, denn er zieht seine Finger zurück und lässt seine Hand ruhig auf mir liegen, um mir zu bedeuten, dass ich mich nicht bewegen soll.

»Du bist wirklich recht blass …«

»Wie lange brauchen wir noch bis zum Hotel?«, fragt Thomas mit trockener Stimme.

Finn blinzelt überrascht und stammelt: »Äh, ich würde sagen, noch ungefähr zehn Minuten.«

»Sie wird sich eine Weile hinlegen und sich ausruhen«, sagt er. Ich wage es nicht, auch nur einen Muskel zu bewegen. »Schließ die Scheibe.«

Ich schaue Finn an und fürchte, dass er das verdächtig findet, aber er nickt. Er drückt auf einen Knopf, und die Trennscheibe fährt hoch und verbirgt uns vor seinen Blicken. Im nächsten Moment liegt Thomas' Mund auf meinem. Ich seufze lustvoll und schlinge meine Zunge um seine. Plötzlich sind mir meine Frisur und mein Make-up völlig egal.

Ich wünsche mir nur noch, dass er mich mit Haut und Haaren verschlingt.

»Was machst du da?«, frage ich, als er den schweren Stoff meines Glitzerkleides hochkrempelt und nach meinen Schenkeln greift.

In seinen Augen liegt ein gefährlicher Glanz. Er flüstert an meinem Mund: »Ich hab dir doch gesagt, dass ich dir helfen werde, dich zu entspannen, oder? Also sag mir ... Wo willst du mich haben?«

Du lieber Himmel. Warum ist er so sexy? Jetzt ist weiß Gott nicht der richtige Zeitpunkt für solche Dinge! Schon gar nicht mit einem Tier wie Thomas, der mich womöglich in eine Stoffpuppe verwandelt, bevor ich überhaupt den roten Teppich betrete.

Ich schlucke fieberhaft und erkenne mich selbst nicht wieder, als ich mir die Lippen befeuchte und sage:

»Auf den Knien. Zwischen meinen Schenkeln.«

Sein Gesicht wirkt ruhig, aber ich erkenne, dass er erregt ist.

»Du willst also angebetet werden?«, flüstert er, während er erst das eine und dann das andere Knie auf den Boden setzt.

»Soll ich dich vergöttern wie all die Leute da draußen? Sag mir, Daisy ... Soll ich dich um einen Blick von dir anbetteln?«

Ich nicke stumm und beobachte, wie er mein Kleid hochzieht. Die Erregung droht mir den Verstand zu rauben, aber das ist nichts im Vergleich zu dem, was noch kommt. Thomas' Kopf verschwindet unter dem Wasserfall aus Stoff, bis ich nur noch eine Beule unter meinem Kleid erkenne.

Ich spüre seine Hände auf meinen Schenkeln, während er seine Lippen auf mich legt. Ich dachte, er würde es langsam angehen lassen, aber ich habe mich geirrt. Sein Mund verschlingt mich mit Gewalt und Leidenschaft, und zwar mit Lippen, Zunge und Zähnen. Unwillkürlich stöhne ich auf und schlage mir hastig eine Hand vor den Mund.

Zur Strafe gibt mir Thomas einen Klaps auf den Oberschenkel. Angespannt vor Lust schließe ich die Augen. Seine Finger dringen in mich ein, und ich stöhne erneut.

Gleich bin ich so weit. Ich habe Angst, zu viel Lärm zu machen. Glücklicherweise sind die Fensterscheiben getönt. Ich berühre Thomas' Kopf, um ihm zu verstehen zu geben, dass ich kurz vor dem Höhepunkt bin. Plötzlich hört er auf. Die Lust flacht sofort ab.

Erleichtert atme ich auf, als er wieder auftaucht und sich den Mund abwischt.

»Jetzt bin ich entspannt ... danke.«

»Dachtest du etwa, ich wäre fertig?«, sagt er und zieht eine Augenbraue hoch.

Wie bitte? Im nächsten Moment setzt sich Thomas auf die Bank, greift nach meinen Hüften und nimmt mich auf den Schoß. Er hilft mir, mich rittlings zu positionieren, um mein Kleid nicht zu zerknittern.

»Du siehst einfach perfekt aus«, sagt er und betrachtet mein

Gesicht.»Kein einziges Härchen, das nicht an seinem Platz ist. Am liebsten möchte ich alles durcheinanderbringen.«

Oh ja, bitte. Ich habe es so satt, perfekt zu sein.

»Eine Bitte«, flüstere ich, als er seine Hose aufknöpft.»Das Kleid sollte möglichst nichts abbekommen, sonst muss ich es bezahlen. Hast du eine Ahnung, wie teuer es ist?«

Er küsst mich mit einem arroganten Lächeln.

»Ich werde ganz vorsichtig sein. Jetzt halt dich an mir fest.«

Als er beginnt, seine Hose herunterzuziehen, halte ich ihm mein winziges Täschchen hin. Er öffnet es und entdeckt darin ein Kondom.

»Kein Kommentar«, sage ich, als er sich darüber lustig machen will.

Er streift das Kondom über, und ich lasse mich langsam auf ihn hinuntergleiten. Thomas schließt die Augen und stößt ein lustvolles Keuchen aus, das ich mit meinem Mund ersticke. Es fühlt sich so gut an, dass ich Angst habe, zu schnell zum Höhepunkt zu kommen. Thomas küsst mich leidenschaftlich. Mit einer Hand führt er meine Hüften, die andere liegt auf meinem Scheitel, und ich begreife erst verspätet, dass sie mich davor schützen soll, gegen die Decke zu stoßen.

Plötzlich bricht er unseren Kuss ab und lehnt sich in der Haltung eines Paschas in den Rücksitz.

»Ich möchte dir zusehen«, raunt er und beobachtet, wie ich ihn reite. Ich streichele seinen Oberkörper und spüre, wie sich seine Muskeln im Rhythmus seiner Stöße anspannen.

»Schneller!«, flehe ich ihn leise an. Eine Welle der Lust erstickt mich fast.

Er beschleunigt das Tempo und berührt den sensiblen Punkt, der mich dazu bringt, die Kontrolle zu verlieren. Ich kann mein Stöhnen nicht mehr unterdrücken, was ihn ermutigt, noch tiefer einzudringen.

»Ich weiß, Dee … Mir tut es auch gut.«

Ich beiße mir mit aller Kraft auf die Lippen, aber seine Finger hindern mich daran.

»Du wirst dir noch wehtun. Beiß mir in den Hals, wenn es sein muss.«

Heilige Scheiße. Ich beuge mich zu ihm hinunter und vergrabe meinen Kopf in seiner Halsbeuge. Meine Hüften wogen gegen ihn. Es ist so perfekt … Ich beginne zu schwitzen, mir ist heiß. Als Thomas seine Hand unter mein Kleid schiebt, um meine Klitoris zu reiben, beiße ich in seinen Hals, um meine Schreie zu ersticken.

Er stößt einen kehligen Laut aus und wiederholt, wie gut es ist, wie perfekt ich bin, wie er mich anbetet und dass er am liebsten in mir sterben würde. Das reicht, um mich zum Höhepunkt zu bringen.

Ich komme und umschließe ihn zuckend. Zunächst glaube ich, dass er mir folgt, aber plötzlich zieht er sich zurück. Ich lege meine Stirn an seine Schulter und ringe nach Luft, während er meinen Nacken streichelt.

»Nun … entspannt?«

»Du bist nicht gekommen.«

Seine Lippen berühren mich zärtlich hinter meinem Ohr.

»Ich wollte keine Flecken riskieren.«

Ich richte mich langsam auf und beobachte, wie er sich trotz seiner Erektion wieder anzieht.

»Das könnte peinlich werden«, grinse ich.

»Deshalb musst du von meinem Schoß runter, bevor wir da sind«, sagt er und fährt sich mit der Hand durch sein kurzes Haar.

Ich beuge mich vor, um ihn zu küssen, aber er nimmt mein Kinn zwischen die Finger und wischt die verschmierten Lippenstiftspuren weg.

»Wir wollen doch nicht, dass sie sich fragen, was du auf dem Rücksitz deiner Limo gemacht hast, oder?«, flüstert er mit sanfter Stimme, die Schmetterlinge in meinem Bauch verursacht.

Ich will gerade etwas erwidern, als sich plötzlich die Autotür öffnet. Erschrocken zucke ich zusammen und merke zu spät, dass das Auto angehalten hat.

Wir sind am roten Teppich vor dem Beverly Hilton angekommen ... und zwei verdutzte Gesichter starren uns an.

Finn und Zach stieren auf meine Beine. Ich sitze noch immer rittlings auf Thomas' Schoß, und seine Hand befindet sich nach wie vor ganz nah an meinem Mund.

Wie gelähmt vor Panik bemerke ich die Fotografen, die darauf warten, dass ich aussteige. Die Szene scheint unendlich lang anzudauern. In Wirklichkeit vergehen nur wenige Sekunden zwischen dem Augenblick, in dem Zach die Autotür öffnet, und dem, als Thomas sie mit einem Ruck wieder schließt.

»Oh ... Oh Scheiße ... Oh nein!«

»Hey«, sagt Thomas und nimmt mein Gesicht in die Hände. »Es ist nichts. Atme durch. Keine Panik. Außer Zach und Finn hat niemand etwas gesehen. Entspann dich.«

Aber das ist unmöglich, und er weiß es! Auch in seinen Augen erkenne ich Panik. Nichts ist in Ordnung. Ich klettere von seinem Schoß und richte mein Haar, während er sich vergewissert, dass mein Outfit perfekt ist. Meine Beine fühlen sich an wie aus Watte, meine Hände zittern. Ich sehe Zach neben der Autotür stehen. Er wartet und weiß nicht, was er tun soll.

Was, wenn er wirklich Frank ist? Was ist, wenn er ausrastet, nachdem er mich mit Thomas gesehen hat?

»Falls es Probleme gibt, sag mir sofort Bescheid«, beruhigt mich Thomas. »Lächle in die Kameras. Bald ist es vorbei. Du bist unglaublich. Ich bin da und schaue nur dich an. Okay?«

Er drückt mir einen Kuss auf den Mund und steigt aus der

anderen Tür aus. Verängstigt sitze ich allein in der Limo. Richtig ist, dass es schlimmer hätte kommen können. Es ist meine Schuld. Warum habe ich etwas so Riskantes getan? Was, wenn der Fahrer vorne etwas gehört hätte?

Ich bin sauer auf Thomas, weil er mich ein derartiges Risiko eingehen ließ, aber das ist natürlich unfair. Immerhin trifft mich genauso viel Schuld, weil ich mich in diese Situation habe hineinziehen lassen.

Jetzt bin ich sogar noch gestresster als vorher!

Die Autotür öffnet sich erneut, und Zach streckt mir seine Hand entgegen. Ich setze meine Maske auf, ergreife seine Hand und steige aus dem Wagen. Sofort setzt das Blitzlichtgewitter ein.

»Du bist wunderschön«, haucht mir Zach mit versteinertem Gesicht ins Ohr. »Also, für eine Nutte.«

Ich erstarre und bemühe mich, mir meine Verwirrung nicht anmerken zu lassen. Thomas und Finn sind ganz in der Nähe und lassen uns nicht aus den Augen. Ich antworte nicht, sondern halte mich an Zachs Arm fest, während wir zu zweit über den roten Teppich gehen. Die Stimmung brodelt, aber ich bin mit meinen Gedanken woanders.

Es ist zu viel. Zu viel für mich. Ich löse mich aus meiner fleischlichen Hülle und begnüge mich damit, dümmlich für die Fotografen zu lächeln. Mir ist, als würde ich die Szene von außerhalb beobachten.

»Hierhin!«, rufen sie mir zu, als ich anfange zu posieren. »Schau nach vorne! Daisy, hier drüben! Ein Lächeln? Bitte stütze eine Hand in die Hüfte! Danke …«

Ich befolge sämtliche Aufforderungen und posiere in alle möglichen Richtungen. Zachs Arm liegt wie eine Schlange um meine Taille. Sein warmer Atem auf meiner Wange verursacht mir Übelkeit. Er beugt sich zu meinem Ohr.

»Wie lange geht das schon?«

»Ich bin dir keine Rechenschaft schuldig, du dreckiger Psychopath«, stoße ich zwischen zusammengebissenen Zähnen hervor.

Sein Griff schließt sich bedrohlich um mich.

»An deiner Stelle wäre ich lieber nett, Daisy ... Du willst nicht wissen, wozu ich fähig bin.«

Scheiße. Mein Blick trifft den von Thomas, der wie versteinert in der Menge steht. Er runzelt die Stirn, als er begreift, dass etwas nicht stimmt. Ich habe das Gefühl, keine Luft zu bekommen.

Zögernd tritt Thomas einen Schritt auf uns zu, aber Finn hält ihn auf. Er darf sich uns nicht anschließen, und das weiß er.

Mutig wende ich die Augen ab.

»Warst du das?«, flüstere ich, obwohl die Kameras auf uns gerichtet sind und vielleicht auch, weil ich Angst davor habe, ihn zu fragen, wenn wir allein sind. »Die Briefe, die Blumen, die Tweets ... Destiny.«

Er antwortet mir nicht sofort. Mit stockendem Atem blicke ich zu ihm auf. Doch er winkt nur lächelnd in die Kameras. Als wir weitergehen, verändert sich sein Gesicht dramatisch.

Er wirft mir einen finsteren Blick zu, der mich erstarren lässt.

»Ich habe keine Ahnung, wovon du redest.«

Er lügt.

»Weißt du ... ich glaube, ich habe dich zu sehr vergöttert«, fügt er hinzu. »Ich dachte, du wärst es wert, all diese Risiken einzugehen. Aber in Wirklichkeit bist du wie alle anderen. Eine Schlampe, die nach Aufmerksamkeit giert und dafür jeden ficken würde.«

Ich unterdrücke den Drang, ihn zu ohrfeigen. Wenn ich das vor Zeugen täte, könnte ich mich von meiner Karriere verabschieden. Noch einen Skandal kann ich nicht gebrauchen, und wenn ich mich mit ihm anlege, könnte er die Gerüchteküche zum Brodeln bringen … Oder Schlimmeres. Scheiße, er hat Zugang zu meinem Haus!

Ich nehme meinen Arm wieder in Besitz und bringe ein paar Schritte Abstand zwischen uns. Belustigt hebt er eine Augenbraue. Dennoch erkenne ich die Wut in seinen Zügen.

»Was denn? Hast du Angst?«

»Lass mich in Frieden, Zach. Ich meine es ernst. Ansonsten wirst du es bereuen.«

Er lacht auf, was sein Gesicht sehr vorteilhaft erhellt. Die Reporter fotografieren geradezu gierig. Wahrscheinlich denken sie, dass wir miteinander scherzen und dass wir uns wahnsinnig lieben.

»Keine Sorge … Ich bin jetzt viel weniger interessiert, nachdem du anderweitig flachgelegt worden bist. Beschädigte Dinge nehme ich nicht zurück.«

Ich höre auf zu lächeln, drehe mich um und lasse ihn einfach stehen. Ich spüre Thomas und Finn hinter mir. Sie sind bereit, sofort einzugreifen, wenn es nötig sein sollte.

Allein posiere ich für weitere Fotos und gebe einige Interviews. Javier und Micah gesellen sich zu mir. Die ganze Zeit über lächle ich.

Ich lächle, dass es wehtut.

Ich lächle, dass es mich anwidert.

Ich lächle, um mich selbst zu überzeugen, dass alles in Ordnung ist.

Und für einen kurzen Moment gelingt mir das auch fast.

27

Ace Of Spades

»He left me breathless,
Hoping he would confess«

Thomas

Zum ersten Mal, seit ich den Job angenommen habe, bleibt
Frank stumm wie ein Grab.

Schlimmer noch: Er hat seine sämtlichen Accounts gelöscht.
Sein Twitter-Profil ist nicht mehr auffindbar, ebenso wie alle
Nachrichten und Fotos, die er je geteilt hat.

Seit den Golden Globes sind wir auf der Hut. Daisy hat mir
Wort für Wort berichtet, was Zach auf dem roten Teppich zu
ihr gesagt hat. Wie konnte er es wagen?

Ich warte nur auf eines: einen Beweis, ganz gleich welcher
Art, um mit einem Baseballschläger in sein Haus zu stürmen,
auf Notwehr zu plädieren und ihn wegen Belästigung und versuchter Körperverletzung ins Gefängnis zu bringen.

Drei Tage später postet der kleine Drecksack einen völlig
neuen Song auf seiner SoundCloud. Der Text lässt vermuten,
dass er Liebeskummer hat und dass das Objekt seiner Liebe
ihn wegen eines anderen verlassen hat.

Natürlich fangen seine Fans allmählich an zu spekulieren.
Ich bin sicher, dass er das absichtlich tut, um Daisy zu diskre-
ditieren.

»Schlaft ihr miteinander?«, fragte mich Finn kurz nach dem Vorfall.

Er schien sowohl enttäuscht als auch verwundert zu sein. Schnell wurde mir klar, dass er sauer auf uns war, weil wir ihn nicht eingeweiht hatten.

»Das geht dich nichts an«, antwortete ich mit fester Stimme. »Daisy und ich sind seit zehn Jahren befreundet. Ich muss dir keine Rechenschaft über unsere Beziehung ablegen. Sie … ist mir wertvoll.«

Er begnügte sich damit, verständnisvoll zu nicken. Ich kann mich darauf verlassen, dass er schweigt. Finn ist vielleicht ein bisschen dumm, aber er ist nett. Und vor allem liegt ihm Daisy am Herzen. Ich glaube sogar, dass sie ihn mittlerweile als Freund betrachtet.

Während der nächsten Wochen fürchten wir, dass jeden Moment etwas auf uns zukommen könnte. Als aber weder Zach noch Frank sich melden, erlaubt sich Daisy endlich, durchzuatmen.

»Er war es also wirklich«, sagt sie eines Abends, als wir Tornado füttern. »Glaubst du, er hat aufgegeben, als er erkannte, dass wir miteinander schlafen?«

Ich bleibe nachdenklich. Ich habe keine Ahnung, wie solche Leute ticken. Aber wenn ich mir Franks Briefe ansehe, verstehe ich, dass er wohl die reine, unschuldige Seite von Daisy liebte. Er stellte sich vor, der Erste zu sein, und verließ sich darauf, dass sie sich für ihn bewahrte.

Das Titelfoto der *Vogue* hatte ihn sprachlos gemacht. Aber das jetzt … das konnte er nicht ertragen. Das Problem besteht nicht mehr darin, herauszufinden, wer Frank ist.

Von nun an geht es darum, einen Weg zu finden, ihn zu stellen. Auf keinen Fall werde ich ihn einfach so weitermachen lassen. Entweder es gelingt uns, ein Geständnis von ihm zu bekommen und ihn ins Gefängnis zu bringen, oder ich kümmere mich selbst darum. Allerdings weiß ich, dass Daisy diese Idee hassen würde.

Sie in diesem Zustand zu sehen macht mich schon wütend genug. Zwar tut sie so, als ob es ihr gut ginge, aber es ist offensichtlich, dass das nicht stimmt. Jeder sieht es, auch Finn, Hayley und die Jungs. Es geht ihr schlecht. Sie arbeitet zu viel und schläft zu wenig. Ihr Körper lässt sie im Stich. Alles macht ihr Angst, und jede Kleinigkeit kann zu einem Ausraster führen.

Ihre Freunde kommen immer seltener. Mir ist klar, dass das daran liegt, dass Daisy ihnen auf die Nerven geht. Es bricht mir das Herz, denn ich weiß, wie unglücklich sie ist und dass das zum Teil meine Schuld ist.

Ich bin einfach nicht in der Lage, gute Arbeit zu leisten.

Schlimmer noch: Ich bin nicht in der Lage, meine Hände bei mir zu behalten, wenn sie in meiner Nähe ist. Sie erregt mich. Nicht nur, weil sie supersexy ist, sondern weil …

Weil sie Daisy ist.

Was ich für sie empfinde, habe ich noch nie für jemanden empfunden. Wenn sie lächelt, erstrahlt die ganze Welt. Wenn sie meine Hand nimmt, beruhigt sich mein Herz sofort. Je länger das geht, desto öfter frage ich mich, wie lange es schon so war, ohne dass ich es bemerkt hatte.

Ist es das, was man Liebe nennt?

Unmöglich. Ich bin nicht in der Lage, mich zu verlieben, das weiß ich. Und doch … Könnte es sein, dass sie eine Ausnahme ist? Oder belüge ich mich selbst? Ist Daisy nur eine Laune, ein Objekt der Begierde, ein Mittel, um meine kranken Neigungen zu befriedigen?

Schließlich war sie schon immer von mir besessen. Schon vor langer Zeit wollte sie mich, und ihr Interesse an mir hat nie nachgelassen. Das gefiel mir schon früher.

Könnte es sein, dass ich sie nur ausnutze?

Ich lese die Nachrichten meiner Mutter, die ich am frühen Morgen erhalten habe.

Mama: Tut mir leid, letztes Mal habe ich mich hinreißen lassen. Mir geht es sehr schlecht, weißt du? Manchmal möchte ich es einfach nur hinter mich bringen …
Mama: Du wirst mich doch nicht verpetzen, oder? Denk an deine Schwester! Ich bin alles, was sie hat. Sei nicht so grausam.

Angewidert schüttele ich den Kopf. Nach der Manipulation und den Beleidigungen folgt jetzt die emotionale Erpressung. Hat sie es immer noch nicht begriffen? Mit mir funktioniert das nicht.

Ich begnüge mich damit, ihre Nummer zu blockieren und stattdessen jemand anderen anzurufen.

»Hallo?«, antwortet eine weibliche Stimme auf Levis Smartphone.

Ups. Na toll. Es war wohl keine gute Idee, ihn anzurufen. Da brauche ich einmal den Rat eines Mannes, und dann überlässt er mich seiner Freundin.

»Wo ist Levi?«

»Unter der Dusche. Gibt es Neuigkeiten?«

Ich will gerade auflegen, als mir plötzlich ein Gedanke durch den Kopf schießt. Bei Licht besehen … Rose könnte mich doch viel besser beraten als er, oder? Ihre Mutter ist Psychotherapeutin. Sie selbst hat eine Zeit lang Psychologie studiert. Vielleicht kann sie mir helfen.

»Ich habe eine Frage«, sage ich zögernd.

An meinem Tonfall erkennt sie wohl, dass nicht der richtige Zeitpunkt für Scherze ist, denn sie lässt mich weiterreden.

»Können ... können sich Menschen mit Soziopathie verlieben?«

Zunächst befürchte ich, dass sie mich auflaufen lässt, aber sie
nimmt sich Zeit, über mein Anliegen nachzudenken.

»Hm ... ganz ehrlich?«

»Ja.«

»Leider nein. Tut mir leid ...«, sagt sie leise und ernsthaft.
»Zumindest würde ich es nicht als Liebe im eigentlichen Sinne
bezeichnen, da Soziopathen jegliche Empathie fehlt. Sie können zwar Zuneigung für jemanden empfinden, aber das ist eher
ein Bedürfnis nach Besitz. Sie wollen, dass die betreffende Person ihnen gehört. Ihre eigenen Bedürfnisse werden immer an
erster Stelle stehen.«

Genau das, was ich dachte. Nur ... etwas stört mich an dem,
was sie gerade gesagt hat. Etwas, das ich schon immer wusste,
das jetzt aber keinen Sinn mehr ergibt.

Einem Soziopathen fehlt es an Empathie.

So habe ich die meiste Zeit meines Lebens gelebt. Menschen waren mir gleichgültig. Ihre Gefühle waren mir egal. Ich
habe mich nie traurig gefühlt, wenn jemand anders trauerte,
ich konnte mich nie in die Lage anderer versetzen.

Aber Daisy ... Es reicht schon, dass sie anfängt zu weinen,
und es juckt mich in den Fingern, den Übeltäter zu verprügeln.
Ein bekümmerter Blick oder ein schwaches Lächeln genügen,
damit ich sie in den Arm nehmen und vor der ganzen Welt
beschützen will. Das ist doch Empathie, oder? Mein schmer-
zendes Herz, wenn ich mir vorstelle, dass sie an Thanksgiving
allein und traurig ist. Oder wenn ich es so wenig ertrage, sie
unglücklich zu sehen, dass ich fünfzig Exemplare ihres Albums
kaufe, nur um sie lächeln zu sehen.

Ich würde mir das Herz aus der Brust reißen, wenn sie dadurch für immer glücklich wäre.

Und das Schockierendste ist … dass es schon immer so war. Es ist nicht neu. Früher war ich nicht in sie verliebt, das stimmt, aber ich hatte immer das Bedürfnis, sie zu beschützen, mich um sie zu kümmern und sie zum Lächeln zu bringen. Ich tat alles Menschenmögliche, um an ihren Geburtstagen anwesend zu sein, weil ich genau wusste, dass es ihr viel bedeutete.

»Ich glaube … ich glaube, ich habe eine Schwachstelle. Eine Macke.«

»Wie kommst du darauf?«, fragt Rose neugierig.

»Ich fürchte, Daisy ist mein wunder Punkt, die Schwachstelle im System. Ich weiß nicht … Sie lässt mich seltsame Dinge empfinden. Ich will immer bei ihr sein. Ich denke an sie, wenn ich nicht in ihrer Nähe bin. Ich zähle, wie oft sie lächelt; zweimal seit heute Morgen, siebenmal gestern. Ich habe nie jemanden geliebt und immer meine eigenen Regeln befolgt, aber sie … dieses Mädchen von kaum einem Meter dreiundfünfzig hat mich total in der Hand. Das ist doch nicht normal. Also sag mir: Was ist mein Problem? Ich möchte das schnell klären.«

Schweigen. Ich höre nur Roses leisen Atem am anderen Ende der Leitung und dann plötzlich … ein Lachen. Wenn ich erröten könnte, würde ich es wahrscheinlich tun. Vor lauter Demütigung.

»Du hast überhaupt kein Problem, Hemsworth«, sagt sie, und ich kann das Lächeln in ihrer Stimme hören. »Ich würde sogar sagen, dass ausnahmsweise alles normal ist. Ich denke, du bist verliebt …«

»Aber du hast doch gerade gesagt, dass das unmöglich wäre.«

»Vielleicht bist du ja gar kein Soziopath.«

Jetzt kommt die kalte Dusche. Ich blinzele genervt. Vor Daisy war mein Leben so einfach. Damals musste ich mir nicht alle möglichen unnötigen Fragen stellen.

»Vielleicht war die Diagnose falsch«, erklärt Rose. »Du warst noch sehr jung, da kann so etwas passieren … Es gibt viele ganz ähnliche Störungen. Möchtest du, dass ich mit meiner Mutter darüber rede?«

Plötzlich geht mir alles viel zu schnell. Ich gerate in Panik. Nein, ich will mit niemandem reden, und vor allem will ich es nicht wissen. Ich setze gerade zu einer Antwort an, als ich im Augenwinkel eine Bewegung wahrnehme. Ich drehe mich um und sehe Daisy in einem Oversize-Pullover über einer Netzstrumpfhose und in einem Paar Doc Martens.

»Nein, lass mal. Ich rufe später noch mal an.«

Ich bedanke mich kaum, ehe ich auflege. Ich bin sicher, dass sie es nicht persönlich nimmt.

»Alles klar?«

Ich merke sofort, dass Daisy angespannt ist. Mein erster Gedanke ist, ihr eine Motorradtour vorzuschlagen, aber das verkneife ich mir.

Was ist mit mir los? Daisy hat mir bereits gesagt, dass sie nicht an meine Soziopathie glaubt. Nun ist es Rose. Könnte … könnte es möglich sein?

Ich weigere mich, daran zu glauben. Denn wenn ich diesen Funken Hoffnung nähre, wenn ich mich auf eine Beziehung mit Daisy einlasse und später herausfinde, dass ich mich geirrt habe und doch nur ein psychopathisches Arschloch bin … das würde mich umbringen.

Sie hat etwas Besseres verdient.

»Ich muss raus hier«, sagt Daisy und stampft mit dem Fuß auf. »Ich will irgendwohin, wo ich mich sicher fühle.«

Sie wirkt aufgedreht und doch völlig erschöpft. Ihr Nagelhäute sind blutig. Ihre Lippen sind ebenfalls rissig, was darauf schließen lässt, dass sie sich auch dort die Haut abzupft.

»Wir nehmen das Motorrad.«

Ich befestige meinen zweiten Helm unter ihrem Kinn, und wir fahren los in Richtung Strand. Ich vergewissere mich, dass uns vom Haus aus niemand folgt.

Ich wähle eine weniger häufig besuchte Ecke am El Matador Beach aus und warte neben dem Motorrad, während Daisy zum Strand läuft. Ich beobachte, wie sie ihre Schuhe auszieht und die Füße ins Wasser taucht. Ihre Haare wehen im Wind. Woran denkt sie wohl? An Zach? Oder an die Leute, die sie in den sozialen Medien niedermachen? Vermisst sie ihre Familie? Soll ich Hakeem zu Hilfe rufen? Ausnahmsweise einmal gehen mir die Ideen aus.

Ich geselle mich zu ihr und vergrabe meine Hände in den Taschen meiner Jogginghose.

»Woran denkst du?«, frage ich und starre auf den Horizont.

»Würdest du mich auch mögen, wenn ich nur ein Regenwurm wäre?«

Verwirrt schaue ich zu ihr hinunter. »Nein.«

Daisy blickt mich beleidigt an. »Wie bitte? Und warum nicht?«

»Weil du … nur ein Wurm wärst?«

»Ja und? Du solltest mich mögen, ganz gleich, wie ich aussehe!«

Ich beobachte sie, ohne etwas zu sagen, und warte auf die Pointe. Aber die kommt nicht. Ich öffne den Mund, ohne zu wissen, was ich antworten soll, und schüttele den Kopf.

»Das verstehe ich jetzt nicht.«

»Ich würde dich immer lieben«, sagt sie, verschränkt die Arme über der Brust und schaut wieder aufs Meer hinaus. »Sogar als Wurm. Weil es immer du bist. Und weil ich geboren wurde, um dich zu lieben, Thomas Kalberg. Wurm, Soziopath, Chris-Hemsworth-Doppelgänger – was auch immer. Es macht keinen Unterschied. Ich habe mein ganzes Leben damit verbracht, dich anzusehen, in der Hoffnung, dass du mich irgendwann auch siehst.«

Ich stehe einfach nur da und bin verblüfft. Mir war immer bewusst, dass sie sich für mich interessiert. Aber nie hat Daisy mir gesagt, dass sie mich wirklich und von ganzem Herzen liebt.

Bei ihrer Offenbarung spüre ich, wie mein Herz stärker in meiner Brust pocht.

Sie liebt mich. Ich wurde nie geliebt, nicht wirklich, aber Daisy Coleman liebt mich. Mein ganzes Leben lang wurde ich immer wieder von Menschen verlassen, die mich angeblich liebten, aber Daisy Coleman hat immer zu mir gehalten, selbst dann, wenn ich sie zurückgewiesen habe.

Und ... so seltsam es auch klingen mag, ich glaube, ich liebe sie auch. Ich war aufrichtig: Wenn ich überhaupt in der Lage wäre, mich zu verlieben, dann in sie und in niemand anderen. Das ist meine Wahrheit.

Wir oder nichts.

»Daisy.«

Sie schaut mich nicht an. Ich sehe, wie eine einzelne Träne über ihr Gesicht kullert. Das ist der Tropfen zu viel. Ich stelle mich vor sie, versperre ihr die Sicht, nehme ihr Gesicht in die Hände und zwinge sie sanft, zu mir aufzuschauen.

Als sie mich endlich ansieht, wage ich den Sprung ins kalte Wasser.

»Ich sehe dich jetzt.«

Sie blinzelt, und noch mehr Tränen laufen über ihre Wangen. Ich fange sie mit meinen Lippen auf und küsse Daisy auf den Mund. Sie krallt sich an meine Jacke und lehnt sich an mich.

Meine Gefühle spielen verrückt. Am liebsten würde ich Rose anrufen, um es ihr zu sagen, um es ein für alle Mal zu verstehen.

»Ich sehe nur dich, Dee«, hauche ich gegen ihren feuchten Mund.

Ich trinke ihren beglückten Seufzer und fühle selig ihre Hände unter meinem T-Shirt.

Klick! Klick! Klick!

Ich erstarre. Instinktiv tue ich das, was am nächsten liegt: Daisy beschützen. Ich drücke sie an mich und lege meine Hand hinter ihren Kopf.

Und dann sehe ich ihn. Colin, der sich einige Meter entfernt versteckt hat und mit einem riesigen Teleobjektiv bewaffnet ist.

Mein bestürzter Blick trifft seinen … und der Mistkerl grinst mich an.

28

F*ck Everyone

»Can we go back
to when I didn't hate my life?«

Daisy

Ich erkenne das Geräusch sofort.

Thomas drückt mich an sich und bedeckt meinen Kopf mit seinen Händen, doch es ist zu spät. Ich weiß es. Jemand hat gerade ein Foto von uns gemacht. Ich bin erledigt. Ich stoße Thomas von mir und drehe mich um, um es mit eigenen Augen zu sehen.

Mein Blick trifft den von Colin, der keine Anstalten mehr macht, sich zu verstecken. Mit zufriedenem Gesichtsausdruck fotografiert er einfach weiter. Ich weiß nicht, was in mich gefahren ist, aber plötzlich gehe ich auf ihn zu.

Ich werde zu Hause beobachtet. Ich werde draußen beobachtet. Ich werde überall und ständig beobachtet, und ich habe Angst vor einer Kurzschlusshandlung.

Thomas will mich zurückhalten. Ich reiße mich los. Colin sieht mich näherkommen, bewegt sich jedoch keinen Schritt.

»Das hier ist privat«, sage ich mit zitternder, aber fester Stimme.

Unbeirrt senkt er die Kamera. Etwas breitet sich in mir aus. Ein Gefühl von Verrat und Verletzung und eine unendliche

347

Erschöpfung. Ich bin es so leid, mich zu verstecken, mich zu verstellen und selbst für den bloßen Schein einer Privatsphäre kämpfen zu müssen. Ich bin hierher gekommen, um dem Giftsog der sozialen Netzwerke und der Paparazzi zu entgehen, die vor meinem Haus campieren!

»Sieht tatsächlich ganz danach aus«, antwortet Colin. »Er hat nicht gelogen …«

Ich erstarre. Wer ist *er*? Wenn ich darüber nachdenke, war Colin tatsächlich eine Zeit lang verschwunden, vor allem, nachdem Thomas ihn angegriffen hatte. Merkwürdig, dass er plötzlich wieder zur richtigen Zeit am richtigen Ort auftaucht. Wurde er informiert?

»Wer?«

»Ihr anderer Lover. Zach.«

Dieses Schwein. Wütend balle ich die Fäuste. Er hat es tatsächlich gewagt. Zwar droht er mir nicht mehr und hat alle Accounts gelöscht, aber er wollte sich dennoch rächen, ohne sich die Hände schmutzig zu machen.

Er lässt also nie locker und wird mir wohl das antun, was er Destiny angetan hat. Ist das die Zukunft, die mich erwartet? Deprimiert, die Karriere gescheitert und gezwungen, mich zu verstecken, weil ich Angst habe, dass jemand über mich herfällt? Kommt nicht infrage!

Trotzdem habe ich Angst. Angst, weil er überall ist, weil er mich beobachtet, weil er mir folgt und weil er mein ganzes Leben kontrolliert. Ich fühle mich wie in einem Käfig. Das muss aufhören.

Ich bemühe mich, ruhig zu bleiben, und sage:

»Lösch diese Fotos. Bitte.«

Colin lacht mir ins Gesicht, wirkt aber misstrauisch. Über meine Schulter hinweg beobachtet er Thomas, um sicherzugehen, dass mein Bodyguard ihn nicht überwältigt.

»Klar doch, selbstverständlich.«

»Ich bezahle dafür.«

»Ich wurde bereits bezahlt«, antwortet er lässig. »Diese Fotos sind eine Goldmine für meine Karriere. Du hättest es dir eben zweimal überlegen sollen, ehe du dich mit deinem Bodyguard eingelassen hast.«

Bevor ich antworten kann, legt Thomas seine Hand auf meine Schulter und zieht mich hinter sich her.

»Wir fahren nach Hause.«

Er ist mindestens genauso wütend wie ich, aber er bleibt friedlich, weil er spürt, dass ich kurz davor bin, eine Dummheit zu begehen. Daher entscheide ich mich, ebenfalls brav zu sein, und laufe mit ihm zum Motorrad. Am Geräusch seiner Kamera höre ich, dass Colin uns folgt.

»Wo wollt ihr hin? Wollt ihr zu Hause weitermachen?«

Nicht antworten, nicht antworten, nicht antworten.

Natürlich ruft unser Streit die wenigen Passanten auf den Plan, die sich allmählich zu uns umdrehen. Mein Herz schlägt schneller. Thomas stellt sich vor mich und reicht mir eine Sonnenbrille.

Aber Colin geht rücksichtslos neben mir her, wobei er mich fast anrempelt.

»Hau ab!«, fauche ich ihn an und versetze ihm einen heftigen Stoß. Er stolpert. »Du hast dein Foto bekommen, jetzt lass mich endlich in Frieden!«

»Hast du mich gerade berührt?«, fragt er und richtet sein Objektiv auf mich. Ich ahne, dass er filmt. »Was ist? Willst du mich etwa angreifen?«

Ich werde immer wütender. Ich hasse diese Reporter. Ich hasse sie alle. Sie sollen mich in Ruhe lassen, sie sollen aufhören, mir zu folgen, sie sollen mich nicht mehr anfassen, sie sollen vergessen, wer ich bin.

Am liebsten würde ich von der Erdoberfläche verschwinden.
»Wie lange geht das schon so?«, schreit Colin mir ins Ohr.
»Ist es etwas Ernstes? Stimmt es, dass du Zach McRae mit ihm betrügst?«

»Wenn du dich nicht sofort verpisst, schlage ich euch kurz und klein – dich und deine Kamera«, droht Thomas mit eisiger Stimme.

Natürlich lächelt Colin nur arrogant.

»Man sollte eben nicht berühmt werden, wenn man ein paar Fotos nicht ertragen kann.«

Einige der Umstehenden filmen mit ihren Handys. Als wir endlich das Motorrad erreichen, kommt Colin mir so nah, dass er mich berührt. Ich versuche, hinter Thomas aufzusteigen, aber Colin bringt mich aus dem Gleichgewicht, und ich stolpere. Das bringt das Fass zum Überlaufen. Ich tue etwas Verrücktes.

Und es ist ganz einfach ... Ich explodiere.

»Hau endlich ab, verdammtes Arschloch!«, schreie ich ihn an und packe ihn heftig am Kragen.

Für einen Moment scheint er mindestens ebenso überrascht zu sein wie ich. Ich versetze ihm einen groben Stoß und gehe bedrohlich auf ihn zu.

»Was genau ist euer Problem? Ich kann tun und lassen, was ich will, verstanden? Das ist *mein* Leben! Und wenn du nur noch ein einziges Foto machst, verklage ich dich wegen Belästigung!«

»Daisy!«

Ich ignoriere Thomas. Wut und Adrenalin elektrisieren mich, Angst und Erschöpfung tun das Übrige.

Ich fühle mich zum Äußersten getrieben. Die Paparazzi haben es geschafft, mich, die glückliche, lächelnde Daisy, die jeden liebte, an den Rand des Abgrunds zu befördern. Das ist der Lohn des Ruhms. Er nimmt einem alles, was man hat, und hinterlässt nur noch Schatten dessen, was man einmal war.

Colin hält endlich den Mund. Ich drehe mich um und besteige das Motorrad. Kaum habe ich mich umgedreht, höre ich erneut das unaufhörliche Klicken seiner Kamera.

Ich kann dieses Geräusch einfach nicht mehr hören!

Ich vergesse mich erneut und verpasse seiner Kamera einen so gewaltigen Schlag, dass sie mit voller Wucht auf den Boden kracht.

»Hey!«, ruft er wütend.

Jetzt kann ich nicht mehr aufhören. Ich nehme weder die Leute wahr, die uns filmen, noch höre ich Thomas, der meinen Namen schreit. Ich greife nach dem Gurt um Colins Hals, an dem eine weitere Kamera hängt, und schmettere das Gerät gegen einen Felsen.

»Handy her!«

»Verdammt, hast du völlig den Verstand verloren? Dafür wirst du bezahlen!«

Ich fasse mitten in sein Gesicht und stoße ihn zurück. Ich bin einfach nur wütend. Colin will sich wehren und meine Arme festhalten, stöhnt aber vor Schmerzen auf und lässt los.

Thomas steht hinter ihm und dreht ihm den Arm auf den Rücken.

»Ich hasse es, mich zu wiederholen«, knurrt er. »Wenn dir dein Arm wichtig ist, rate ich dir, sie nie wieder zu berühren. Hast du das verstanden?«

Colin keucht vor Schmerz und nickt schließlich. Schamesröte kriecht in sein Gesicht. An dem erschrockenen Gemurmel, das uns umgibt, erkenne ich, dass ich gerade einen riesigen Fehler begangen habe.

Doch der Adrenalinstoß war so stark, dass mir die Folgen egal sind.

Thomas lässt Colin los, zertritt die Überreste von dessen Geräten und nimmt meine Hand. Ich schwinge mich auf das Motorrad, lege meine Arme um seine Taille, und wir brausen los. Dabei lassen wir eine Menge Leute zurück, die in der Lage sind, meinen Ruf in Schutt und Asche zu legen.

Der Mistkerl hatte alles genau so geplant.

Als wir nach Hause kommen, ist auf Twitter bereits die Hölle los. Fotos, die uns beim Küssen am Strand zeigen, bestätigen, dass Colin tatsächlich ein Smartphone bei sich hatte.

Alle Welt gibt Kommentare dazu ab, als ob es nicht meine Privatsphäre wäre, um die es sich hier handelt. Als ob jeder dieser Unbekannten etwas über mein Leben zu sagen hätte. Als ob sie mich, Daisy Coleman, genau kennen würden, weil sie mich einmal in einer Serien-Rolle gesehen haben.

Man behauptet, dass ich mir nicht in die Karten schauen lasse, dass ich in letzter Zeit nachlässig werde und dass ich eine Heuchlerin und Lügnerin bin. Selbst diejenigen, die mich zur Zeit des *Vogue*-Skandals noch verteidigt haben, lassen mich dieses Mal völlig im Stich.

Diese Schlampe hat Zach betrogen! Wie kann sie es nur wagen?

Habe ich es mir doch gedacht! Ihr neuer Song handelt von ihr selbst!

Zach hat Besseres verdient, und endlich hat die Welt es begriffen.

Ihr Bodyguard? Ernsthaft? Ist er überhaupt einverstanden? Armer Kerl.

352

Von jetzt an geht's bergab … Es war lustig, solange es andauerte. Bye bye!

Wow, jetzt knallt sie wirklich durch! Sie macht mir Angst … Ich wusste schon immer, dass ihr Lächeln nicht echt ist.

Sie ist genauso verrückt wie ihr Bodyguard. Heftig.

»Hör endlich auf, dir wehzutun!«, schimpft Thomas und nimmt mir das Handy weg. »Du bist ja geradezu süchtig nach dem Ding.«

Genau in diesem Moment beginnt es zu klingeln. Auf dem Display erscheint Kates Name. Es ist der dritte Anruf innerhalb von fünf Minuten. Ich habe keine Lust, ihr zu antworten, keine Lust, mit ihr zu reden.

»Lass mich«, erwidere ich und greife nach dem Telefon. »Ich tue, was ich will, okay? Wenn ich mir wehtun will, tue ich mir weh. Ich habe keinen Bock mehr darauf, dass jeder mir sagt, was ich tun soll. Also fang du nicht auch noch damit an!«

Thomas antwortet nicht. Sein Gesicht bleibt unbewegt, aber ich sehe, wie er die Zähne zusammenbeißt. Ich renne in mein Zimmer, schließe mich ein und brülle in mein Kopfkissen. Ich möchte schreien, etwas zerschlagen, was auch immer. Erneut öffne ich Twitter und schreibe, von einer verrückten Anwandlung gepackt, mit zitternder Hand einen Tweet.

Mir doch egal, wenn ihr nicht zufrieden seid.

Noch zögere ich, auf Enter zu drücken. Meine Nerven liegen blank. Ich will den Tweet gerade abschicken, als mein Telefon erneut zu klingeln beginnt. Erst überlege ich, den Anruf abzulehnen, denn ich bin sicher, dass es wieder Kate ist, doch dann erstarre ich.

Hakeem.

Scheiße. Scheiße, Scheiße, Scheiße. Ich nehme den Anruf an und halte mir das Handy ans Ohr.

»Hallo?«

Er sagt nichts. Den Tränen nahe beiße ich mir auf die Lippen. Er ist enttäuscht, ich weiß es, ich spüre es, ich höre es in seinem Schweigen. Mein Leben lang war mir wichtig, dass er stolz auf mich ist – er mehr als alle anderen.

Mein großer Bruder.

»Hakeem …«

»Sag mir, dass das nicht wahr ist!«, befiehlt er mit rauer Stimme. »Nicht er. Nicht Thomas.«

Weinend schließe ich die Augen. Eine Flut von Gefühlen prasselt auf mich ein.

»Ich liebe ihn«, stoße ich erbärmlich schluchzend hervor.

Er flucht leise. Nur Sekunden später schreit er mich an, wie blöd ich wäre, dass Thomas mich nie lieben würde, dass ich Mist gebaut hätte und dass er ihn mit bloßen Händen umbringen wolle.

Schon wieder versucht jemand, mich zu kontrollieren. Also schreie ich zurück.

»Das geht dich einen feuchten Dreck an, ist das klar? Verdammt, du bist nicht mein Vater! Kapiert? Also hör auf, dich so zu benehmen! Ich bin kein kleines Mädchen mehr, und ich mache, was ich will!«

Er verdaut meine Worte, die ihm sicher wehtun, aber er bleibt standhaft.

»Ich wusste, dass es eine blöde Idee war … Dieses Casting, die Serie, die Musik. Das alles ist dir zu Kopf gestiegen, Daisy. Es übersteigt deine Kräfte.«

Mir bleibt die Luft weg. Mit offenem Mund und schmerzendem Herzen stehe ich vor meinem Spiegel. »Es übersteigt deine Kräfte.«

»Wie bitte?«

»Du bist nicht mehr dieselbe«, fügt er kalt hinzu. »Du hast dich verändert, Dee. Dieses Mädchen, das ganze Tage auf irgendwelchen Yachten verbringt, statt mit uns zu telefonieren, das Nacktfotoshootings macht und ihr Privatleben in Zeitschriften zur Schau stellt, das ist nicht meine kleine Schwester! Du hast vergessen, woher du kommst. Du verlierst dich …«

Mir stockt der Atem. Alles, was ich fürchte, kommt aus seinem Mund, und jedes Wort ist wie ein Dolch mitten ins Herz. Ich fühlte mich einsam, aber wenigstens wusste ich, dass meine Familie hinter mir stand. Nur dass sie mich nun ebenfalls verlässt.

Niemand liebt mich. Alle machen mir Vorwürfe, obwohl ich nur versuche, mein Leben so zu leben, wie ich es für richtig halte. Obwohl ich mich nur darum bemühe, um meiner Leidenschaft willen in einem Haifischbecken zu überleben.

Wieso erkennt niemand, dass es mir schlecht geht?

Entmutigt weine ich immer mehr. Meine Stimme ist längst zu schwach zum Schreien. Rau stoße ich hervor:

»Seit sechs Jahren geht es mir schlecht, Hakeem. Seit sechs Jahren halte ich durch und hoffe, dass es jemand bemerkt. Seit sechs Jahren fühle ich mich einsam. Seit sechs Jahren fragt mich niemand, ob alles okay ist … Nichts ist okay. Ich kann nicht mehr atmen. Es geht mir miserabel. Ich ersticke, ich will nicht mehr.«

»Dee …«

Ich lege einfach auf und werfe in einem Anflug von Wut mein Handy gegen die Wand. Es ist vorbei. Ich bin fertig. Sie haben bekommen, was sie wollten. Ich höre auf.

Es übersteigt meine Kräfte.
Also tue ich das Einzige, was ich tun kann.
Ich ergreife die Flucht.

Auszug aus der Biografie:
Hollywood's Wildflower von Kaylee Walters über Daisy Coleman.
Kapitel 5: »Privatleben und Social Media«

Einmal hat die Welt sich gegen Daisy gewandt, und zwar, als ihre Beziehung zu Thomas Kalberg öffentlich wurde. Damals gerieten die sozialen Medien in Aufruhr, und innerhalb von vierundzwanzig Stunden war ihr Name in aller Munde.

Jahir@stillwithyou
Natürlich schläft sie mit ihrem Bodyguard! Ich würde das auch tun, wenn ich diesen hätte … *rawr*.
#DaisyColemanIsOverParty

hourly daisy!@daisyforluv
Es ist schon erstaunlich, wie jeder nach EINEM Foto seine Meinung ändert! Seid nicht dumm, und hört auf, alles zu glauben, was in den Zeitschriften steht.
#DaisyColemanIsOverParty

tay says hello@NoPseudoFound
Mannomann, sie lässt sich gehen! ChannelD ist auch nicht mehr das, was es mal war …
#DaisyColemanIsOverParty

i love only one man@zachbemybabe
Bitch. Da hat sie die Chance, Zach zu daten, und was macht sie daraus? Soll sie doch krepieren.
#DaisyColemanIsOverParty

Zach daily updates@ZachMcRaeUpdates.
ICH WUSSTE ES! Armer Zach … Daisy war schon immer eine falsche Schlange, sie hat ihn nicht verdient. Wer sie immer noch unterstützt, ist genauso verdorben wie sie!
#DaisyColemanIsOverParty

daisy pics@daisycolemanworld
Ich bin schockiert. Es kann nicht sein, dass Daisy Zach betrogen hat! Sie hatten sich vorher getrennt! Was sagt ihr dazu?
#DaisyColemanIsOverParty

riceball <3@happybutpoor
Sehr enttäuschend … Aber ich schätze, das hat sie sich selbst zuzuschreiben.
#DaisyColemanIsOverParty

Daxx@zachaisy4ever
Aufgrund der jüngsten Ereignisse werde ich dieses Konto leider schließen. Ich glaube nicht mehr an die Liebe …
#DaisyColemanIsOverParty

29

Never Alone, Always Lonely

»Glitter and champagne,
thousands of friends.
Am I even someone without them?«

Thomas

Daisy ist verschwunden.

Nachdem sie sich in ihrem Zimmer eingeschlossen hat, gehe ich im Wohnbereich auf und ab und warte darauf, dass sie sich beruhigt. Ich bin nicht sauer auf sie und verstehe sehr gut, dass sie gereizt ist. Ich bin eher sauer auf all die anderen, die sie zur Weißglut getrieben haben.

Vor allem aber bin ich wütend auf mich selbst. Der ganze Ärger ist meine Schuld. Alles war in Ordnung, bevor ich nach L.A. zurückkehrte.

Seit ich mich auf diese Beziehung eingelassen habe, hat sich Daisys Abstieg in die Hölle beschleunigt. Und auch heute habe ich den großen Fehler gemacht, sie am helllichten Tag zu küssen.

Was zum Teufel habe ich mir dabei gedacht?

Als ich beschließe, auf Kates unaufhörliche Anrufe zu reagieren, erfahre ich, dass Daisy ihr Handy ausgeschaltet hat. Ich gehe nach oben, um sie darauf hinzuweisen, aber das Zimmer ist leer.

Das Fenster zum Garten steht offen, und ich weiß sofort, dass Daisy sich verdrückt hat.

Wieder einmal.

Aber dieses Mal habe ich Angst, dass sie nicht zurückkommt.

Ich rufe Finn, stürme nach draußen und schwinge mich auf mein Motorrad. Finn soll Social Media durchforsten, für den Fall, dass jemand über ihren Aufenthaltsort twittert.

Ganz gleich, wo sie hingeht, die Leute werden sie auf jeden Fall erkennen.

Ohne zu wissen, wohin ich mich wenden oder wo ich anfangen soll, will ich gerade losfahren, als ich einen Anruf von Hakeem erhalte. Nach einer Sekunde des Zögerns hebe ich ab.

»Was ist? Ich habe keine Zeit.«

»Ist Daisy bei dir?«

Seine Stimme ist trocken und kalt. Sofort ist mir klar, dass er Bescheid weiß, und bin überrascht, dass er nicht gekommen ist, um mich zu verprügeln.

»Nein. Ich suche sie gerade.«

»Was soll das heißen, du suchst sie?«, erwidert er. »Bist du nicht ihr verdammter Bodyguard? Oder hast du von Anfang an nur so getan, um sie zu vögeln?«

Seine Worte verletzen mich nicht. Mir ist schon lange egal, was er denkt.

»Wenn du nur deswegen anrufst, lege ich jetzt auf. Ich habe keine Zeit für deinen Mist.«

»Okay, warte«, entgegnet er hastig. »Daisy ist nicht erreichbar, und ich mache mir Sorgen. Wir haben uns am Telefon gestritten und …«

»Wie bitte? Gestritten?«

Hakeem seufzt zögernd.

»Ich war sauer, okay? Ich habe ihr gesagt, dass sie sich verändert hat ... dass sie vergessen hat, wo sie herkommt, und ... äh, ich habe gesagt, dass du sie nie lieben wirst und dass sie einen großen Fehler macht.«

Ich schließe die Augen. Jetzt ergibt alles einen Sinn. Es war zu viel für Daisy, und sie hat die Flucht ergriffen. Gott allein weiß, wo sie hingegangen ist. Wie mir scheint, hat sie nichts mitgenommen, was immerhin positiv ist, denn es bedeutet, dass sie nicht vorhat, weit weg zu gehen.

»*Ich habe gesagt, dass du sie nie lieben wirst.*« Diese Worte meines besten Freundes, meines Bruders, tun mir weh.

»Daisy ist verschwunden.«

Schweigen.

»Was meinst du mit *verschwunden*?«

»Sie hat ihr Handy ausgeschaltet und ist aus dem Fenster geflüchtet. Ich mache mich gerade auf die Suche nach ihr und hoffe, ich finde sie, ehe es dunkel wird.«

Er flucht leise, und ich höre, wie er nach seinen Schlüsseln greift und eine Tür hinter sich schließt.

»Ich suche auch.«

Ich suche sie überall.

Immer wieder rufe ich sie an, erreiche aber nur ihre Mailbox. Ich habe Angst, dass ihr Akku irgendwann leer ist, sie kein Geld hat und durch die Straßen von L. A. irrt, um nach Hause zurückzukehren. Dort wartet Kate und informiert mich sofort, falls sie heimkommt. Finn und Hakeem suchen ebenfalls nach ihr.

Sie ist nicht zu finden. Wie ein Gespenst. Selbst in den sozialen Medien gibt es keine Spur. Ich frage in jedem Kino, das ich finden kann, gehe in den Plattenladen und suche den Strand ab. Ohne Erfolg.

Wo verkriecht sie sich, wenn es ihr schlecht geht? Wohin flüchtet sie, wenn sie niemanden mehr sehen will? Tatsächlich weiß ich es nicht.

Zunächst glaubte ich, sie würde ihre Familie besuchen, aber auch Brianna hat sie nicht gesehen.

Ich hasse mich für den Gedanken, aber ich habe Angst, dass sie eine Dummheit begeht. Dass sie ausrastet. Dass sie die Kontrolle verliert. Ich bin mir nicht einmal sicher, ob sie heute überhaupt etwas gegessen hat. Und gestern?

Mist, gehöre ich etwa auch zu den Menschen, die nichts sehen und sie nicht beachten? Ich habe zugesehen, wie sie abstürzte, und obwohl ich wusste, dass es ihr schlecht ging, habe ich sie nicht festgehalten.

Ich bin ein Stück Scheiße.

»Gibt es Neuigkeiten?«, frage ich Hakeem bei einem erneuten Telefonat.

»Nein ... Thomas, ich habe Angst. Ich muss immer wieder an unser letztes Gespräch denken, und ich hasse mich so sehr dafür, dass ich so etwas gesagt habe. Dabei habe ich es nicht einmal so gemeint ...«

Ich höre die Unruhe in seiner Stimme. Er bricht ab und schnieft. Vermutlich weint er. Ich empfinde nichts dabei. Ich habe nicht einmal Lust, ihn zu beruhigen, denn er hat recht. Und ich hasse ihn. Zwar bin ich nicht besser als er, das stimmt, aber ich habe kein Mitleid mit ihm.

Wenn Daisy seinetwegen etwas zustößt, hat er es verdient, zu leiden.

»Ich liebe sie so sehr«, sagt er. »Daisy ist – sie ist wie meine Tochter. Als sie geboren wurde, habe ich mich Hals über Kopf in sie verliebt. Ich weiß, dass das keinen Sinn ergibt, aber es ist wahr. Deshalb möchte ich auch nicht, dass du ihr näherkommst.«

»Ich würde ihr nie wehtun. Das solltest du eigentlich wissen.«

»Ich weiß es nicht. Ich weiß es nicht mehr. Glaubst du, ich hätte nicht bemerkt, dass sie auf dich steht? Ich bin nicht blind, Thomas. Aber du bist nie darauf eingegangen, also habe ich dir vertraut. Du wusstest, dass meine Schwester die Grenze ist. Was hast du dir nur dabei gedacht?«

Ich seufze, denn ich höre, dass er wieder wütend wird. Ich habe keine Antworten. Oder besser gesagt, ich habe nur eine einzige, auch wenn sie ihm nicht gefällt.

»Ich glaube ... ich liebe sie.«

So einfach ist das. Ich bin selbst überrascht.

»Du liebst sie?«, spottet Hakeem und wird wieder laut. »Du bist unfähig, jemanden zu lieben, Thomas. Wach endlich auf! Wir reden hier über Daisy! Sie ist meine Schwester und nicht eine deiner Launen!«

Mir ist klar, dass er mir nicht glaubt, ganz gleich was ich sage. Aber das ist mir egal. Ich will nichts anderes, als Daisy finden und mich persönlich davon überzeugen, dass es ihr gut geht. Um das Thema zu wechseln, frage ich Hakeem, ob er irgendwelche neuen Hinweise hat.

»Vielleicht einen Ort, an den sie als Kind gerne gegangen ist?«

Als ich diese Frage stelle, kommt mir plötzlich eine Idee. Natürlich! Ich weiß, was Daisy tut, wenn es ihr nicht gut geht.

Sie singt.

Wie oft hat sie mir während meiner Zeit in Russland Fotos und Videos geschickt, auf denen sie ganz allein Karaoke gesungen hat?

»Ich glaube, ich weiß, wo sie ist«, sage ich hastig und starte eine Suche auf meinem Smartphone.

Hakeem bittet mich um eine Erklärung, aber ich bin viel zu sehr damit beschäftigt, durch die Liste der Karaoke-Bars in

Los Angeles zu scrollen. Es gibt so viele! Sie könnte in jeder sein.

Plötzlich fällt mir eine auf.

Scheiße. Wenn Daisy nicht dort ist, dann kenne ich sie wirklich nicht.

»Hakeem, wir treffen uns in zehn Minuten bei *Pharaoh Karaoke*.«

In meinem ganzen Leben bin ich noch nie so schnell gefahren, außer vielleicht in der Nacht, als Frank in ihre Wohnung eingebrochen war. Nach fünf Minuten komme ich vor der Lounge an. Mit wild pochendem Herzen stoße ich die Tür auf und gehe an der Schlange der jungen Leute vorbei direkt zum Kassierer.

Der Laden liegt im Dunkeln, nur ein paar Scheinwerfer werfen wechselnde Orange-, Rosa- und Türkistöne auf unsere Gesichter.

»Du da«, ruft mir der Türsteher zu. »Die Leute warten. Stell dich in die Schlange wie alle anderen auch.«

»Das glaube ich kaum. Sehe ich etwa aus, als wolle ich singen, Blödmann? Ich suche jemanden. Hast du diese Frau heute schon gesehen?«

Ich zeige ihm ein Foto von Daisy auf meinem Telefon, zögere aber, ihren Namen zu nennen. Mit zusammengekniffenen Augen schaut der Mann das Foto an und schüttelt den Kopf.

»Tut mir leid, ich darf solche Informationen nicht weiterg…«

Er beendet seinen Satz nicht, denn ich packe ihn am Kragen und drücke ihn heftig gegen die Wand. Die Kunden hinter mir schreien entsetzt auf. Der Mann gerät in Panik. Unsere Nasen berühren sich fast.

»Ich habe den Eindruck, du hast mich nicht verstanden«, sage ich kalt. »Wenn du dich weigerst, mir zu antworten, durchsuche ich sämtliche Räume. Willst du das?«

»Ich rufe die Polizei …«

»Ich bin die Polizei.«

Er schaut mich kopfschüttelnd von oben bis unten an und schluckt.

»Kabine elf.«

Lieber Himmel. Sie ist hier. Sie ist wirklich hier. Ich tätschele ihm die Wange und lockere meinen Griff.

»Siehst du. War doch gar nicht so schwer.«

Ich warte seine Antwort nicht ab, sondern stürme in einen Flur mit grün leuchtenden Dreiecken an der Decke. Ich suche nach Nummer elf, stelle aber schnell fest, dass die Türen keine Zahlen tragen.

Also entscheide ich mich, jede einzelne Tür zu öffnen. Ich stoße auf Gruppen von Freunden, die zu Mariah Carey grölen, aber auch auf knutschende Pärchen. Schnell verliere ich die Geduld. Gerade will ich zurückgehen und dem Mann an der Kasse die Meinung sagen, als ich eine Tür öffne und sofort stehen bleibe.

Dee.

Der Raum ist in violettes Dämmerlicht getaucht, doch die auf der Bank zusammengerollte Gestalt erkenne ich sofort.

Ich gehe zu ihr und streiche ihr die Haarsträhnen aus dem Gesicht. Sie rührt sich nicht. Keine Ahnung, ob sie schläft oder ohnmächtig ist. Auf dem Tisch steht weder eine Flasche noch etwas zu essen, und ich vermute, dass sie nur gekommen ist, um sich zu verstecken.

Scheiße, ich hatte solche Angst.

Ich ziehe mein Sweatshirt aus, streife es ihr über und schiebe ihr die Kapuze tief ins Gesicht. Dann hebe ich sie auf und spüre, wie leicht sie inzwischen geworden ist. Früher war sie doch nicht so dünn, oder?

Unbeirrt gehe ich an neugierigen Kunden und unzufriedenem Personal vorüber hinaus. Auf der Straße sehe ich, wie Hakeem aus seinem Auto steigt.

»Gott sei Dank!«, ruft er, als er seine Schwester sieht. »Geht es ihr gut?«

»Ich glaube, sie ist bewusstlos. Ich bin mir nicht sicher, ob sie heute schon etwas gegessen hat.«

Er schaut mich an, als wäre es meine Schuld, und ich kann es ihm nicht einmal übel nehmen.

Hakeem hilft mir, sie auf seine Rückbank zu legen. Ich schnalle sie an und bringe ihren Kopf in eine Position, die ihr möglichst keine Schmerzen bereitet. Meine Finger verweilen auf ihrer Wange, die ich trotz ihrer Kälte streichele.

»Du solltest sie zu euren Eltern bringen«, sage ich und schlage die Autotür zu. »Ich folge dir mit dem Motorrad und rufe Kate an, um sie zu inf…«

Ich kann den Satz nicht beenden, weil Hakeem mir mit geballter Faust mitten ins Gesicht schlägt. Die Geste überrascht mich nicht, wohl aber seine Kraft. Aber ich wusste, dass es früher oder später passieren würde.

Wortlos fasse ich mir an den Kiefer. Das hatte ich verdient.

»Komm lieber nicht mit«, faucht er.

Ich starre ihn an. Wie bitte? Er kann doch nicht erwarten, dass ich ohne Daisy in ihr Haus zurückkehre, ohne zu wissen, ob es ihr gut geht?

Als er um sein Auto herumgeht, packe ich ihn heftig am Arm.

»Soll das ein Witz sein?«

Er stößt mich weg und öffnet die Fahrertür, ohne etwas zu sagen. Mein Blick bleibt an Daisys lebloser Gestalt auf dem Rücksitz hängen, und mein Herz zieht sich zusammen. Wenn ich jetzt ginge … wäre es so, als verließe ich sie im schlimmsten Moment ihres Lebens.

Ich weiß, wie es sich anfühlt, verlassen zu werden.

So etwas soll sie niemals empfinden müssen.

Ich beschließe, Hakeem trotz allem in einer gewissen Entfernung zu folgen. Vielleicht sieht er mich, aber das ist mir egal. Soll er doch versuchen, mich auf Abstand zu halten! Er wird sich umgucken!

Unendlich erleichtert sehe ich, wie Hakeem Daisy in das Haus ihrer Kindheit trägt. Dort ist sie in Sicherheit, umgeben von den Menschen, die sie am meisten lieben. Ich kann endlich aufatmen.

Ich bleibe noch eine Weile draußen stehen, rufe Kate und Finn an, um sie zu beruhigen, und dann Hayley, Javier und Micah, die sich ebenfalls große Sorgen machen.

»Thomas?«

Ich drehe mich um. Es hat angefangen zu regnen, und meine Haare sind schon nass. Daisys Vater steht mit einem kleinen Lächeln vor mir. Verlegen schaue ich ihn an und nicke ihm zu.

»Was machst du hier draußen im Regen?«

»Wie geht es ihr?«, erkundige ich mich, statt auf seine Frage zu antworten.

Isaiah starrt mich eine ganze Weile an und seufzt dann.

»Warum kommst du nicht ins Haus? Da ist es wärmer.«

Ich weiß nicht, ob es richtig ist. Nicht, nachdem ich sie angelogen habe, und schon gar nicht, nachdem ich ihr Vertrauen missbraucht und das Wertvollste, was sie besitzen, beschmutzt habe.

Aber der Wunsch, Daisy zu sehen, ist stärker als jede Reue. Schweigend stimme ich zu. Als ich das Wohnzimmer betrete, würdigt mich Hakeem keines Blickes. Ich begrüße Sharon, die offenbar viel geweint hat. Sie tätschelt mir mütterlich die Wange, wie sie es immer tut, und die Last, die ich auf meinem Herzen trage, scheint wie durch Zauberhand leichter zu werden.

Sollte ich mich entschuldigen?

»Wir haben sie ins Bett gebracht«, erklärt sie mir. »Wenn sie aufwacht, zwingen wir sie, etwas zu essen.«

Ich nicke dümmlich, weil ich nicht weiß, was ich sagen soll. Wie jedes Mal, wenn ich den Colemans gegenüberstehe, verschlägt es mir die Sprache. Ich fühle mich verlegen, scheu, wie ein Kind. Und doch habe ich den Eindruck, hier sicherer zu sein als überall sonst.

Fühlt es sich so an, nach Hause zu kommen? Denn wenn ich überhaupt ein Zuhause habe, dann dieses hier. Es ist seltsam … aber auch angenehm. Ich will diese Leute nicht enttäuschen. Ich wünsche mir, dass sie mich lieben und mich als einen der ihren akzeptieren.

»Sagst du nichts, *Ubaba?*«, wirft Hakeem seinem Vater vor und verschränkt die Arme.

Vater Coleman seufzt genervt. Schließlich dreht er sich zu mir um. Ich halte mich sofort gerader und mache mich bereit.

»Ich habe nur zwei Fragen an dich. Erstens: Hat es angefangen, als sie noch minderjährig war? Wenn ja, muss ich dich töten und in meinem Garten vergraben, mein Junge.«

Das hatte ich vergessen. Natürlich ist das das Erste, woran sie denken. Ich habe Daisy kennengelernt, als sie noch sehr jung war … Von außen betrachtet mag das seltsam klingen.

»Nein, Sir. Ich hatte nie diese Art von Interesse an Ihrer Tochter, als sie noch ein Kind war«, gestehe ich und schaue ihm dabei in die Augen. »Es wurde erst ernst, als ich vor einigen Monaten nach Los Angeles zurückkehrte.«

Hakeem wirft mir einen finsteren Blick zu. Sein Vater macht ein nachdenkliches Gesicht und fragt sich wahrscheinlich, ob er mir glauben soll oder nicht.

»Zweitens: Liebst du sie?«

»Ich … ich weiß es nicht.«

Das ist nicht die Antwort, die er wollte, das ist mir klar. Aber Hakeems Vater lächelt, als hätte ich mit »Ja« geantwortet. Ich versteife mich, als er mich in den Arm nimmt und mir ins Ohr flüstert: »Wenn du ihr wehtust, finde ich dich und mache dich fertig.«

Zumindest ist alles ausgesprochen. Ich erwidere seine Umarmung, so seltsam sie auch sein mag, und wende mich meinem besten Freund zu. Dessen Gesichtsausdruck ist misstrauisch und enttäuscht. Mehr als alles andere fühlt er sich betrogen, und ich kann ihn verstehen.

»Ich meine es ernst, Hakeem. Ich weiß, du hältst es für eine Laune, aber das stimmt nicht. Ich weiß sehr wenig über mich selbst und das Leben im Allgemeinen, aber wenn es etwas gibt, dessen ich mir mittlerweile sicher bin, dann ist es das, was ich für sie empfinde. Allmählich beginne ich zu glauben, dass ich deshalb vier Jahre lang so weit weg war. Weil ich ahnte, welche Wirkung sie auf mich haben würde, weil mein Blick begann, auf ihr zu verweilen. Ich habe Angst bekommen. Aber jetzt … kann ich nicht mehr weglaufen.«

In meinem ganzen Leben war ich noch nie so aufrichtig, und sofort habe ich das Bedürfnis, mich zu verstecken. Doch während meines Geständnisses wird Hakeems Gesicht weicher.

»Was genau bedeutet das?«

Plötzlich fühle ich mich verletzlich, und das hasse ich. Ich habe Angst, dass er mich ablehnt, Angst, dass er sich über mich lustig macht. Doch die Furcht davor, dass er mir Daisy verweigern könnte, ist so stark, dass ich mich zwinge, ehrlich zu sein.

»Ich … ich möchte auch glücklich sein«, gestehe ich schüchtern, als ob ich kein Recht dazu hätte. »Ich weiß zwar nicht genau, was das ist, aber wenn ich dazu fähig bin … würde ich es gerne versuchen. Mit Daisy.«

30

Rock Bottom

»I can't do this anymore,
They don't love me no more«

Daisy

Ich schlafe. Sehr viel.

Ich habe wohl noch nie in meinem Leben so viel geschlafen. Doch jedes Mal, wenn ich aufwache, habe ich das Gefühl, noch müder zu sein. Also schlafe ich wieder ein. Ich weiß nicht, wie oft sich dieser Zyklus wiederholt. Ich habe Albträume. Oft. Ich wache zu den seltsamsten Zeiten mitten in der Nacht auf, schrecke hoch, bin schweißgebadet und überzeugt, Blut an den Händen zu haben. Ich träume von Mord. Von Zach. Ich sehe mich, wie ich auf ihn einsteche, so oft, dass ich mich, wenn ich die Augen öffne, immer noch in meinem Traum glaube.

Weinend schlafe ich wieder ein. Ich höre, wie meine Zimmertür geöffnet wird. Jemand kommt nachsehen, ob ich noch atme, oder fragt mich, ob ich Hunger habe.

Ich begnüge mich damit, den Kopf unter die Bettdecke zu stecken. Ich habe keine Lust, rauszugehen, ich weiß nicht mal, ob ich in der Lage bin, aufzustehen. Ich fühle mich, als bestünde ich aus Watte. Mein Körper hat mich endgültig im Stich gelassen. Ich habe weder Kraft noch Lust, ins Bad zu gehen und mich zu waschen.

Nach einer gefühlten Ewigkeit, möglicherweise waren es Wochen, verspüre ich eine zunehmende Leere im Magen. Ich reibe mir die Augen, kuschle mich aber weiter in mein Kissen. Es dauert mehrere Minuten, bis ich die Kraft finde, aufzustehen.

Sofort ist mir kalt. Wahllos ziehe ich einen Pullover über mein T-Shirt. Ich glaube, ich hatte ihn beim Zubettgehen an, muss ihn aber im Schlaf ausgezogen haben.

Ich betrachte ihn und nehme einen vertrauten Geruch wahr, der von ihm ausgeht. Schwarz, riesengroß … Mit geschlossenen Augen schnuppere ich am Kragen. Er riecht nach ihm.

War es Thomas, der mich gefunden und zurückgebracht hat?

Wie ein Zombie gehe ich die Treppe hinunter. Im Erdgeschoss höre ich Gespräche, die sofort verstummen, als ich auf der Schwelle erscheine. Überrascht sehe ich meine komplette Familie samt Thomas am Tisch sitzen. Alle schauen mich an, als wäre ich von den Toten auferstanden.

In gewisser Weise ist das auch so.

»Hey«, sagt Brianna, tritt auf mich zu und legt mir eine Hand auf die Schulter. »Komm, setz dich. Möchtest du was essen?«

Ich bin sehr hungrig, fürchte aber, dass ich mich übergeben muss, wenn ich etwas zu mir nehme. Ich nicke und setze mich zwischen meine beiden Brüder. Beide starren mich besorgt an, als hätten sie Angst, dass ich jeden Moment zusammenbrechen könnte.

»Hier, trink«, sagt Hakeem und schenkt mir Orangensaft ein.

Ich gehorche. Es ist mir peinlich, im Mittelpunkt der Aufmerksamkeit zu stehen, und ich fühle mich schuldig, weil ich sie alle so geängstigt habe. Ich lächele meinen Eltern zu, um sie zu beruhigen, verzichte jedoch darauf, Thomas anzusehen. Mir ist klar, dass jetzt alle Bescheid wissen, aber ich habe noch nicht den Mut, damit umzugehen.

»Tut mir leid wegen gestern«, sage ich mit heiserer Stimme. »Ich wollte nur ein bisschen allein sein.«

»Gestern? Liebes, du hast drei Tage durchgeschlafen«, erklärt meine Mutter sanft.

Ah. Verstehe. Sie fragt mich, wie es mir geht. Ich zucke mit den Schultern und sage, dass es okay ist. Brianna stellt mir einen Teller mit Toast hin, an dem ich vorsichtig knabbere.

Ich weiß nicht, was ich sagen soll. Womit soll ich anfangen?

Offenbar versteht meine Familie das, denn sie hört auf, mich zu beobachten, und plötzlich nehmen alle ihre Gespräche wieder auf, ohne mich zu beachten.

Ich schaue zu Thomas, der mir gegenübersitzt.

Er sieht mich schweigend an. Die Sorge, die ich auf seinen Zügen erkenne, wärmt mir das Herz. Auch seine Zurückhaltung mach mich froh. Ich weiß, dass es ihm sicher nicht leichtfällt, hier zu sein, aber er ist geblieben – meinetwegen.

Dass ich die Kontrolle über mich verloren habe, nehme ich mir selbst übel. Klar, dass ich einen Burnout habe. Mein Körper hat mir immer wieder Zeichen gegeben, aber ich habe sie lieber ignoriert, bis ich zusammengebrochen bin.

Und jetzt? Jetzt hasst die Welt mich vermutlich. Ich habe einen Paparazzo angegriffen, meine geheime Beziehung zu meinem Bodyguard öffentlich gemacht, meine Familie enttäuscht, mich von meinen Freunden entfremdet …

Aber vor allem habe ich mich selbst aufgegeben. Die kleine Daisy, die von Musik träumte. Vorbei. Hakeem hatte recht, auch wenn es mir widerstrebt, das zuzugeben. Ich bin zu jemand anderem geworden, zu einer Person, die ich nicht mag, zu genau dem, was ich mir geschworen hatte, niemals zu sein.

»Wo ist mein Handy?«, frage ich Calvin, der einen verlegenen Blick mit Hakeem tauscht.

Mit gerunzelter Stirn wende ich mich an meinen älteren Bruder. Er räuspert sich.

»Ich habe es.«

»Gibst du es mir bitte?«

Nach unserem letzten Gespräch ist es mir peinlich, mit ihm zu reden, als wäre nichts geschehen. Ich schäme mich so sehr, dass ich kaum wage, ihm in die Augen zu sehen.

»Nein. Wir haben beschlossen, dass du eine Zeit lang einen Social-Media-Entzug machst.«

»Wie bitte?«

Soll das ein Witz sein? Mit welchem Recht nimmt er mir mein Smartphone weg, als wäre ich zwölf Jahre alt? Ich brauche es, um zu erfahren, was die Leute über mich sagen! Ich muss Kate, Micah und Finn anrufen. Ich kann mich nicht so lange vor meiner Verantwortung drücken!

Aber vor allem muss ich meine Fans beruhigen und mir Sicherheit darüber verschaffen, dass sie mich immer noch lieben und dass ich nicht alles verdorben habe.

Ich werfe Thomas einen eindringlichen Blick zu, sozusagen als Bitte, mich zu unterstützen. Er weiß schließlich genau, wie eng mein Zeitplan ist. Leider schüttelt auch er unerbittlich den Kopf.

Mieser Verräter.

»Ich habe Kate bereits angerufen und ihr gesagt, dass du Urlaub machst. Sie war nicht begeistert, aber ich habe ihr keine Wahl gelassen.«

Urlaub? Beinahe lache ich auf. Seit sieben Jahren habe ich keinen richtigen Urlaub mehr gemacht. Sieben Jahre? Scheiße.

Ich beginne zu zittern. Immer mehr Fragen drängen sich auf. Was sagen die Leute? Hasst man mich schon? Hat Colin mich angezeigt? Und was ist mit Zach?

»Man könnte es … eine Rückkehr zu den Ursprüngen nennen«, sagt mein Vater mit strahlendem Lächeln. »Du bist wieder zu Hause. Nutze die Zeit, um dich auszuruhen, okay?«

Wie könnte ich das ablehnen? Ich habe jetzt schon wieder Lust, mich hinzulegen und zu schlafen. Ich wäre gar nicht in der Lage, wieder zu arbeiten, bin viel zu schwach, um zu tanzen und zu singen, und zu deprimiert, um in dieses Haus zurückzukehren, vor dem Tag und Nacht Journalisten lauern.

Hier, im Haus meiner Eltern, fühle ich mich sicher. Als wäre es ein geheimer Ort, der durch einen unsichtbaren Zauber vor der ganzen Welt verborgen ist, wie das Marvel-Reich Wakanda. Hier kann mich niemand finden oder erreichen. Ich bin wieder ein Kind, das Kind meiner Eltern. *Nur noch Dee.*

»Einverstanden.«

Ich nehme eine heiße Dusche und sitze eine gute halbe Stunde lang mit geschlossenen Augen unter dem Wasserstrahl. Meine Muskeln entspannen sich, meine Haut wird rot.

Schon zwei Tage. Zu gerne möchte ich mein Social Media checken, aber Thomas tut sein Möglichstes, mich davon abzuhalten. Er ist für die Kommunikation mit Kate zuständig.

Wir haben uns deswegen schon mehrmals heftig gestritten. Zum ersten Mal, als ich auf der Suche nach meinem Telefon seine Sachen durchwühlt habe. Das zweite Mal, als er mich mit dem Computer meiner Eltern auf dem Schoß auf dem Klo erwischte. Dabei wurde mir klar, dass ich tatsächlich ein Problem habe und Hilfe brauche.

Eigentlich dachte ich, Thomas würde nach Hause zurückkehren, aber er ist jetzt wohl wirklich ein Teil meiner Familie.

Er schläft in Hakeems Zimmer, denn mein Bruder geht jeden Abend heim zu Emily.

Ich verbringe meine Tage damit, mich im Bett oder auf der Couch auszuruhen, weil ich keine Energie für andere Dinge habe. Heute traue ich mich auf die Terrasse hinaus und geselle mich zu Hakeem, der auf der Schaukel sitzt und in einem Gedichtband liest.

»Du wirst dich erkälten«, sagt er, als er mein nasses Haar sieht.

Ich höre nicht auf ihn, sondern setze mich neben ihn und lehne meinen Kopf an seine Schulter. Mir wird klar, wie sehr ich ihn vermisst habe, mehr als jeden anderen. Das bedauere ich wirklich am meisten: dass ich meine Familie immer seltener sehe.

»Dee«, flüstert er, nimmt meine Hand und legt seine Wange auf meinen Scheitel. »Ich hab dich lieb.«

»Ich hab dich auch lieb.«

Ich mache keine Anstalten, meine Tränen wegzuwischen. Er drückt mir die Hand.

»Es tut mir leid, was ich gesagt habe. Ich bin wirklich sehr stolz auf dich … Und ich freue mich für dich, dass du das tust, was du liebst.«

»Nein, du hattest recht. Je mehr ich darüber nachdenke, desto mehr frage ich mich, ob ich wirklich das tue, was ich liebe. All das … ChannelD, diese Pop- und Girly-Musik, das bin nicht ich. Es ist nicht das, was ich mir vorgestellt habe. Aber ich weiß nicht, was ich tun soll, um da wieder rauszukommen.«

»Bestimmt findet sich eine Lösung. Es ist noch nicht zu spät, du hast dein ganzes Leben vor dir, um den Weg zu finden, den du gehen willst … Die Leute werden dir folgen.«

Ich lache traurig.

»Da bin mir nicht wirklich sicher.«

Hakeem schweigt. Er versucht nicht, mich zu beruhigen, und ich erwarte nicht, dass er mich belügt. Wir wissen beide, dass es schwierig werden wird. Nicht unmöglich, aber sehr schwierig. Ich habe mich in einer toxischen Spirale verfangen.

»Was Thomas angeht …«

Ich bereite mich mental vor. Ich bin nicht stark genug, um mit ihm zu streiten, noch nicht, nicht jetzt schon. Er wohl auch nicht, denn er sagt leise:

»Ehrlich gesagt fällt es mir noch schwer, das zu verstehen. Ich will nur das Beste für dich, und auch wenn ich Thomas von ganzem Herzen liebe, glaube ich nicht, dass er der Richtige ist.«

»Es ist dein gutes Recht, so zu denken.«

Er seufzt. Ich weiß natürlich auch nicht, was die Zukunft bringt, aber Thomas hat mir gestanden, dass ich ihm viel bedeute – etwas, das ich früher für unmöglich hielt. Nach Jahren, in denen ich ihn aus der Ferne beobachtet und geliebt habe, erwidert er nun endlich meine Liebe. Wie sollte ich mich von ihm abwenden?

»Ich weiß, dass ich es dir sowieso nicht verbieten kann«, fügt er hinzu, »und Thomas hat mir deutlich zu verstehen gegeben, dass er bereit ist, aus meinem Leben zu verschwinden, wenn das der Preis dafür wäre, bei dir zu bleiben. Den Kerl hat es echt erwischt.«

»Das hat er gesagt?«, staune ich.

Hakeem verdreht die Augen und schaut mich genervt an.

»Hat er. Dieser Vollidiot.«

Ich lache, was ihn ein wenig zu überraschen scheint.

»Ich glaube, ich brauche etwas Zeit, um mich daran zu gewöhnen … Aber ich will weder meine Schwester noch meinen besten Freund verlieren. Nur küsst euch bitte nicht vor meinen Augen. Dazu ist es zu früh.«

Ich bekomme einen Lachflash, während er so tut, als müsse er sich übergeben. In diesem Moment öffnet Thomas, vielleicht von unserer Heiterkeit angezogen, die Terrassentür und stellt sich zu uns.

»Wir haben uns gerade über dich lustig gemacht.«

»Dachte ich mir. Deshalb bin ich ja gekommen«, sagt Thomas.

Mit den Händen in den Hosentaschen baut er sich vor uns auf, und für einen Moment fühle ich mich zehn Jahre in die Vergangenheit zurückversetzt. Als wir noch ein unzertrennliches Trio waren. Als wir noch keine Probleme hatten, jedenfalls keine echten.

Wir reden und scherzen wie früher, nur jetzt als Erwachsene. Ich spüre Thomas' Blick, der mich anfleht, ihn zu erwidern, aber in Anwesenheit meines Bruders ist mir das peinlich.

»Gut ... dann mache ich uns mal was zu essen«, seufzt Hakeem.

Er zwinkert mir zu und macht sich aus dem Staub. Thomas zögert nur einen winzigen Moment, bevor er Hakeems Platz neben mir einnimmt. Ganz selbstverständlich lege ich meine Beine auf seinen Schoß. Er streichelt sie lässig.

»Du hast mich erschreckt.«

Es ist kein Vorwurf, das weiß ich genau, aber ich entschuldige mich unwillkürlich. Seine Hand liegt auf meinem Oberschenkel, seine Augen tauchen in meine ein.

»Wenn du das nächste Mal das Bedürfnis hast, wegzulaufen ... nimm mich bitte mit.«

Ich nicke gerührt. Mein ganzes Leben lang bin ich ihm ständig nachgelaufen; jetzt ist er an der Reihe. Wie sich die Dinge doch geändert haben.

»Du bist derjenige, der immer wegging, nicht umgekehrt«, sage ich mit einem leisen Lächeln.

»Das ist vorbei. Ich habe das Laufen satt.«

Er kommt näher und berührt meine Lippen mit seinem Mund. Ich empfange seinen Kuss mit einer Mischung aus Verblüffung und Erleichterung. Diese wenigen, wenn auch vagen Worte, genügen, um mein Herz zu beruhigen.

Ich weiß nicht, ob sie für ihn das Gleiche bedeuten oder welche Vorstellung er von Liebe hat, aber ich akzeptiere sie. Denn ich glaube ihm, wenn er sagt, dass er so etwas nie für eine andere Frau empfinden wird.

»Wir müssen wieder nach Hause, nicht wahr?«, seufze ich und lehne meinen Kopf an seine Stirn.

Wir wissen beide, dass es so ist. Kate wird allmählich ungeduldig, und ich habe zu viel Verantwortung, um so lange zu verschwinden.

Ich muss tapfer sein und mich meinen Pflichten stellen.

»Nein«, widerspricht Thomas und reibt seine Nase an meiner. »Niemand wird dich je wieder zwingen, etwas zu tun, was du nicht willst.«

»Aber ich habe Lust dazu … Ich will nur nicht wieder alles so machen wie bisher.«

»Sondern wie?«

Ich gebe vor, nachzudenken, obwohl meine Entscheidung längst gefallen ist.

»Ich möchte … ChannelD verlassen. Das Genre wechseln. Rockmusik machen, wie ich es immer wollte. Ich will keine Chöre oder Tänzerinnen mehr. Nur noch ich, meine Band, ein Mikrofon und eine E-Gitarre. Ich möchte alle meine Texte selbst schreiben, meine Musikvideos selbst drehen, meine Outfits selbst aussuchen … Ich möchte daten, wen ich will. Einfach ich selbst sein.«

Er nickt, als würde er jedes Wort und jeden Satz gutheißen.

»Ich wollte unbedingt erfolgreich sein und habe mich dadurch von dem entfernt, was ich wirklich wollte: von meinem wahren Traum. Und das bedauere ich ein wenig, denn heute bin ich in einem Korsett gefangen, das nicht zu mir passt. Aber Kate wird es mir auf jeden Fall verbieten …«

»Wirf Kate raus, dann ist die Sache erledigt«, erwidert Thomas trocken. »Sie ist ohnehin eine Manipulatorin und hat keineswegs die Absicht, dich zu schützen, sondern will nur Geld verdienen.«

Verblüfft, aber belustigt reiße ich die Augen auf.

»Daisy, du bist nicht irgendwer. Ich weiß nicht, ob du dir darüber im Klaren bist … aber du brauchst diese Leute nicht mehr. Du bist an einem Punkt angelangt, an dem sie dich mehr brauchen als umgekehrt. Deine Community ist riesengroß, treu und engagiert. Man liebt dich und wird dir folgen, egal was du tust. Die Leute lieben nämlich *dich*. Mehr noch als deine Musik. Und wenn du bei einem Wechsel ein paar Fans verlierst, ist das nicht weiter schlimm. Denn du wirst im Gegenzug andere dazugewinnen. Das Geheimnis ist, sich selbst treu zu bleiben. Wenn du das nicht tust, werden deine Follower es sehen.«

Seine Worte verankern sich in mir und geben mir Sicherheit. Keine Karriere ist perfekt. Wenn ich weiterhin tun will, was ich liebe, muss ich lernen, über das hinwegzusehen, was andere denken.

»Du hast recht. Das mache ich«, sage ich gleichzeitig ängstlich und aufgeregt. »Aber du bleibst mein Bodyguard, oder?«

»Selbstverständlich. Übrigens solltest du Finn am besten gleich mit feuern. Er ist dumm und unfähig.«

»Finn ist mein Freund! Auf keinen Fall feuere ich ihn, auch wenn Frank verschwunden ist.«

Thomas antwortet nicht, aber ich weiß genau, was er denkt. Zach zeigt sich zwar seit dem Fotoskandal recht schweigsam, aber Thomas traut ihm nicht über den Weg.

»Okay, aber dann verlange ich, dass er auszieht«, meint Thomas schließlich. »Wir werden auf keinen Fall alle zusammenwohnen. Wir sind schließlich kein flotter Dreier.«

Arrogant ziehe ich eine Augenbraue hoch.

»Aha, du ›verlangst‹?«, flüstere ich und necke ihn mit meinen Lippen. »Mister Kalberg, muss ich Sie daran erinnern, dass ich Ihre Chefin bin?«

Er sträubt sich einen Moment, ehe er mit einem Seufzer nachgibt.

»Mist … Daisy Coleman, du hast mich wirklich an den Eiern.«

31

Golden Cage

»Trapped like a bird.
A golden cage,
but still a cage«

Thomas

Daisy kommt allmählich wieder in Fahrt.

Schon seit ein paar Tagen hat sie nicht mehr nach ihrem Telefon gefragt. Kate ruft ständig an, um zu fragen, ob sie zur Rückkehr bereit ist, und kümmert sich auf eigene Faust um die Presse. Daisys Gesundheit ist ihr egal. Sie will einfach nur die Gans zurück, die goldene Eier legt.

Hayley, Micah und Javier kommen mehrmals zu Besuch, worüber Daisy sich sehr freut. Ich habe den Eindruck, die fröhliche und unbeschwerte Daisy von früher wiederzusehen, die sich um nichts Sorgen machen musste.

Mir ist klar, dass das alles nur vorübergehend ist, dass es nicht andauern wird und dass wir uns irgendwann der Realität stellen müssen. Aber im Moment genieße ich es. Es ist, als wäre ich zehn Jahre in die Vergangenheit gereist und dürfte meine Tage bei den Colemans verbringen.

Daisys Eltern arbeiten tagsüber, sodass wir Zeit für uns haben. Wir sitzen im Wohnzimmer, teilen uns eine Decke und schauen fern – sie hat mich gezwungen, mit *Attack on Titan* anzufangen, obwohl sie die ganze Geschichte vor lauter Aufregung längst gespoilert hatte, aber ich tue so, als ob mich die Plot Twists überraschen würden. Oder wir spielen Brettspiele. Manchmal schläft sie. Dann lasse ich sie sich ausruhen und absolviere mein Sportprogramm im Garten. Meine Lieblingstage sind die, an denen Daisy Musik macht. Ich kann ihr stundenlang zuhören, wenn sie auf der Schaukel sitzt und eine Melodie improvisiert oder mit ihrem Mikro experimentiert.

Es ist, als würde man ihr dabei zusehen, wie sie sich wieder in die Musik verliebt. Ihr Zimmer hat sich seit ihrem Auszug nicht verändert. Wir verbringen ganze Nachmittage damit, auf ihrem Bett zu liegen und uns Erinnerungen ins Gedächtnis zu rufen, die der andere vergessen hat.

Wir lachen viel. Zum ersten Mal seit sehr langer Zeit, eigentlich seit fast immer, lache ich richtig und echt. Ich fühle mich gut; und noch besser, wenn ich nach Einbruch der Dunkelheit zu ihr ins Bett krieche und ihren warmen Körper an mich drücke.

Als wir allein sind, überredet mich Daisy, mit ihr zu duschen. Ich wasche ihre Schultern. Der Schaum tropft auf ihre Brüste hinunter, während sie eine sanfte Melodie summt.

Ich habe ihr etwas zu sagen, aber ich weiß nicht, wie ich es anstellen soll. Ich habe lange darüber nachgedacht. Ihre Welt, den Ruhm und alles, was damit zusammenhängt, wollte ich nie haben. Und doch habe ich ihr versprochen, dass ich in ihrer Nähe bleiben werde.

Denn wenn es etwas gibt, dessen ich mir mittlerweile ganz sicher bin, dann ist es, dass ich meinen Platz gefunden habe.

Bei ihr.

»Dee.«

»Mmh?«

Achtsam spüle ich ihre Schultern ab, während sie ihren Kopf sanft auf meine Schulter legt.

»Ich möchte mich bei dir entschuldigen.«

Sie erstarrt, und ich fühle mich schlecht, weil ich sie für eine Sekunde erschreckt habe.

»Ich möchte mich dafür entschuldigen, dass ich dich so lange im Unklaren gelassen habe«, fahre ich fort, während die Duschtüren langsam beschlagen. »Ich weiß … dass ich nicht leicht zu lieben bin. Und noch weniger leicht zu verstehen. Deshalb möchte ich etwas klarstellen.«

Mein Mund streift ihre Wange, und meine Augen folgen der Bewegung ihrer Brust, die sich hebt und senkt. Ich habe mein ganzes Leben damit verbracht, die Kontrolle über alles und jeden zu haben, sogar über meine eigenen Gefühle.

Heute beginne ich mit ihr ganz von vorn. Seltsamerweise habe ich keine Angst. Im Gegenteil … mir fällt eine Last von den Schultern.

»Ich will dich, Daisy Coleman. Ich weiß nicht, wie das möglich ist, und man wird vielleicht sagen, dass ich lüge, dass ich mir etwas vormache und dass es nicht von Dauer sein wird, aber ich weiß, dass es echt ist …«

Sie schließt die Augen und verbirgt so, was sie fühlt, doch ich sehe eine Träne ihre Wange hinunterlaufen.

»Ich kann dir nicht versprechen, dass es immer leicht sein wird. Trotzdem will ich es versuchen. Also … willst du meine Freundin sein?«

Mein Herz rast so heftig in meiner Brust, dass ich mich fast schäme, weil ich mich frage, ob sie es spürt. Zum ersten Mal im Leben habe ich Angst, dass jemand mich ablehnt.

Ich habe Angst, dass sie, wie damals meine Mutter, begreift, wie gefährlich ich bin und wie unwert, geliebt zu werden.

Aber Daisy dreht sich in meinen Armen um und küsst mich

innig. Als sie mich wieder loslässt, zeigt sie mir das schönste Lächeln, das ich je gesehen habe.

»Einverstanden, Thomas Kalberg. Lass uns das so machen.«

Wow. Daisy Coleman ist meine Freundin.

Von einem unkontrollierbaren Fieber gepackt, drücke ich sie gegen die Wand und spreize ihre Schenkel mit meinem Knie. Ihr Mund öffnet sich zu einem lautlosen O, als ich den Duschkopf auf sie richte.

Ich küsse sie und achte darauf, den Wasserstrahl genau auf die Stelle zu richten, die sie in den Wahnsinn treiben wird. Sie krallt ihre Finger in mein Haar und stöhnt auf.

Ich würde sie gern berühren, aber als ich sehe, wie gut ihr meine Wassermassage tut, zwinge ich mich, Geduld zu haben. Den Kopf zum Wasserstrahl geneigt klammert sie sich an mich und stößt einen leisen Fluch aus, der mich zum Lächeln bringt.

»Hör auf … Ich will dich. Schnell.«

»Ich habe kein Kondom.«

Sie schnauft frustriert. Ihre Wangen brennen.

»Ich schlafe nur mit dir, und ich bin clean«, keucht sie.

»Ich auch.«

Ich lasse mich regelmäßig testen, und Daisy ist seit langer Zeit die einzige Frau in meinem Leben. Nie würde ich das Risiko eingehen, wenn es nicht so wäre. Daisy geht es ebenso.

Sie sieht mich an, ich sehe sie an, und plötzlich kann ich nicht mehr an mich halten.

Ich hänge den Duschkopf über unsere Köpfe und drehe Daisy um, während das Wasser auf meine Schultern hinunterrauscht … Sie stöhnt, wahrscheinlich wegen der kalten Fliesen an ihren harten Brustwarzen.

Ich küsse ihr Ohr und hebe eines ihrer Beine an, begierig darauf, endlich ohne Barriere in ihr zu sein. Dann dringe ich mit einem mächtigen Stoß in sie ein.

»Oh! Mein! Gott!«

Es ist besser als je zuvor. Ich lege eine Hand auf ihren gebeugten Rücken und bedeute ihr sanft, sich noch etwas weiter zu bücken. Sie stützt sich an der Wand ab und hält den Kopf gesenkt.

Ich ziehe mich noch einmal ganz zurück und dringe dann bis zum Anschlag in sie ein. Das mache ich einige Male. Es scheint ihr zu gefallen.

»Härter!«, keucht sie.

»Ich habe nicht richtig verstanden. Kannst du es wiederholen?«

»Schneller«, knurrt sie und drängt sich mir entgegen.

Ich grinse.

»Schneller oder härter? Da gibt es einen Unterschied, Dee.«

Sie grummelt etwas, und ich glaube, ein »Ich hasse dich!« zu erkennen. Ich schließe daraus, dass sie beides gleichzeitig will, und beschleunige das Tempo.

»Etwa so?«, hauche ich und streichle sie zwischen den Schenkeln. »Fühlt sich das gut an?«

»Oh ja …«

Ich bemerke, dass ihre Unterarme rot werden, und lege einen Arm unter ihre Taille, um sie anzuheben.

»Warum sagst du es mir nicht, wenn dir etwas wehtut?«, werfe ich ihr stirnrunzelnd vor.

»Warum hörst du auf?«

Himmel, will sie mich erledigen? Ich ziehe mich zurück und drehe sie um, um sie in die Arme zu nehmen. Daisy kreuzt ihre Knöchel hinter meinem Rücken und presst ihren Mund auf meinen.

Mit den Händen auf ihrem Po dringe ich erneut in sie ein.

»Besser so?«, flüstere ich.

Sie nickt und reitet mich wie eine Göttin.

Sie ist absolut überwältigend, und ich sage es ihr mindestens ein Dutzend Mal. Das Lächeln, das sie mir daraufhin schenkt, ist so kostbar, dass ich es, wenn ich könnte, in ein Glas einschließen und für immer bei mir behalten würde.

Wenn das Liebe ist … dann ist sie letztlich gar nicht so übel.

»Wir gehen wieder nach Hause.«

Verblüfft wenden sich alle Köpfe Daisy zu. Wir sind jetzt seit zehn Tagen hier. Daisy geht es besser, auch wenn ich weiß, dass sie erst am Anfang steht und die Zeit danach nicht leicht wird.

Sie wird einen längeren Urlaub nehmen müssen. Ich habe ihr bereits das Versprechen abgenommen, nicht mehr auf eigene Faust nach Reaktionen zu suchen, sondern einen Social-Media-Manager einzustellen.

»Ich vermisse Tornado. Der arme Finn kümmert sich ganz allein um ihn … Das ist eigentlich nicht seine Aufgabe. Außerdem kann ich mich nicht ewig verstecken.«

Hakeem schaut mich besorgt an. Als ich seine stumme Bitte verstehe, nicke ich. Er muss es nicht einmal aussprechen. Natürlich werde ich auf sie aufpassen. Das habe ich schon immer getan und höre jetzt sicher nicht damit auf.

Daisy und ich verabschieden uns von allen. Ich bedanke mich für die Gastfreundschaft, und wir fahren mit dem Motorrad nach Hause. Wieder trägt Daisy meinen Hoodie und eine Sonnenbrille. Zwar glaube ich nicht, dass uns Journalisten folgen, aber man kann nie wissen.

»Thomas … Ich glaube, ich möchte umziehen.«

Es ist schon dunkel, als wir die Bambusallee hinauffahren. Ihre Eröffnung erstaunt mich kaum. Ich hätte es ihr ebenfalls vorschlagen. Einen Ort, an dem Zach sie nicht erreichen kann.

»Gute Idee. Dann kümmern wir uns darum.«

Ehe wir das Haus betreten, greife ich beruhigend nach Daisys Hand. Finn hockt vor Tornados Futternapf und blickt überrascht zu uns auf.

»Da seid ihr ja!«

Daisy bückt sich, um ihre Katze zu begrüßen, die sich sofort an sie kuschelt. Ich lege unser kleines Gepäck auf den Tisch.

»Alles so weit in Ordnung?«, frage ich Finn leise.

Er öffnet den Mund, zögert aber und schaut zu Daisy hinüber. Sie bemerkt es und runzelt die Stirn. Tornado schnurrt in ihren Armen.

»Was ist?«

Finn seufzt und errötet unbehaglich.

»Kate hat gesagt, dass sie dich sofort sehen will, wenn du zurückkommst«, sagt er zu mir. »Ich glaube, sie ist ziemlich ungehalten …«

»Mich? Jetzt sofort?«

Finn zuckt mit den Schultern. Daisy wirkt leicht panisch. Ebenso wie ich weiß sie genau, dass das nichts Gutes bedeutet. Mit Sicherheit wird Kate mich feuern. Mit einer lässigen, aber beruhigenden Geste streichle ich Daisys Wange, drücke ihr einen Kuss auf die Stirn und gebe ihr ihre Tasche wieder.

»Ich beeile mich.«

Es ist egal, ob Kate mich feuert. Ich wohne jetzt hier. Ich werde an Daisys Seite bleiben und sie beschützen, Arbeitsvertrag hin oder her.

»Gut, ich bin dann mal weg«, sage ich und stecke mein Telefon wieder ein. »Nimm eine Dusche und geh schlafen, okay? Warte nicht auf mich.«

Ich erkenne an ihrem Blick, dass sie trotzdem auf mich warten wird. Es wärmt mir das Herz. Für die Fahrt ins Zentrum von L. A. nehme ich das Auto statt des Motorrads. Meine Augen sind müde, aber ich bemühe mich, durchzuhalten.

Kate glaubt, alles kontrollieren zu können, aber sie weiß genau, dass die Fäden ihrer Marionette gerissen sind. Daisy ist kein Kind mehr, das man beeindrucken kann. Wenn sie mich feuert, ist das umso besser, denn dann werde ich meine Agentur verlassen. Das Geld brauche ich sowieso nicht.

Ich habe vor, die Gelegenheit zu nutzen und Zach vor den Bus zu stoßen – natürlich nur im übertragenen Sinn. Daisy würde das nämlich nicht gefallen. Ich will Kate sagen, dass Zach Daisy stalkt, dass er Destiny zum Schweigen bringen wollte und dass er gefährlich ist. Ich bin dabei, Beweise gegen ihn zu sammeln.

Er wird in der Versenkung verschwinden, das habe ich mir geschworen.

Plötzlich vibriert das Handy in meiner Tasche. Als ich vor einer roten Ampel halten muss, will ich einen Blick darauf werfen, doch meine Hand umschließt zwei Handys. Ich nehme sie heraus und stelle fest, dass ich eines mitgenommen habe, das mir nicht gehört. Es ist das gleiche Modell, deshalb habe ich mich in der Eile wohl geirrt, aber der Bildschirmhintergrund …

Mein Herz setzt fast aus. Ich versetze dem Lenkrad einen Faustschlag und fahre den Wagen vorsichtshalber an die Seite. Nein, ich habe nicht geträumt. Es handelt sich tatsächlich um ein Foto von Finn … und Daisy. Warum hat er dieses Foto als Hintergrundbild?

Ist er …

Nein, unmöglich. Bestimmt liegt hier ein Irrtum vor. Und doch zittert meine Hand leicht, als ich die Nachricht anklicke, die er gerade erhalten hat. Eine Twitter-Benachrichtigung über einen Account, den ich nur allzu gut kenne.

Mein Körper wird von eisigen Schaudern geschüttelt, als ich endlich begreife, was mir die ganze Zeit über entgangen ist.

Finn ist Frank.

Finn, der Daisy seit Jahren folgt.

Finn, der wusste, dass Destiny sie belästigte.

Finn, der Zugang zum Haus, zu den Überwachungskameras und zu Daisys Kalender hat.

Finn, der immer auf magische Weise verschwindet, wenn Frank in Erscheinung tritt.

Finn, der uns in der Limousine überrascht hat.

Finn ... der heute Abend mit Daisy allein ist.

32

Be A Good Girl

»Shut up and smile,
a good girl always hides
what's on her mind«

Daisy

»Geht es dir besser?«, fragt Finn mich freundlich, während ich auf der Couch im Wohnzimmer sitze und auf Thomas warte.

Ich weiß, dass er mir gesagt hat, ich soll ins Bett gehen, aber ich kann einfach nicht. Wenn Kate ihn feuert, feuere ich sie. Davon träume ich sowieso schon lange. Sie hat mich zu sehr ausgenutzt.

»Ich glaube …«

Finn beobachtet mich mit einem sanften Lächeln vom Kamin aus. Für eine Sekunde kommt er mir … selbstbewusst vor. Ganz anders als der schüchterne, unbeholfene Mann, den ich kenne. Das ist seltsam.

»Wir können jetzt aufhören, uns zu verstellen«, sagt er.

Verständnislos runzle ich die Stirn. Verstellen? Inwiefern? Finn lacht auf. Seine Wangen sind gerötet, als wäre ihm etwas peinlich.

»Mir ist klar, dass es gegen die Regeln verstößt«, seufzt er. »Aber wir sind allein, und ich bin es leid, zu warten und so zu tun als ob.«

Verwirrt öffne ich den Mund, doch er kommt mir zuvor:

»Ich dachte, du würdest ihn nie dazu bringen, mal aus dem Haus zu gehen. Ich muss gestehen, dass ich nicht sehr glücklich war, euch zusammen zu sehen, aber ich weiß, dass du es nur für uns getan hast.«

Ich reagiere nicht, weil ich schlicht und ergreifend nicht weiß, was ich sagen oder tun soll. Was geht hier vor? Wovon redet er überhaupt?

»Ich … verstehe nicht.«

»Wir sollten zusammen fliehen«, sagt Finn und setzt sich neben mich. Sein Gesicht ist ganz nah an meinem. »Ich habe so lange auf diesen Moment gewartet …«

Angesichts seiner plötzlichen Nähe halte ich mich stocksteif und verstehe beim besten Willen nicht, welche Wendung die Ereignisse gerade nehmen. Macht er Witze? Was ist in ihn gefahren? Finn hat sich mir gegenüber noch nie so vertraulich gezeigt, niemals. Und das, obwohl ich uns als wirklich gute Freunde einschätze.

»Wovon redest du, Finn?«, frage ich mit einem verkrampften Lächeln.

Sofort wird er ernst, drückt meine Hand mit bewegtem Gesicht und gesteht:

»Über uns. Endlich! Ich liebe dich, Daisy. Ich bin unsterblich in dich verliebt, seit jenem Tag vor drei Jahren, an dem du mir die Fahrstuhltüren aufgehalten hast. Du warst so schön – und dann dein Lächeln! Ich habe sofort in deinen Augen gelesen, dass es Liebe auf den ersten Blick war. Dass du mich willst. Also habe ich mich, in der Hoffnung, dir näherzukommen, als Bodyguard beworben.«

Scheiße! Ich bin viel zu entsetzt, um etwas zu sagen, und nicht in der Lage, auch nur einen Finger zu rühren.

»Ich weiß, wir haben einen Deal, niemandem davon zu erzählen. Es ist verboten … aber ich kann mich nicht mehr verstellen«, seufzt er.

»Aber … Finn, wir haben nie über so etwas gesprochen.«

Also wirklich, daran würde ich mich doch erinnern!

»Außerdem dachte ich, du hättest eine Freundin?«

»Ja! Dich.«

Ich verstumme. Hat Finn während dieser ganzen Zeit gedacht, wir wären zusammen? Wie ist das möglich?

»Ich weiß, ich weiß. Ich war sehr geduldig«, lächelt er und streichelt mir über die Haare. »Ich habe natürlich wahrgenommen, wie du mit mir geflirtet hast, und doch hast du dich nicht getraut, zu mir zu kommen und mir deine Zuneigung zu gestehen. Zuerst dachte ich, dass du zu schüchtern bist, doch dann habe ich verstanden. Für dich war es zu heikel, du durftest dich nicht verlieben. Also mussten wir es geheim halten und auf den richtigen Moment warten. Ich bin bei dir geblieben, um dich zu beschützen, bis du den ersten Schritt tun würdest …«

Als ich die Bedeutung seiner Worte verdaue, gerate ich ein wenig in Panik. Eigentlich hoffe ich noch immer, dass das alles ein Scherz ist, aber an seinen hoffnungsvollen und anbetenden Augen erkenne ich, dass er es ernst meint. Er glaubt felsenfest an das, was er mir gerade erzählt hat. Ich versuche, der aufsteigenden Angst Herr zu werden, aber es gelingt mir nicht. Ich will unbedingt verstehen, ich muss mir Sicherheit verschaffen, dass er nicht derjenige ist, für den ich ihn halte.

»Finn …«, flüstere ich langsam. »Hast du damals die Fotos von Destiny verbreitet?«

Finn lächelt noch breiter. Mir ist zum Kotzen.

»Sie hat es dir verraten, oder? Ich wusste doch, dass die Schlampe nicht den Mund halten kann.«

Ich zittere wie Espenlaub und kann mich kaum noch rühren. Nein … Ich kann es einfach nicht glauben. Er muss mich in Frieden lassen, ich muss hier raus, ich muss die Polizei rufen. *Wo ist Thomas?*

»Die Briefe und Tweets boten mir die Möglichkeit, dir zu schreiben und dir dabei klarzumachen, was ich wollte, ohne Verdacht zu erregen!«, erklärt er aufgeregt. »Du hast die Verbindung begriffen, nicht wahr? Frank Farmer ... Whitney Houstons Leibwächter im Film *Bodyguard*! Es war eine Anspielung auf unsere Liebesgeschichte. Schlau, nicht wahr?«

Oh, Gott. Die ganze Zeit war er es ... Frank ist Finn. Finn ist Frank. Beide sitzen neben mir, den Oberschenkel an meinen gepresst, und halten meine Hand. Und ich war dumm genug, ihn bei mir zu wohnen zu lassen und ihm, angefangen mit meiner Sicherheit, mein ganzes Leben anzuvertrauen. Die gesamte Zeit über verschaffte ich ihm ohne mein Wissen alles, was er brauchte: meine Unterwäsche, Zugang zum Haus, Informationen darüber, wo ich mich aufhielt ... Alles.

Als Zach uns in der Limousine überraschte, war Finn bei ihm. Ich erinnere mich noch an sein verschlossenes Gesicht und sein seltsames Schweigen nach diesem Tag. Zach mag ein opportunistischer Vollarsch sein, aber er ist nicht der Stalker, nach dem wir gesucht haben.

Und jetzt? Ich bin nicht dumm. Trotz seines Lächelns und seiner schönen Worte bin ich in Gefahr, und ich weiß es. *Ich darf ihn auf keinen Fall verärgern.*

»Sehr«, hauche ich mit unsicherer Stimme.

»Du hast auch wirklich gut mitgespielt«, beglückwünscht er mich. »Du bist eine echt gute Schauspielerin! So zu tun, als ob du nach einem Stalker suchst, um Spuren zu verwischen ... Das war genial. Und der dämliche Thomas ist voll darauf reingefallen.«

Total verängstigt nicke ich mechanisch wie ein Roboter. Dieser Psychopath hat Thomas absichtlich weggeschickt, damit wir allein sind! Kate hat ganz bestimmt nicht angerufen, dessen bin ich mir jetzt absolut sicher. Aber mein Smartphone hat immer noch Thomas.

Was soll ich bloß tun?

»Machen wir uns auf den Weg? Unsere Taschen habe ich schon gepackt.«

Ich beobachte, wie er aufsteht, und fühle mich erleichtert, seine Haut nicht mehr an mir zu spüren. Er will weg? Jetzt gleich? Unmöglich. Wenn ich mit ihm gehe, wird mich nie jemand finden. Ich muss Zeit gewinnen, bis Thomas es kapiert und zurückkommt.

Finn dreht mir kurz den Rücken zu, und mein erster Überlebensinstinkt ist es, nach dem Messer zu greifen, das neben seinem halbvollen Teller auf dem Tisch liegt. Als er sich strahlend lächelnd mit dem Gepäck in der Hand umdreht, springe ich auf.

Sein fröhlicher Gesichtsausdruck verschwindet sofort, als er meine improvisierte Waffe entdeckt. Trotz zitternder Hände umklammere ich das Messer mit aller Kraft.

»Was machst du da?«, fragt er mit enttäuschter Stimme.

»Komm mir nicht zu nah … Ich gehe nirgendwo mit dir hin.«

»Dee.«

»Finn, du hast ein Problem«, sage ich am ganzen Körper bebend und trete einen Schritt zurück. »Ich bin kein bisschen in dich verliebt. Ich habe dich nie angeflirtet. Es gibt keine geheime Beziehung. Du musst dir helfen lassen.«

Die Taschen fallen mit einem dumpfen Schlag zu Boden. Sein eiskalter Blick trifft mich. Der nette, schüchterne Junge verwandelt sich vor meinen Augen in einen gefährlichen Mann.

»Willst du mich verarschen? Du hast mich doch geholt!«,

ruft er mit wutverzerrten Zügen. »Und jetzt, wo du mich hast, wirfst du mich fort? Für wen? Etwa *seinetwegen*?«

»Ich bin nicht …«

Wütend tritt er gegen eine Lampe. Mir entfährt ein erschrockener Ausruf. Die Lampe fällt um, erlischt und lässt uns im Halbdunkel stehen.

»So bedankst du dich bei mir? Du demütigst mich? Nach allem, was ich für dich getan habe?«

»Ich habe dich nie um etwas gebeten …«

»Du hast mich nur benutzt«, flüstert er den Tränen nahe.

In diesem Moment klingelt das Festnetztelefon. Mein Herz hüpft in meiner Brust. Das muss Thomas sein, dafür würde ich die Hand ins Feuer legen. Ich gehe langsam rückwärts, um dranzugehen. Dabei halte ich das Messer in Finns Richtung.

»Nicht drangehen«, befiehlt er schneidend.

»Ich bin bewaffnet.«

Mit reglosem Gesicht greift er hinter seinen Rücken, zieht eine Pistole und zielt in meine Richtung.

»Ich auch.«

Vor Schreck bleibe ich wie angewurzelt stehen. Das Telefon klingelt weiter. Jetzt wird mir klar: *Ich werde hier sterben.*

Ich lasse das Messer fallen. Tränen laufen mir übers Gesicht. Ich kann nichts dagegen tun. Abwehrend hebe ich die Hände.

»Es tut mir leid … bitte tu das nicht …«

»Mir tut es auch leid«, sagt er düster. »Ich dachte, wir lieben uns. Aber du bist wie alle anderen. Du lügst.«

Verängstigt schüttle ich den Kopf, doch er redet weiter.

»Du hast mich zerstört … jetzt bin ich an der Reihe.«

Ich schicke ein letztes Stoßgebet zum Himmel, während er mit einem hässlichen Geräusch die Waffe entsichert. Plötzlich erscheint Tornado miauend im Zimmer und reibt sich an Finns

Beinen. Überrascht wendet Finn den Blick ab. Eine Sekunde lang. Nur eine.

Aber das reicht. Ohne nachzudenken stürme ich die Treppe hinauf. Ich weiß weder, wohin ich will, noch, was ich vorhabe. Ich weiß nur, dass ich so weit wie möglich fliehen muss.

Eine, zwei, drei Stufen. Dann packt Finn mich am Knöchel und zieht. Ich stürze, schlage mir den Kopf an einer Stufe und beiße mir dabei böse auf die Lippe. Blutgeschmack erfüllt meinen Mund, und mir wird schwindelig.

Ich werde sterben, ich werde sterben, ich werde sterben.

»Das hättest du wirklich nicht tun sollen«, knurrt Finn und zerrt wieder an meinem Knöchel.

Ich wehre mich wie der Teufel und schreie um Hilfe. Irgendwann gelingt mir ein heftiger Tritt gegen den Kolben seiner Waffe. Sie scheppert zu Boden. Aber natürlich braucht er sie nicht. Er ist viel stärker als ich.

Ich halte mich an einer Treppenstufe fest und kralle mich mit den Fingernägeln ins Holz. Er packt mich um die Taille und zieht mich zu sich. Ich verliere den Halt. Meine schmerzenden Hände rutschen ab, und mein Kinn kracht gegen jede Stufe, die ich auf dem Bauch hinunterrutsche.

Unsanft dreht Finn mich um. Ich schlage ihm mit aller Kraft ins Gesicht, immer und immer wieder, während er versucht, mich zu überwältigen. Ich dresche auf ihn ein, kratze ihn und zerre an seinen Haaren, bis es ihm zu viel wird und er mir eine kräftige Ohrfeige verpasst.

Mehrere Sekunden lang bin ich völlig benommen. Sterne tanzen vor meinen Augen. *Verdammt, das tut weh!*

»Das ist alles deine Schuld!«, wirft Finn mir vor und legt beide Hände fest um meinen Hals.

In heller Panik kratze ich seine Unterarme blutig. Er drückt zu. Ich kann nicht mehr atmen. Ich versuche zu schreien, aber es geht nicht. Ich kämpfe um Luft. In Todesangst taste ich blindlings um mich.

Plötzlich bekomme ich etwas zu fassen. Ich weiß nicht einmal, was es ist, aber ich ziehe es ihm mit voller Wucht über den Schädel. Er stöhnt vor Schmerzen und lockert seinen Griff, während Glas auf mich herabregnet. Ein paar Scherben schneiden mir ins Gesicht. Hustend schließe ich die Augen und spüre, wie sich meine Lungen wieder mit Luft füllen. Meine Hand ist blutverschmiert. Ich nehme meine letzte Kraft zusammen und trete ihm mit voller Wucht zwischen die Beine.

Fluchend und mit zusammengepressten Augen geht er in die Knie. Ich nutze die Gelegenheit und wanke die Treppe hinauf. Mein Gesicht tut schrecklich weh. Ich renne in mein Zimmer und hoffe auf die Sicherheit meines Kleiderschranks.

Nachdem ich die Tür abgeschlossen habe, blockiere ich sie mit meinen Möbeln. Mit Angst im Bauch und meinem Laptop in der Hand schließe ich mich in meinen Schrank ein. Zwar habe ich kein Handy, aber das wird mich nicht davon abhalten, die ganze Welt zu alarmieren!

Mit zitternden Fingern setze ich einen Tweet mit einem Hilferuf ab, gebe meine Adresse an und bete, dass mich jemand ernst nimmt und die Polizei ruft. Ich nehme mir nicht die Zeit, mir die vielen Hundert Antworten anzusehen, die nach und nach eintrudeln, sondern schicke Thomas eine Nachricht über Instagram.

Ich: Asgard!!!!!!!!!!!!!!
Ich: Finn ist Frank. Hilfe.
Ich: Bin im Schrank.

Zitternd sitze ich im Dunkeln. Keine zehn Sekunden später kommt die Antwort von Thomas!

Thomas: Bin unterwegs. Habe die Polizei informiert!
Thomas: Bleib ganz ruhig! Ich hole dich!

Keine Ahnung, wie lang ich in diesem Schrank sitze. Wahrscheinlich nicht einmal lang, aber lang genug, um vor Angst fast zu sterben. Bald höre ich Polizeisirenen und schluchze erleichtert auf. Es ist vorbei. Thomas kommt, die Polizei kommt. Finn ist wohl geflohen. Ich bin in Sicherheit.

Thomas: Ich bin da!

Unfähig zu irgendeiner Bewegung höre ich, wie er sich an der Tür zum Schlafzimmer zu schaffen macht. Bebend weine ich leise vor mich hin. Ich stehe immer noch unter Schock. Die Tür gibt nach, und ich höre, wie sich seine Schritte nähern.

Ich bin kurz davor, vor Erleichterung in Ohnmacht zu fallen, als er den Schrank öffnet.

»Tut mir leid.«

Es ist Finn, der mir gegenübersteht und die Pistole auf mich richtet. Mir bleibt keine Zeit mehr, zu reagieren.

Er drückt ab. Die Wucht des Schusses katapultiert mich nach hinten. Ich verliere das Bewusstsein.

Als ich die Augen wieder öffne, fühle ich einen überwältigenden Schmerz. Es ist weniger das Loch in meiner Schulter, das mich derart quält, sondern vielmehr die Hitze des Projektils, das sich in mein Fleisch brennt. Ich fühle mich, als würde ich brennen. Ich will schreien, aber ich kann nicht. Mein ganzer Körper ist vor Schmerz wie gelähmt. Vor allem aber fühle ich mich, als würde ich mich auflösen. Ich bin müde, so müde …

Warme Arme schlingen sich um meinen Körper.

»Dee … Dee, bitte nicht einschlafen …«

Trotz der Energie, die es mich kostet, öffne ich die Lider einen Spalt und erkenne Thomas' Gesicht. Mit tränenüberströmtem Gesicht wiegt er mich vorsichtig in seinen Armen.

»Ich bin bei dir … entschuldige, dass ich zu spät komme … Aber jetzt bin ich bei dir.«

Ich habe gerade noch Zeit, eine reglose Gestalt neben ihm zu erkennen, dann stürmt die Polizei ins Zimmer und schreit, er solle die Arme heben.

In der nächsten Sekunde ist es stockfinster.

33

Too Young To Be Sad

»Too young to be sad,
too sad to be young«

Thomas

Ich bin der miserabelste Bodyguard der Welt – und das nicht nur, weil ich mich in meine Klientin verliebt habe.

Deprimiert sitze ich im Wartezimmer und hadere mit mir. Auch Familie Coleman ist anwesend. Alle haben verweinte Gesichter. Ich kann mir kaum vorstellen, wie sie sich fühlen.

Daisy wurde sofort in die Notaufnahme des Krankenhauses gebracht. Ich bin bei ihr geblieben und habe ihre Hand gehalten, zumindest so lange, wie man mich ließ. Sie wird immer noch operiert, aber die Ärzte sagen, dass sie wieder gesund wird.

Finn hat aus nächster Nähe auf sie geschossen, hat jedoch Gott sei Dank nur ihre Schulter getroffen. Ich bin überzeugt, dass er sie nicht wirklich töten wollte. Auch er wurde ins Krankenhaus gebracht, aber es geht ihm gut. Leider. Er hat nur ein paar Prellungen und ist mit Handschellen an sein Bett gefesselt.

Ich schließe die Augen. Trotzdem kann ich die schreckliche Erinnerung, die noch ganz frisch in meinem Gedächtnis ist, nicht auslöschen. Das Geräusch des Schusses. Ich hörte es auf der Treppe und blieb abrupt stehen. Von grauenhafter Angst erfüllt malte ich mir das Schlimmste aus. Der Schock, als ich die Tür erreichte und Daisys bewusstlosen Körper blutend auf dem Boden entdeckte.

Ich dachte, ich müsste sterben.

Finn wirkte ziemlich benommen, hielt sie an sich gedrückt und weinte. Ich habe nicht lang nachgedacht, sprang ihn an, riss ihn von ihr weg und verprügelte ihn wie ein Tier. Beinahe hätte ich ihn umgebracht, aber dann öffnete Daisy gerade noch rechtzeitig wieder die Augen.

»Sie wird es schaffen«, sagt Calvin laut, als wolle er sich selbst beruhigen.

Wie konnte ich es nur übersehen? Jetzt, wo ich es weiß, ist es so offensichtlich. Finn war Frank ... von Anfang an. Und ich habe es nicht bemerkt. Schlimmer noch, ich habe ihm Daisy wie eine Opfergabe überlassen.

Kate kommt. Ihre Absätze klappern auf dem Krankenhausboden. Sie hält ihr Handy in der Hand.

»Also ... Die Presse steht unten und ist wie von Sinnen«, seufzt sie. »Mein Gehalt ist nicht hoch genug für diesen Scheiß.«

Ich werfe ihr einen wütenden Blick zu. Hat sie es wirklich gewagt, so etwas zu sagen, während Daisy noch auf dem Operationstisch liegt? Vor ihren Eltern?

Ich stehe auf und starre sie drohend an. Das scheint sie jedoch nicht sonderlich zu beeindrucken, denn sie zeigt mit dem Finger auf mich und faucht: »Sie da, Sie sind gefeuert.«

»Einverstanden.«

Überrascht zieht sie die Augenbrauen hoch und räuspert sich.

»Prima. Dann verschwinden Sie jetzt.«

»Das glaube ich eher nicht«, mischt sich Hakeem neben mir mit eisiger Stimme ein. »Sie sind diejenige, die jetzt geht.«

»Wie bitte?«, stammelt Kate. »Hakeem!«

»Hier sind nur Familienangehörige erlaubt.«

Bei diesen Worten verspüre ich eine seltsame Wärme in meiner Brust. Familie … und ich gehöre dazu.

Kate wirft mir einen finsteren Blick zu, aber ich begnüge mich damit, mit der Hand auf den Ausgang zu deuten. Sie geht und lässt uns allein zurück. Hakeem zwingt mich, mich wieder hinzusetzen.

Wir warten weiter.

Daisy ist außer Gefahr.

Sie hat großes Glück gehabt. Noch liegt sie auf der Intensivstation, und neue Sicherheitsleute bewachen ihre Tür. Nachdem der schlimmste Druck überstanden ist, weinen die Colemans ein wenig, und ich war noch nie in meinem Leben so erleichtert.

Ich rufe Hayley, Micah und Javier an, um ihnen Bescheid zu sagen, aber sie sind bereits auf dem Weg ins Krankenhaus.

Die sozialen Medien überschlagen sich geradezu nach dem SOS-Tweet, den Daisy während des Angriffs abgesetzt hat. Das war clever von ihr. Medienberichten zufolge gingen an diesem Abend Tausende Anrufe bei Ambulanz und Polizei ein. Inzwischen postet jeder seine Meinung zu Daisys gesundheitlicher Prognose.

Finns Identität ist inzwischen bekannt. Wir erfahren von einer Psychotherapeutin, dass er unter Erotomanie leidet und zum Opfer seiner wahnhaften Liebe zu einer eigentlich unerreichbaren Person geworden ist.

Die Störung kann obsessive Formen annehmen und dadurch beispielsweise zu Stalking führen. Ein Erotomane würde alles tun, um ein Zusammentreffen herbeizuführen und die betroffene Person dazu zu bringen, angebliche Gefühle zu gestehen, die in Wirklichkeit nicht vorhanden sind. Wenn er zurückgewiesen wird, kann er in Depressionen verfallen oder auch gewalttätig und aggressiv werden.

Genau das ist Finn passiert. Er war überzeugt, dass Daisy ihn liebte, und erfand jedes Mal Ausreden, wenn sie ihn zurückwies, bis er es nicht mehr ertragen konnte, abgelehnt zu werden. Die Polizei durchsuchte seine Wohnung und fand vieles, was Daisy gehörte. Ganz so, als würde sie bei ihm wohnen. Es gab Schubladen speziell für ihre Unterwäsche, Bilderrahmen mit Fotos von ihr und ihrer Familie, eine rosa Zahnbürste und Shampoo ihrer Lieblingsmarke.

Auf seinem Computer fand man Hunderte von E-Mail-Entwürfen an sie. Finn hatte sich ein Leben mit ihr zusammenfantasiert und seinen Verwandten sogar erzählt, dass Daisy seine Freundin wäre. Als die Polizei ihn verhörte, behauptete er, Daisy hätte ihn als Erste angeflirtet. Auch das war ein Teil seines Wahns.

»Wer hätte das geahnt?«, meint Micah, als ich sie alle drei vor dem Krankenhaus treffe.

»Wenn man bedenkt, dass er drei Jahre lang auf seinen großen Moment gewartet hat … Beängstigend«, murmelt Hayley unbehaglich.

»Was für ein Glück, dass sie dich hat«, fügt Javier hinzu und wirft mir einen dankbaren Blick zu. »Ich hätte es wissen müssen. Ich hatte es in den Karten gesehen, erinnert ihr euch? Das Pik-Ass.«

Ich weiß nicht, wovon er spricht, und es ist mir auch egal. Micah beruhigt seinen Freund und sagt, dass der Hinweis nicht deutlich genug war und dass niemand außer Finn Schuld daran hat.

Das Wichtigste ist, dass Daisy in Sicherheit ist. Und natürlich, dass Finn ins Gefängnis kommt. Dort wird er wohl nicht lange bleiben, weil das System verrottet und korrupt ist, aber wenn er entlassen wird, werde ich auf ihn warten. Und dieses Mal werde ich vorbereitet sein.

»Habt ihr gesehen, was Zach den Reportern gesagt hat?«, fragt Micah mit angewidertem Gesicht. »Der Typ ist echt dreist.«

Ich will wissen, wovon er redet. Seit ich hier im Krankenhaus bin, habe mich nicht mehr informiert.

»Er wollte zu ihr, aber die Paparazzi haben ihn aufgehalten. Er sagte ihnen, er hätte große Angst um Daisy gehabt und würde für ihre Genesung beten. Er hätte ihr ›verziehen‹ und wünsche ihr nur das Allerbeste.«

Genervt schüttele ich den Kopf. Ihn trifft zwar keine Schuld, aber er ist trotzdem ein eifersüchtiger Spinner, der Daisy nur zu seinem eigenen Vorteil benutzt hat. Als er erkannte, dass sie sich weiterentwickelte und sein Plan in die Hose ging, ist er ausgerastet. Sein letzter Versuch war vermutlich, Colin hinter uns her zu schicken, um von dem Skandal zu profitieren und sich selbst als betrogenes Opfer darzustellen.

»Was glaubst du, wann sie aufwacht?«, will Hayley mit Tränen in den Augen wissen.

»Keine Ahnung. Ich bin kein Arzt.«

Ich habe weder die Zeit noch die Energie, sie zu trösten, denn ich bin selbst noch völlig durcheinander, und der Vorfall nimmt zu viel Raum in mir ein.

Was soll ich jetzt bloß tun?

Ich weiß nicht, was ich hier zu suchen habe.

Natürlich hatte ich mir vorgenommen, Daisy nicht von der Seite zu weichen. Aber es schmerzt zu sehr. Es schmerzt, sie nicht sehen zu dürfen, und es schmerzt, immer wieder das letzte Bild von ihr vor Augen zu haben – leblos und blutüberströmt in meinen Armen. Ich musste unbedingt an die frische Luft, um durchzuatmen und den Kopf frei zu bekommen. Mechanisch lief ich immer weiter, ohne stehen zu bleiben.

Plötzlich fällt mir auf, wohin mein Herz mich geführt hat – auf diesen Bürgersteig, den ich nur zu gut kenne. Als ich das letzte Mal hier war, hatte ich mir geschworen, nie mehr wiederzukommen.

Jetzt also doch.

In meinem Bedürfnis nach Trost wollte ich meine Mutter anrufen. Denn sie ist es doch, die man anruft, wenn es einem nicht gut geht, oder? Sie ist es, die Lösungen findet.

Mama, was soll ich tun? Warum empfinde ich das alles? Wer bin ich?

Mist, ich frage mich, was ich vor der Haustür einer Frau mache, die nicht einmal weiß, wer ich bin, einer Frau, die ich nur zweimal in meinem Leben gesehen habe.

»Ist alles in Ordnung?«

Ich zucke zusammen und drehe verblüfft den Kopf. Da steht sie vor mir, mit Einkaufstüten in der Hand, und blickt mich besorgt an. Überrascht hebt sie die Augenbrauen, als sie mich erkennt.

»Oh … Sie sind es wieder!«

Ich verharre wie gelähmt auf der Stelle und weiß nicht, was ich tun soll. Ich habe Angst, zusammenzubrechen, Angst, sie zu erschrecken. Plötzlich verändert sich ihr Blick. Ich kann es nicht erklären. Es ist, als würde sie von einem Blitz getroffen.

Ihre Augen weiten sich, und sie schluckt, bevor sie haucht: »Ist es möglich … Kennen wir uns?«

Es mag sich dumm anhören, aber ich spüre es, ich ahne es. In diesem Moment ist ihr klar geworden, wer ich bin. Ich erkenne es an den Tränen in ihren Augen, die mich anstarren.

Ich würde ihr so gern mit »Ja« antworten, doch ich bringe kein Wort hervor. Meine Brust schmerzt.

Zum ersten Mal in meinem Leben verhalte ich mich feige.

»Es tut mir leid«, sage ich und wende mich zum Gehen.

Sie ruft mir nach, aber ich bleibe nicht stehen.

34

Product Of Society

»Be yourself, they say.
Who wants that?, they mean.«

Daisy

Als ich aufwache, hält meine Mutter meine Hand.

Ich bin müde und ein bisschen benommen. Sie erzählt mir, dass ich angeschossen wurde, dass Finn verhaftet worden ist und dass die Polizei dank Thomas, der sie gerufen hat, rechtzeitig vor Ort war … aber auch die vielen Notrufe meiner Fans, deren Geschenke den Raum überschwemmen, haben zu meiner Rettung beigetragen.

Ich muss weinen. Und zwar sehr viel. Stress, Müdigkeit und Angst fordern ihren Tribut. Dazu trifft Finns Verrat mich hart.

Es fällt mir schwer, alles zu verstehen. Das, was mir gerade passiert ist, erschüttert mich noch immer. Die Erinnerungen an den abscheulichen Abend kommen mir wieder in den Sinn. Erneut habe ich den Lauf der auf mich gerichteten Pistole vor Augen und reagiere mit einer Panikattacke. Ich erinnere mich an das Blut an meinen Händen und kann fast noch spüren, wie es durch meine Finger tropfte.

Die Ärzte sprechen von einem glatten Schulterdurchschuss.
»Sie werden wieder ganz gesund.«

Thomas hat die Wunde fest zusammengepresst und so die schlimmste Blutung gestillt. Das hat mich gerettet. Durch den Blutverlust wurde ich ohnmächtig und erinnere mich nur ganz undeutlich daran, dass ich im Krankenwagen wieder zu mir kam. An sonst nichts.

»Das CT hat gezeigt, dass keine lebenswichtigen Organe verletzt wurden«, beruhigt mich meine Mutter und gibt mir einen Schluck Wasser.

Meine Schulter ist bandagiert. Sie tut weh, aber es ist auszuhalten. Ich spreche nicht viel, frage nur, ob es Thomas gut geht. Man sagt mir, dass er bald zurückkommt und dass ich mir keine Sorgen machen, sondern mich ganz dem Gesundwerden widmen soll.

Bei einer ersten Operation wurde das Innere meiner Schulter gereinigt, Kugel- und Knochenreste entfernt und anschließend eine Bestandsaufnahme der Bänder und Muskeln durchgeführt. *Toll.*

»Der Kopf Ihres Humerus wurde zertrümmert«, teilt mir der Arzt mit.

»Der was?«, wiederholt meine Mutter und kraust die Nase.

»Der Humerus«, erklärt er und zeigt auf meine Schulter, »ist ein Knochen im Arm, genau hier. Zunächst werden Schulter und Oberarm mit einer speziellen Bandage ruhiggestellt. Danach brauchen Sie Krankengymnastik. Das Wichtigste aber ist: Ruhe.«

Ich nicke und bedanke mich bei ihm. Als er geht, kommt der nächste Besucher. Mein Herz klopft schneller, als ich Thomas' Blick begegne. Meine Mutter sieht ihn und drückt mir einen Kuss auf die Stirn.

»Ich hole dir etwas zu essen.«

Sie lässt uns allein und schließt die Tür hinter sich. Thomas setzt sich auf den Stuhl neben meinem Bett und nimmt meine

Hand. Minutenlang verharren wir so, regungslos und schweigend.

»Verzeih mir«, flüstert er.

»Hör bloß auf.«

»Ich habe dich im Stich gelassen. Alles ist meine Schuld. Es ist so, dass unsere Beziehung … mich ablenkt. Ich hatte befürchtet, dass sie mich zu Fehlern verleiten würde, und ich habe recht behalten.«

»Niemand hat etwas geahnt«, beruhige ich ihn. »Alles ist in Ordnung.«

Er schüttelt wortlos den Kopf, drückt mir einen Kuss in die Handfläche und lobt mich dafür, dass ich so tapfer war. Dann gesteht er mir, dass er so viel Angst hatte, dass er glaubte, sterben zu müssen. Und für eine Minute fürchtete er, er könnte nie mehr aufhören, Finn zusammenzuschlagen, und würde ihn mit bloßen Händen töten.

»Ich hatte mir doch geschworen, dich zu beschützen …«, sagt er.

»Tommy.«

Ich hebe sein Kinn an und streichele mit einem Finger über seine Lippen.

»Mir geht es gut. Aber du … Wer beschützt dich?«

»Der Arzt hat gesagt, dass es wie eine Kriegsverletzung ist«, berichte ich Hayley und den Jungs, als sie mich besuchen kommen. »Die Kugel ist durch mich hindurchgegangen. Könnt ihr euch das vorstellen?«

Sie scheinen mich für völlig verrückt zu halten, weil ich darüber scherze. Ich weiß, dass es noch ein bisschen zu früh dazu ist, aber ich kann einfach nicht anders. Ich weigere mich, in Gegenwart meiner besten Freunde depressiv und ängstlich zu wirken.

Mag sein, dass es auch eine Methode ist, mich selbst zu schützen.

Jedes Mal, wenn ich die Augen schließe, sehe ich Finns Gesicht vor mir und höre das Geräusch des Abzugs, das mich brutal aus dem Schlaf reißt. Ich hasse das.

»Jedenfalls wird es dir bei deinen zukünftigen Filmrollen helfen«, grinst Micah. »Du weißt jetzt, wie es sich anfühlt, angeschossen zu werden. Du solltest das unbedingt in deinem Lebenslauf erwähnen.«

»Gar nicht so dumm! Könntest du mir das vielleicht mal in allen Einzelheiten schildern?«, fragt Javier. »Ich glaube, das wäre total hilfreich.«

Ich verspreche ihm, mir später Zeit dafür zu nehmen, und Thomas wirft uns vor, ein bisschen verrückt zu sein.

Mein Krankenhausaufenthalt verläuft gut. Ich werde sehr verwöhnt. In meiner Reichweite gibt es zwei magische Knöpfe: den für die Morphinpumpe und einen weiteren, um die Krankenschwester zu rufen. Ich bin nie allein. Ich bitte darum, fernsehen zu dürfen, und verfolge die Berichte über mich. Allerdings lehne ich alle Besucher ab, die nicht meine Familie oder meine Freunde sind. Dazu habe ich noch nicht die Kraft.

Sogar Kate muss warten, ehe sie mich besuchen darf. Hakeem bittet sie, sich in Geduld zu üben; aber genau das ist ihr besonders zuwider.

Die Polizei hingegen taucht sehr schnell bei mir auf. Man braucht meine Aussage, um zu verstehen, was genau passiert ist, und zwar ziemlich zeitnah. So deutlich wie möglich gebe ich meine Version der Ereignisse zu Protokoll. Jedes Detail ist wichtig. Thomas wurde offenbar auch schon befragt.

Ehrlich gesagt bin ich immer noch entsetzt darüber, dass Finn Frank war … Ich glaubte, ihn wirklich zu kennen, und dachte, wir wären Freunde. Ich habe ihm vertraut.

»Trotzdem ist es merkwürdig«, wundert sich einer der Polizisten. »Der Mann ist felsenfest davon überzeugt, dass Sie beide eine Romanze hatten.«

»Aber das ist nicht wahr …«

»Ich verstehe Sie. Aber Sie müssen doch etwas getan haben, um ihn das glauben zu machen, oder? Sie müssen ihm auf irgendeine Weise Hoffnung gemacht haben.«

Ich bin viel zu betroffen, um darauf zu antworten. Thomas will schon aufbrausen, als der Detective fortfährt: »Geben Sie es zu! Sie haben miteinander geschlafen, nicht wahr? Mindestens einmal.«

Ich lasse ein alles andere als amüsiertes Lachen hören. Natürlich … Selbst in einer Situation wie dieser ist wieder einmal alles meine Schuld. Ich hätte Finn nicht in seinen Wahn treiben dürfen.

»Wenn ich Ihnen nun antworten würde, dass wir tatsächlich miteinander geschlafen hätten, würden Sie dann Ihre Arbeit besser machen? Würden Sie sich in Ihrer Meinung bestärkt fühlen?«

Ein unbehagliches Schweigen folgt. Der Polizist räuspert sich.

»Wir tun unser Bestes, Miss Coleman.«

Als sie gerade gehen wollen, hält Thomas den zweiten Polizisten zurück, der etwas professioneller wirkt.

»Ist Ihnen noch etwas eingefallen?«, erkundigt sich der Inspektor und holt sein Notizbuch hervor.

Ich schaue Thomas fragend an. Zunächst zögert er kurz, dann sagt er: »Das nicht. Aber ich habe Informationen über eine Kindesentführung.«

35

See If I Care

»You think you can hurt me?
The boy I love cannot love me back.«

Daisy

Ich habe Kate gesagt, dass ich ein Interview geben will.

Sie lehnte mit der Begründung ab, dass ich nicht befugt sei, solche Entscheidungen selbst zu treffen – als hätte ich überhaupt je die Wahl gehabt. Sie drohte mir sogar an, ab sofort die Kontrolle über meine Social-Media-Accounts zu übernehmen. Natürlich hat sie mir auch verboten, Thomas wiederzusehen, denn wenn ich eine Chance haben wolle, mich beruflich weiterzuentwickeln und nicht in Vergessenheit zu geraten, müsse ich mich zukünftig an gewisse Regeln halten. Ich sagte ihr, dass ich einige Änderungen vornehmen wolle, aber sie antwortete nur, dass wir das zu Hause besprechen könnten.

Mit anderen Worten: Sie hat mich zum Äußersten getrieben.

Am Tag meiner Entlassung aus dem Krankenhaus werde ich von Kate, Hakeem und zwei neuen Bodyguards begleitet. Unten vor dem Gebäude wartet eine ganze Horde von Journalisten auf mich.

Das Blitzlichtgewitter ihrer Kameras bereitet mir Unbehagen, aber ich lasse mir nichts anmerken. Kate hält mir die

Hand vors Gesicht. Die Reporter strecken mir ihre Mikrofone entgegen und stellen eine ganze Reihe von Fragen.

Über Finn, über Zach, über Thomas und über meine Karriere bei ChannelD.

Weil ich Lust auf eine kleine Rache habe, bleibe ich stehen und antworte: »Ich bleibe nicht bei ChannelD.«

Ich hoffe, dass es den Kameras gelingt, Kates Reaktion einzufangen, denn die ist unbezahlbar. Die Reporter riechen Blut und kommen wie hungrige Blutegel näher.

»Ich bin dabei, die nötigen Schritte zu unternehmen, um meinen Vertrag aufzulösen«, erkläre ich, als ich nach dem Warum gefragt werde. »Ich bin sehr dankbar für das, was ChannelD für mich getan hat, aber ich fürchte, dass unsere Zusammenarbeit jetzt enden wird. Ich habe einen Punkt in meinem Leben erreicht, an dem ich meine beruflichen Entscheidungen und auch mein Umfeld infrage stelle. Lange wurde ich gezwungen, Dinge zu tun, die ich nicht tun wollte, mit der Begründung, dass ich ohne sie niemals Erfolg haben würde. Ich will keine Bevormundung mehr. Ich bin erwachsen und alt genug, meine eigenen Entscheidungen zu treffen.«

Ich werde gefragt, was ich mir für die Zukunft vorstelle. Ich atme tief ein, lächele und ziehe meine gesunde Schulter hoch.

»Ich werde weiterhin das tun, was ich am besten kann: singen. Vor allem möchte ich vielseitiger werden. Warum nicht eine Rockband gründen? Es wird sich zeigen!«

Rot vor Wut zerrt Kate an meinem Arm, aber ich zwinge sie, mich loszulassen.

»Außerdem möchte ich mich bei meinen Fans entschuldigen, bei euch, die ihr mich mit so viel Liebe und Leidenschaft unterstützt habt. Ich wollte euch nie belügen oder betrügen, sondern euch nur die wahre Daisy zeigen und gleichzeitig meine Privatsphäre schützen. Ja, ich bin erwachsen geworden. Ja, ich kann eine respektable, intelligente und feministische Frau sein und trotzdem meine Sinnlichkeit ausleben. Ja, ich bin sehr verliebt in einen Mann, den ich seit zehn Jahren kenne und der mein Bodyguard geworden ist. Und ja, das geht nur mich etwas an.«

Lächelnd nicke ich den Reportern zu und bedeute Hakeem, dass wir jetzt gehen können.

»Daisy«, zischt Kate und hält mich fest.

»Du bist gefeuert«, antworte ich und löse mich aus ihrem Griff. »Meine Anwälte werden sich bei dir melden.«

Endlich lässt sie los. Noch nie in meinem Leben habe ich mich so frei gefühlt. Hakeem hakt mich unter und führt mich zum Auto, an dessen Steuer Thomas auf mich wartet. Vor lauter Stress zittern mir die Knie, doch ich halte durch.

Im warmen Auto, geschützt vor fremden Blicken, dreht Thomas sich zu mir um und zwinkert mir zu.

»Du warst knallhart, Prinzessin.«

»Wenn du sie in meiner Anwesenheit noch einmal ›Prinzessin‹ nennst, schlage ich dir die Zähne aus«, murrt Hakeem.

»Dann musst du aber ganz schön schnell sein, Coleman.«

Ich muss über die beiden lachen. Thomas lässt den Wagen an. Ich sehe seinen Blick im Rückspiegel und lächele ihm zu. Ich bin glücklich.

»Sag mal … Suchst du vielleicht Arbeit?«

Noch nie habe ich Thomas so verunsichert erlebt. Zwar glaubt er, es gut zu verbergen, aber ich kenne ihn und weiß, was hinter seiner ungerührten Miene steckt.

Ihm geht der Arsch auf Grundeis.

Tröstend drücke ich seine Hand. Ich weiß, wie anstrengend, aber auch wichtig dieser Tag für ihn ist. Wahrscheinlich hat er sein ganzes Leben lang davon geträumt und sich gleichzeitig davor gefürchtet.

»Und wenn sie sich weigert, mit mir zu sprechen?«

»Warum sollte sie das tun? Thomas, sie sucht dich seit fast dreißig Jahren.«

Ehrlich gesagt befürchte ich eher, dass sie in Ohnmacht fällt. Thomas hat sich endlich dazu durchgerungen, seiner leiblichen Mutter gegenüberzutreten. Sicher weiß sie, wer er ist, nachdem er die Polizei selbst über seine Entführung informiert hat. Mir ist klar, dass er die Folgen seines Geständnisses für seine Schwester Agnes fürchtet, und er fragt sich vermutlich auch, ob sein Vorgehen nach all der Zeit noch irgendeine Wirkung haben wird.

»Was soll ich sagen? Was ist, wenn sie mich umarmt und mich ›mein Sohn‹ nennt? Ich weiß nicht, ob ich das kann … Es wäre zu seltsam. Wir kennen uns schließlich nicht.«

»Das ist doch ganz normal. Zwing dich zu nichts. Ihr werdet euch kennenlernen, und das braucht Zeit.«

Er nickt, den Blick auf die Haustür gerichtet. Ich dränge ihn nicht. Er muss sich innerlich vorbereiten. Ich begnüge mich damit, ihn schweigend zu unterstützen.

Als er sich bereit fühlt, klopfe ich. Mein Herz pocht wie wild. Drinnen nähern sich Schritte. Die Tür wird geöffnet und gibt den Blick frei auf …

Ein Mädchen.

Ich bin zunächst sprachlos. Thomas schweigt und knetet meine Finger. Seine Halbschwester starrt ihn an, und ich weiß nicht, wohin mit mir. Die Kleine muss ungefähr zwölf sein.

»Hi«, sage ich und lächele. »Ich bin Daisy. Und wie heißt du?«

Endlich schaut sie mich an, reißt die Augen auf und schreit:

»Oh mein Gott! Du bist Daisy Coleman! Ich bin ein riesengroßer Fan von dir! Mama! Komm schnell!«

Oh ... oh nein! Alles, nur nicht das. Peinlich berührt verstumme ich. Thomas hingegen scheint beruhigt zu sein, dass die Aufmerksamkeit nicht mehr ihm gilt. Die Kleine fragt mich, was ich hier mache und ob irgendwo eine versteckte Kamera wäre. Ich stammele ein paar nichtssagende Antworten, bis ihre Mutter kommt.

Als sie uns erblickt, erstarrt sie. Es ist die intensivste Stille, die ich je erlebt habe. Thomas und sie sehen sich unglaublich ähnlich. Unmöglich, das nicht zu bemerken.

»Gehst du bitte einen Augenblick in dein Zimmer, Tate«, sagt sie mit brüchiger Stimme.

Sie hält sich den Bauch, und diese Geste bricht mir fast das Herz. Es ist, als erinnerte sie sich selbst nach all der Zeit daran, dass sie Thomas genau dort getragen hat.

Die kleine Tate protestiert kurz, gehorcht aber. Thomas scheint nicht bereit zu sein, etwas zu sagen, also beschließe ich, das Schweigen zu brechen.

»Guten Tag. Darf ich mich vorstellen: Mein Name ist Daisy. Und das ist ... mein Freund Thomas.«

Ihr Blick gleitet über mich hinweg, als wäre sie von meiner Anwesenheit überrascht, ehe sie sich wieder ihrem verlorenen Sohn zuwendet. Sie schluckt und bemüht sich, stark zu bleiben, aber schließlich lässt sie ihren Tränen freien Lauf. Mein Herz zieht sich zusammen.

»Du bist es, oder?«, haucht sie. »Sie haben mir gesagt, dass du es bist.«

Mit kerzengeradem Rücken nickt Thomas, sagt aber immer noch nichts. Ich weiß, dass in seinem Kopf ein großes Durcheinander herrscht, auch wenn er versucht, es sich nicht anmerken zu lassen. Seine Mutter sackt plötzlich zusammen. Ich kann sie gerade noch abstützen.

»Wollen Sie sich setzen?«

Thomas übernimmt und hilft ihr, es sich auf ihrem Sofa bequem zu machen. Ich schließe die Haustür und geselle mich diskret zu ihnen. Das ist ihr Moment.

»Es tut mir so leid …«, schluchzt sie und drückt Thomas' Hand. »Du hast mir so sehr gefehlt … mein Sohn …«

Ich kann mir weder ihre Gefühle noch ihren Schmerz vorstellen, als der Sohn, der ihr weggenommen wurde, der Sohn, von dem man ihr vor fast dreißig Jahren sagte, er sei gestorben, leibhaftig vor ihr steht. Lebend.

»Ich habe so lange nach dir gesucht … Man hat mir gesagt, dass es zu spät wäre … dass du nie mehr zurückkommen würdest …«

Thomas runzelt die Stirn und geht vor ihr in die Hocke. Er sagt immer noch nichts, doch das ist nicht schlimm. Mit zitternder Hand wagt seine Mutter, ihm die Wange zu streicheln.

»Du bist so schön. Und du siehst aus wie dein Vater.«

Ich lächle und wische mir eine Träne aus dem Augenwinkel. Niemand weiß, ob die beiden je eine echte Mutter-Sohn-Beziehung aufbauen können, aber ich glaube fest daran. Thomas ist nicht mehr derselbe, und ich weiß, dass er sich weiter verändern wird. Denn jetzt ist er nicht mehr allein. Und er hat ein Herz, das wie jedes andere funktioniert.

Zum ersten Mal seit unserer Ankunft öffnet Thomas den Mund.

»Du kannst ganz beruhigt sein.«

Schniefend fragt sie ihn nach dem Grund. Thomas lächelt glücklich und antwortet: »Weil ich geliebt werde.«

Auszug aus der Biografie:
Hollywood's Wildflower von
Kaylee Walters über Daisy Coleman.
Kapitel 8: »Ein Imperium entsteht«

Nachdem sie nach dem Vorfall, der sie beinahe das Leben gekostet hätte, ein Jahr lang geschwiegen hatte, kehrte Daisy stärker und entschlossener denn je zur Musik zurück. Die Musikindustrie war zu diesem Zeitpunkt überzeugt, dass sie ihre Fangemeinde verloren hätte und dass ihre Zeit abgelaufen wäre …

Doch Daisy Colemans drittes Album brach überraschend alle Rekorde und machte ihre Karriere zu dem, was sie heute ist.

Nach ihrem spannungsgeladenen Comeback erschien am 18. Juni 2024 um 11.34 Uhr folgender Artikel:

Das Phänomen Daisy Coleman

Alle Musikinteressierten kennen Daisy Coleman, die Pop-Queen mit dem Gesicht eines Engels. Nachdem die junge Sängerin ihre bisherige Karriere infrage gestellt hatte, macht sich das All-American Girl nun auf, die Rockwelt zu erobern. Mit ihren fesselnden Texten und ihren feministischen Gedanken steht sie ganz oben auf der Shortlist zu den American Music Awards, die am Freitag verliehen werden. Versuch einer Analyse.

Bereits während ihrer Zeit beim ChannelD-Imperium, wo sie zunächst eine Hauptrolle in *Rock My Life* und später an der Seite von Zach McRae in *Jess & Callie* spielte, bewies Daisy Coleman ihr Talent als Sängerin und Schauspielerin.

Ihr Debütalbum *Too Young To Be Sad* wurde milliardenfach angeklickt und hält auf Spotify den Rekord für das meistgespielte Album innerhalb einer Woche. Damals personifizierte sie noch den unschuldigen, schillernden Charakter, als der sie entdeckt wurde, doch das änderte sich im darauffolgenden Jahr.

Ihr zweites Album *Not A Woman But A God* katapultierte sie an die Weltspitze. Der kraftvolle, gleichnamige Titelsong wurde bei Spotify zum meistgespielten Song innerhalb von vierundzwanzig Stunden. Laut dem Magazin *Rolling Stone* beruht dieser Erfolg auf Daisy Colemans Talent als Singer-Songwriterin, das sie nutzt, um die Hollywood-Maschinerie anzuprangern.

Vor allem aber erweist sich die junge Künstlerin als liebenswerte Persönlichkeit, die in der Lage ist, die Massen zusammenzubringen. »Das Publikum liebt ihre Natürlichkeit. Jeder kann sich in ihr wiederfinden, und genau das ist es, was die Fans brauchen: jemanden, mit dem sie sich identifizieren können«, sagt die Professorin für Musikwissenschaft Shana Rhodes.

Nach insgesamt acht Jahren hat sich die rebellische Frau vom Image des Kinderstars gelöst und legt großen Wert darauf, ihr Privatleben zu schützen, das in der Vergangenheit zu oft in der Luft zerrissen wurde.

Nach einer neunmonatigen Pause veröffentlicht Daisy Coleman heute ihr erstes Punk-Rock-Album mit dem Titel *Nightmare*.

Epilog

Thomas

Ein Jahr später

»Aber dieses Mal bitte keine Orgie im Auto. Schließlich fahren wir mit.«

Ich werfe Lucky einen misstrauischen Blick zu, während ich die Autotür öffne und darauf warte, dass Daisy aus dem Haus kommt. Wer hat ihm davon erzählt?

»Also mich würde es nicht stören«, meint Li Mei, die in einem schwarzen Meerjungfrauenkleid zu uns stößt.

Lucky runzelt die Stirn und steigt hinter ihr ein.

»Schatz, du weißt doch, dass es mir schwerfällt zu erkennen, wann du Witze machst und wann du es ernst meinst …«

Li Meis Antwort kann ich nicht mehr hören. Ich werfe einen letzten Blick auf mein Spiegelbild im Panoramafenster und kämme mein Haar ein wenig zurück. Eigentlich ist mir ziemlich egal, wie ich aussehe, aber ich will nicht, dass Daisy sich meiner schämen muss. Schwarzer Maßanzug, nagelneue Schuhe, makelloser Dreitagebart …

Levi klopft mir auf die Schulter. Er lehnt mit der Hand in der Hosentasche an der Limo. Im Gegensatz zu mir ist er ganz in Weiß gekleidet. Eine Premiere für ihn, der normalerweise dunkle Farben bevorzugt.

»Gestresst?«

»Warum sollte ich gestresst sein?«

»Weil es euer erster offizieller Auftritt als Paar ist. In gewisser Weise ... stellt sie dich der Welt vor«, sagt er und grinst amüsiert.

Er hat recht. Es ist jetzt ein Jahr her, dass unsere zunächst geheim gehaltene Beziehung an die Öffentlichkeit gedrungen ist. Die Welt weiß es also bereits. Trotzdem bin ich zurückhaltend geblieben. Zwar ist es den Paparazzi mehrmals gelungen, uns zu fotografieren, bei einer Umarmung hier, einem Küsschen dort, aber ich habe mich immer geweigert, ein Teil dieses Universums zu werden.

Daisy respektiert das. Ich glaube, sie versucht entweder, mich zu beschützen, oder aber mich für sich allein zu behalten. Schließlich weiß sie nur zu gut, wie es sich anfühlt, im Rampenlicht zu stehen.

Heute präsentiert sie ihr neues Album bei den Grammys und hat mich gebeten, sie auf dem roten Teppich zu begleiten. Es ist mir sogar gelungen, Karten für meine Freunde zu ergattern, die ihren Urlaub in L. A. verbringen.

»Ich bin nicht gestresst«, füge ich hinzu. »Ich bin stolz auf sie.«

»Das sieht man.«

Ich werfe ihm einen neugierigen Blick zu, doch er lacht nur leise. Schließlich kommen auch Rose und Daisy und entschuldigen sich für ihre Verspätung. Als ich das Outfit meiner Freundin sehe, verzeihe ich ihnen sehr gerne ...

Daisy lächelt, weil sie meine Gedanken lesen kann. Sie trägt ein schulterfreies Kleid in Meergrün. Das Oberteil schmiegt sich eng an ihre Formen, von der Taille an fällt ein geraffter Traum aus Seide bis zu ihren Füßen. Ein Schlitz gibt den Blick auf ihre wunderschönen Beine frei.

Sie weiß, dass ich das liebe.

»Schade, dass meine Aufsehen erregende Verlobte nicht auch auf den roten Teppich darf«, sagt Levi und küsst Rose auf die Wange. Sie trägt ein über ihrer nackten Brust weit ausgeschnittenes Blazerkleid. »Was für eine Verschwendung.«

Ich nehme Daisys Hand, flüstere ihr zu, wie schön sie ist, und halte ihr die Autotür auf, damit sie sich setzen kann. Bald sind wir unterwegs. Li Mei öffnet eine Flasche Champagner und schenkt jedem von uns ein Glas ein.

Wir stoßen zusammen an: auf unser Glück, unseren Erfolg, unsere Liebe. Auf die vielen Abenteuer, die uns noch erwarten. Und natürlich auf die erfolgreiche Karriere von Daisy, dem aufstrebenden Star.

»Ist das ein Witz?«, ruft Li Mei, als Daisy ihr erzählt, dass sie ein Angebot für Tim Burtons nächsten Film hat.

»Aber nein«, lacht Daisy. »Ich mache keine Witze, wenn es um Tim Burton geht. Er ist die Chance meines Lebens!«

Li Mei nimmt ihr das Versprechen ab, ihr viele Stars vorzustellen, »außer Jake Gyllenhaal natürlich«. Als Daisy ihr gesteht, dass Taylor Swift sie zu ihrer Geburtstagsparty eingeladen hat, fällt Li Mei für einige Sekunden in Ohnmacht. Lucky muss ihr mehrere kleine Klapse geben, um sie wiederzubeleben. Rose kichert die ganze Zeit, weil Levi ihr etwas ins Ohr flüstert. Wahrscheinlich Dirty Talk.

Ich sehe sie alle nacheinander an, Rose, Levi, Li Mei, Lucky und Daisy, und ertappe mich dabei, zu lächeln. Das ist meine Familie.

Zum ersten Mal in meinem Leben bin ich wirklich glücklich. Das letzte Jahr war nicht leicht. Ich musste mich den Konsequenzen meiner Anzeige stellen und gegen die Frau aussagen, die mich aufgezogen hat.

Ich sah mich gezwungen, einen Psychologen aufzusuchen,

der herausfand, dass ich tatsächlich kein Soziopath bin, aber eine Persönlichkeitsstörung habe, an der ich arbeiten müsse.

»Dem müssen wir nachgehen«, erklärte er fasziniert. »Es könnte nämlich auch Alexithymie sein. Darüber ist noch wenig bekannt, doch es handelt sich um eine sehr reale Störung.«

»Und was genau ist das?«

»Nun, kurz gesagt ist es so etwas wie … eine Anorexie der Gefühle. Die Schwierigkeit, die eigenen Gefühle und die anderer zu erkennen und zu benennen. Sie können zum Beispiel weinen, ohne zu verstehen, dass es sich um Trauer oder Wut handelt. Weitere Symptome sind eingeschränkte Vorstellungskraft, wenig Fantasie, ein Mangel an Einfühlungsvermögen und Schwierigkeiten, Beziehungen zu anderen aufzubauen. Kommt Ihnen das bekannt vor?«

Ein bisschen schon, ja … Natürlich verstehe ich nicht viel von seinem Fachchinesisch, und ganz ehrlich: Es ist mir auch egal. Ich tue es nur für Daisy. Warum sollte ein Typ, den ich nicht kenne, mir sagen können, wer ich bin und ob ich fähig bin, jemanden zu lieben?

Aber ich muss zugeben … es hat mich erleichtert, ihn zu konsultieren. Wenigstens weiß ich jetzt, dass ich nicht der Teufel bin, für den meine Mutter mich gehalten hatte. Laut dem Psychiater (und Rose, die mir vier Stunden lang am Telefon das Ohr abgekaut hat) wirkte die Fehldiagnose bei mir wie eine selbsterfüllende Prophezeiung: Unbewusst habe ich mich mein Leben lang wie ein Soziopath verhalten.

Ich habe mein Herz verschlossen, um alle Emotionen zu unterdrücken – bis es irgendwann zersprungen ist.

Es fällt mir immer noch schwer, mich von all meinen Automatismen zu lösen, vor allem in meiner Beziehung zu Daisy. Manchmal müssen wir ordentlich rudern, aber wir halten durch. Ich habe sogar gelernt, Tornado zu mögen, trotz unserer komplizierten Anfänge. Und schließlich musste ich aus dem Nichts heraus eine Beziehung zu meiner leiblichen Mutter aufbauen, zu der Frau, die mich geboren hat. Das war kompliziert … vor allem für mich.

Daisy war da, von Anfang bis Ende. Sie hat nie aufgehört, mich zu begleiten, mich anzutreiben und mir zuzuhören. Wir haben es gemeinsam geschafft. Und irgendwie fand ich die Hindernisse immer weniger groß …

Meine Halbschwester Tate ist niedlich. Ich habe eigentlich keinen Draht zu Kindern, doch aus irgendeinem Grund, den ich nicht erklären kann, berührt sie mein Herz. Manchmal, wenn wir miteinander sprechen, schweifen meine Gedanken zu Agnes ab … Ich frage mich, wie es ihr geht. Und sie tut mir leid. Denn ich weiß, dass sich ihr Leben ebenso problematisch gestalten dürfte wie meines.

Ich habe angefangen, ihr Briefe zu schreiben. Ich schicke ihr auch Geld, um sicher zu sein, dass es ihr gut geht. Die ganze Situation ist seltsam, aber wir kriegen das hin.

»Hey, sag mal!«, ruft Li Mei und wirft Rose einen anklagenden Blick zu. »Du hast gestern Abend den Rotwein abgelehnt, und jetzt trinkst du keinen Champagner?«

Alle Köpfe wenden sich Rose zu, die uns eine Antwort schuldig bleibt. Levi neben ihr zeigt allerdings ein stolzes Lächeln. Daisy und Lucky zerreißen mir fast das Trommelfell, als sie im selben Moment schreien:

»Bist du etwa schwanger?«

Rose und Levi schauen sich an und lachen laut auf. Rose verdreht die Augen.

»Natürlich nicht, ihr Dummerchen.«

»So etwas ist wirklich nicht geplant«, sagt Levi und leert sein Glas. »Auch wenn meine Mutter uns ständig damit nervt.«

»Sie macht immer wieder Andeutungen wegen Nachwuchs«,

fügt Rose hinzu. »Davon kann einem schon mal schlecht werden – aber von nichts anderem.«

Li Mei kneift wenig überzeugt die Augen zusammen und will wissen, warum sie nichts trinkt. Es ist tatsächlich überraschend. Wir alle wissen, wie sehr Rose dem Alkohol zugetan war – ein bisschen zu sehr. Zwar hilft ihr Levi bei der Bekämpfung ihrer Suchtprobleme, aber es scheint nicht immer einfach zu sein.

Häufig streiten sie deswegen, zumindest war es zu Anfang so. Ich habe den Eindruck, dass es inzwischen viel besser läuft. Sie scheinen glücklich zu sein.

Wie um meine Gedanken zu bestätigen, legt Levi die Hand auf Roses Knie und erklärt stolz: »Meine unglaubliche Freundin ist seit zweihundertvier Tagen trocken.«

Wir sind wie vor den Kopf geschlagen. Sehr gerührt nimmt Rose unsere aufrichtigen Glückwünsche entgegen. Ich wusste, dass sie stark ist, aber ich muss zugeben, dass ich sie unterschätzt habe. Sie ist eine seltsame Frau, diese Rose Alfieri.

»Zu Hause trinke ich jetzt auch nicht mehr«, sagt Levi. »Und das tut wirklich gut.«

Daisy nickt, und ich weiß, dass sie es versteht. Bei ihrem eigenen Entzug ging es um Social Media. Sie hat sich selbst ein Zeitlimit pro Tag auferlegt und jemanden eingestellt, der sich an ihrer Stelle um ihr Social-Media-Marketing kümmert. Inzwischen verbringt sie viel weniger Zeit mit ihrem Smartphone und vor allem mit Überlegungen darüber, was die Leute über sie denken.

Außerdem glaube ich, dass die Sache mit Finn sie für lange Zeit aus der Bahn geworfen hat … Plötzlich wurde ihr bewusst, dass sie viel zu viele Informationen im Internet weitergegeben hat, und sie bekam es mit der Angst zu tun. Inzwischen bleiben wir anonym, und das ist okay für uns.

»Wir sind da.«

Ich werfe einen Blick durch die getönte Scheibe. Daisy schaut mich schüchtern an. Ich erkenne die Aufregung in ihrem Gesicht. Das ist ihr Moment.

Mit einem Kuss auf ihre Wange öffne ich die Autotür, um als Erster auszusteigen. Ich spüre das Blitzlichtgewitter der Fotografen in meinem Rücken, aber ich habe nur Augen für Dee. Wie immer.

Ich beuge mich zu ihr und reiche ihr die Hand.

»Bist du bereit, der Welt zu zeigen, was du wert bist?«

Sie lächelt mich an, holt tief Luft und schiebt ihre Hand in meine.

»Ich war schon bei meiner Geburt bereit.«

Too Young To Be Sad

Daisy Coleman
POP – 2021

1 house of memories
2 heart like ice
3 fake friends
4 i miss you, i'm sorry
5 first love
★6 too young to be sad
7 lovesick
8 rich problems
9 born in hollywood
10 godlike
11 i love myself
12 highway to hell
13 everyone loved her
14 girl with broken wings
15 american idol
16 never alone, always lonely
17 rock bottom

Not A Woman, But A God

Daisy Coleman
POP – 2022

1 she talks too much
★2 not a woman, but a god
3 dear patriarchy
4 Dee for Daisy
5 such a slut
6 (not) pretty enough
7 you taste so sweet
8 part human, part machine
9 my poison is you
10 eyes so blue (i drown)
11 hard to sleep
12 jealousy kills little girls
13 ace of spades
14 f*ck everyone
15 golden cage
16 be a good girl
17 product of society
18 see if i care

Danksagung

Nach den Abenteuern von Rose und Levi habe ich mich mit vielen Emotionen der Geschichte von Daisy und Thomas gewidmet … Es war eine intensive Erfahrung, und in gewisser Weise hat mich Daisy sehr berührt. Wichtig war mir von Anfang an, den Druck darzustellen, der mit der Chance einhergeht, von der eigenen Leidenschaft und der eigenen Kunst leben zu können. Die Bedeutung der Sichtweise anderer Menschen verstärkt sich nämlich, wenn man eine öffentliche Person ist, und damit geht auch die Suche nach Bestätigung einher. Außerdem wollte ich die schädliche, manchmal sogar fatale Seite der sozialen Netzwerke und ihr Suchtpotenzial thematisieren.

Ich möchte, sofern es mir möglich ist, die Öffentlichkeit daran erinnern, freundlich zu sein. Grundsätzlich lieber zweimal nachzudenken, ehe man etwas postet. Sich darüber klar zu sein, dass alles, was im Internet steht, auch dort bleibt, und zwar für immer. Dass hinter dem Display des Smartphones und einer Person, die man für unerreichbar hält, immer auch ein Mensch steht. Ein Mensch mit einem Herzen, der die Kommentare liest, auch wenn er vielleicht nicht darauf antwortet. Wir sind uns der Tragweite unserer Worte oft nicht bewusst, aber sie haben die Macht, zu zerstören.

Wie ihr euch sicher vorstellen könnt, war die Entstehung dieses Buchs nur dank der Hilfe vieler verschiedener Leute möglich, denen ich an dieser Stelle herzlich danken möchte.

Wie immer danke ich meiner Mutter für ihre Liebe und ihre unermüdliche Unterstützung. Sie ist mein wichtigster Fan.

Ich danke meinen Brüdern Ryan und Naïm, die mir grundsätzlich helfen, wenn ich eine technische Frage habe oder dringend eine Meinung zu einem Satz benötige. Allerdings warte ich immer noch darauf, dass sie mal eines meiner Bücher lesen.

Außerdem danke ich meinen Freund:innen: Johan, Doriane und Marie, dafür, dass sie *Count On You* als Erste gelesen haben und meine Stimmungsschwankungen sowie meine ständigen Zweifel ertragen haben. Danke, dass ihr so tolle Freund:innen seid, die ich von ganzem Herzen liebe und die mich immer wieder anspornen und aufbauen.

Danke an meine Vegas-Writing-Gruppe: Dahlia, Lyly, Delinda und Mag. Ich kann gar nicht zählen, wie viele Seiten ich mit euch bei Starbucks geschrieben habe und wie oft wir zusammen gelacht haben, anstatt zu arbeiten (ups). Ich danke euch für eure Ratschläge und eure tagtägliche Unterstützung.

Ich danke Angéline und noch einmal Dahlia dafür, dass sie mir kritisches und erkenntnisreiches Feedback zu meinem Roman gegeben haben, und insbesondere dafür, dass sie die Rolle der Sensitivity Reader übernommen haben. Eure Kommentare waren mir eine sehr wertvolle Hilfe. Danke, danke, danke.

Natürlich danke ich auch meiner Lektorin Sylvie, die immer an mich glaubt und mir unglaubliche Freiheiten bei meinen Charakteren lässt. Danke an Olivia, meine Pressesprecherin, die ich vergöttere. Und schließlich danke an Celia für dieses letzte Jahr an deiner Seite: Ich wünsche dir das Beste für die Zukunft, Baby.

Und zum Schluss danke ich euch, die ihr diese Geschichte lest. Danke, dass ihr dieses Buch unter all den anderen in der Buchhandlung ausgesucht habt, danke, dass ihr mir schon seit fünf Jahren folgt und meine Romane kauft, ohne vorher die Zusammenfassung zu lesen, danke für eure täglichen Nachrichten, eure TikToks, eure Meinungen und eure grenzenlose Liebe.

Bis zum nächsten Jahr!

Triggerwarnung

Dieses Buch enthält neben expliziten Szenen
und derber Wortwahl auch Elemente,
die potenziell triggern können.

Diese sind:
*Stalking, Versuchter Mord, Social-Media-Sucht, Mobbing,
Burnout, Depression, Panikattacken, Kindesentführung,
Ableismus*